Gonzalo Torrente Ballester

La Isla de los Jacintos Cortados

Gonzalo Torrente Ballester

La Isla de los Jacintos Cortados

Carta de amor con interpolaciones mágicas

Ediciones Destino
Colección
Áncora y Delfín
Volumen 548

Consejo de Ciento, 425. Barcelona - 9
Primera edición: noviembre 1980
ISBN: 84-233-1094-9
Depósito legal: 38791 - 1980
Impreso por Gráficas Diamante,
Zamora, 83. Barcelona - 18
Impreso en España - Printed in Spain

A Fernanda, Francisca, Álvaro, Jaime, Juan Pablo, Luis Felipe y José Miguel: no tengo que explicarles el porqué.

Prólogo

Verdaderamente, pocas cosas conozco tan excitantes y, en cierto modo, tan reconfortantes, como la descripción que hoy hacen los científicos de ese proceso incógnito en que se engendra la obra poética: seductor por el silencio, fascinante por la oscuridad, inquietante por la ignorancia en que vive quien lo padece: ese artista o poeta que se mantiene al margen o en la inopia hasta que, al fin, estalla como una de esas estrellas que lo hacen en las zonas más remotas del espacio infinito con derroche de luz y de catástrofes cósmicas. Pero, hasta entonces, ¡qué recato el del germen! ¡qué pudor, escondido no se sabe aún si en un rincón del alma o del cuerpo, acaso en el bisel en que ambos coinciden, que a lo mejor no es bisel, sino el punto abstracto en que se encuentran dos ángulos y se aman, váyalo usted a saber! Lo que sí es indudable es que ese germen, del color de un topacio un poco claro según los últimos descubrimientos, desde el lugar en que yace agazapado, envía unos a modo de tentáculos sutiles con los que va agarrándose a lo más próximo, carne, espíritu o sangre, es igual, y allí crece y se insinúa hasta colarse por las cuencas de las venas y las reconditeces de las células, multiforme o informe, según se mire, pero grandioso y complicado, y tan capaz de dominio, que llega a apoderarse del sujeto paciente, a hacerlo suyo y poseerlo, ante la estupefacción del que ignora que tan sigilosa marcha se esté tramando en su interior: y cuando estalla, conforme acaba de indicarse, apoteosis o epifanía, teofanía (sospechable) algunas veces, el poeta se encuentra en estado similar al de aquellas mujeres favorecidas de los dioses con su amor y su simiente, madres de héroes destinadas a nominar constelaciones, y la similitud de tales embarazos justifica la equiparación final de la obra poética con Hércules o con los Dióscuros,[1] lo cual la sitúa

1. Llamados también Tindáridas, por dudas que todavía quedan de si su engendramiento fue dual, el germen de un padre a Cástor, el del otro padre a Pólux, o si le corresponde a Júpiter la gloria de ambas paternidades. ¡Halagüeña

muy favorablemente en el camino que conduce a la mitología, si bien los hombres de ciencia se desesperan ante semejantes recorridos e intenten reducirlos a términos de mera psicología. ¡Pues ya se pondrán de acuerdo alguna vez, si quieren! Yo intentaba decir, mientras tanto, y de tan solemne modo comenzando, que esta novela mía de los Jacintos Cortados no se engendró de ese modo sublime, oscuro y casi sacro, grandioso al mismo tiempo, sino bien a las claras y con testigos: porque fue en una fiesta en la que suelen congregar a más intelectuales de los que conviene meter juntos en la misma habitación, una tarde de abril, el año setenta y nueve. Pues lo que aconteció fue que llegó hasta mí la esposa de uno de mis más queridos y admirados colegas jóvenes, me enteró de quién era y de que quería saludarme, y me advirtió, bromeando, de que si en mis escritos persistía en el empeño de rejuvenecerme inmoderadamente, como vengo al parecer haciendo, acabarían mis lectores por exigirme la edición de ese libro de versos amorosos que todo el mundo, o casi, perpetra a los veinte años, y que a mí no me fue dado escribir por razones de mera timidez, al menos por entonces. Le respondí que los versos no eran mi fuerte, aunque al amor jamás le haya hecho ascos, pero que no sería imposible que un día cualquiera se me ocurriese inventar una ficción en cierto modo sentimental, aunque sin saber muy bien con qué talante, si el juvenil de la esperanza, o el más romántico de la nostalgia, que es el que me corresponde. No lo había hecho nunca, lo pensé en aquel momento, se rió ella, y yo quedé bastante conmovido, porque el germen de una nueva narración había caído en mi espíritu y no podía adivinar, así, de pronto, y en medio de aquel barullo, cuál sería su suerte. De que mala no fue, a fin de cuentas, dan testimonio estas más de trescientas páginas cuya lectura ofrezco. De que la criatura sea todo lo hermosa que su padre desea, ya no tengo ninguna seguridad, pero eso sucede siempre; aunque en el fondo esté persuadido de que un monstruo, lo que se dice un adefesio, no

---

fortuna, la de estos hijos de Leda, llamarse siempre con palabras esdrújulas! Los hay predestinados, pues, a la más respetable notoriedad.

lo es, ya que en tal caso no la hubiera publicado. Está ya uno en esa edad en que debe andarse con cuidado, no sea que un desliz agravie la modesta reputación en tantos años y con esfuerzo granjeada.

Alguna vez pensé también que esta narración que sigue bien podría servirme de testimonio de presencia (y de existencia) en este año de su publicación, que es el mismo en que acabo de entrar, sin tenerlas todas conmigo, en el octavo decenio de mi vida, ese de tantas asechanzas, "zona batida", como dicen en las guerras, que lo más probable es que no salga de él: lo cual, por otra parte, no es cosa de traer aquí como queja ni siquiera como dato, pues considero más importante, al menos para mi satisfacción y la fe y esperanza puestas en mí, que mi septuagésimo aniversario se conmemore, aunque ya tarde, con la publicación de una novela, y que, terminada ésta, ande ya dándole vueltas a otra (que proyecto, por cierto, de más vuelos y ambiciones que la presente, mero divertimento y descanso a lo largo de un año rico en otra clase de trabajos). Esto quiere decir, ni más ni menos, que la arteriosclerosis se porta bien, se mantiene a raya, actúa lo indispensable para que se me olviden los nombres propios, para que a veces no salga a tiempo la palabra precisa y haya de interrumpir el trabajo para buscarla. Pero, ¿qué menos que estos mínimos achaques? A cambio de ellos, compruebo que conservo intacta la disposición a divertirme, y que de aquella seriedad que en años jóvenes vino a enturbiar mi disparatada concepción del mundo (quizás me haya expresado mal: mi concepción del mundo como puro disparate), poco vaya quedando. Lo cual me empuja hacia una literatura casi volátil, poco más allá del juego, un poco más acá del mero regocijo: para mí, por supuesto, que es de lo que se trata, aunque sea también cosa de pensar que, si a mí me complace la travesura, servirá asimismo de solaz a los que entienden la vida y el arte como yo los entiendo: afirmación hic et nunc de nuestra real gana. Es evidente que para los otros no escribo, pero eso les sucede a todos los inventores de ficciones: que su propuesta, que su oferta, va siempre hacia clientes limitados. Pasa como con las hortalizas: a quien le gustan los tomates, quien *prefiere los ajos. El ajo y el tomate, sin embargo, ahí están. Y el que ajos come, a cambio de mantener la sangre pura, tiene que soportar un incómodo aliento (para los otros), al menos mientras no se consigan los ajos inodoros, tras los que andan los más progresistas de los horticultores. Pero, ¿no sucederá que, perdido el hedor, se queden sin las otras cualidades? Es una lata, no hay quien lo entienda, pero lo bueno y lo malo andan siempre tan juntos que parecen uno y lo mismo.*

Tengo la impresión súbita de que acabo de excederme en mis consideraciones agronómicas. Pido perdón, sobre todo a los golosos del ajo, a quienes aseguro que nada más lejos de mi intención que referirme a su halitosis, por la que siento un inmoderado respeto. Pero, mientras lo escribía, se me estaba ocurriendo que bien podría contar aquí, como compensación, mis desdichadas relaciones con la palabra abarloado, *término marinero de los comunes, que quiere decir, más o menos, que dos barcos, atracados en punta, tienen vecinas las panzas de los costados. A mí, es una palabra que me gusta mucho,* abarloado, *suena precioso, a pesar de su irredimible y algo cargante condición de participio, que la incapacita, por ejemplo, como rima rica de un soneto; pero, fuera de eso, la encuentro seductora, la encuentro casi fascinante (como otras muchas, claro).*[1] *De modo que me propuse utilizarla en cuanto apareciese una ocasión, y lo bueno del caso fue que surgieron muchas, como decir que se mecían en el puerto los barcos abarloados, o que, abarloados en el mismo lecho, dormían tranquilamente Flaviarosa y Nicolás, si es que lo hacían, paralelos y rozándose los flancos, porque si no se mantienen así, la metáfora no sirve. Pues, ¡lo que son los efectos de la arteriosclerosis, sobre todo cuando actúa en silencio! Ni abarloé los buques en el muelle, ni a Flaviarosa y Nicolás en la cama. Terminé la novela, y la palabra permanecía ante mí, casi visible, audible por supuesto, meciéndose en el aire, y sin uso. Cuidado que da rabia.*

1. No se diga que abuso. Pudo elegir mi gusto «abriolar», que equivale a tirar por sotavento de la relinga de barlovento de la vela mayor, cuando llega a tocar o quiere flamear, a fin de que tome viento. ¿Verdad que es muy bonito? Pues está en español y del más garantizado.

Y sucedió también que terminé la novela a falta de una última frase, ese acorde final o ese epifonema tan recomendados por los retóricos, y por algunos otros de los muchos entendidos, para que la cosa quede redonda y respetable. Pues, tampoco se me ocurría, y ésta es la hora, ya la novela en la imprenta, en que le falta la frase final, y lo más probable es que aparezca sin ella. Pero, como a veces acontece, dos nociones, temas o sucesos que nada tienen que ver entre sí, lejanos y distintos como constelaciones, en la imaginación se aproximan (¿se abarloan, quizás?), y del roce o del choque salen nociones nuevas, imágenes inesperadas, metáforas útiles, o tal vez completamente inservibles. Yo estaba leyendo la traducción gallega de los Sonetos a Orfeo, de Rilke, hecha por un paisano mío, el señor Tobío, que salió muy bien del apuro, que salió brillantemente; y lee que lee, me tropecé con un verso (no puedo citarlo con precisión porque el libro se me quedó en Galicia) en que dice o habla de "un lecho en el oído". ¿Voy a mentir diciendo que lo encontré acertado? Pues, no. No la traducción, que es fiel, sino la imagen del mismo Rilke, que a mi sentir no anduvo con gran fortuna en ese instante, ¡caray!, un lecho en el oído, no hay modo de imaginarlo. Inmediatamente se me ocurrió la corrección, lo que hubiera levantado el verso: un lecho en el olvido. No es porque se me haya ocurrido a mí, pero lo encuentro bastante aceptable, de verdad sugerente. Un lecho en el olvido. Dice algo de por sí, y, combinado con cualquier otro sintagma más o menos de la misma calaña, puede significar mucho. Pero, al menos en aquel momento, no se me ocurrió ponerme a la invención de ese sintagma complementario, sino que descubrí, o comprendí, que semejante frase, un lecho en el olvido, pudiera relacionarse con algunos aspectos de mi novela de amor, donde no hubo lecho y hay olvido, y, oportunamente redondeada, servirme de epifonema o de acorde final, conforme a mi ya resignado propósito.

Y aquí fue cuando se operó la relación, el choque eléctrico, el relámpago, a que antes me referí: sin que para nada interviniese mi voluntad, la palabra abarloado emergió de sus abismos, quizá marítimos, quizá meramente poéticos, desplazó al lecho *de su situación de privilegio, y me ofreció una nueva frase:* abarloados en el olvido, *que, de momento, me deslumbró, ya que me hallaba ante una metáfora bastante más compleja que la de origen, bastante más luminosa, en la que* abarloados *bien podía referirse al Narrador (de esta novela) y a Ariadna, con lo cual la idea de* lecho *no quedaba del todo abandonada, sino aludida: y si es cierto que el otro miembro permanecía, el* olvido, *la nueva imagen lo enriquecía considerablemente al quedar implícita la comparación con la* mar, *que es donde los buques se* abarloan, *y hace por tanto al olvido, como ella, inmensurable, inagotable, y, si alguien lo recuerda,* toujours recomencée. *Quedé como de un susto, ante este mi jamás sospechado talento lírico, pero comprendí inmediatamente que, así como estaba la frase, el resultado de aquella intuición no me servía de nada, salvo de incomunicable satisfacción personal, bastante modesta por otra parte. ¿Cómo cerrar un libro colocando al final, así, aislado,*

abarloado en el olvido?

Ahora sí que se puso a funcionar mi imaginación, más de prisa de lo que yo hubiera deseado, y en su ir y venir recorrió las varias fórmulas posibles con el abarloe y sin él: escribí, por ejemplo (y fue una vuelta atrás):

Acuéstate en mi olvido y vive allí,

que no me gustó porque excluye al Narrador (o se excluye), lo que empobrece el sentido, reduce el olvido a sus límites y deja fuera al abarloe.

Se me ocurrió también:

Abarlóate, Ariadna, en mi olvido, y vive,

que prescinde también del Narrador y, en último término, usa indebidamente el abarloe, porque éste requiere de dos barcos, al menos, o de dos cuerpos. Otra de las etapas fue:

Abarloados en el olvido, Ariadna, viviremos,

lo cual es una especie de carabina de Ambrosio que tampoco resuelve nada, que nada cierra y nada solemniza. Y como las ocurrencias posteriores no mejoraron ninguna de éstas, acabé temiendo que ese final apetecido se me escapase, no sé ahora si inasible o inasequible, como ciertos fantasmas y ciertos modos de amor. Hasta que, al fin, algo se me insinuó y con algo pude redondear el párrafo postrero, cabal remate, nota caliente y convincente de este embarullado conjunto, algo de orden, quiero decir, aunque sea a la despedida. Pero, una vez escrito, pienso con verdadero espanto si esas palabras no serán mías, sino, todo lo más, otro verso de alguien, modificado. ¡Ah, si fuera capaz de recordar todos los versos que he leído...! Para no disparatar más vuelvo a lo dicho, el orden, el final: dice "forma" quien dice "orden"; dice "final" quien dice "redondeo". Prácticamente toda narración puede ser infinita, igual que amorfa, como la vida. Darle un final, darle una forma, es la prueba más clara de su irrealidad. Por tanto, ¿para qué enredarnos más en elucubraciones? Como irreal te la ofrezco, que es a lo que intentaba llegar. Y tú verás.

Uma vez amei, julguei, que me amarían,
mas não fui amado.
Não fui amado pela unica grande razão
porque não tinha que ser.

A. C.

Ella era amable y él la amaba,
pero él no era amable y ella no le amaba.
(De un drama antiguo)

H. H.

El furtivo desagüe de la Historia.

J. M. C. B.

La miro a V. en los ojos, y mis ojos le dicen que soy un pobre buscador en el mundo, que no comprendo nada de mi destino ni del de los demás, que he vivido, y pecado, y creado, y que un día me iré sin haber comprendido nada, en la oscuridad que nos ha parido a todos.

J. J.

1. — No importa recordar por qué empantanos se retrasó nuestro viaje, pero, por fin, vinimos; me trajiste en tu coche hasta el embarcadero, y remaste después, riendo, mientras yo bromeaba a tu costa: quería recordar tu nacimiento en las orillas de un mar glorioso, y que las aguas de un lago no demasiado grande, aunque sea tan hermoso como este nuestro (donde, según me contaste alguna vez, vienes a patinar en el invierno), son apenas remedo de aquellas otras, azules, aunque grises a veces, y no siempre tranquilas, que te mecieron con su canción antigua, y a las que no quieres volver, nunca quise saber por qué, quizá por el temor de que ese canto haya callado para siempre, o por el miedo que tienes de recobrar, de no perder jamás, esos monstruos de tu infancia que a veces se te recuerdan y te estremecen; meros fantasmas, te hacen temblar: ¿qué sería visibles? Bastaba ese secreto en otro tiempo para que yo me echase a inquirir, a conjeturar también, sin alcanzar ninguna conclusión suficiente, una hipótesis satisfactoria al menos, algo: todavía imagino, cuando me pongo a soñar, que en esa infancia tuya junto a las piedras más hermosas del mundo, un no sé qué o no sé quién dejó tu alma golpeada, la lastimó: eso de que te quejas a veces sin quejarte, con un suspiro o un rictus que de buena gana evitarías, pues sabes a lo mejor lo que revelan. La verdad es que sé poco de ti, pese a lo mucho que tenemos hablado, una noche y otra noche, muchas tardes también, desde aquella primera en que viniste a buscar al profesor Alain, y él se había marchado. ¿Recuerdas? ¡Claro que sí, y no sé por qué diablos te lo pregunto! Aunque quizás lo sepa sobradamente, y tú también, y el por qué voy a repetirlo aquí con algunas variantes, así como otras cosas de las comunes habladas o vividas, que ya van siendo muchas: mentaré las necesarias para que quede cabal la historia, la que ahora empieza, o que empezó cuando te dije que sí, que alquilaría la cabaña de la Isla, que viviría en ella hasta el anuncio

de las nieves: todo un trimestre, pues, todo el otoño. Lo que no te he contado nunca es la manera cómo el profesor Alain me había hablado de ti, no una vez, sino con insistencia, hasta ponerse pesado, y una de ellas me dijo que le habías besado en la boca. ¡Oh, de qué modo indeleble me quedó en la memoria aquella imagen! Como hablaba en francés, al decir «*bouche*» puso la suya de manera especial, como si fuera a devolverte el beso, como si todavía lo estuviera esperando o, quizá, como si fuese a silbar. Bueno, a lo mejor no fue más que una broma, una burla más bien, que de sí mismo hiciese el profesor, a quien la puñetera educación inglesa no permite expresar sus sentimientos con la espontaneidad apetecida, ésa con la que nosotros damos salida a lo nuestro, sea de regocijo o pena. ¿No te parece que son tales minucias las que más nos alejan de las personas como él? Cuidado que yo le quiero, y que le admiro, y que llevaría mi amistad hasta extremos que él mismo no sospecha; cuidado que me río cuando me cuenta sus chistes, que nadie he conocido con mejor sombra que él; pero, ya ves, aunque yo no sea, estrictamente hablando, un verdadero hijo del Mediterráneo, como tú, y aunque también mi educación me haya obligado en cierto modo a refrenar con hipocresía templada la manifestación abierta de mis sentimientos, queda una diferencia bastante grande entre lo que yo hago y lo que hace él, porque yo superpongo a la emoción o a la pasión la máscara de la ironía, está claro y allí se quedan como dos hojas secas que hubieran caído juntas (tú me has dicho alguna vez que se me nota, cuando me burlo, qué es lo que tomo realmente en serio); mientras que el profesor sustituye una cosa por la otra y esconde aquélla en no sé qué extrañas simas de su espíritu. Y a mí me parece que eso le perjudica, porque con harta frecuencia es preferible romper de un puñetazo la tabla de la mesa o la cara de un amigo, a dominar el impulso y dejar que lo suplante una sonrisa, o quizá un *mot d'esprit,* que a nadie sirven, la verdad, de desahogo. Me dirás, con razón, que el profesor habría tenido que romper muchas mesas y muchas caras, sobre todo en los últimos tiempos; pero, al menos estaría tranquilo, y tú con él. Aquella noche que viniste a verle, y que se había ido, y entonces te acogiste a mi puerta con el pretexto de averiguar si yo sabía algo de su ausencia, si se marchaba de viaje, o si sólo a Stuyvesant Plaza a hacer la compra, creo que el profesor hubiera debido romper algo muy fuerte y duro, la puerta de su casa o de la mía; o, mejor aún, derribar la pared de una buena patada, en cuyo caso todo hubiera cambiado y no estaríamos ahora en la Isla de los Jacintos Cortados, *The Isle of the Cut Hyacints,* en el *Indian Lac,* cada cual de nosotros a lo suyo, pero próximos como lo estamos ya por esas menudencias a que antes me he referido y que ya irán saliendo; también acaso, más que por el pasado unidos, por lo que vaya a suceder: incógnita que me empuja, contra toda previsión, contra mis propios hábitos precavidos, a escribir este cuaderno a hurtadillas de ti, aunque a ti destinado. ¿No sabes que el ilustre profesor, aquella tarde, antes de irse, recitó con voz bastante clara, con gestos y ademanes de un latino, los mismos versos de su tatarabuelo, tú debes saber cuáles, que casi me cantó por vez primera un segundo después de haberme dicho que le habías besado? Si entonces no le concedí importancia, esta otra vez, la de esa tarde, lo interpreté como que mandaría al diablo todas sus desventuras, como que se iba entonces mismo de picos pardos. Cuando te abrí la puerta, te me quedaste mirando y me dijiste: «A lo mejor, usted sabe quién es Ariadna». Y yo te respondí: «Lo sé, aunque sin haberla vista nunca, si bien sospecho que no podré decirlo ya a partir de ahora». «¿Me deja entrar?» «Naturalmente. Y, además, la invito a un poco de cena en compañía, si es que alcanza para dos eso que me encuentro cocinando. En el caso contrario, contemplaré mientras come.» Tú ya habías entrado, te quitaste el impermeable y añadiste, quizá como justificándote: «¿Sabe que se me estropeó el coche, y que lo tengo ahí enfrente, en la cuneta, medio hundido en la nieve?». Desde mi ventana no se veía el lugar, y no parecía indispensable, para corroborar tu aserto, un descenso en pareja hasta el portal. «Tengo que telefonear para que se lo lleven al taller, pero la puerta del profesor está cerrada y en este piso de usted ya sé que no hay teléfono.» «Sí, pero cuando él se marcha, suele dejarme la llave por si necesito algo, media docena de patatas o un diccionario.» «¡Ah, bueno!, en ese caso...» Busqué la llave y te la di. Fuiste al piso de Alain y supongo que habrás dado instrucciones acerca de tu coche empantanado. Regresaste en seguida. «Verdaderamente ya está todo listo, de modo que puedo marcharme si es que le estorbo.» «¿Lo he insinuado acaso? ¿Lo he dejado entrever?» «No, pero sé que a estas horas usted trabaja.» No te dije ni que sí ni que no. Te rogué que te sentaras y que, ya que estabas allí, esperases un poco, pues algo de lo que yo tenía podía interesarte. Te quedaste al principio sorprendida; mas, como yo me sonriese, exclamaste de pronto: «¡Qué tonta! Va usted a poner ese disco de mi nombre». «¡Pues claro! ¿Cuánto tiempo hace que el profesor viene hablándole de él? ¿Y cuántas veces ha estado usted en su casa, y nunca le invitó a escucharlo?» «Solía decirme que usted estaría escribiendo.» «Pues, no. Yo no soy trabajador, y él lo sabe. Cuando usted se marchaba, él venía a ofrecerme del queso o de la fruta que hubiera comprado y que pudiera apetecerme, y después me contaba alguna de sus historias: creo que tiene en mí el mejor de sus oyentes, el más ingenuo y fácil a la risa.» Te echaste a reír, tú también, y dijiste que ya lo sabías. «Lo que sucede —continué— es que no quiere que yo la conozca a usted.» Te tapaste la cara con las manos y explicaste en voz baja, como el que descubre un secreto: «No quiere que nos conozcamos porque teme que usted me robe». «¿Que la robe? ¿Quizás un rapto?» «No; no es a eso a lo que teme, no, sino a que usted me atraiga a sus cursos y me aparte de los suyos. Me dijo muchas veces que es usted un profesor excelente, que su voz es como música, y algunas de sus alumnas me lo han corroborado.» «No mejor, sin embargo, que él, aunque yo, claro está, no disponga de un tatarabuelo que figura como gran poeta en la historia de la literatura inglesa y cuyos versos utilice para deslumbrar muchachitas.» Me pareció que te ruborizabas. «¿Hace eso Alain?», preguntaste, yo creo que para disimular, y yo, por razones parecidas, quizá desviase la conversación; te dije: «¿Es así como le llama? ¿Alain? ¿No usa usted el otro nombre?». «Sí; le llamo Claire, como todos sus amigos, como usted mismo.» «En cuanto a mí, ¿sabe también cómo me llamo?» «Por supuesto.» «¿Y sabe que en mi país la gente se tutea sin necesidad de mayor trato?» «¿Es una invitación a que le llame por su nombre?» «Pues, claro.»

Te puse el disco, *El Lamento de Ariadna,* y lo escuchaste silenciosa y recogida en ti, sin más (entonces) en el mundo que la música y tú misma: el sentimiento que en tu interior manase; y cuando se acabó, me pediste que lo pusiera otra vez, y como comprendí que lo que estaba sucediendo te pertenecía enteramente, y acaso formaba parte de tu secreto, aproveché el silencio para ir a la cocina y preparar la cena. Me llegaban las voces de la *povera Arianna* y su insistencia en suplicar que la dejasen morirse, y yo me ajetreaba con el guiso de pescado y la colocación de unos vasos en la mesa; con cuidado, no fuera algún ruido extemporáneo a perturbarte el éxtasis. Nunca te dije que asomé la cabeza y te vi con los ojos cerrados (la música había terminado ya) y muy quieta. Entonces le tuve envidia a Claire por vez primera: una envidia, por entonces, de amigo, qué caray, no pienses que le deseé la muerte para que me quedases en herencia: sencillamente sentí que ya me gustaría saber de una muchacha como tú que cerrase por mí los ojos y se dejase llevar por una música cualquiera, aunque no fuese aquélla. Apareciste, recuperada para el tiempo y la vida, en la puerta de la cocina, sin decir nada, resplandeciente como si te acompañase un halo, aunque sólo con una sombra de sonrisa, ¿reminiscencia de la dicha inmediata, del viaje feliz a que tu alma, quizá también tu cuerpo, se hubieran entregado? A partir de aquel momento nada importante sucedió, sino la misma escena, aunque con variantes, de muchos otros atardeceres con invitada, cuando alguna de mis alumnas queda a cenar conmigo, y, después, en vez de escuchar música a mi lado, me suplica que le explique algún punto difícil del *tópico* en que trabaja. ¡Ah, mis alumnas no me besan «*dans la bouche*», como tú al profesor, aunque algunas veces me hagan regalos prácticos de esos que revelan su preocupación por mi soledad: una pieza de queso francés, o un frasco de mermelada traída de importación y adquirida para mí en un lejano mercado de Quebec! Me ayudaste a recoger la mesa y hasta te empeñaste en fregarme la loza, amontonada en el vertedero desde hacía una semana.

No me pareciste entonces muy distinta de las otras, si no fuera por el color de tu piel, por tus cabellos oscuros, por tus ojos; pero tampoco tu aspecto te singularizaba, a primera vista al menos, ya que chicas de tu aire las va habiendo cada vez más, hijas de emigrantes o, como tú, emigrantes ellas mismas. Tenía entonces alguna así en mis clases: a María la recuerdas, italiana, que se casó con Mario, francés de origen, y se marcharon a Honolulú; y a Vittoria, aquella que servía de camarera en *L'École* y escribió una tesis tan bonita sobre Gaspara Stampa. Ahora mismo, si no recuerdo mal, tengo una dálmata y una veneciana, pero ya no se les nota: han olvidado la lengua y comen, ¡ay!, perros calientes a troche y moche. Te puedo asegurar que ninguna de ellas ha venido ni creo que venga jamás a cenar a mi casa.

Aquella noche, nevando, sin automóvil, distante cuatro millas de tu rincón en la ciudad, no tenías más remedio que quedarte. Lo tratamos durante la cena o, con más exactitud, lo planteaste y resolviste por tu cuenta. «No tendrá incoveniente, dijiste, en que pase esta noche en el piso de Claire.» «Por supuesto que no.» «Y en que mañana salga a buscar mi coche antes de que usted despierte.» «No soy madrugador.» «Pero, si quiere, paso después a recogerlo y lo llevo a la universidad. Con esta nieve...»

2. — Querida Ariadna: ¿Ves cómo van enredándose las cosas, o mejor, unas palabras con otras, y se acaba escribiendo lo que no se tenía pensado? En las páginas que van delante hubiera debido recordar aquella primera tarde de la Isla, cuando fuimos a visitar la cabaña cuyo alquiler me habías aconsejado sin más razones que la tranquilidad del sitio y la inminencia del otoño, especialmente bello en aquel bosque. Todavía verdeaban los árboles, aunque en las granjas del ca-

mino hubiéramos comprado ya la sidra y las manzanas, y aunque en el aire quieto runruneasen los insectos su canción de despedida. Lucía un sol dorado que se estaba poniendo, y un pájaro cuyo nombre dijiste y he olvidado chillaba en unas matas. Franqueaste la puerta de la cabaña y me invitaste a entrar, como si fueras la huéspeda: igual en gesto y ademán a la primera vez que me llevaste a tu casa (me diste de comer huevos a la florentina, ¿lo recuerdas?, un menú de protesta contra el habitual bistec). Y como yo te lo hiciera notar, me respondiste: «La administración de la universidad me otorga un tanto por ciento muy sustancioso sobre la renta de la cabaña si consigo que algún amigo la alquile. Conviene ser amable con cualquier candidato, aunque seas tú». «Y si no es amigo, ¿no?» «Es que, si no es amigo, no me atrevo a proponérselo. Sabes que soy bastante tímida.» En fin, que yo hice caso a la invitación, más que por las palabras, por la gracia de tu cuerpo, curvado y sonriente. Penetraba la luz, amortiguada ya por los abedules del jardín, pero con fuerza para encender el aire. Una vez dentro, me lo mostraste todo, sin dejar un rincón, lo mismo lo poético que lo práctico: la habitación que en seguida llamamos del pirata, por su cama naval, sus grabados de pesca de ballenas y el barquito en un frasco colgado mismo en la cabecera. «Mira qué bien podrás trabajar aquí, cuando el salón te canse»: la mesa junto a la ventana, los plúteos vacíos del estante, un antiguo tintero de porcelana, de esos con agujeros para meter plumas de ave, que estaba allí quizás para anticuar el ambiente lo mismo que una palabra arcaica anticúa un párrafo entero. «¿No te gusta?» «¡Pues claro que me gusta! Pero colgaré el barquito embotellado aquí, junto a la mesa y a la altura de mis ojos, de modo que cuando los levante y mire, me invite el barco a soñar.» Entonces me llevaste a la cocina.

Hace de esto algunos días. ¿Cuántos llevamos aquí? Se me ocurrió escribir este cuaderno a la semana justa de la llegada, es decir, el domingo, pero no empecé a hacerlo hasta la tarde del lunes, cuando volvimos de la universidad y te encerraste a preparar unos temas urgentes. A la tarde siguiente no hice nada: fue la del martes y la pasé recorriendo la Isla, especie de Robinson maravillado por los colores del bosque, por las ardillas que no escapaban a mi paso, y por una pareja de faisanes que casi pude acariciar: me senté en una suerte de plazoleta que ya te mostraré, y me puse a cantar como un mancebo o como Tom O'Connor cuando bebe cerveza y deja que se le escape la nostalgia; sólo que Tom lo cuenta, si no lo canta, y yo no tenía a quien contar. ¿Sabes que al llegar a lo intricado, cierto lugar del bosque donde sólo el bosque se ve y se escucha, nada humano alrededor, el cielo en lo alto y el atardecer encima, me dio miedo de algo, no podría decirte qué? De los hombres no era, por supuesto. Me vino de pronto el deseo de escapar, y lo hice con torpeza, alrededor del punto aquel, alejándome apenas, y las tinieblas llegando: hasta que hallé la vereda, y la cabaña solitaria, pero ya familiar, me recogió como un seno. No te lo dije; algunas otras cosas te oculto. Ya irán saliendo, si nos conciernen. Ayer, miércoles, era ya la medianoche cuando llegamos al embarcadero: miraste en el reloj del automóvil e hiciste un comentario acerca de la cena a la que habíamos asistido juntos: la que ofrecía el Departamento de Lenguas Romances a ese profesor francés que lo sabe todo acerca de Rabelais y al que acompaña una muchacha pelirroja, de cuerpo muy espigado y de modales tranquilos: parecen enamorados o te lo pareció a ti, porque yo, la verdad, no había parado mientes ni en sus miradas ni en sus delicadezas. Pero tú me dijiste, cuando ella acudió a socorrerle porque se había atragantado y tosía como si fuera a ahogarse: «Esa chica le quiere», y, un momento después, a la vista de las finezas con que él respondía al socorro: «Ésos se aman». Yo te dije al oído que hallaba la conjetura en cierto modo audaz y de escaso fundamento, y creo recordar que añadí algo al respecto de esa manía tuya que te conduce a ver, en donde no los hay, amores en precario: lo serían, en caso de existir, los del especialista en Rabelais y la chica pelirroja, mucho más joven que él. Pero, aún así, ¿para qué enternecerte?, ¿por qué sentir tristeza? He descubierto hace tiempo que los amores difíciles los haces tuyos; más, si son imposibles. Se había levantado el *chairman* con la copa en la mano, y empezaba el discurso. Me dio tiempo a pensar en la historia de Agnesse, vagamente sabida, aunque no en los episodios amorosos, mal conocidos entonces. Fue Claire quien me la descubrió, personaje curioso e increíble, si bien se le notaba (a Claire) que de quien quería hablar era de ti; se refirió a vosotras poco tiempo después de aquella noche en que escuchaste en mi casa *El Lamento de Ariadna* y en que de modo tan poético se inició nuestra amistad: no fue un cuento repentino, sino muy preparado y abundante en precauciones, y después de unos preámbulos con referencia a ciertos árboles que crecen uno en el tronco del otro, o que se le instala en un costado: lo cual llevó el coloquio al tema de los bosques, y le conté cómo una noche que ahora ya me resulta tan antigua como mi corazón, bajando por la ladera de una montaña alemana, experimenté la sensación, o acaso el sentimiento, de penetrar en un ámbito sagrado, que lo sagrado caía sobre mí, como el relente, desde las hojas de los tilos y me dejaba envuelto, poseído, un poco estremecido: lo mismo, más o menos, que acabo de contarte del centro de la Isla y del miedo que pasé ante el *mysterium tremendum,* ahora ya identificable. Pero el bosque alemán de que te hablo, selva más bien, no era de los sonoros, sino de los silentes, y se notaba en seguida que detrás quedaba un hueco, quizá el vacío, hasta distancias inconcebibles y oscuras. Claire me dijo que nunca había llegado a tanto, quizá a causa de su tendencia infantil a la incredulidad, pero sí a mantener con el bosque en su conjunto y como entidad unitaria, ya que así lo había imaginado siempre, relaciones personales basadas sobre todo en la conversación, y que el que rodeaba su aldea, poblado de coníferas y de abundantes espíritus sutiles, que además se detenía al borde del riachuelo, lo saltaba, y continuaba después, era locuaz hasta la irritación y la sospecha, y sus informes acerca del baile de las hadas y del lugar en que los gnomos fabrican sus tenedores de oro los recibía Claire como inapreciables, «si bien jamás hallé tesoros ni vi hadas danzantes, pero esto obedece de seguro a alguna limitación personal, falta de sueño o exceso de proteínas», concluyó; pero como lo que a mí me importaba era el caso de Agnesse y el modo de vivir el haya en el tronco del roble, Agnesse en

Ariadna, arriesgué cierto tipo de mofa, efectivo aunque en el fondo inofensivo, acerca de las facultades lingüísticas del bosque, lo cual no agradó del todo a Claire, que ya sabes cómo goza dejando que le ascienda la fantasía hasta lugares desde los que más tarde el regreso se le pone difícil: pues de un brinco saltó desde el bosque al sillón del despacho en que estábamos hablando, que era el mío (y por cierto sonaba en el tocadiscos la *Sonata a Kreutzer,* que él me había solicitado), y me dijo: «Mire, eso de Agnesse usted no podrá creerlo, su condición de meridional materialista se lo estorba; pero yo, sí: lo creo a pies juntillas. ¿Sabe que consiste en que cierta persona crezca dentro de otra?». «¿Como Napoleón dentro de usted?», le respondí con sorna; y él, en un principio, me envió a paseo, y quedó un rato largo en silencio, escuchando a Oistrack; pero, después, reconoció que el caso tenía bastante de increíble, al menos en los términos en que él lo había enunciado; que, desde luego, el uso del verbo *crecer* no era apropiado, ya que, más que de un crecimiento, se trataba de una acumulación, tal vez de una instalación, de la que resultaba a fin de cuentas lo mismo, es decir, una entidad viviente a la que convendría en todo caso aplicar los últimos descubrimientos y las últimas afirmaciones acerca de su esencia y consistencia sacadas de la psicología conductista y de las modernas teorías del personaje. Yo creo que fue esa tarde cuando me reveló, por fin, el intríngulis de lo de Agnesse y tú, y te confieso que todavía hoy, al recordarlo, se reproduce mi estupefacción, más que sorpresa, porque nunca hubiera esperado de un espíritu como el de Claire, tan científico (a pesar de sus escapatorias al bosque de su infancia), una invención parecida y un plan tan fuera de lo sensato. De acuerdo en que yo sea un meridional materialista, aunque ya lo discutiremos; pero, ¿es necesariamente mentecato el que toma a chacota esa idea descabellada de Claire? Primero me explicó someramente las relaciones de Agnesse con el tatarabuelo poeta, si bien añadió una nota bibliográfica para que ampliase el tema por mi cuenta, por cuanto Agnesse, a causa precisamente de tales relaciones, es hoy una de esas personas que asoman su perfil (el de Agnesse fue un tanto aquilino) a las páginas de la historia literaria, apartado de las biografías escandalosas, y ha suscitado por tanto estudios en los que se la considera con independencia del personaje de quien recibió como un regalo el derecho a que se la tenga en cuenta. Después me refirió que en una de las cartas de Agnesse ya publicadas (por quién y cuándo no viene al caso), figura una frase reveladora de que *sabía* cómo, cuándo y por quién había sido inventado Napoleón, lo cual la trasmuta, de amante duradera y en cierto modo cargante del gran poeta autor de las *Erotic melodies,* en testigo inapreciable de un hecho histórico que, gracias a Claire, el mundo entero habrá de considerar ahora a la luz de ciertos descubrimientos incalculados; por último, y eso fue lo chocante, me comunicó su convicción de que sembrando en tu memoria cuanto se sabe de Agnesse, de modo que con todo ello se formase una especie de molde o vaciado de su personalidad, *ella acudiría a habitarlo,* más o menos como las almas de los egipcios habitaban sus efigies. Reconozco que semejante invención no es más que un ardid relativamente ingenioso y bastante culturalista para enmascarar su propósito de utilizarte como una médium cualquiera, aunque no cualquiera, sino tú, y que todo eso del personaje sembrado o injertado en tu interior no es más que una manera de designar la preparación técnica a que te tiene sometida, que incluye lógicamente una información completa acerca de la persona que va a ocuparte, que va a sustituir tu alma y a hablar con tu lengua. Evidentemente, así se entiende mejor, pero no por eso me convence. Pues él espera, o al menos eso me dijo, que por ese procedimiento, y con tu mediación, averiguará un día lo que por los caminos naturales, quiero decir, científicos, no puede descubrir: quién inventó a Napoleón, cuándo, por qué. Él se lo preguntará a Agnesse, y tú le responderás, ¡como una güija!, ¡como una mesa parlante! Pienso a veces que todo esto, por lo que a mí respecta, no es más que una broma de Claire; por lo que a ti concierne, un modo de tenerte atrapada por medios que no son los normales entre un hombre y una chica. Porque debe de ser al menos entretenido eso de sembrar en tu memoria semillas de Agnesse para que su doble crezca dentro de ti. Entretenido y fascinante, claro; aunque no sé si no correréis el riesgo, tú sobre todo, de que la vida que pueda cobrar Agnesse en tu memoria sea a costa de la tuya, de manera que un día su cuerpo vivo acabe por abrirse camino y salir a la luz desde tu cuerpo muerto: recuerda que, operaciones parecidas, hemos leído algunas, desde el maldito Poe hasta el maldito Wilde. A lo mejor ya se le ha ocurrido la idea a Claire, a quien considero capaz de entusiasmarse con ella. Conviene tener en cuenta, y es posible que lo hagas, que cuando Claire me dijo lo que me dijo, se hallaba ya seriamente amenazado, si bien no supiera todavía de qué, pues aunque su libro no se había publicado (lo fue dos semanas después, acuérdate), algún juego de pruebas compaginadas y con el texto definitivo se había filtrado de la imprenta, había llegado a Harvard, y la gente insinuaba que Claire, reputado historiador y profesor excelente, había alcanzado por caminos irreprochables la condición de verdadero novelista, por cuanto del manejo escrupuloso de documentaciones y fuentes fidedignas extraía conclusiones fantásticas y, sobre todo, divertidas: pues eso fue lo primero que se dijo acerca de su libro cuando sólo se conocía bajo cuerda. Recordarás el día en que nuestro presidente llamó a Claire y le mostró la carta recibida de un grupo de colegas «concienzudos y responsables», la flor y nata de los historiadores de la Nueva Inglaterra, los cuales acudían a él (al presidente) con el ruego de que interpusiese su autoridad o su poder para impedir o estorbar al menos la difusión de un libro «que colmará de ridículo a su autor, a los amigos del autor, a las universidades en que se ha formado, a los profesores de quienes ha aprendido, a la institución en que trabaja, a sus alumnos, y a los posibles lectores de semejante mamotreto». Nosotros, quiero decir, tú y yo, esperábamos el regreso de Claire en su mismo despacho, entre sus cachivaches estilo imperio, sus retratos de Napoleón, el plano de la batalla de Austerlitz en sus fases principales, y aquella copia al óleo del retrato que pintó Rodney de la condesa de Lieven y que no sé qué pito toca en aquel conjunto: un par de largas horas hablando por hablar y sin que ninguna de las conversaciones iniciadas cuajase debidamente en coloquio. Sobrevenían silencios, verdaderos buracos de vacío que rompías con un grito, el ¡ay! que te provocaba lo que estabas imaginando, o con una pregunta reiterada hasta el exceso. ¡Caray!, por mucho que se quiera a un hombre, es bastante lo que se puede preguntar de él, y no aquel invariable e igualmente modulado «¿Tú crees que le sucederá algo?» con que alterabas o interrumpías el curso de mis conjeturas. Me decidí a decirte, finalmente, que el presidente le mostraría, aunque quizá también se la leyese, la carta de los colegas (de la que nos habíamos enterado por una confidencia) y le explicaría después el brete en que pondría a la Administración de persistir en la intención de que se publicara el libro: hasta el punto de que, en tal caso, la Administración se reservaría el derecho de revisar y considerar el contrato de trabajo que, desde hacía tantos años, unía a Claire a la universidad: concierto del que las partes habían sacado evidentes beneficios, ella de honor, él de dinero. «¿Eso quiere decir que lo echarán?» «Probablemente.» «Pero, ¿por qué? ¿No es el suyo un gran libro?» «El más importante de los de historia escritos desde hace varios siglos, el que descubre lo que nadie debiera haber descubierto, lo que a nadie conviene que se sepa.» «Pero, ¿existió Napoleón o no existió?» «Leído el libro de Claire, creo que no.» «¿Entonces?»

Tú eres, Ariadna, la alumna distinguida de la sección de Historia Contemporánea, la discípula amada en quien Alain Sidney, llamado Claire en la intimidad, puso todas sus complacencias, que no sé todavía si fueron también las científicas o sólo las eróticas; asimismo conozco las de los otros colegas, todos admiradores tuyos según la misma vacilante dicotomía: hay que ver Ariadna, esta muchacha griega, qué talento para la investigación, qué finura de trabajo, su tesis es un asombro de precisión y de orden, tiene unas lindas tetas. Siendo las cosas así, y estando como estabas al tanto de lo escrito por Claire y de su trascendencia y riesgo, ¿a qué vinieron semejantes preguntas, y, sobre todo, aquel «¿Entonces?» proferido casi como un desafío? Más que a mí, modesto profesional de la Historia Literaria, se te alcanza la importancia de lo que Claire sostiene (y ya veremos luego que no es un descubrimiento, aunque no sepamos exactamente lo que sea): Napoleón no ha existido jamás, fue una mera invención técnica para explicar sucesos inexplicables, la historia entera del siglo XIX resulta ininteligible gracias a esa ficción. ¡Pues toma, claro! ¡Si supieras lo que han dicho en mi país, cómo se ha recibido la noticia! Ya no hay Napoleón en Chamartín, ni victoria nacional sobre las tropas imperiales, y al pueblo se le arrebata la gloria de las guerrillas, merced a la cual pudo aguantar un siglo de opresión sin que el orgullo popular padeciese, sin que los condenados a la abyección se sintieran abyectos: pues cada uno de ellos, en los peores momentos, se tenía por un Juan Martín posible; pues todo se les reduce ahora a unas escaramuzas con Dupont, con Murat, o con Soult, exageradas en su importancia por la propaganda cortesana, que en el mito del pueblo invencible halló pretexto para cien años de conspiraciones, pronunciamientos y fraudes a la democracia. Pero, ¿y los rusos? Ahora mismo tengo encima de la mesa el *New York Times* de esta mañana, y, cuando llegues, te lo mostraré: la Academia Soviética se pregunta a qué extremos de demencia llegan los intelectuales bajo el capitalismo, siendo como se ve que son capaces de sostener con todo lujo de aparato científico y precisamente gracias a él, que el invasor de Rusia no es más que el nombre de una mentira. ¿Y el Beressina? ¿Y el mariscal Kutuzof? ¿Por qué se incendió Moscú? Pues entre Rusia y mi patria queda el resto de Europa, glorificada o aplastada por el Corso. ¡Son muchos los intereses que se sostienen merced a Napoleón, muchas las realidades que en él se justifican y hallan nombre —¡los palacios y puentes de París!—, para que vaya a recibirse y aceptarse sin más trámites la afirmación de Claire! No dudo que el libro se lea, ya lo creo que se leerá, pero como una novela fascinante escrita por un inglés que enseña Historia en Norteamérica. ¡Y de qué modo escrita! Porque, evidentemente, Claire lo hace de maravilla. Cork, el de Manchester, comienza su recensión, que tengo a mano, diciendo: «También a mí, a los quince años, se me ocurrió que Napoleón no había existido nunca, que era un sueño de todos, si bien las pruebas en contra, tan abrumadoras, que me llegaron después, me hicieron renunciar a tan generosa idea. Verla ahora sostenida por la pluma y el ingenio de alguien tan reputado como el profesor Alain Sidney, me hace retrotraerme a los lejanos años adolescentes y al deleite que me causaba todavía la lectura de *Alicia en el país de las maravillas*. Confieso que el fabuloso cuento de Lewis ya no me atrae tanto, acaso porque los críticos, de puro manosearlo, lo hayan echado a perder; pero quizá se deba a que el ejercicio científico, si no me ha secado el manantial de la imaginación, lo ha al menos encauzado. Es muy posible, pues, que el ánimo con que acometo la lectura del ingente libro de Sidney no sea el apropiado. Lo deploro». El artículo de Cork es un ave rara: rechaza la tesis, pero admite la legitimidad de la ocurrencia y admira, o dice admirar, los métodos puestos en juego, el aparato científico y, por supuesto, su prosa. «Aquellos, sin embargo, a quienes la presencia de Napoleón en la historia y en ciertos monumentos aún erguidos o francamente acostados resulte embarazosa o sencillamente intolerable, aquellos que borrarían de buena gana los nombres de Austerlitz, Fontainebleau y Santa Elena de la memoria y de los mapas, encontrarán una especial satisfacción, un deleite semejante al de quien remeje el hierro en el seno de la herida, en esta lectura, cuyo efecto menos visible sólo puede ser definido con una palabra francesa, *soulagement*. Y todos recordaremos aquellos versos de un poeta español escasamente conocido: "... ¡Lástima grande / que no sea verdad tanta belleza!".»

Pues vuelvo a lo de aquella tarde, aunque ya en mi despacho, y a la angustia con que me preguntabas si el mamotreto de Claire sería un disparate formidable, la obra de un cerebro perturbado, si no la burla imponente que se engendra en la frustración. Me daba pena ver cómo perdías por momentos la confianza, no ya en el que ha sido tu maestro, el que te ha dirigido una tesis por todos alabada, sino ante todo en ti misma, en tu capacidad para discernir de las pruebas y de los razonamientos. La puerta del despacho de Claire queda vecina con la mía: te sugerí que fueses en busca del texto con el fin de examinar conjuntamente algunos pasajes discutidos, y lo que encontraste fue un mazo de galeradas, ese capítulo en el que se cotejan, no tanto en su contenido como en su escritura, ciertas páginas de Chateaubriand, de Metternich y de Vigny. En las primeras se narra y califica la muerte del duque de Enghien; por las segundas conocemos la entrevista de Dresde; en cuanto a las del poeta romántico, se imagina en ellas lo acontecido entre el Corso y el papa prisionero: son éstas, precisamente, las que sirven a Claire de fundamento para la exposición de su punto de partida metodológico, es a saber, que, con los mismos medios lingüísticos, *la narración, la descripción de lo ficticio, se lleva a cabo por procedimientos sustancialmente distintos de los usados cuando se narra, cuando se describe la verdad de un suceso.* Es así que Chateaubriand y Metternich describen o narran por los mismos procedimientos, con los mismos instrumentos que Vigny; luego el contenido de sus relatos es igualmente imaginario. Con ese metro riguroso, reducido a media docena de principios, mide Claire varios cientos de obras históricas concernientes a Bonaparte, y de modo deslumbrante por su peso y su lógica, va mostrando la verdad y la mentira de lo que se relata hasta dejar bien clara la falsedad de todas las referencias a Napoleón examinadas, las cuales, además, clasifica como de origen o fuente francesa (Chateaubriand), alemana (Metternich), e inglesa (¿quién?). Confío en que algún día el método de Claire, esa multiplicidad de técnicas por primera vez manejadas en la investigación histórica, llegará a ser usual, y que algún día habrá asimismo envejecido y tendrá que ser superada; hoy es tan abrupta su novedad, es tan desafiante, que no me extraña la repulsa con que fue recibida y la chacota general con que los más manifiestan su personal e irreparable rutina. Aquella noche, Ariadna —tú leías— fuimos progresivamente ganados por un discurso de estructura rigurosamente matemática y por una palabra de expresión rigurosamente poética, de modo que el resultado fue la más perfecta embriaguez, la más inconcebible, de la inteligencia y de la sensibilidad. Reconozco que llegó a importarme un bledo lo que se debatía: si Napoleón fue algo más que una palabra favorecida, acunada, amamantada por la necesidad política.

Una vez le pregunté a Claire, a raíz de los primeros acontecimientos, que cómo se le había ocurrido la idea, o cuál había sido el camino que le llevara hasta ella, y lo que me respondió no dejó de chocarme: como que oí palabras a causa de las cuales a lo mejor nosotros dos, quiero decir tú y yo, estamos ahora en la Isla, y salvo esos días en que mis cursos me llevan a acompañarte por las mañanas y a regresar contigo en los atardeceres, te espero a la hora del crepúsculo como voy a hacer ahora, y consumo un pitillo tras otro hasta que escucho tu bocina; te contemplo después mientras parqueas, y cómo agitas la mano al descubrirme, afectando sorpresa: sabes de sobra que te aguardo; y después te embarcas y conduces el bote hasta una mano que te ayuda a saltar y una mejilla que recibe tu beso. «Hoy no has tenido carta. Me preguntó por ti Natalia, la ucraniana. Dentro de dos días, a las seis de la tarde, hay reunión del departamento: me encargó Olga que no te olvides de asistir. Hoy apenas comí: me tomé sólo un *sandwich* en la cafetería y regresé al despacho de Claire porque me mandó recado de que a las dos y media me llamaría.» «¿Te dijo dónde está?» «Por fin no telefoneó. Estoy preocupada.»

Claire me contó aquel día que siendo niño, al oír el nombre de Napoleón, le sonó como si fuese falso al mismo tiempo que conocido, como el nombre de nada puesto a nada. Tenía siete años, ¿sabes?, una edad muy temprana para ciertas intuiciones, una edad en que se piensa que tras un nombre hay siempre una realidad; pero, me explicó Claire, lo suyo fue como si aquel nombre le recordase algo que ya sabía, o como si a su conjuro se destapase un saber hasta entonces velado. Me dio a entender que aquella convicción debía haberle venido como el color del pelo y la forma de la nariz, con los mismos cromosomas, pero esto, claro, es lo que él dice ahora, el modo como lo interpreta. Lo que le sucedía entonces era que, cuando hablaban de Napoleón en el colegio, se levantaba y decía al profesor que aquel emperador no había existido nunca: «Pero, ¿cómo lo sabes? ¿Contra quién peleó entonces Pitt el Joven? Y, ¿a quién venció en Trafalgar el almirante Nelson?» «Pitt el Joven peleó contra la República Francesa; Nelson venció al almirante Villeneuve.» Pues ésa fue la explicación que me dio Claire, fíjate bien. Hay a quien le sucede eso mismo con Dios, que escucha su santo nombre y lo recibe como palabra vacua, y el resto de su vida se lo pasa convenciendo a los otros de que Dios no pasa de eso.

3. — Nos gustó la cabaña. No sé a quién más de los dos, pero, en cualquier caso, tu entusiasmo pareció mayor que el mío, y no por lo que ibas a cobrar de comisión, un 10 por ciento sobre la renta, sino por verdaderas ganas que tenías y ocultabas de pasar allí unos días, de ver cómo el otoño se metía en el tiempo, se apoderaba una a una de las hojas del bosque: se te notaba en los ojos, en el ágil manoteo, sobre todo en la voz, cuando elogiabas las virtudes y méritos de la Isla y del refugio, lugar para el amor también, no sólo el estudio y el recogimiento. Fueron unos minutos en que, de hallarse Claire delante, se hubiera sonreído un poco con esa su sonrisa de anglosajón prepotente ante los pueblos inferiores, y en el caso de ir más allá de la sonrisa, que ya basta por sí misma para sentirse uno molesto, te hubiera reprochado como a meridional incorregible el movimiento y la expresividad, justo lo que yo alabo de ti, la voz que sube y se quiebra, y lo que dicen tus manos cuando la lengua se recrea. Estaba entusiasmado contemplándote —me había sentado en uno de los sillones y te veía ir y venir, abrir puertas y armarios, detenerte junto a la chimenea, describirme la llama estremecida del hogar en las noches oscuras, y la luz de las bujías trémulas si quisiera encenderlas, creando en las esquinas las sombras del misterio y del miedo—, y tardé en darme cuenta de tu deseo: cuando lo comprendí, me apresuré a invitarte: «¿Por qué no vienes también y me acompañas durante todo este tiempo?». Y señalaba con el dedo extendido el camarote del pirata, el que me había gustado para mí y ahora ocupas, esa celda encantadora para refugio de un intelectual cansado. Me preguntaste si te lo ofrecía en serio; te respondí que sí, y quedaste pensativa durante un rato largo,

hasta que me dijiste: «Habría que ir y venir de la universidad todos los días». «Bueno, ¿y qué? ¿No vas desde tu casa?» Fue muy curioso, un poco incoherente, al menos según mi modo racional de enjuiciar: no respondiste ni que sí ni que no. Dijiste: «Me apetece bañarme. Te ruego que no mires: no quiero que me veas desnuda». Y sin que yo asintiese, sin que siquiera protestase contra la tentación, saliste, y unos minutos después, traidor que soy, gente de poco fiar, te vi braceando lenta por las aguas del lago, salir más tarde y esconderte de prisa, quizá en el interior de la cabaña. Me gustó entonces tu cuerpo, delgado y moreno, no rosado como el de las vikingas, sino de patinada piel como las teclas de un piano viejo. Y recordé mientras lo contemplaba aquel poema egipcio que Claire no te recitó nunca, porque probablemente no figura en su limitada antología: «¡Es tan hermoso zambullirse en la alberca y bañarme allí ante ti! ¡Mira qué bella estoy, cómo mi túnica mojada moldea mi cuerpo! Somorgujo junto a ti, y, al emerger, voy a tu lado y llevo prendido en los rizos un pececillo rojo. ¡Acércate y escrútame!». Regresaste al salón enjugando el cabello. «Estaba un poco fría el agua», y me pediste whisky, si llevaba: te lo di de mi frasco de plata, el que me regaló Tatiana cuando aprobó *summa cum laude* la tesis que yo le había dirigido. Me preguntaste una vez, hacía poco que éramos amigos, si Tatiana había sido mi amante; me eché a reír: Tatiana es una muchacha juiciosa; cree en el matrimonio y va a casarse con un químico cuáquero al que ha rescatado de la droga. El frasquito de plata para el whisky que me dejó como recuerdo lo había recibido de su padre, oficial del ejército del zar salido apenas de la escuela cuando aquello de la revolución. Tatiana es el fruto tardío del matrimonio entre el teniente emigrado y una señorita colombiana hallada en no sé qué catástrofe: hablaba el español, Tatiana, balanceante y dulce de su madre, el más bonito que he escuchado jamás. No. No fue nunca mi amante.

Nunca te dije que tu cuerpo, visto desnudo algunas veces más, todas las que te bañaste en el lago, no es cuerpo de madre, ni siquiera de esposa: yo lo destinaría a otra clase de amor hecho de tempestad y tormenta. Mirándolo por la cortina entreabierta, lo alumbraba un poquito el sol poniente, era terrible y escueto como un relámpago; comprendí entonces por qué le gusta a Claire, y alguna vez te diré las razones, aunque no entiendo todavía por qué me gusta a mí, y temo que no podré jamás explicarlo satisfactoriamente, ni siquiera en las páginas de este cuaderno, donde puedo escribirlo todo, donde desearía hacerlo.

Hoy, sin embargo, no pensaba fantasear sobre tu cuerpo: tema que vino sin querer, imágenes traídas por una de esas asociaciones azarosas que tan fácilmente explican el alma en sus movimientos y nos la ponen de trasparente y comprensible como la exposición de un teorema. El alma, sin embargo tiene vacíos, agujeros oscuros como esos que los astrónomos dicen que existen en el espacio: abismos de la nada de los que un día emergerán las manos que han de agarrar al cosmos, las fauces que lo van a devorar. Bueno, hoy no pretendía hablarte de tu cuerpo, ni tampoco (al menos largamente) del asunto de Claire, que me dijeron en la universidad que va bastante mal, como que en su reunión los decanos han acordado nombrar un *comité* de especialistas que estudie el caso y dictamine si el sentido del humor derrochado en el libro lo exime por su propia exuberancia (y quizá por su peso) de toda pretensión científica y lo relega al ámbito inocente de la mera poesía, en cuyo caso Claire será perdonado, si bien a condición de que se disculpe en público (hay quien habla de organizar un simposio, pero yo opino, y así lo dije, que el único modo de explicar un libro es escribiendo otro). Pero en el caso contrario, aunque considerando que es la costumbre de los anglosajones expresarse con gracia, y cuanto más abstruso sea el tema más se procura enmascarar su gravedad, si Claire se empeña en que la pretensión científica del libro permanezca como su justificación y su sustancia, perderá la cátedra. Me revelaron en secreto a quiénes han elegido para el comité: pues gente tan inteligente como Jones, tan honrada como Jackson, tan sagaz como Wilson. Y, para ostentar la presidencia, que lo hará con un empaque como si verdaderamente fuera el presidente del país, un pavo real de tan brillantes plumas como Catskill, quien, como no ignora nadie, sólo desea el bien de Claire, al que por otra parte debe su puesto y su reputación. ¡Pues por eso! Fuera el libro una especie de *Peter Pan,* y lo presentarían como la prueba del esfuerzo frustrado a que un científico en declive se arriesga para mantener pendiente de su obra la atención del mundo entero. ¡R. I. P., Ariadna! ¡Pobre Claire!

Y, ¿sabes que pretendo ayudarle? Tú no te has dado cuenta todavía. Acaso piensas (o no te atreves a pensarlo) que te he traído conmigo para mirarte con libertad y sin prisas, para que charlemos juntos a esa hora del crepúsculo y de la anochecida en que sólo se dice lo esencial; acaso para distraer tu mente y apartarla del recuerdo y hasta del amor de Claire. Es posible que todo esto sea cierto. Bueno: lo es, y no lo ignoras. Pero, además está lo de la ayuda.

Hasta ahora nunca te he hablado del tiempo. Hoy necesito hacerlo ya, no en cuanto llegues, como siempre, con ganas de cerrar los ojos y de oírme disparatar acerca de bagatelas, con hambre acaso, o con exclamaciones exageradas de que vienes moribunda, de lo lejos que queda ya el *sandwich* de las once y media, de que te has aburrido más que un pulpo en un garaje (la frase es tuya); pues para el caso te tengo apercibido con qué saciarte, porque esta tarde me arriesgué caminando más allá del bosque, he llegado al *downtown* y allí compré algunas de las vituallas de las que sé que gustas: un montón de castañas asadas, higos secos tan griegos como tú, o al menos así me lo han asegurado. Comí uno de ellos: dulce y pastoso, y tenía la pulpa color de miel. Confío en que te recuerden tu tierra y en que llores un poco mecida de la nostalgia: momento, como puedes comprender, poco oportuno para metafísicas.

No te he hablado del tiempo. Lo voy a hacer ahora después de que hayas comido, cuando me digas que te apetece escuchar música, Vivaldi o Monteverdi, de esa que organiza el espíritu y que hace bailar el alma. O también es posible que cojas la guitarra y me cantes uno de esos poemas de Kavafis a los que puso música un candiota amigo tuyo. Me da igual, pero, si tuviera que elegir, te pediría que cantases, porque prefiero tu voz al violoncelo. Voy a hablarte del tiempo, y para eso he de referirme al Gran Copto, y antes que a él, a Ashverus, porque el uno trae al otro, porque el uno vino por el otro, con otros más, místicos todos y misteriosos, y al que busqué y hablé también durante uno de mis últimos viajes, cuando ya me inquietaba lo de Claire y los libros no respondían a mis preguntas. Acerca de esas amistades que tú ignoras, tengo algunas notas en mis papeles, y a lo mejor hablo de ellas un día, al margen de lo nuestro y del asunto de Claire, quiero decir, en otro de mis cuadernos; pero el Gran Copto pertenece a éste por derecho propio, como en seguida entenderás. En otro lugar y tiempo, aunque no muy lejanos, conté los términos de mi encuentro, una tarde, en Nueva York, con el Judío Errante. No sé de nadie que lo haya comentado, ni en privado ni en público, para extrañarse o para reírse, y estoy por sospechar que poca gente habrá leído las páginas en que lo cuento, de las autobiográficas precisamente, y no de amena invención: pues de no ser así, de haber sido relativamente conocidas, ¿cómo no iba a existir un lector lo bastante inteligente, lo bastante sensible como para detenerse en el hecho, como para interrogar al protagonista, o, de no creerlo tal, al narrador? Pero es el caso que jamás me preguntaron por Ashverus, hasta el punto de haberme hecho creer que la memoria de su nombre se haya perdido, pues no quiero pensar que se interprete el mío como relato fantástico, cuando no como invención burlona, de las que no pueden recibirse con la apetecida seriedad, sino con la irritación o la repulsa que reclama la mentira. Me veo, pues, precisado a repetir, aunque con menos palabras, que Ashverus y yo nos encontramos en un café de Nueva York una tarde de estío, y que en aquel momento se inició una curiosa amistad que aún mantenemos, aunque no ya como antaño, trato frecuente de entrevistas y demorados coloquios, sino de recados periódicos o de noticias indirectas que me llegan desde alguna parte del globo: Salisbury o Valparaíso, pues insiste en su oficio de procurar la paz allí donde se altera. Su última misiva rezaba textualmente:

«De Santiago tuve que salir pitando»,
y la tarjeta trae el matasellos del Callao.

No esperaba la menor relación de Ashverus con el libro de Claire ni con el tema de Napoleón. Ashverus no escribe historia: la viene haciendo desde hace aproximadamente dos mil años: de las maneras más peregrinas, en los lugares menos sospechados y siempre bajo nombres de los que nadie pudiera imaginar que encerrasen un gato. Si lo menciono aquí, si lo traigo a colación, es porque gracias a él conocí y traté en Nueva York a personas, frecuenté círculos, acerca de los que las policías suelen estar mal informadas, pero que no por eso dejan de tener su importancia, al menos para mí. Claro está que Nueva York, según alguna vez convinimos, es una de las ciudades peor conocidas del mundo, precisamente porque abunda la gente que presume de llevarla en la cabeza como un mapa, y que con el resultado de su experiencia escribe novelas o libros de sociología. Sucede por ejemplo que los hombres verdaderamente *raros,* esos que escapan a toda clasificación así como a las concepciones racionales, excluidos poco a poco de otros lugares donde va siendo difícil disimularse e ir tirando, han ido convergiendo en Nueva York, donde serían buscados si practicasen la antropofagia ritual o la poligamia, si negociasen descaradamente en la trata o en la droga; pero un inventor de religiones (pongo por caso frecuente), ¿a quién inquieta? ¿Y quién osa tomar en serio a cualquiera que se confiese inmortal? Así fue posible, así lo es todavía, que el que se llama a sí mismo Enoch, y asegura ser el de la Biblia, plante diariamente su tenderete y su bandera estrellada en una acera de la calle Cuarenta y Tres, casi esquina a la Quinta, y después de declarar que el Señor lo arrebató a los Empíreos hace unos cuantos siglos y que allá arriba permaneció vivo entre los santos y como quien dice en reserva, revele que viene ahora a la tierra para anunciar el fin del mundo, que llegará en un verdadero periquete, que está como quien dice al volver la esquina el siglo en que duramos, y a predicar en consecuencia el arrepentimiento y la penitencia. Del mismo modo, en un lugar no lejano al café en que nos conocimos Ashverus y yo, en un bajo chiquito de un edificio enorme, el que dice llamarse Elías y vende libros antiguos, a poca confianza que se tenga con él, cuenta a quien quiera escucharle lo del carro de fuego que le llevó por los aires: pues alguien me aseguró que uno y otro se encuentran cada día en un figón hebreo, y que hablan y no terminan de su experiencia en el Paraíso. A nadie impiden que se acerque, de nadie se recatan cuando hablan y, sin embargo, no les entiende nadie, y no porque hablen en una lengua arcaica, sino por referirse a un mundo que no podemos imaginar. Por cierto que al librero no le fue encomendada misión alguna, pero espera el encargo un día de éstos.

Pues ya van tres inmortales. Del cuarto te hablaré ahora mismo: no es de los milagrosos, muestra patente de que Dios lo puede todo, sino más bien de los técnicos, poseedor de un secreto químico que le permite mantenerse, lo cual le priva del halo trascendente y le confina a los límites de nuestra humanidad. Lo conocí por mediación de Ashverus y a petición mía, una noche de invierno, en un lugar extraño del Greenwich Village: extraño, no porque presentara o hiciese presentir circunstancias o caracteres extraordinarios, sino precisamente por su vulgaridad, tan evidente, tan llamativa y tan tranquilizadora: se descansaba en ella, protegía como el regazo de una madre, era una casita de dos plantas, con dos huecos en el alto y uno en el piso bajo, en cuya puerta llamó mi amigo de una manera convenida y en el que nos introdujo quien en seguida se presentó como el conde Cagliostro: sin sorpresa por ninguna de las partes, pues había sido advertido de quién era yo, de modo que fue una presentación convencional en las fórmulas, ceremonias y sonrisas. Me resultó agradable aquel a quien no sé si llamar farsante o tenerlo por la auténtica persona a que su nombre remite, y debo decir que otro tanto me sucedió con los otros, me sucede todavía: el Ashverus, y los dos emisarios del cielo, pues por alto que sea el refinamiento de una inteligencia, por rica que sea su experiencia en sucesos inhabituales, por ancha que sea su tolerancia intelectual, siempre queda en el interior de la conciencia, agazapado, esa especie de simio racional ahíto de sensatez que desconfía de unos hombres porque se declaran inmortales, que los cataloga inmediatamente como impostores. Bastantes veces, a lo largo de mi vida, intenté desembarazarme de semejante personaje, expulsarlo de mí mediante los más increíbles exorcismos, sobre todo en aquellas ocasiones en que, por haber seguido sus consejos, cometí esa media docena de errores de que puedo arrepentirme y que me han ido conformando; pero no fue posible, porque él es yo mismo, es una parte indestructible de mí y, sobre todo, incansable en su charlatanería matemática y en su manera de advertir o de insultar: por símbolos más bien que por conceptos. Todo el tiempo que duraron mis relaciones con aquellos irreprochables caballeros, Enoch, Elías, Ashverus y Cagliostro, no hizo más que increparme y reírse de mí, de modo que temí, aquella noche en el Greenwich Village, que el huésped, tan amable, llegara a presentir sus carcajadas, que no son emocionales, como las de todo el mundo, sino cargadas de lógica. No debió de ser así, por cuanto Cagliostro mantuvo hasta el final su cortesía, no mostró desconfianza, ni siquiera suspicacia. Tampoco había motivos aparentes, pues yo le escuchaba entre arrobado y bobo, o, mejor dicho, escuchaba la conversación chispeante de aquellos personajes que, a lo largo de los dos últimos milenios, se habían encontrado muchas veces, amigos unas, otras en campos opuestos, y que se referían ahora a grandes acontecimientos o a personillas de las que no se guarda memoria: en cualquier caso, pedazos enteros del pasado parecían revivir en aquella conversación, y fue precisamente esa palabra, *pasado,* que pronuncié en una de mis escasas intervenciones, la que dio pie a Cagliostro para endilgarme un discurso que mejor parecía una lección de cátedra, como que comportaba nada menos que una interpretación desconocida de la historia y una nueva metafísica del tiempo. Pero, antes de repetir (siempre en la medida que permitan mis recuerdos) sus palabras o sus ideas, quiero dejar constancia de los preliminares de nuestra conversación, cuando le conté hasta qué punto su nombre y su figura me resultaban familiares y admirados, así como frecuentemente rememorados, incluso con emoción y terror, a partir de aquellos tiempos de mi infancia en que José Bálsamo, uno de sus muchos nombres, iba y venía y reclamaba mi atención en cuanto protagonista de unas novelas harto leídas. Evoqué sobre todo aquel comienzo de una de ellas en que Cagliostro, ignorado como tal por el lector, viajero anónimo y nocturno, asciende por la ladera de una montaña una noche de lluvia y viento, asciende pese a las voces que le aconsejan retroceder, que le amenazan si continúa, hasta que al fin, en las ruinas de un castillo probablemente gótico y tras un rito iniciático interrumpido y frustrado, resulta que el viajero y catecúmeno es nada menos que Cagliostro, el Grande Oriente de la Masonería. «¡Ah! —dijo él—. Era un buen tiempo aquél, era un buen tiempo, aunque más peligroso que éste. Pero yo no fui nunca masón, o al menos no lo fui de la especie racionalista, sino de la mística, y por eso me pasé a los Rosa Cruces hasta que pude fundar mi propia secta, o, si ustedes lo prefieren, mi propia organización. Hoy ya no soy el Grande Oriente, sino el Gran Copto, y como a tal me obedecen más de cien mil ciudadanos de este país; tengo pactos convenidos con los Templarios, y relaciones financieras con el Vaticano. La Casa Blanca ignora la magnitud de mi poder. El presidente puede, por supuesto, declarar la guerra y enviar bajo otros cielos *marines* y misiles, cosa que a mí me está vedada; pero si yo maquino una revolución, llevo el país a la ruina en menos de una semana. Claro que no me interesa hacerlo y que, en realidad, soy una potencia conservadora; pero alguna prueba menos aparatosa de mi poder quizá la dé algún día, aunque prefiera antes dar señal de mi ciencia, experiencia de siglos transmitida en secreto y con peligro, en la que se resumen los saberes que no convienen al Poder, que se oponen al Orden y que contradicon la Verdad. Mi ciencia es la única, la verdadera revolución».

Lo decía como bromeando, mientras mi simio interior me susurraba: «Pero, ¡qué tío! ¡Cómo se sabe el papel, y qué papel ha escogido! Me gustaría saber quién es y de dónde viene. Por la cara parece bizantino». Efectivamente, pese a sus aires de hombre moderno, en su rostro alargado y oliváceo, que a veces me recuerda al tuyo, quedaba mucho de santo helénico, de cara trazada según las normas y los principios de un arte que inscribe el cuerpo humano en un sistema de círculos y cuadros en que se guarda respeto al Áureo Número. Aquella vez que me llevaron de visita a ese monasterio ruso instalado en las montañas que quedan hacia el oeste de la Northway, y que me dejaron curiosear en el taller del monje que pintaba iconos, en una tabla arrinconada y medio embadurnada se veía el esbozo de un rostro como el de Cagliostro. Cierta noche, ya no recuerdo cuál, nos dijo haber nacido en Mantinea.

Lo que me reveló, ahora no importa cuándo, fue exactamente esto, que es lo que nos concierne y me aconseja traerlo aquí: «Ni el pasado existe ni el futuro. Todo es presente, como bien advirtieron los teólogos cuando afirmaron que la vida entera de los hombres y del Cosmos, eso que llamamos historia y de la que una buena parte está aún por acontecer, es pura actualidad en la mente divina. Se equivocaron solamente en lo de Dios, que no existe (Ashverus sonrió y meneó la cabeza: tenía sus motivos para hacerlo); pero la historia, aun sin Mente a la que referirla, es pura actualidad, todo está sucediendo ahora mismo, y si nosotros lo percibimos como pasado, como presente y como futuro, a razón de organizaciones mentales obedece, a razón también de estructuras verbales. No fue esa supuesta fluencia que llamamos tiempo lo que determinó los de los verbos, sino al revés: al tiempo como experiencia y como realidad lo sostienen las palabras en cuanto expresión de un modo de estar la mente organizada». Y como yo mostrara, no sé si manifestada en gesto más o menos estupefacto (o quizá estúpido), cierta incomprensión o al menos algún escepticismo, Cagliostro continuó: «Usted habrá oído infinidad de veces el tópico del Libro de la Historia. Sin quererlo, queriendo acaso indicar justamente lo contrario, la frase, vaciada de su contenido convencional, puede después rellenarse de verdad. Fíjese en que, en un libro, coexisten el principio con el fin y con los medios, y sólo cuando se somete a una lectura que llamamos regular, su contenido se muestra como un antes y un luego. Pero, ¿quién duda que se puede leer de otra manera, el fin primero, la solución antes que el planteamiento? ¿Y que se puede avanzar y retroceder y detenerse, y andar de nuevo, y todas las combinaciones y experiencias temporales que se deseen? La coexistencia de todos los acontecimientos humanos permite a quien está en el secreto, a quien sabe contemplar la historia en su conjunto, un modo de lectura similar: desde el comienzo misterioso hasta el presente, que es lo que hacen los historiadores; desde el presente al futuro, que es lo que hacen los profetas, que es lo que hice yo cuando mostré a una reina la clase de su muerte, o lo que hizo Juan en Patmos cuando nos enseñó el modo de nuestro acabamiento, si bien con tal exceso de metáforas, analogías y precauciones, que resulta difícil averiguar cualquier cosa que no sea la de que nuestra muerte, la de todos, nos llegará por el fuego, aunque nadie, ni siquiera yo mismo, sepa cuándo, porque hacia esa parte del futuro la Historia se contempla algo oculta por la bruma. Es lo mismo que sucede, o parecido, cuando se intenta averiguar la fecha de la muerte personal: queda siempre hacia Poniente, y es tan móvil, que cuanto más uno se tuerce para verla más se le escurre». «Luego —le interrumpí—, ¿existen una derecha y una izquierda en ese panorama? ¿Es, quizá, como un cuadro?» «Exactamente. La anulación del tiempo beneficia al espacio. La historia es una especie de paisaje con figuras, aunque prácticamente interminable. Lo que seguimos llamando el pasado, queda a la izquierda; enfrente, lo presente, y el futuro a la derecha. El espacio es circular y giratorio. Lo mismo que no se abarca el fin se nos escapa el principio, aunque yo, por algunos barruntos, me incline a creer en la nebulosa.» Mi simio íntimo casi me golpeaba la conciencia con las carcajadas de su regocijo. Repetía: «¡Qué tío!» sin descanso, y llegó a distraer mi atención, y, lo que es más grave, me convenció hasta el punto de recibir la revelación de Cagliostro con ironía interior, con aparente respeto. «¿Y hace falta dormirse para verlo? —le pregunté—. Hipnotismo y cosas de ésas.» Quizá aquella mirada que me devolvió Cagliostro me llegase cargada de desdén. «A María Antonieta no necesité dormirla.» «Se valió usted de un globo de cristal.» «Sirve cualquier superficie reflectante: un vidrio de la ventana, la faz del mar cuando está calmo. La vez que aquí nuestro amigo (y señaló a Ashverus con un gesto) necesitó de ciertas comprobaciones, nos valimos de un espejo. El espejo tiene la ventaja, debida al marco, de que es posible asomarse a él e incluso arrojarse desde él a la corriente, o planear sin limitaciones.» «Posible, ¿en qué grado?» Se echó a reír. «Acaba usted de preguntarme si le es dado a usted mismo. ¡Pues claro que sí, hombre! La vista del conjunto de la historia es accesible a todo el que sea capaz de soportar realidades tan poco tolerables y, sobre todo, tan poco inteligibles como el infinito y el absurdo.» Creí que iba a explicarme por qué había usado aquellas dos palabras, en apariencia tan comprometedoras (aunque traídas frívolamente no quieran decir nada), y quedé suspenso, en espera: lo que él hizo fue salir de la habitación y volver al cabo de unos momentos cargado de un espejo, no muy grande, que situó frente a mí, encima de una silla: parecía velado, el espejo, aunque con velo interior que le restase profundidad e impidiese todo reflejo: yo, al mirarme, no me veía; y de pronto se encendió como detrás del cristal, quiero decir, con una luz remota y lechosa que se derramó por una superficie inabarcable, pululante como un hormiguero o una gusanera gigantescos. No hay memoria de que tal muchedumbre se haya reunido jamás, ni de que los mismos actos se repitieran más veces de las que yo, en lo poco que miraba, podía ver, pues todo era nacer, comer, reproducirse, y morir, y ningún otro acontecimiento destacaba, una batalla o una fiesta. Seguramente las había, unas y otras, pero el conjunto incalculable de la humanidad se las comía, y todo se veía igual, monótono e informe. «¿Le interesa algún suceso especial, algo verdaderamente extraordinario? Porque allí puede ver cómo le están abriendo el vientre a la madre de César, y un poco más abajo cómo el mismo César, algo más viejo, claro, cae bajo los puñales conjurados y cubre la cabeza con el manto. Por cierto que, si le interesa escuchar a Marco Antonio, verá que sus palabras verdaderas fueron algo menos hermosas que las que Shakespeare le atribuye, y no tan bien declamadas como las dice Marlon Brando.» «En ese caso, le respondí, prefiero seguir leyendo a Shakespeare.» «¿Le gustaría asistir al estreno de *Julio César* en el *Globe*? Cabalmente allí vemos Londres...» «Si no le importa, señor, preferiría contemplar un acontecimiento bastante más modesto. Sucedió en una aldea gallega, ribera de una ría, hace algo más de medio siglo: exactamente el día trece de junio de mil novecientos diez. Entonces nació un niño y me gustaría presenciar... No quiero decir el parto, naturalmente: según mis prejuicios, no estaría bien visto que yo estuviera presente como espectador de mi propio nacimiento, por aquello de ser mi madre la que grita.» Me pareció que Cagliostro me miraba con benevolencia sonriente; en cualquier caso, tuve ante mí la casa donde he nacido, la sala de esa casa, la alcoba de mi abuela, en la que a mi madre acababan de acostar. Era muy hermoso el día, mi padre lo contemplaba, o hacía como que tal, pues estaba nervioso, según mostraban los pies inquietos y los pitillos que iba fumando. Las mujeres entraban y salían, en la sala y en la alcoba, y se oían como gemidos remotos o reprimidos. Me preguntó Cagliostro si deseaba esperar a que aquello terminase, puesto que duraría seguramente algunas horas; yo respondí que no, que con el desenlace me bastaba, y entonces me mostró cómo sacaban de la alcoba a un recién nacido bien envuelto en sus pañales, lavado ya, y se lo mostraban a mi padre. Mi padre no sabía qué hacer. «¡Dale un beso hombre!», le dijo la que me traía en brazos, una de mis tías probablemente. Y mi padre me besó, entonces.

Esta visión escasamente duradera, en absoluto grandiosa, aunque indudable; la percepción insólita de acontecimientos y de personas que se extendían como en un desierto inmenso (ese desierto es, seguro, la Mente en que se realizan); la convicción de ser maciza y de bulto aquella gente y de que todos respiraban, me condujeron a tomar en serio y a recibir como verdad lo que el Gran Copto me mostraba, y tuve entonces la ocurrencia de rogarle que me ilustrase acerca de Napoleón, de quien probablemente había sido contemporáneo, o cuya época había atravesado, como quien desde los tiempos de *El collar de la Reina* ha llegado hasta aquí; a lo cual se echó a reír, y me ofreció que, si tenía interés, un interés razonable y discreto, me ayudaría a averiguarlo por mí mismo, aunque en otra ocasión. No sé por qué, Ariadna, interpreté aquella risa como la corroboración, por un testigo excepcional, de que Claire anda en lo cierto, porque si no significa que Napoleón no ha existido jamás, habrá que tomarla como el aserto convencido de que ninguno de nosotros existe: *fue, sin duda, la risa que niega la realidad de todo,* y aún es éste el momento en que, si la recuerdo, algo tiembla y se espeluzna en mi interior.

II

1. — Me sugirió, pues, el Gran Copto que orientase mi búsqueda, o al menos mi curiosidad, hacia la Isla de La Gorgona: cierto pedrusco resplandeciente que emerge en las derrotas del Mediterráneo central, más historia que tierra, como quien dice toda la historia que cabe en un brazado de peñas amontonadas, Ulises, Eneas, los Templarios, y ya te la contaré. Ese nombre me trajo inmediatamente a la memoria el de sir Ronald Sidney, ese de quien desciende Claire, el que nos cita sin citarlo, venga o no venga a cuento, aunque siempre venga a cuento un poema de amor cuando se está contigo: quizá no los de ese hombre, que nunca son de esperanza, sino sólo de presencia o de recuerdo. ¿No has visto su retrato, el de sir Ronald, colgado en su dormitorio, en el de Claire? ¡Aquel perfil impertinente, aquellos ojos clavados en la Nada! ¿O es que no te ha llevado nunca a su alcoba, Claire? No es menester que te ruborices al confesar que no: Claire es, en eso, muy mirado. No tiene, en cambio, escrúpulos en recitarte poemas de las *Melodías eróticas,* ese puñado de diamantes en ignición que contiene el repertorio entero de las alegrías y de las decepciones de la carne: todo lo que te falta, Ariadna. Tengo observado que Claire, a este respecto, es de imaginación escasa, como que toda su inventiva la consumió en el libro sobre Napoleón, de modo que si pasa una chica con las tetas bien puestas, el comentario se lo pone con versos de su tío tatarabuelo, cuando no del propio Donne. Pues susurrándote al oído o declamando en tu presencia este poema o el otro; haciendo suyas, en resumen, las palabras ajenas, quedaba bien contigo, que te gustaba escucharlas, las recibías como un mensaje personal, pero sin comprometerse él, después de todo, ya que no obliga a nada el texto repetido de un clásico; declamando, eso sí, con el mejor acento inglés del mundo.

Surgió esta digresión cuando iba a referirte que sir Ronald, tras varias vueltas por Europa, una temporada en Rusia, la acostumbrada visita a las Pirámides y un par de años al socaire del papa, se refugió en La Gorgona. El clima de la Isla es bueno, se vivía barato, y a sir Ronald no le iban bien las cosas en Inglaterra: como que su mujer, una presbiteriana insoportable de puro comedida en la cama, de puro remilgada y avara de sus dulzores, aunque muy bella, para cuya convicción, para cuyo deseo, el poeta estaba ya en el infierno, le perseguía incluso las ganancias granjeadas con aquellos versos pecaminosos, los que todo el mundo leía, esto es lo cierto, aunque nadie quisiera reconocerlo: versos de *boudoir* recoleto y de rincón nocturno: como que los ingleses que visitaban Italia, si se encontraban con sir Ronald, le volvían la espalda. ¡Lo que cuesta decir en un inglés como el céfiro lo que los demás piensan, pero que no se atreven a proclamar! Sir Ronald muestra en sus cartas la intención de permanecer para siempre en La Gorgona, e incluso en una de ellas asegura que ya tiene adquirido el lugar donde habrán de sepultarlo, cierto lecho de arena entre dos rocas, a la sombra de un ciprés batido por el terral, lo cual era materialmente imposible, por no decir falso, ya que en la Isla no había un solo ciprés, no lo hay aún, y sí algunos olivos varias veces milenarios, de esos que se retuercen como los hijos de Laoconte, y un matorral espeso de valor estratégico; pero quizá sir Ronald haya dado por vivo, por erguido y por plantado ante los aires furiosos un ciprés imaginado. Lo cual no le impidió escribir el famoso poema que figura en todas las antologías, y que también has oído recitar a Claire (cuando se pone triste): «Al ciprés que asombrará mi sueño», un prodigio de humor y fantasía, de fe en la vida y en la carne. He leído bastante de la obra de sir Ronald, pero lo que me gusta de ella es más de oídas, esos fragmentos de poemas o poemas enteros que incluye Claire en sus monólogos y que le sirven para tender, desde la tierra, escalas a la luna; también para excavar los pozos que le llevan al abismo. Un poco más voy conociendo de la vida de Sidney: tengo desde hace días en mi cuarto una biografía breve, de intención escolar, convencional y tópica, escrita para halagar a los escoceses exaltando el genio del poeta, y para no disgustar su quisquillosidad nacionalista con el relato de sus padecimientos en Inglaterra, pero tampoco su escrupulosidad moral con el recuerdo de sus diabólicas orgías en Italia: todo esto lo calla, y algunas cosas más que no deben saber los estudiantes, pero revela, poco antes del final, que el poeta marchó de La Gorgona, expulsado de la Isla, inmediatamente después de la revolución tras de la que una oligarquía innovadora de importadores e industriales suplantó a la oligarquía tradicional de los banqueros y los marinos. Y era precisamente entonces, al arribar sir Ronald al muelle de Palermo viniendo de La Gorgona, al quedar sentado encima de su petate, más impertinente y más altivo que nunca, aunque sin un chelín en el bolsillo, cuando se dice que le encontró Agnesse Contarini y lo aferró a su vida para siempre: al menos así lo cuenta ella en una de sus cartas, si bien parece que algún investigador de los más discretos lo haya puesto recientemente en duda. Tengo encargada, y espero recibirla pronto, una biografía más amplia de sir Ronald, mas moderna también, pero, por el momento, con el nombre de Agnesse me basta, y de eso pienso hablarte. Cuando lo haga, darás un salto en la hamaca, hasta quedar sentada y balanceándote; tus ojos anhelantes y asustados, lucirán en la oscuridad como lucen esos insectos luminosos que a veces vuelan en parejas. (Es cierto que hay insectos que de noche vuelan y relumbran, pero, ¿es posible que lo hagan también tus ojos? ¿No estoy exagerando y alterando las leyes de la óptica y, por supuesto, las de la noche profunda?) Te darás cuenta entonces de que aquella tarde en que te sentiste confidencial, porque llegaste triste y te consolé, te fui sacando poco a poco lo de Agnesse de que ya me habíais hablado Claire y tú, pero por alusiones, fantasías o fragmentos que no aclaraban nada, sino más bien embarullaban. ¡Y no digamos cuando fue Claire el que habló, con ese laberinto de sus palabras y de sus intricadas ironías! ¡Y luego dices que yo soy charlatán! Pues, ¿y Claire? Yo, algunas veces, digo verdades: él no hace más que delirar en un inglés excelente, sí, aunque bastante rebuscado, o en un francés más aceptable, lo reconozco, que el mío. Lo que deduje de aquella confusión brillante en que consistió su cuento, de aquellos retazos inconexos que formaban el tuyo, fue más o menos un esquema biográfico de Agnesse, eso mismo que según su expresión (que aceptas) sembró Claire en tu memoria, al modo ya explicado del haya en el regazo de un alcornoque. Pero yo sé algo más, la vida de la niña abandonada a sí misma y perdida en el palacio inmenso de cimientos lamidos por las aguas: un palacio ya entonces carcomido, a veces caían pedazos de las techumbres al fresco o losanges de las vidrieras emplomadas; los sirvientes, a quienes se tardaba en pagar, robaban cuadros cuyas huellas marcaban las paredes con una ausencia; y así también se rompían las alfombras y se deslucían los tapices: todo envejecido menos los espejos, espejos enormes en todas partes, la mejor colección de Venecia, verticales o apaisados, redondos, ovales. No sabía por qué, empujada por quién, Agnesse iba de uno en otro, y sin saberlo, como si fuera natural, aprendió a descubrir lo que guardaban en su fondo; en éste una escena de alcoba, en aquél un concierto, en el otro una conspiración o un asesinato, y así escuchándolos, mirándolos, averiguó la historia de su familia y otras historias más, y se halló en posesión para siempre de aquella virtud singular, merced a la cual leía en los espejos como en un libro, o presenciaba los espectáculos que se repetían en ellos como si asistiera al teatro, mientras a su alrededor, transcurrían el adulterio, la muerte por veneno, la conspiración, la santidad y la ruina; rezaban, apocalípticas, abuelas enlutadas y solemnes, antaño casquivanas; reñían y amenazaban tías carnales de soltería agriada, trasnochaban hermanos crápulas, robaban proveedores sin escrúpulos, y los mendigos que acudían al pórtico le llenaban la memoria de relatos antiguos, que remontaban a los tiempos en que estaba sin gente la laguna y por la mar andaba Ulises. Un profesor lunático le enseñó unos cuantos idiomas cultos y le imbuyó el gusto por los cuadros y las músicas, le hizo aprender de memoria versos de los poetas muertos, y recitarlos en la terraza nocturna ante la ciudad dormida, envuelta (Agnesse) en clámidas improvisadas. También le hablaba del amor y el heroísmo, de la libertad y de la aventura, y proyectaba con palabras precisas, aunque poéticas, el porvenir de una Agnesse ya adulta, que ella buscó después en los mismos espejos, sin hallarla; que intentó más tarde imaginar, especie de ménade frenética unas veces, perseguidora y perseguida, otras; temida y amada, conductora de muchedumbres o solitaria: si bien, diríamos hoy, aquellas imaginaciones no pasaban de meramente formales, casi puro movimiento y puro cauce, ya que a la niña le faltaba experiencia para llenarlas de sustancia, fuera política, erótica o religiosa, y a lo más que llegaba como cualquiera de su edad, era a atribuirse actos de heroínas halladas en las novelas. Pero, ¡eran tan aburridas aquellas que le traían de Inglaterra, *Clarissas* y gente así, cuando le hubiera gustado ser una lady Stanhope, de quien su profesor también le había hablado! Aquel chiflado nacido en Rávena y que ocultaba su condición de sacerdote sacrílego bajo el aspecto y la conducta de un erudito libertino con paréntesis líricos, le había hecho escuchar al demonio en las pautas de Tartini, sonata que ejecutaba a veces un ciego en el rincón del puente próximo, y por aquella música a modo de tobogán se deslizaban las esperanzas de Agnesse, furiosas y vacías. Aunque más tarde, algo más tarde (su maestro de inglés había muerto o desaparecido: lo habían ahogado en un canal o lo habían expulsado de la ciudad), al descubrir la sensualidad en un rincón de su cuerpo, tenía ya de qué llenar los sueños, algunos de ellos. Pero no le dieron tiempo de ir muy lejos, porque la casaron a los diecisiete años con un mancebo, Manfredo, noble, rico y valiente, que la usó de momento para su personal desahogo, que hizo con ella lo que quiso, inspirado en los libros más que en su personal necesidad, lo cual le permitió a Agnesse entrever, quizá anhelar, el amor compartido. Manfredo la abandonó en seguida para irse con las tropas francesas cuando Venecia fue invadida. Agnesse se quedó con un cuerpo mancillado y solitario. Ella y sus familiares pertenecían al bando austríaco: tuvieron que emigrar.

Parte de esto lo sabías, Ariadna, aunque yo lo haya completado con mis propias averiguaciones, y eso puede haber hecho que te parezca enteramente nuevo. Confieso que lo de los espejos, ese ir de uno en otro como quien va de una ventana a otra en busca de paisajes distintos, es de mi personal descubrimiento, pero no creo haberme apartado mucho de lo que prueban los documentos, porque me encuentro en situación de asegurar que Agnesse buscó siempre en los espejos alguna forma de revelación, y te diré cómo y por qué, aunque a su tiempo. Parte de esto lo sabías, insisto, y también la escapatoria de Venecia con pasaportes falsos, por caminos infestados de soldados, hasta la misma Roma. En cambio no figura en tu memoria, porque Claire la ignora aún, la aventura de Agnesse con un coronel francés en un castillo de la Romaña desde un sábado hasta un lunes. Yo estoy bastante bien informado (insisto: a su debido tiempo sabrás el cómo) y puedo asegurarte que si a aquel amor debió Agnesse el haber acabado el viaje con vida y el haber llegado a Roma con escolta militar, los días que duró, mejor dicho, las noches, no las olvidó jamás, y fueron ese punto de referencia o de comparación a que se acude siempre que un amor nuevo aspira a superar a los antiguos o a igualarlos al menos. Los de Agnesse fueron muchos después, nunca alcanzaron esa cima de perfección y de ardor que los hace incomparables; o quizá sea que el coronel francés, perito en ambas tácticas, la dejó incapacitada para salirse ya de los caminos monótonos, aunque ella lo pretendiese, aunque no buscase ya en la vida más que eso. Si en el amor participan el alma y el cuerpo, o, al menos, eso que llamamos alma y eso que llamamos cuerpo y que todavía no sabemos lo que son, por mucho que se empeñen los especialistas en privarlos del misterio, el alma de Agnesse se recluyó y dejó al cuerpo que amase solo, y lo hizo, de eso estoy bien seguro, con furia, pero también con desencanto. Hasta que encontró a sir Ronald.

Tú sabes, Claire te lo dijo y enseñó, algo de la vida de Agnesse en Roma, intrigas de amor, y de política, escasez de dinero, cierto vivir peligroso a causa de sus juegos con los espejos, la Santa Inquisición todos los días encima, aunque también protegida por varios purpurados, entre los que contaba algún pariente (¿algún amante también?); pero quedan de esta vida de Agnesse unos meses en blanco, tiempo en que las pistas se perdieron y que varios biógrafos suponen oscuros más que vacíos, vulgares y medrosos en algún escondrijo, y no falta una hipótesis que la imagine prostituida, a causa del desamparo en que la dejaron sus amigos; pero esto no pudo ser así, porque precisamente estos amigos, los cardenales del bando austríaco, fueron los que encontraron para ella un refugio en La Gorgona, donde pudiera protegerse de los enemigos políticos y de los que la perseguían por bruja. ¡Llamarle bruja porque veía en los espejos lo que la vida había depositado en ellos! Fra Giaccomo Serra la tranquilizó al respecto, pero sólo mientras se entendía con él. El dominico asesoraba en Teología a la Santa Sede, y se presentaba a Agnesse (ella lo cuenta en sus cartas, que por eso fueron puestas en el Índice) como el hombre de más poder de la cristiandad, ya que todos creían lo que él mandaba, empezando por el papa. «Si de verdad existiera Dios, solía decir, sería como yo quiero.» «Fra Giaccomo me hizo descreer. Solía llevarme ante los espejos del Vaticano (yo disfrazada de novicio) para que le descubriese los secretos del pasado, pecados de papas o componendas teológicas. Cuando se cansó de mí, o yo de él, no lo recuerdo bien, quizá nos hayamos cansado al mismo tiempo, puso en mi huella a todos los lebreles del Santo Oficio, que me persiguieron, que me acosaron, pero que no lograron apoderarse de mí». Claire no te lo confesó, ni creo que llegue a confesártelo, pero con esa operación siniestra a que te tiene sometida y de la que espera (él, al menos, lo dice) que la verdadera voz de Agnesse emerja del silencio de la muerte y hable desde tu cuerpo, lo que busca no es aclarar la verdad de estos enigmas, sino sólo lo que hizo Agnesse en ese tiempo de ausencia, dónde estuvo, con quién se relacionó y cuál fue la ocasión en que pudo enterarse de que Napoleón había sido inventado. ¿Comprendes ahora? Mediante un desliz secreto, mediante unas técnicas a que no le autoriza su dignidad científica, un investigador irreprochable como lo fue Claire podría husmear en dirección segura, alcanzar por caminos vedados el meollo de la cuestión, y si el resultado es de los indemostrables, como tendría que ser, quedarse al menos satisfecho de su averiguación, por vía irracional, de la verdad. Pero lo que Claire se propone es imposible: la parapsicología no da para tanto, ni siquiera el espiritismo científico, si es hacia ahí adonde se encamina. Quiero creer (es mera hipótesis) que Claire, antes de esa siembra tantas veces mentada y reída, antes de tomarte por conejillo de Indias de un método que no sé si inventó o le aconsejaron, se valió de toda clase de ardides usuales, las mesas parlantes, las güijas, algún que otro médium profesional, a cuyo reclamo el espíritu de Agnesse se mostró reticente, si no insensible. ¡Cómo iba a responder ella, incrédula de raíz, pero que, de creer en algo sería en la Iglesia Católica, que tiene prohibida a las ánimas la participación en esa clase de diversiones, la concurrencia a esa clase de citas! No hay contradicción, fíjate bien, entre lo que acabo de decir y la investigación del misterio por el método de los espejos: el espiritismo es cosa de mentes racionalistas, que quieren aplicar la ciencia a lo que es por naturaleza incompatible con ella, y lo de los espejos pertenece a vuestro mundo meridional y a la parte secreta de vuestros hábitos y de vuestras sapiencias. Agnesse no fue más que una muchacha veneciana como otra cualquiera, pese a hablar el inglés como su lengua madre y haber conocido a Byron (con quien seguramente se habrá acostado también, aunque se carezca de datos al respecto. ¿Conquistado quién por quién? Me inclino a creer que en esa aventura, si existió, Agnesse no cedió un solo instante el timón de la góndola, que, como sabes, carece de timón). Si alguna vez la iniciaron en la magia, habrá sido en la vuestra, la de Casandra y la Sibila de Cumas, oráculos y videntes, no en esas otras que ahora pululan, sin tradición, sin raíces, sin fundamento, de las que parece ser devoto Claire. En cualquier caso, mi procedimiento se opone al suyo: no es un modo racional de averiguación, sino místico. Consiste pura y simplemente en ver y en hacer ver: para esto está el fuego, está el tumulto inquieto de las llamas: elocuentes, más que cualquier espejo o que cualquier redoma, pero de esto ya te hablaré: porque antes sucedió lo que debo contarte, lo que tienes necesariamente que saber: volví junto a Cagliostro, le llevé los diarios y las revistas en que critican el libro de Claire, le expliqué de qué se trata y lo que quiero averiguar. «Me dijo usted que orientase mi curiosidad hacia la Isla de La Gorgona. También me dijo que puedo ver lo mismo que usted ve. ¿Cómo se hace?» Cuestión de palabras, Ariadna: eso fue lo que me respondió: ¡Todo lo importante del mundo se resume en palabras, abren o cierran, atan o libran! Las aprendí y dejé que de mis labios volasen. Cagliostro me vigilaba como el maestro al alumno que agarra por primera vez el volante de un coche, va bien, no va bien, un poco a la derecha, y vi la Isla de La Gorgona por primera vez, después de haberla buscado en el tumulto interminable de la historia y del Cosmos: en medio de la mar azul, luminosa y concreta como una gema a la que arranca destellos el sol. Y vi también en un velero navegante entre Gorgona y Ragusa, el *Artemisa,* a una mujer dormida. Agnesse Contarini. En aquellos momentos, el poeta Sidney tomaba el sol en una plaza de Palermo, sentado ante una taza de café que no sabía aún cómo pagar. No es cierto, pues, como Agnesse relata, que se lo haya encontrado en el mismo muelle, recién desembarcado de La Gorgona, gaviota solitaria entre el cielo y el mar. El encuentro aconteció más tarde, de eso estoy seguro, y cuando tengamos tiempo averiguaré sus trámites. Lo que ahora quiero saber es el porqué de ese viaje y el porqué de habérnoslo ocultado Agnesse a nosotros y a toda la posteridad: a lo mejor ahí está la clave que se busca, la que busco para ofrecértela como una rosa que se entrega al paso: «Toma, ahí la tienes. A Napoleón lo inventaron... quienes fueran, tal día y en tal lugar. Agnesse estaba delante». Pues el *Artemisa* con ella a bordo, navegaba hacia un temporal en el que se metió con todo su velamen, que hubo que arriar deprisa, el capitán Triantafilu desgañitándose en el puente, y Agnesse temerosa de morir allí mismo, y sin poder encomendarse a nadie porque ya no creía en Dios. Llevaba yo un buen rato delante del espejo, el barco peleaba contra el viento y las olas, era muy emocionante ver al propio capitán agarrado a la rueda del timón y al contramaestre a su lado con el silbato en la boca, mientras los marineros, anhelantes, esperaban las órdenes. Pero empezó a ser monótono el espectáculo, y se alargaba, y le pregunté a Cagliostro que cuántas horas. Me dijo que no lo podía saber, pero que, según su experiencia, el temporal no hacía más que empezar, y que a lo mejor duraba un día entero. «¿Y tenemos que aguardar aquí, contemplándolo hasta que amaine?» «No parece muy distraído.» «¿Y no podríamos darlo por amainado, y ver la arribada del barco a La Gorgona?» «Habría que esperar. Todo tiene sus trámites, y desconozco los conjuros que pueden abreviar la duración de un temporal.» Lo dijo con desgana, y no sé por qué me pareció advertir cierta contradicción entre aquellas palabras y lo que el otro día me había revelado acerca de la simultaneidad de todas las acciones. Podría sin embargo explicarse como efecto del cansancio, ya que añadió que por qué no me decidía a obrar yo por mi cuenta y a contemplar en mi casa los episodios del viaje: bastaba con un espejo y las palabras...

2. — Cuando me preguntaste por qué llegué contento, por qué mi grito desde el embarcadero fue como un penetrante y orgulloso hal-lal-lí (lo comparaste, endiablada lectora, al que lanzaba Peter Pan después de haber matado un buen montón de piratas), te respondí cuando ya casi habías llegado con la barca, que porque estaba ya en posesión del *Sésamo, ábrete,* y tú te echaste a reír, cosa por otra parte nada nueva con la que sueles evitar llamarme loco. Ahora que lo pienso otra vez, creo que hay un matiz que no quedó del todo claro, y que lo de poseer, en cuanto aclaración, se queda en la mitad, porque no es sólo eso, sino como si al mismo tiempo me hubieran reintegrado al poder de crear mundos o al menos de sacarlos de la manga, como un prestímano: había temido que Cagliostro me dotase de alguno de esos instrumentos mágicos, lámpara o polvos: infundado temor, porque él mismo, según me dijo, nunca usó de semejantes recursos, sino tan sólo del poder incalculable de la mente cuando no se la encierra en los límites escuetos de lo convencional y de lo matemático: ¡en ese caso mueve montes, trastrueca tiempos, anticipa visiones y nos transporta a esas ínsulas extrañas que los científicos llaman la cuarta dimensión! Que sea así o de otro modo me importa, en el fon-

do, un bledo: las cuestiones aledañas, esta noche, discurren por sus propios caminos, y si me mandas ir al grano (sueles decirlo con distintas palabras cada vez que divago), te podré responder que me siento como Enrique al descubrir la flor azul (se me ocurre, de paso, si no serán la misma cosa, aquella flor y este poder): soy señor de las imágenes y podré viajar contigo, ir y venir por el tiempo, que debe ser algo así como usar de resbalillo un rayo de sol poniente. Me siento tembloroso de impaciencia, y no estaré tranquilo hasta que te haya cogido de la mano después del canto de la calandria y antes de la respuesta del ruiseñor: lo que se dice un santiamén.

Pero antes quiero precisar lo de Cagliostro. Me dijo: «Si va usted a La Gorgona por esos años que dice, no deje de visitarme. Me hallará disfrazado de cura en el palacio del obispo y podré contarle cosas». Le pregunté si en ese caso me reconocería. Me respondió que no: «Hace ciento setenta años, amigo mío, usted aún no existía». «¿Cómo, entonces, podremos visitarle? ¿A la manera, acaso, de una premonición?» «A la manera de un sueño. Sólo así tal encuentro no podrá influir en los hechos posteriores. Tenga usted en cuenta que si el ir y venir de la gente al pasado, como yo he ido tantas veces, o al futuro, como he ido también, pudiera alcanzar otra clase de realidad que la del sueño, estaría en nuestras manos la corrección de la historia, así como la prevención de las catástrofes, si bien es cierto que el hombre es tan estúpido que si le anuncian el abismo, se arroja a él más de prisa.» Me daba cuenta, Ariadna, conforme le escuchaba, de las puertas que así nos quedan francas, pues jamás se me hubiera figurado que se pueda ir más allá de la contemplación desconfiada del pretérito. Sin embargo, ¿lo comprendes?, aun a riesgo de no pasar de meros entes oníricos, *podríamos hablar* a Agnesse y también a sir Ronald, y su respuesta, soñada o no, *serán palabras suyas*. Bien, de acuerdo, no lo crees: lo impide tu conciencia de griega cultivada, mas no olvides que los misterios de Eleusis te pertenecen; yo no te comprometo a admitir que sea cierto, sino sólo a que escuches un relato, lo que oí de labios de ese hombre a quien llaman el Gran Copto, cuyo origen, cuya verdadera identidad desconozco, cuya razón de existir no se me alcanza, pero que bien pudiera obedecer a que está también formado de la sustancia del ensueño. Tus objeciones, no obstante, no las encuentro serias: que una invención novelesca, que patatín, que patatán. De acuerdo, ¿por qué no? Lo novelesco es una categoría legítima en la estética y en la historia. Quien a esta última entidad, que ya de por sí tiene un nombre imponente, la ve en su conjunto abrumador, como a ti te sucede, acaba por entenderla al modo de un proceso fraguado en el laboratorio: dadas ciertas personas y ciertas circunstancias, y puestas al fuego en un perol, se cambian en estas otras: igual que en la cocina. Pero mi corazón no abarca inmensidades abstractas, sino vivas, y, uno a uno, a su modo, es cada hombre una novela. Por otra parte no te obligo a que lo admitas: me basta con que sepas que ese obispo y ese supuesto cura a quienes visitaremos en La Gorgona, andan buscando un tesoro. Novelesco también, ¿verdad? No sabes cómo me alegra que lo sea, con toda la carga de inverosimilitud que te apetezca, aunque te convenga recordar que los españoles exploraron el Amazonas porque andaban tras un príncipe de oro, y que mientras perseguían, a través del desierto, la juventud perenne, descubrieron el Misisipí: siempre es bueno que se busque lo irreal, a condición de que sea en la tierra. Lo malo es si se va por ello a la luna. Cagliostro pretende nada menos que explorar los subterráneos del castillo en que habita el general Della Porta. ¿Que allí no hay nada? ¿Qué se hizo del oro y la plata de los Templarios? ¿Qué de sus misterios y secretos? ¿Piensas que todo se lo llevó Philippe le Bel para pagarle las minutas al señor Nogaret?

Ariadna, mi niña, olvídate de todo, quizá también de ti misma, y dispón al asombro ese ánimo entusiasta que alguna vez te sirvió para elevarte. ...Sí, no te enojes: aludo con alguna ironía a aquella ocasión en que fumaste marihuana, en que encendiste el porro en espera de que el humo sirviera de vehículo ascendente y de que te llevase, ¿adónde? Ni tú misma lo sabías: a un mundo de colores, de sonidos, de movimientos, torbellinos en que se engolfa, ¿quién? Porque habrías perdido la noción de ti misma y habrías sentido que alrededor pasaba algo, pero no a quién pasaba. Bueno, semejante a eso debe de ser, yo nunca fumé yerba, y describir sus efectos es como quien tropieza con un muro encalado. En todo caso, tú lo ignoras lo mismo, porque la yerba te mareó, quedaste fuera de juego, pero sin levantarte un solo pie sobre el nivel de tu propia conciencia. La barca que yo te invito a tripular no se menea, el aire que te invito a respirar a limpio huele, la mano a que te ofrezco asirte otras veces la has cogido. Ven, pues; acomódate ya. No sé si es la calandria la que canta, ni si responde el ruiseñor, allá ellos con sus canciones cruzadas; pero hay músicas que traspasan la umbría, salidas de minúsculos pechos entusiasmados: aunque descubro al escucharlas su revés melancólico, cantos de quienes saben que el bosque va en seguida a enmudecer, que el viento le robará las hojas, que cuajará en las ramas la nieve como marañas de cristal y que ni tú ni yo habitaremos ya la Isla. Estáte sosegada y deja que te coja de la mano: no es más que un tiempo breve, lo poco que tardaremos en desvelar cierto jirón de niebla que nos separa de la otra Isla, la que buscamos, ahí detrás, ahora. Pero, ¡no temas! No voy a conducirte delante del espejo, menos aún ante las aguas del lago, ahora reflejando un pedazo de luna. No te moverás de ahí, de ese sillón en que a veces me siento, y tú a mis pies, en que a veces te sientas y yo, como ahora, en la alfombra, alejado, acariciando, todo lo más, mi pipa. Te reservaba una sorpresa, y no era esa proclamación de la palabra prepotente, ese júbilo de quien posee el sésamo, con que te recibí, sino un cuento más largo, que te debo y que te contaré ahora, y fue que quise llevar a cabo las enseñanzas de Cagliostro, y lo preparé todo como un teatro: ventanas entornadas, una vela en el fondo, encendida, y el espejo en la silla, el de mi cuarto, que sabes que es capaz, y que con algo de esfuerzo mete en su cuadrilátero la batalla completa de Lepanto. Aunque yo no buscaba en él un golfo histórico, sino el espacio de mar indispensable para que pudiese navegar el *Artemisa,* libre ya de galernas, la proa a La Gorgona. Pues no me fue posible arrancar al espejo ni la más modesta imagen, una gaviota volando, como no fuera la de mi rostro, cada vez más ceñudo y más desesperado, sospechoso ya de que Cagliostro me había embarullado, de que sus procedimientos no pasaban de mero ensayo de hipnotismo, o de otro género de sugestión, y de que me había hecho ver lo que él había querido que viese, aunque lo visto formase parte de la historia real y de la sabida, por eso. Te aseguro, Ariadna, que cuando la decepción me abandonó (jamás como en aquel momento se calentaron mis facultades críticas, aplicadas, a ratos, al que me había embaucado, a ratos a mi propia credulidad) no quedé muy bien ante mí mismo. Pero de aquel naufragio, y acaso como su consecuencia inevitable (yo necesitaba de alguna manera seguir a flote, quiero decir, averiguar la historia que pretendo regalarte), del fondo de la memoria, con muertos que vienen de las tumbas, igual que las palabras olvidadas que emergen del pasado y nos muestran su carga intacta de amor o de desprecio, así se levantaron imágenes antiguas, las de aquella vidente aldeana que leía en el fuego lo que estaba pasando en medio de la mar remota, ante los ojos estupefactos de la mujer y el niño que interrogaban por la suerte del marino partido, padre y esposo: escondía su morro gris el acorazado *España* y lo sacaba en medio de la espuma: el puente, la chimenea, las casamatas de los cañones, chorreaban el agua antes de hundirse otra vez, pero ni un solo bote salvavidas quedaba en la cubierta; y pudo verse también al comandante, un hombre pequeñito que se había amarrado a algún lugar, con el oficial de derrota, y conducía la nave con coraje y decisión: a aquel lugar espantoso le llaman el golfo de las Penas, pero eso no lo sabía la que sacaba las imágenes del fuego, ni la otra que, con su niño, las contemplaba. Todo esto lo recordé, como acabo de decirte; y tenía delante el fuego de nuestra chimenea, bailándole las llamas, alegres y dramáticas, y creándole formas innumerables. Se me ocurrió que acaso yo pudiera, como aquella mujer, interrogar al fuego... ¿Por qué no ha de residir en él, mejor que en un espejo, el secreto de lo pasado y de lo que ha de pasar, no solamente de lo que está pasando? Es posible que aquí nuestros criterios diverjan, Ariadna. Alguna vez, riéndote, me has contado que, en Nueva York, en momentos de angustia, acudiste a la maga, aquella que es de tu tierra y habla tu misma lengua, bueno, no exactamente, sino un dialecto próximo, que entiendes; y que ella trajo a un espejo la imagen de tu madre, de quien pudiste escuchar palabras de seguridad. Un espejo, Ariadna. En los espejos dice leer Cagliostro: cosa, el espejo, de ese mar tuyo, tan hermoso, en el que alguna vez quisiste competir con los delfines, en el que alguna vez pudiste competir con las sirenas. (En nuestro lago hay sólo unos pescaditos colorados.) Espejos, cosa vuestra, de esas riberas, no de las mías. En las riberas del océano, y también en los montes aledaños, y en los de tierra adentro, las verdades del tiempo se leen en el fuego. Como lo hacía Viviana, la que tuvo a Merlín prisionero en la tumbaga fulgurante de un anillo; como lo hizo Nyneve, que encerró al tal Merlín en el palacio de palabras, viento y ensueño que él mismo había inventado, y allí espera. Lo nuestro, Ariadna, es el fuego: por eso interrogué, temblando de esperanza, al de la chimenea, *y las llamas respondieron.* «¡No! —grité— ¡El *Artemisa,* no! ¡Antes, antes! ¡Quiero enterarme de algo de la revolución de La Gorgona!» El bergantín donde Agnesse dormía, tranquilos ya su corazón y el mar, se hundió en el centro oscurecido de las llamas, y apareció la Isla...

Me dijiste una vez, una ocasión dramática seguramente: «Nos han quitado a Dios. No quedan más que el amor y la magia», y con «amor» en este caso, querías decir «el sexo sublimado», que era de lo que estábamos tratando; pero a lo largo de la conversación se puso en claro que a lo que te referías era más bien a una especie de misticismo que usaba el cuerpo como instrumento, pero que no era únicamente corporal, aunque no parezca apropiado llamarle espiritual, ya que en lo que consistía realmente (en lo que consistirá si las cosas te salen bien) era en una especie de adhesión total de una persona a otra, aunque en posición de reciprocidad, según el modelo divino, puesto que Dios se daría entero a quien se le entregase de ese modo. Aparte de que en tu caso encuentro bastante desproporcionada la sustitución de Dios por Claire, ese hombre entero y verdadero, singularmente entero, no cabe duda de que ese tipo de adhesión personal es lo que se advierte en las miradas de ciertas muchachitas que en la cafetería de la universidad se abrazan a sus amigos, casi diríamos que se adhieren como el sello al sobre de la carta, y sería estimulante si no supiéramos que esa mirada de ambición totalizadora en la posesión y en la entrega, pierde el brillo y el calor después de un ejercicio sexual intenso, y se torna en mirada de aburrimiento y decepción unos meses después, a veces unos días solamente, como le pasó a la pobre Karen, la recuerdas, aquella de Connetticut, que vino a preguntarme, desolada, por qué no le había advertido a tiempo lo que era de verdad el matrimonio. Lo malo de ese modo de amar es que se espera demasiado de lo que sólo da de sí lo suficiente, lo indispensable, si se le sabe conducir con tino, casi con frialdad, o al menos con esa inteligencia que viene del instinto y que sabe o adivina dónde empiezan los límites. Siempre opuse a tu manera mística de entender al amor (que es además una manera teórica, pues tu experiencia, hasta ahora, es limitada), esa otra que se parece más bien a una obra de arte; pero ya sé que tu concepción del ejercicio amatorio (repito, perfectamente teórico) con insistencia en el arrebato, el deliquio y el éxtasis, se contrapone a la mía. Deberías, sin embargo, tener en cuenta que ese modo de amar que esperas y al que aspiras no te vino de un deseo especial y singular (tu deseo no es ni más ni menos que el mío o el de cualquiera), sino que te fue sugerido por Claire, de quien escuché alguna vez esa teología del amor decapitado; pero, ¿sabes por qué te la comunicó?, ¿por qué quiso hacerla tuya? Pues para que lo ames a él como puede amar a Dios una monjita mística: pura imaginación operando en el vacío; en una palabra, para saberse adorado, pero sin necesidad de un dardo áureo que te traspase.

Yo, ya ves, no quería escribirte de eso y me salió: se conoce que era algo que necesitaba decirte, algo de lo mucho que indudablemente te diré. Pero de lo que ahora intentaba tratar, lo que realmente venía a cuento, es acerca de lo mágico, ese segundo término invisible de lo que sobrevive a la muerte de Dios: mete cuanto quieras en el ámbito, desde las premoniciones a las revelaciones, aunque no el transcurso de la historia, sino sólo algunos de los medios para llegar a ella, entre los cuales cuento unos que son legítimos y otros que no lo son; pero, principalmente, las personas que pueden valerse de ellos y las que no. A Cagliostro, que pasa por este mundo como un lucido charlatán, no puedo hacerle objeciones. En principio tampoco tengo nada que oponer a que tu Claire practique el espiritismo, a condición de que no lo utilice para la investigación. Yo puedo, en cambio, valerme de las llamas para averiguar eso mismo que él busca, porque no estoy comprometido con la ciencia por un título solemne, porque no traiciono lo que me justifica; antes bien, si no metiera en las palabras esas imágenes surgidas en las llamas, serían imágenes inútiles, y a lo que yo me debo es precisamente a las palabras, y como son palabras lo que vas a recibir, ¿qué más te da que procedan del fuego o de un espejo, o que las haga salir de tu cuerpo dormido? Lo que yo quiero, a lo que aspiro, es a levantar, es a oponer a ese mamotreto de Claire, razones sobre documentos, un mamotreto distinto, palabras que encierran hechos y figuras. Yo no voy a demostrarte que las cartas de Agnesse son apócrifas y que forman un solo cuerpo con ese gigantesco apócrifo que es la historia de Europa durante cuarenta años; lo que voy es a contarte, por sus pasos, eso sí, por qué en un momento dado pudo Agnesse escribir que Napoleón era un bulo. Reconoce al menos que sacar tal conclusión del espectáculo del fuego es necesariamente hermoso. Encontrarás, entonces, justificado el abandono, en el Mediterráneo ya tranquilo, del bergantín *Artemisa*, y que atienda a los sucesos anteriores en unos cuantos años, pocos, ya que, por alguna razón, los que gobernaban antes, permitieron que sir Ronald habitase en la Isla, y también por alguna razón le expulsaron quienes vinieron después. La revolución se sitúa entre ese después y ese antes, y lo que los libros nos dicen no basta para explicar esa cuestión menuda de sir Ronald, cantidad desdeñable en un conjunto tumultuoso y precipitado, en algunos aspectos catastrófico, pero en modo alguno original, sino como cualquier revolución: a ti te quito para ponerme yo. ¿Será que los banqueros y los marinos fueron más sensibles a la poesía que los importadores y los ingenieros navales? Porque el libro que he leído en la biblioteca de la universidad, una monografía con la historia completa de la Isla, aunque abreviada, aclara que la revolución la sufragó Inglaterra sin más propósito que asegurarse una alianza estratégica y disponer de ciertos astilleros que le proporcionasen barcos: en la Isla de La Gorgona se construían los mejores navíos de aquellos tiempos, veloces y resistentes como delfines. Pero a un historiador moderno, que explica lo sucedido en el mundo por la lucha de clases, y la revolución de La Gorgona por la inquina que se tenían los burgueses importadores y los banqueros aristócratas, ¿qué puede interesarle la suerte más o menos adversa de un poeta nacido en una cuna blasonada que a lo largo de su vida sólo mostró interés y amor por el amor y la poesía? Aparte de que seguramente no se conservarán documentos en que se registre y ratifique el paso de sir Ronald por La Gorgona. Tenemos que fiarnos de sus palabras, las cuales, por otra parte, no tienen por qué mentir, al menos más allá de lo que un gran poeta puede entender por verdadero.

Había un hermoso fuego en la chimenea: llamas largas, rojizas, y llamas cortas, azuladas, como un bosque de color y movimiento; y había también agujeros oscuros, como túneles ardientes, ¡yo qué sé! Me puse a contemplar, conjurando el misterio con mi deseo, y entre las llamas se perfiló la cabeza de Ascanio Aldobrandini, aún no sabemos quién es, una cabeza hermosa y decidida, el gesto duro, hecha de dardos implacables la mirada, pero ligeramente cojo. Se dirigió a un concurso de hombres enmascarados, y al lado de él, en la mesa que tenía ante sí, yacía también su máscara. «Si no le recordáis, yo os lo recordaré: Galvano della Porta, que enviaron a Prusia para que se hiciese militar en la escuela del rey Federico. Su padre era uno de los nuestros: suministraba a los buques bastimentos de boca y cañón, pero al hijo le atraía la gloria. Fue recomendado del emperador, salió teniente, y como aquí no tenemos ejército, se contrató con el zar, y llegó a general después de pelear todas las guerras. Si ahora regresa, es por haber sentido que la voz de la patria lo ordenaba.» Hablaba Ascanio con gravedad, tranquilo, sin redondear las palabras, sino recreándose en sus aristas. Alguien le preguntó desde el corro: «¿Por qué, entonces, se esconde?». «Porque trajo consigo una enfermedad espantosa que comienza ya a dañarle la nariz.» La imagen de un rostro carcomido como la pata de un mueble viejo sacudió seguramente aquellos corazones en cónclave, y algunos de los presentes reprimieron una exclamación de espanto. «Entonces, ¿cómo va a dirigirnos?» «Yo recibiría sus instrucciones... No olvidéis que soy el que le esconde, el que ha comprometido la cabeza en su seguridad.» «¿Y cuál es su manera de pensar?» Ascanio hurgó en el bolsillo y extrajo, con parsimonia, un papel doblado. «Si os complace puedo leeros su manifiesto.» «Sí, sí, claro, por supuesto.» Alrededor de Ascanio Aldobrandini había crecido el espacio, y era como una ventana o como un escenario rodeado de llamas. Hacia el lugar alumbrado en que se hallaba Ascanio, se tendieron las cabezas sin rostro. «A los hombres honrados de mi país, paz y esperanza. Guerra implacable, entenderlo, a los que nos oprimen.» Ascanio hizo una pausa, y paseó la mirada alrededor: comprendió, por la posición de las cabezas, que detrás de las máscaras se ocultaban rostros anhelantes, y alargó, por eso mismo, la duración de la pausa. «Empieza bien. Continúa», dijo entonces alguien, impaciente. No voy a repetir, Ariadna, punto por punto, el texto entero, prosa entre la arenga y el panfleto, con invocaciones a Dios inteligentemente situadas, de quien el redactor se declaraba mano diestra: una prosa caliente contra el Podestá De Risi, Gran Comodoro de la Armada Comercial y cabeza visible enemiga, el responsable, además, al parecer, de que la reliquia de san Demetrio, propiedad indiscutible de la catedral católica, la custodiasen ahora en su iglesia los ortodoxos griegos... Si bien para que entiendas cabalmente, no me queda otro camino que el de hacer aquí un inciso e informarte de que en La Gorgona convivían desde los tiempos de Maricastaña una comunidad latina de comerciantes y banqueros, aunque también de otros oficios, y otra de griegos, marineros los más, aunque también operarios de la construcción naval. La manzana de la discordia entre las dos comunidades fue esa reliquia, que a lo largo de los siglos pasó unas cuantas veces de ser guardada por barbudos popes a serlo por lampiños curas en las iglesias respectivas, siempre con gresca y zaragata, *a priori* y también *a posteriori,* tú me la quitas, yo me la llevo, la dichosa reliquia de san Demetrio. Debo añadirte que los griegos, marinos o calafates, vivieron en barrio propio con fuero y autonomía, al otro lado de la ensenada, un cuerno de agua azul entre las partes de la ciudad, y la de allende el color le llaman todavía el Arrabal. Pues los banqueros y los marinos, en los últimos tiempos, habían halagado a la comunidad helénica, que les construía barcos y se los tripulaba, aunque siempre sin ascender más arriba de contramaestres, y les había cedido por las buenas, sin pelea y en contra de la opinión vaticana, el santo hueso disputado: lo cual les pareció de perlas a los secuaces de banqueros y comodoros, la gente bien de la Isla, cabezas en general incrédulas, corazones abiertos a la licencia del amor, y lo sintieron como ofensa personal y colectiva los comerciantes y los importadores, que eran los defensores de la fe estricta y de la moral prieta. Esta es la razón por la que en el manifiesto del general Della Porta leído por Ascanio Aldobrandini con voz en que pesaba la autoridad aplastantemente recibida de los cielos, fuese el Hueso lo primero nombrado en su resumen de agravios, y después la palmaria inclinación de la casta dominante (de cuyas injusticias sufrían ante todo los importadores de efectos navales) hacia la recién estrenada Revolución Francesa, *vade retro,* Satán, y su diabólica ideología, ¿qué es eso de conceder el voto a los helenos?, ¿para qué?; ante lo cual la Iglesia se había echado a temblar y mostraba las uñas de sus garras, como el Imperio, como los reyes por la Gracia de Dios. «Somos muchos los que sospechamos (decía Galvano textualmente) que los tratos entre el Terror y nuestra Señoría abocarán a una Alianza endemoniada en cuya virtud se hará de nuestro puerto inexpugnable base de operaciones de la República en el Mediterráneo. ¿Y qué se derivará de esto, sino la tiranía universal de Robespierre? ¿Veremos cómo se instala en la Plaza de Armas la guillotina y cómo arrastran a ella a nuestros honorables ciudadanos?» A causa de lo cual y de otras quisicosas, Galvano pedía solidaridad para la acción, y acción resuelta. Cuando Ascanio hubo acabado la lectura, sucedió a sus palabras un segundo silencio, pues era seguramente el ardid que mejor dominaba, suscitar de repente el anhelo. Lo interrumpió por fin desde un asiento lejano una pregunta anónima: «Y, en caso de rebelión, ¿quién nos protegerá de la República Francesa?». Ascanio no vaciló en responder: «Inglaterra. Por la cuenta que le tiene». «Y, ¿qué es lo que nos ordena el general?» «De momento, cada cual a su casa y en silencio: hablar puede llevarnos al fracaso. Las órdenes concretas irán a domicilio. Y, dentro de una semana, aquí otra vez.» Se vio en medio de las llamas cómo aquella pandilla de máscaras abstractas requería sus capas de conspiradores y sus bastones de estoque, y salía a la noche por pasadizos secretos, no sin antes haber rezado un padrenuestro. Estaban en los sótanos del antiguo cenobio cisterciense, más tarde Casa del Temple, en los últimos tiempos almacén de artillería de la armada: corredores de bóvedas cruzadas, laberíntica traza, en cuyas crujías se tropezaba a veces con huesos de esqueleto de alguien que había entrado allí para fisgar: el supuesto tesoro de los Templarios aún atraía la codicia de bastantes curiosos.

Lo que siguió, Ariadna, tengo también que resumírtelo. ¿Quién distribuyó en las horas profundas, descuidadas, de una noche, papeles con el manifiesto impreso del general Della Porta, nombre hasta entonces desconocido, interrogante a partir de entonces plantada en todas las conciencias? ¿Quién es Galvano? ¿De dónde viene? ¿Quién lo envía a redimir la atribulada Gorgona (o a alterar la paz de sus vecinos, según se mire)? El comodoro De Risi, antiguo Gran Almirante, ahora Podestá, lo preguntaba a su secretario, un capitán de fragata que había hecho la guerra en los siete mares, que había perdido una pierna en las Molucas y un ojo en el canal de Otranto. «¡Ah, no recuerdo ese nombre, almirante! Hubo unos Della Porta en la calle del Tránsito, cuando yo era muchacho, pero no sé que ninguno de ellos se llamase Galvano.» La respuesta le llegó al comodoro cuando alguien dejó encima de su mesa un papel de aleluyas cantadas por un ciego en el que se narraban las hazañas del general en la guerra de Rusia contra Turquía, y las que un día más tarde cantó otro ciego con las heroicidades de Galvano en las estepas del Asia Central. «Lo que no acierto a explicarme, dijo el comodoro De Risi, casi riendo, es cómo hemos ignorado durante tantos años que la Isla fuese cuna de un héroe tan pegado a la tierra. Porque, hasta ahora, todos los nuestros lo fueron de batallas navales o de tormentas, pero esto de ganar trifulcas en tierra firme es una novedad.» «Por eso, almirante, llama tanto la atención.» Otro día fue un soneto anónimo, pero de buena calidad, en que se exaltaban los méritos del militar, y el mismo día, por la tarde, sobrevino una algarada en el extremo de la ciudad latina, por la parte que mira al Arrabal, en que la gente victoreó a Della Porta y exigió al mismo tiempo que la sagrada reliquia de san Demetrio fuese devuelta a sus legítimos detentadores: los griegos de la otra parte de la ría, al escuchar el barullo, al traducir las voces, presintieron que una matanza amenazaba: las madres apretaban a sus hijos contra el pecho y, los hombres, los puños contra lo inevitable: en la ría no había barcos propios fondeados cuyas tripulaciones pudieran ayudar o en que los de más fortuna pudieran escapar. Mandaron una comisión cerca del Podestá: «¡Van a volver los viejos tiempos, Señoría, en que a las madres griegas se les arrancaban los hijos de los vientres hinchados!». El comodoro De Risi les respondió: «Lo más que puedo hacer para que os defendáis vosotros y me defendáis a mí es entregaros las armas. Llevároslas del arsenal los que trabajen en él. Daré órdenes». Al día siguiente, unas docenas de fusiles pasaron al barrio griego: eran armas bastante anticuadas. Al mismo tiempo, en los patios secretos de los comerciantes, escuadras de voluntarios hacían la instrucción con armas relucientes, que de los barcos ingleses habían desembarcado en la clandestinidad: las cajas que las traían venían consignadas como de bacalao.

No creas, Ariadna, que la síntesis de una revolución, aunque abarque tan poco espacio como el de La Gorgona, es cosa de palabras escasas. Estoy abreviando lo que me gustaría contarte por lo menudo y con el necesario patetismo, o, ¿quién sabe?, el melodramatismo inevitable: aquellas noches de conspiración y vigilancia, embozados que se deslizan como sombras por las esquinas oscuras, guardianes sigilosos que piden el santo y seña, conciliábulos, disputas de estrategia y de táctica, arengas *sotto voce,* y también ejecuciones secretas de traidores y eliminación de sospechosos. ¿Fue la casualidad la que atrajo aquellos días a la Isla una incontable banda de aves negras, seguramente africanas, del Nilo o del desierto, que planeaban, graznando, por encima de terrazas, entre las torres y los campanarios, entre las chimeneas, y caían sobre el cuerpo flotante de un desaparecido? Los griegos las recibieron con pavor, los latinos como agüero de triunfo. Tampoco fue casual que arribaran al puerto barcos despachados desde Londres de los que se desembarcaban mercancías de extraño peso y gran volumen, que hacían retemblar los guindastes. A Ascanio se le veía en todas partes: por el día, vigilando los negocios de su suegro, el mayor importador de efectos navales: un anciano de cuerpo paralítico y mente esclarecida, además de muy rico, que desde la torre de su palacio parecía vigilar cada acción y cada hora, mientras su hija Flaviarosa le contaba al dedillo lo que pasaba y lo que iba a suceder, llevaba y traía órdenes. ¡Ah, la unigénita en que se recreaba el padre, retoño admirable, heredera universal! La miraba ir y venir el viejo cascarrabias, silenciosa y eficaz, como si fuese ella sola la que moviese la conspiración, ¡y tan hermosa! La gente se había preguntado sólo unos años antes el porqué de su boda con Ascanio, el Adonis del pie zambo, que no poseía una dracma: la respuesta les llegaría ahora a los que, cada noche, descubriesen el paso furtivo de una sombra ágil y reiterada que se podía identificar por una leve cojera, que estaba en todas partes, salía de todas las sombras, entraba en todos los sótanos, y a todos los escondrijos llevaba las consignas que en su refugio desconocido (Ascanio añadía que inexpugnable) elaboraba el general: en alguna ocasión, como una confidencia, Ascanio agregaba al texto de la orden: «Hoy no le pude ver: me habló desde la oscuridad. Debe temer que su olor me espante», y añadía unas palabras que admiraban y al mismo tiempo conmiseraban. «La lepra es una enfermedad terrible», fue la respuesta. «Me pidió que le llevase un espejo», aclaró Ascanio. Casi todas esas noches, en casi todas esas ocasiones, a la silueta vacilante, pero enérgica, de Ascanio, acompañaba otra, más grácil y un poco más menuda, como una flor que caminase al lado de una encina: a Flaviarosa le gustaba encerrarse en un traje de mancebo, y ser testigo, ¿testigo?

Por las calles, en los mercados, en las tiendas, se distinguían las esposas y las hijas de los conjurados, de aquellas cuyos maridos y cuyos padres navegaban por la mar remota bajo el pabellón amarillo y verde de La Gorgona. Unas, erguían las cabezas, adelantaban los morritos, miraban como diciendo: «¿De modo que tenéis en los salones caobas de Filipinas y alfombras de Teherán? Pues ya las iréis vendiendo por lo que queramos daros, porque los honorarios de los marinos no volveréis a cobrarlos». Eran dos siglos de rencor, la historia moderna de La Gorgona: el que sentían los tenderos y los importadores hacia los banqueros y los comodoros, desde que éstos les habían desplazado de los mejores puestos en la Fiesta del Mar, aquella apoteosis de la marinería, y les habían relegado a puestos de fortuna, cada cual se coloca donde puede, siempre en segundo término. A pesar de lo cual, ni las cabezas ni las barbillas de las otras decían nada porque nada tenían que decir, porque nada sabían; pero, eso sí, sentían algo cambiado, la tierra, el aire, o el mundo entero, y que en lo que se avecinaba, ellas no gozarían de un cómodo lugar. El mismo comodoro De Risi, en su salón de Podestá, aunque todo estaba igual, se daba cuenta de que todo era distinto: los pasos quedos de los servidores, las sonrisas invariables de los escribientes. Preguntaba al secretario: «¿Está prevista la llegaba de algún barco? ¿Con cuántos hombres contamos para la defensa? ¿Fueron inspeccionados los castillos?». «Ningún barco de los armados tiene prevista la llegada antes de un mes. El alcalde de los griegos me dice que cuenta con unos doscientos hombres, pero que las armas en su mayor parte no funcionaban. Los cañones de los castillos están en perfectas condiciones, pero, como Su Señoría sabe, sus tiros no alcanzan a la ciudad: son cañones pesados para cruzar los fuegos e impedir que nadie pase por la boca de la ría. Lo único esperanzador, aunque no demasiado, es que los muchachos de la Escuela Naval, que sospechan algo, están dispuestos a morir.» El comodoro pensó tristemente que morirían (uno de ellos era hijo suyo), pero prefirió callárselo. Cuando, al mediodía, entró en el comedor donde su esposa le esperaba, en un momento en que el criado había salido, le susurró la conveniencia de que Demónica, la hija, abandonase el convento en que se estaba educando y volviese pronto a casa. «¿Sucede algo?» «¡Me gustaría saberlo!» Aquella tarde, con el alcalde de los griegos, dispuso que se escalonasen guardias en el camino terrestre que llevaba al Arrabal, y que defendiesen el muelle. Mandó también que una chalupa le esperase día y noche a la salida del túnel secreto por el que sus antecesores habían abandonado la señoría en caso de conspiración o algarada social: un pasadizo cargado de historia, manchadas de ilustres sangres las losas de su pavimento. «Nuestra única solución, explicó a su secretario, es hacernos fuertes en el Arrabal y que los castillos impidan la entrada de cualquier barco, como no sea uno nuestro, el primero que esperamos. Confío en aguantar alrededor de un mes. El barco en nuestras manos, la ciudad será rendida fácilmente.» Había extendido encima de su mesa la enorme carta náutica, a cuyos trazos negros había añadido cruces rojas que marcaban su plan táctico: aquel roquedo aislado, al que Ulises arribara antes que nadie, en cuyo manantial inagotable colmaban los navegantes desde entonces los odres del agua, aparecía allí reducido a mero contorno; los breves peñascos de su orografía eran números que señalaban alturas, y, en las orillas del mar, números también prevenían de profundidades y calados. La mar entraba por una boca angosta, se extendía y partía en dos cuernos desiguales, el breve de la izquierda, y el de la derecha, alargado, que entraba hondamente en tierra y a cuya orilla se acomodaba el astillero. La ciudad se situaba entre ambos, orientada hacia el mar, calles rectas y largas paralelas a la costa, calles rectas y largas que trepaban a la colina en donde los Templarios habían instalado su ciudadela. De Risi la señaló: «Si hubiéramos tenido la precaución de fortificarla, bastaría con refugiarse ahí arriba y esperar». El secretario sonrió ante lo ya imposible: «Siempre oí decir que era ya una fortaleza inútil, sin más valor que el recuerdo». «Siempre supimos que la Isla es inexpugnable desde la mar, y ese convencimiento rigió la disposición de nuestras defensas, pero a nadie se le ocurrió que un día el enemigo pudiera venir del interior, que el ataque lo pudiera organizar alguien que tuviera la mente de un militar de tierra, como ese Galvano de que hablan, y en el que, la verdad, me cuesta mucho creer. Pero lo cierto es que esta conspiración la ha organizado alguien que no sabe de mar ni de barcos.» Por la ventana del salón se veía la torre del castillo: en su mástil ondeaba la bandera de La Gorgona: la cabeza del monstruo sobre fondo amarillo y verde. Y vieron de pronto cómo alguien invisible la arriaba y la sustituía por la antigua blanca, con la cruz colorada del Temple. El Podestá y su secretario se miraron. «¡Hay que escapar!» Por la puerta secreta se escurrieron en demanda de salida: hallaron que les habían robado la falúa, y, en su lugar, un bote de gente armada, a la que hicieron inútilmente frente. Aproximadamente al mismo tiempo, Ascanio alcanzaba la gran sala donde la improvisación de la fuga había dejado bien visible la carta con el plan de las defensas. A Ascanio le seguía la flor y nata de los conspiradores, vestidos todos como coroneles, y habían llegado hasta allí sin que los servidores ni los chupatintas hicieran resistencia, antes bien, les saludaron como presuntos nuevos señores. Ascanio examinó la carta náutica, estudió sus cruces coloradas. «Nos lo dan todo hecho», dijo. «¿No consultas al general?», le preguntaron. «¿Para qué, si estamos ya en el secreto? Así ganamos tiempo.» Empezó a dar órdenes, a distribuir la gente. Hacia el lado de la Escuela Naval se oían los primeros disparos. Las escuadras armadas recorrían las calles: muchos balcones se abrían y les vitoreaban; otros, se cerraban y dejaban caer la persianas del miedo. Llegaron órdenes de respetar los domicilios, de dejar tranquilas a las mujeres y a los niños, de cargar recio y sin cuartel contra los guardiamarinas; pero lo que más sorprendió, lo que más disgustó a las tropas voluntarias fue la prohibición expresa de matar más helenos que los indispensables: hubo quien se recrestó contra la orden después de tantos años esperando la matanza: ¡se frustraba de este modo el bombardeo a mansalva del Arrabal, la ejecución definitiva de la justicia esperada!: «¡Imbéciles! Si matamos a los griegos, ¿quién va a trabajar en los astilleros? ¿Vosotros, por ventura? Entender bien de una vez para siempre: necesitamos de los banqueros y de los trabajadores: los que nos sobran son los navegantes». Lo cual fue como orientar a meta definida y enteramente política la sed de sangre insaciable: a algunos de estos protestones se atribuyen los ahorcamientos de oficiales retirados de la Armada y de los profesores y monitores de la Escuela Naval (los alumnos habían caído todos en la defensa). Ascanio Aldobrandini, inclinado sobre el plan estratégico enemigo, tomó medidas inmediatas: «¡Que fortifiquen sin perder un instante la esquina Colorada, y no dejen que pase un solo griego con vida!». En los libros de historia suelen reproducir la fotografía del monumento a la Gloria de los Defensores de esa Esquina levantado: la gran batalla terrestre de que se enorgullecían los vencedores, veinte días de tira y afloja, hoy conquisto una ventana, hoy la abandono, que venga gente, ya han muerto dos, los griegos tienen muchas bajas, a tantos los hemos visto enterrar ¡quién sabe a cuántos no habremos podido ver! Ascanio trajo del escondrijo del general la orden y el detalle de lo que todavía se llama la Gran Marcha Envolvente: cincuenta mozos aguerridos y bien armados que salieron de noche y rodearon las colinas para coger a los griegos por la retaguardia. De madrugada se habían instalado ya en la cota 327, y los griegos advirtieron con pavor que tenían con ellos un cañoncito, cuya primera bala, una pesada advertencia, pasó candente por encima de las cabezas y se hundió en las orillas, no beligerantes, de la ría. Poco después, en una de las ventanas de la esquina asediada apareció la bandera de parlamento. Los griegos no entendieron su significación hasta que vieron aproximarse a sus líneas a un oficial latino y dos sargentos, sin armas, que pedían hablar. Otros tres griegos salieron a la tierra de nadie y escucharon. «Tenéis seis muertos ya, que pueden ser sesenta. Galvano della Porta os ofrece la paz, a condición solamente de que devolváis la sagrada reliquia de san Demetrio. Tenéis veinticuatro horas para pensarlo, durante las cuales, si os parece, podemos establecer una tregua.» Se retiraron los griegos con el mensaje, lo transmitieron a los mandos, se discutió, el obispo ortodoxo fue invitado a la sesión. El bando de unos pocos advertía contra la patencia del engaño: quedar inermes y luego los matarían; entonces propuso alguien que, como garantía, pudiera conservar las armas al menos durante un año, y en todo lo demás, conformes: fuera, en la plaza, silenciosas, las mujeres esperaban la decisión. Cuando supieron que sólo les exigían el Hueso, lloraron, pero también dieron gracias a Dios. El texto de la propuesta, firmado por el alcalde y el obispo, llegó hasta Aldobrandini. «¡Tengo que consultar al general!» Y se marchó. ¿Dónde ocultaba a Della Porta? ¿En el castillo, quizá? El coche de Aldobrandini había sido visto por una de las calles en cuesta, aunque ya de vuelta. Lo rodearon los capitostes de la conjuración. «Al general le parece perfecto que los griegos exijan una garantía. Están, como podéis imaginar, escarmentados.» «¿Y por qué andamos con contemplaciones? Con matarlos a todos... Quedaríamos libres de esa gentuza, y para el trabajo en el astillero, ya aparecería quién.» El que había hablado era un importante hombre de negocios, Giorgio. Ascanio lo encaró y le habló así: «Hasta ahora, La Gorgona ha vivido, y no mal, del comercio de nuestros barcos. A partir de este momento, no entrará en la Isla una sola moneda que no provenga de la construcción de buques, como bien sabes. En realidad, hemos llevado a cabo esta revolución para sustituir el comercio marítimo por la industria; pero a ti no se te oculta que Inglaterra nos encargará sus grandes navíos de combate sólo porque nuestros carpinteros de ribera resultan más baratos que los de Southampton. En cuanto mates a los griegos y tengas que importar trabajadores, se hundió gloriosamente el negocio en las aguas del mar». Giorggio inclinó la cabeza, permitió que el sentido común acallase las furias apasionadas de la venganza. «Hay que dar gracias a Dios de que a los griegos no se les haya ocurrido también pedir la libertad o la vida de De Risi. Hubiéramos tenido que concedérselas y tendríamos que prescindir del gran proceso de responsabilidades, del Gran Juicio que todos esperamos. La muerte del comodoro, ¿no satisface más nuestras reivindicaciones que la de un par de centenares de griegos?» A todos los reunidos se les representó el espectáculo apabullante del Tribunal, todos enmascarados; el temido Consejo de los Diez, que no se descubría el rostro hasta dictar la sentencia: de entre los Ciento escogidos, más enmascarados todavía. ¡Dos siglos por los marinos relegados, aquellos tribunales democráticos, a la vacua condición de recuerdos! Pero aún permanecían memorias de la justicia implacable que ejercieran durante la Edad Media, y después. Era probable, además, que entre los presentes se eligiesen los Ciento. ¿Quién duda de que alguno de ellos se sentaría entre los Diez? Ascanio despachó un ayudante con instrucciones para que a la mañana siguiente se firmasen las paces, e inmediatamente empezó a preparar la gran concentración del Día Glorioso, todo el mundo delante de la catedral para asistir al llanto de los helenos cuando su obispo barbudo entregase la reliquia al bien rasurado obispo de los latinos: fue un momento especialmente histórico, subrayado por el fuego de todas las baterías y el repique de todas las campanas, y se continuó luego, retirada a sus bases la patética procesión arrabalera, en la plaza de la Señoría, el lugar de las grandes efemérides, donde Ascanio salió al balcón, rodeado de próceres, y leyó el decreto en el que nombraba Podestá al general Galvano. El pueblo reventó en aclamaciones, y pronto se manifestó la voluntad unánime de ver al general: cuando esta petición era un clamor, Ascanio señaló el castillo de los Templarios, allá arriba, en la cima de la ciudad; señaló la terraza delante de la torre del homenaje, y todos los presentes pudieron ver cómo una figura menuda y algo rígida, a la prusiana, se aproximaba al parapeto y se apoyaba en él: alzaba una mano, saludaba... Los que en aquel momento disponían de un catalejo, aseguraron después que el general Galvano vestía unos pantalones de ante blanco, con botas negras; una redingote militar de color gris oscuro y un sombrero con ala alzada por delante: mantenía una mano debajo de los botones del pecho, y saludaba con la otra. Alguien dijo en secreto que no venía a recibir los abrazos y los vítores porque estaba leproso: cuando el secreto se hubo extendido debidamente, callaron los clamores y se levantaron hacia el castillo aquellos miles de manos silenciosas y elocuentes. Y sucedió que el sol, que se ponía, envió sobre la plaza y los presentes la sombra oblicua, alargada, del general, y todos enmudecieron, como si el ala de un arcángel los cubriera. Aldobrandini dijo: «¡Esto hay que institucionalizarlo!». Y se contempló la movediza sombra recorriendo las cabezas. atónitas conforme se retiraba el sol. Entonces, el general Della Porta desapareció: quizá llorase. A nadie sorprendió que desde aquel momento mismo Ascanio Aldobrandini se instalara en el sillón ocupado hasta entonces por el vencido comodoro: se le tenía por lugarteniente de hecho del general, se le tenía por su primer ministro. Empezó a firmar decretos: «Vista y estudiada serenamente la propuestea del Tribunal de los Diez, reunidos en sesión especial y pública, accedo a condenar a muerte y lo condeno, al comodoro Arcàngelo de Risi, el cual, antes de ser ahorcado de una almena del castillo, será desposeído de su grado militar, de sus títulos y privilegios. En nombre del Podestá, lo firmo... Ascanio». Así: el nombre solo. El cuerpo del comodoro permaneció ocho días a la vista, juguete de vientos, comida de grajos. Después se permitió a su esposa que lo enterrase: ella y su hija Demónica fueron invitadas a emigrar, porque el corazón cansado del general no podía soportar el sufrimiento de su presencia en la Isla, esposa e hija del vencido. ¿Qué culpa tenían ellas? El hijo había muerto en la defensa de la Escuela Naval, como su padre temiera. Varios pintores representaron el momento en que el comodoro recibió la notificación de la sentencia: el Tribunal de pie, y él también: un gentío silencioso en las gradas para el público. Pero difieren los artistas en la interpretación del acontecimiento: para algunos, en el rostro de los jueces se pinta el terror secreto, el temor a los remordimientos y a la Justicia divina, mientras que en el reo resplandecen la dignidad y el valor: para otros, lágrimas cobardes mojan el rostro temeroso de De Risi, al tiempo que el fulgor de la Justicia envuelve como un halo la cabeza de los jueces: ambas versiones comparecen vecinas, hoy, en el Museo Local de La Gorgona, pero empieza a olvidarse el episodio. Lo que en cambio recuerdan los habitantes de la Isla, y lo tienen escrito en letras de bronce a la entrada del astillero, es la frase que pronunció el joven Pitt cuando supo que la revolución había triunfado: «Si Inglaterra tuviera un puerto como el de La Gorgona, lo haría rodear de una muralla de plata...». Se dijo de Flaviarosa que, cuando le fueron con el cuento, se limitó a responder: «Pues, ¡yo, no!». En cambio, su marido se puso a calcular la plata, y a hallar la equivalencia en esterlinas.

Dos horas frente a la chimenea, Ariadna, las del crepúsculo; un sol hermoso, seguramente, incendiando los átomos del bosque: hasta que se me fatigaron los ojos de contemplar la lumbre, de leer unos hechos en sus lenguas cambiantes. Hubiera buscado a sir Ronald en medio de tanta gente, hubiera debido hacerlo, y hallar con él su estupefacción, su asombrada sonrisa ante el transcurso de los sucesos, su carcajada rigurosa y fría como un razonamiento al presenciar la apoteosis del general, pero cuando te sientes arrebatado por un barullo como éste que acabo de relatarte, en parte vendaval y en parte vocerío, rico en heroicidades que no aludo y en dramas personales que me callo, lo normal es olvidar las peripecias privadas de los que se mantienen ajenos al tumulto, que en este caso sería como al margen de la historia, a la cual, por otra parte, pertenecía ya sir Ronald; lo que entre tanto hacía o padecía, lo que se divertía quizá y probablemente, lo averiguaremos otro día, según lo vayan exigiendo las circunstancias del relato. Puedo, ahora, satisfacerte en cambio con un par de pequeñeces que innecesaria pero también inevitablemente pude averiguar: que debiera olvidar, pero que no olvidé, al modo como tampoco se olvidan ciertas minucias que en el recuerdo se agrandan y a veces llenan toda una vida o sirven de soporte a una esperanza, cuando no a un rencor: así, cierta mirada que me dirigiste, cierta caricia que me regalaste, no quiero decir ahora por qué ni cómo. La primera de esas minucias fue que en un momento de la reunión en la Gran Sala del Consejo, cuando aquellos que habían participado en la Liberación de la República con algo más que con el simple grado de sorche voluntario se habían congregado alrededor de Aldobrandini, cada cual deponía su declaración, y varios secretarios, en competencia de habilidad, lo registraban en actas, preguntó Ascanio al final y sonriente: «¿De manera que todos, vivos y muertos, animales, pedruscos y plantas, han participado en la conspiración con entusiasmo unánime?», uno, seguramente un bromista, o, ¿quién sabe?, un delator disimulado, le respondió: «Sí, Señoría, excepto los jacintos que plantan en sus macetas las esposas e hijas de los marinos. Ésos se han negado a toda colaboración», a lo que Ascanio respondió con una carcajada contagiosa: «¡Pues que los corten a todos, esos jacintos, sin que quede uno solo!», por lo que también la Isla de La Gorgona, como la nuestra, puede llamarse con entera propiedad, aunque sólo desde entonces y para nosotros, «La Isla de los Jacintos Cortados». ¿Verdad que hace bonito?

La segunda minucia requiere bastantes palabras más, con las que quiero presentarte a un personaje que en ese mismo salón, en esa ocasión solemne, al preguntarle qué había hecho por la revolución, respondió displicente, y en un italiano muy aspirado que parecía inglés de Oxford: «Soy el autor de esas coplas que cantaron los ciegos y de los sonetos en loor del general que recitan todas las mujeres. Mi colaboración fue de mera y sublime poesía». Y enmudeció. ¿Para qué preguntarle más? Requirió, mientras le ovacionaban, la silla que había ocupado en un rincón, en medio de un corro exiguo de damas y caballeros, y continuó la conversación hasta entonces mantenida. Era un tipo moreno, magro, de elevada estatura y comedido ademán, muy bien vestido, muy en su punto. Este sujeto se llama Nicolás, «*le beau Niccolà*», y se distingue por el corte atrevido de sus trajes, por la elegancia audaz de sus modales, si bien unos y otros no pasan de mera copia de los modales y de los trajes, aunque cambien de ímpetu y color, del señor cónsul inglés, míster Algernon Smith, uno que no está en Inglaterra por incompatibilidad con los ingleses, pero que tampoco se lanzó a la aventura, en Grecia o en Oriente Medio, como

Byron o como lady Stanhope, sino que se quedó a la mitad del camino, en ese consulado insular desde el que puede servir al Imperio (que aún no se llama así, sino tan sólo The Great Britain) y al mismo tiempo mantener un recoleto harén de muchachas traídas de importación, disfrutadas, y enviadas después como mercancía secundaria a otros harenes de personal menos seleccionado; también se dice, aunque en secreto, y no se ha comprobado, que incluye algunos efebos. «*Le beau Niccolà*» es hijo de un capitán de navío, héroe, por más señas, de una olvidada escaramuza a la salida del Mar Rojo, en que perdió sin embargo la vida. La relación de este retoño con la clase de origen, ahora derrotada, se mantuvo ante todo por medio de su tía, la viuda Fulcanelli, de quien acaso volvamos a hablar: se quieren mucho, él la visita, pero sus hábitos de trasnochador le impiden vivir con ella, que cierra la puerta a las nueve. Al «*beau Niccolà*» no le permitieron la entrada en la Escuela Náutica, cuando aspiró a ser recibido en ella como honor al recuerdo de su padre debido, por la sola razón de que era corto de vista: defecto que desde entonces le autoriza al manejo de unas antiparras con las que obtiene buenos efectos de impertinencia, únicamnte comparables a los de míster Algernon Smith con su monóculo dorado; pero si ahora «*le beau Niccolà*» bendice secretamente la repulsa recibida cuando tenía catorce años, merced a la cual figura en el bando triunfante, aunque su tía le tenga por «*declassé*», lo cierto fue que en aquella ocasión y a partir de ella se sintió secretamente resentido contra la clase navegante, que así le excluía del uso del uniforme, aquella combinación de oros, rojos y azules, de líneas curvas y líneas rectas, de sobriedad y lujo, reputada como el traje más hermoso del mundo, aquél con el que los varones, cuando se lo encasquetaban, se tenían por superiores al emperador y al papa vestidos de ceremonia. «*Le beau Niccolà*», se encontró, en consecuencia, al margen de su clase, como quien dice un pie dentro y otro fuera, y acabó abandonándola, pero ésta es otra historia que no conviene dejar de lado: pues resultó que Nicolás *el hermoso,* cuando empezó la gente a comentar su belleza, carecía de oficio; se entretenía paseando por el espolón del muelle a la hora en que lo hacían los petimetres civiles y los guardiamarinas francos de ría, solitario y equidistante de los bicornios y de las chisteras decían que por orgullo de hombre guapo; nada de eso, lo hacía por rencor disimulado hacia unos, que llevaban uniforme, y por envidia disimulada hacia los otros, que tenían dinero; y así, por solitario contemplador de lejanías, le vino fama de melancólico y de que estaba enamorado de una mujer inaccesible; mas de esta especie sólo había una en La Gorgona, Flaviarosa della Croce, la hija de don Giancarlo, el rico de los ricos... Flaviarosa fue la primera en enterarse de que aquel mozo tan guapo perseguía en el horizonte del mar una felicidad imposible que llevaba su nombre, y se sintió halagada porque, al fin y al cabo, Nicolás *el hermoso* era hijo de un héroe de la clase tan odiada como admirada, por no decir envidiada, de los comodoros. Más tarde se enteró él, y tampoco le pareció mal, pues Flaviarosa, además de rica y de bonita, había sido educada por su padre para emperatriz de un mundo de negocios, si no terciaba la fortuna de que lo fuera de otra clase de mundo: lo peor que decían de ella era que valía lo que una Pompadour. Y así habrían quedado las cosas, mera leyenda, mera murmuración, si Nicolás *el hermoso* no hubiera manifestado de repente y en ocasión olvidada (¿una ceremonia civil? ¿alguna boda?) insospechadas aptitudes para el periodismo laudatorio, que le valieron un empleo en el diario local como cronista de sociedad: con lo cual, y sin pensarlo, incluso sin darse cuenta, se halló ser el distribuidor, casi el ordenador, de las vanidades personales, resumidas en adjetivos y espacios tipográficos, de aquel universo insular. Y, cuando lo comprendió, se tuvo a sí mismo con toda justicia por uno de los hombres más poderosos de La Gorgona, quizá el primero después del Podestá, no facultado para la muerte o el indulto, sí para condenar al silencio, al anonimato, al ridículo. Y fue entonces cuando cierta vez, invitado a una fiesta, conoció a Flaviarosa: ella le contempló un instante, le miró luego de arriba abajo, y le preguntó si era él el que la amaba. «Soy el que dicen que te ama», fue la respuesta, seguida de una reverencia bastante sobria para un italiano. En un principio, respetuoso con el orden estatuido, Nicolás *el hermoso* había titulado de tres maneras sus crónicas: aquellas en que sólo figuraban las hijas y las esposas de los marinos y de los banqueros, «llegaron de Salerno», «salieron para Nápoles», campeaban en primera página bajo esta denominación fulgurante: «De Sociedad», con letras de ornamentada caligrafía; y el secreto y máximo deseo de cualquier muchachita era el de que su nombre apareciese alguna vez allí, y, de ser posible, todas las que iban marcando su progreso social. La seguía un segundo orden de crónicas, también de primera página, aunque de más apagado relumbre y de letra con menos jeribeques, a la que tenían acceso indiscutido las hembras de los comerciantes y de los industriales; su marbete: «Notas de Sociedad»; aparecer en ella disgustaba y humillaba a las muchachas ricas, a sus madres, y, de rechazo, a sus padres y maridos, menos sensibles, sin embargo, a los matices que no afectaban al poder o a la riqueza; hubiera hecho, en cambio, felices a las mujeres de la tercera clase, hijas y esposas de chupatintas, de servidores y de artesanos, relegadas a la sección que titulaba «Notas» en una página perdida. Pues cuando Nicolás conoció a Flaviarosa, se pasó una noche entera buscando el modo de excluirla de las «Notas de Sociedad», donde figuraba la crónica del baile, aunque sin incluirla en las líneas de «De Sociedad», para lo que aún no estaban maduros los tiempos; lo resolvió dedicando un estupendo artículo a la muchacha y a su traje, aparecido en primera página y con orla de rosas y amorcillos, lo que le hizo merecer la gratitud de Flaviarosa, y llamar la atención de don Giancarlo, que le tuvo desde entonces por menos tonto de lo supuesto, e incluso lo invitó alguna vez a comer. Conviene tener en cuenta, para la debida estimación de Nicolás, que si colaboró con sus versos en la revolución, también se anticipó a ella en cierto modo, adelantado y heraldo de la transformación apetecida, cuando al casarse Flaviarosa con Ascanio, y a causa según se dijo de la largueza con que el rico negociante en efectos navales había gratificado unos versos epitalámicos, «*le beau Niccolà*» subvirtió todos los valores, derribó todas las barreras, y colocó la crónica de aquella boda en la sección «De Sociedad»:

toma de la Bastilla, degollación de White Hall, música de tambor batiente que anunciase la anhelada, la casi imposible sustitución de unos ricos por otros. El comodoro De Risi, al leer la prosa narrativa del bello Nicolás, no alcanzó a comprender que algo cambiaba en el mundo: se limitó a interpretar el hecho como una extravagancia justificada por un amor ya definitivamente imposible y por el buen trato recibido de los Della Croce. ¡Siempre a las aristocracias las pierde su ceguera! Aquella tarde de la gran recepción, cuando ya había recibido Nicolás muchas felicitaciones y cuando otros protagonistas más ruidosos atraían la atención del concurso, es decir, cuando ya se había quedado solo en su rincón y en su silla, mientras que a Ascanio le rodeaba el estruendo creciente de la gloria, le llamó desde una puerta, en la que se disimulaba, Flaviarosa, con una voz como un quejido de sirena, que fuese al mismo tiempo una orden. El estruendo cesó, de pronto, y era suplantado por un silencio de expectación curiosa: Ascanio, en medio del ancho corro, se preparaba para leer la Declaración de Principios que el nuevo Podestá, el general ya invicto para siempre Galvano della Porta, proponía a los notables de la Isla. «¡Por lo pronto —comenzaba—, antes muertos, antes destruido el mundo, que aceptar las ideas de la Revolución Francesa!», y la imagen de la catástrofe universal como respuesta única a las diabólicas propuestas de igualdad, libertad y fraternidad, desplazó, patética, de todas aquellas mentes cualquier noción que entonces albergasen, y fue aprobada la introducción por aquellos corazones. «No lo escuches. Yo te lo puedo explicar», le dijo Flaviarosa a Nicolás *el hermoso,* al tiempo que le atraía hacia un enorme corredor vacío, de brillante solería, en que quedaron únicos habitantes ya sobre la tierra sacrificada al Ideal; por la puerta cerrada les llegaba el murmullo monótono de la lectura que hacía Ascanio. «Artículo único», dijo Flaviarosa riendo; «Se declara delito de leso estado cualquier pecado contra el sexto mandamiento»: se colgó del cuello de Nicolás y le besó en la boca. «¡Como éste!», y volvió a besarle: «¡y éste, y éste, y éste, y éste!». La sorpresa había paralizado a Nicolás, le había hecho perder la compostura, y, peor aún, desbarataba su impasibilidad y su indiferencia. Cuando quiso decir algo, ella se lo impidió: «Nos gustamos hace tiempo, Niccolà, desde aquella noche del baile en que éramos los más hermosos. Podía haber entonces razones que nos impidieran casarnos; ya no las hay para que nos amemos. ¿Por qué vamos a esperar más?» y le empujaba dulcemente hacia un desenlace incógnito en un lugar ignorado. Niccolà consiguió articular: «Pero, ¿y si él se entera? Ahora es todopoderoso». «Con un poder por debajo del mío, Niccolà, mi amor, que te entre esto en la cabeza y tenlo siempre presente. Pero yo ya estoy harta de él y de su petulancia, y lo estoy, sobre todo, de su virtud, de que me lleve a la cama y me deje defraudada, mientras él reza y duerme; de que si un pezón mío le roza los labios, haya que hacer penitencia; de que si le pido una caricia por debajo de la cintura, se eche a temblar y diga que tengo el diablo entre las piernas. ¡Al diablo él, al infierno, adonde le dé la gana, pero sin mí!» Hablaba Flaviarosa con un comienzo, incrementado luego, de pasión: «Voy a ponerle los cuernos por el resto de mis días —añadió—, mientras el cuerpo y el alma me lo pidan, se los voy a poner a gusto y con regodeo, a ciencia y conciencia, y empezaré contigo, para mayor inri, porque sé que te odia y que te envidia por ser hijo de un capitán de navío, y porque escribes versos, y porque caminas gallardamente, y no cojeando como él». Lo había arrastrado, al bello Nicolás, a lo largo del corredor, hasta una puerta inmensa y mate por la que entraron. Estaba el palacio vacío: hasta los mismos fantasmas habían emigrado de los espejos para enterarse de las nuevas tablas de la ley. «Mira —continuó Flaviarosa—; éstas serán desde hoy mis habitaciones: ahí, el despacho; ahí, mi gabinete; allí, la alcoba y el tocador. Para mi policía particular tengo escogido un cuarto abajo, con entrada directa a las mazmorras. Aprende este camino hasta que pueda enseñarte otro secreto, que estoy segura de que lo hay, y siempre es más emocionante llegar por pasadizos oscuros hasta la cama de la amada.» Cambió, de pronto, de tono. «Quiero que vayas pensando en un poema largo acerca del general.» A Nicolás, aquella transición tan brusca, aquella mutación le cogió desprevenido, incluso le cortó en flor un requiebro de fuerte carga erótica que se le estaba ocurriendo. Sintió el cerebro vacío. Balbució: «¿Sobre sus heroicidades?, ¿quién las conoce?». Ella le echó la mano al hombro: «No seas tonto. Del general Della Porta no sabe nada nadie, y los hechos que le harán inmortal, salvo esa batalla de la Esquina Cuadrada de la que hablan todos porque todos participaron en ella, menos yo, por supuesto, serán los que tú inventes. Te pondrás al trabajo en seguida y empezarás a cobrar un sueldo de la Señoría: no quiero que mi amante tenga dificultades económicas. Y un poema de esa clase, ya se sabe, dura toda una vida y suele dejarlo inconcluso la muerte». Semejante mención hizo temblar una vez más a Nicolás *el hermoso*. Se vio sometido a tortura antes de la horca infamante por adulterio. Y miró a Flaviarosa, un poco como un perro que teme, un poco como un reo que implora, pero también como un amante que ya desea. Ella había empezado a desnudarse, sin mucha prisa, pero poniendo cuidado en cada cosa, y los grandes espejos, como grandes esponjas, se empapaban de imágenes lascivas. Niccolà, todavía con el sombrero y el bastón en la mano, pareció finalmente transido, si bien temblaba un poco. «¿Te pasa algo?», le dijo Flaviarosa, mientras recogía del suelo las enaguas y su trasero provocaba a las sombras. Él vaciló y por fin logró sonreír: «¡Oh, sí, claro, algo muy importante! Ya tengo el título del poema: *Galvanoplastia*; incluye el nombre del general, Galvano, y la palabra *plastia,* que en griego significa forma. Ya sabes que es costumbre poner a estos poemas nombres un poco griegos». «Sí, claro. Pero, ¿no vas a desnudarte?» Se acercó a él y empezó a deshacerle el nudo de la corbata; a Niccolà se le cayeron el bastón y el sombrero, y al quedar con las manos libres, se quitó, como pudo, la casaca. En aquel mismo instante, Ascanio enumeraba las penas atribuibles al adulterio, según los grados y personas, y los presentes recordaban las historias de amor que se habían contado de tantas y tantas damas, esposas impacientes de los marinos de altura. ¡Lástima de código penal entonces, que castigara aquellas liviandades con la horca! ¡Y algunas de ellas, adúlteras con marineros griegos, muy guapos, eso sí! Flaviarosa tenía en una mano el largo lienzo de la corbata; se colgó con la otra del cuello de Niccolà y volvió a besarlo. «¡Anda, hombre, apresúrate! Los de esta Isla sois un poco medrosos porque habéis vivido siempre sin conocer el peligro. ¡Ya verás cómo ahora, en que lo van a ahorcar a uno por un mero estornudo, aprenderán a ser osados! Imagínate, todo es pecado, pero los hombres y las mujeres seguirán amándose. ¡La de novelas trágicas que empezarán hoy mismo!» «¿También la nuestra?» Flaviarosa se desasió y dejó caer la última prenda encima de la alfombra. Pero Niccolà no la miraba del todo. «¿También la nuestra?», repitió; con voz remotamente temblorosa, si bien no fuese fácil discernir, sin otros datos que el temblor, si era de emoción o de puro miedo. «Ya te dije que estoy por encima de la ley, y se guardará mi marido de tocar el pelo de la ropa al menor de mis amantes. Sería su final.» Niccolà, animado por aquella seguridad con que hablaba Flaviarosa, y, sobre todo, por las ofertas que emanaban de su cuerpo desnudo, deshizo el lazo de los zapatos, aflojó el cinturón, empezó a desabrochar los botones de la camisa, ya sentado en el borde de la cama y mientras ella empezaba a acariciarle. «¿Es tanto, entonces, lo que puedes?» Flaviarosa, como desperezándose, se dejó caer en las almohadas y levantó los brazos lentamente: toda una maravilla de forma y de color quedaba de relieve: «¡Más que el mismo general!». Sus brazos se cerraron con fuerza sobre el torso, aún no desnudo, de Niccolà.

En el salón, ante el veredicto silencioso del concurso, Ascanio daba fin a su lectura. Quedaba claro que se facultaba a la justicia para averiguar, mediante la aplicación de todos los rigores procesales habidos y por haber, los pecados más íntimos, no sólo los que requerían cómplice, con la advertencia de que, de estas leyes, quedaban los griegos eximidos, y los anglosajones también, a causa de que los pecados de la carne poco podrían añadir a lo mucho que tenían adelantado unos y otros en el camino del infierno, ya que ni unos ni otros obedecían a Roma. El obispo, que aprobaba con visibles movimientos de cabeza esta última parte, le preguntó a Aldobrandini, aunque en secreto, si no habrían ido un poco lejos en lo de los pecados carnales, y si no convendría hacer la vista gorda con los ocultos. «Al Santo Padre —añadió— esto va a parecerle un poco exagerado.» «No olvide monseñor que el general Della Porta es un enviado de Dios y trae Su Palabra. Como padre que es de nuestros conciudadanos, quiere impedir por todos los medios a su alcance la condenación eterna de quienes son como niños. Y, ¿qué importa, ante una eternidad de castigo, una tortura más o menos?» «Sí, claro, claro —le respondió el obispo—; la condenación eterna. Es un viejo ideal, ese de que el pecado sea delito, sobre todo el pecado tan feo de la carne.» Seguramente le surgió en aquel instante, del montón de sus recuerdos, algo que le obligó a dar media vuelta.

Aquella misma noche, vacío ya el salón, Ascanio Aldobrandini se quedó a solas con el futuro: la cara hacia levante, como quien dice, aunque parezca más sensato situar el futuro en el poniente. Tras mantener los ojos cerrados durante un espacio largo, al modo del que busca la luz en el fondo de sí mismo, empezó a escribir en las hojas impolutas de un cuaderno: no el texto de las leyes, sería prematuro, aunque quizás las notas que les servirían de base: «De cómo compaginar el derecho romano con los Evangelios rectamente entendidos». Lo subrayó como si fuese (y lo debía ser) el título.

III

1. — Fue una mañana movida, esta de hoy, Ariadna, y no porque me haya demorado con mi curso, que lo terminé a su hora, ni por trabajos o encargos impertinentes e ineludibles, que tampoco los hubo, sino por imprevistas bagatelas. Viniste a verme, como siempre: eran las diez y diez, entre una clase y otra de las tuyas: sólo para decirme que no comeríamos juntos, pero que charlaríamos un rato por la tarde: me pareciste animada y con esperanza; y cuando tú saliste, llegó una chica con su cuento de amor y sufrimiento, que necesitaba contármelo, ya sabes, los muy jóvenes aún no han aprendido a discernir una cosa de otra, y así las mezclan y no aciertan a saber si duelen o si son felices. A esta de hoy parece que el muchacho no le presta la debida atención sexual, al menos según su punto de vista, que no sé en qué medida le pertenece como propio, quiero decir, si obedece a una necesidad o a una opinión; el mancebo es poeta, y concede a la poesía más tiempo que al amor, si bien por ser su poesía monótonamente erótica, según tuve ocasión de comprobar, lo que por un lado se pierde, se gana por el otro; pero acerca de esto duda precisamente la muchacha, Ruth de nombre y judía de Brooklin, muy bonita por cierto y que parece lista, pero que todavía anda mal de experiencia; su pregunta, a fin de cuentas, podía resumirse en estas pocas palabras: ¿es la cama el único lugar en que un hombre puede manifestar su amor a una mujer? ¿es el juego del amor lo único que pueden hacer juntos dos que se aman? Tuve que explorarle el alma, sacarle un inventario de ideas y, si me apuro, un gráfico, e incluso clasificárselas a la vista de que muy pocas le pertenecían, recibidas como órdenes anónimas con la apariencia de convicciones generacionales sin que nadie de los que las comparten sepan de dónde vienen y adónde les conducen. Así pude poner en claro que ella apetecía algo más que pasarse el día en la cama con su novio, algo tan elemental como vivir con él sin un programa consabido, sin una

idea preconcebida: a la buena de Dios, como quien dice, aunque sin Dios: un amor hecho de libertad y azar. Se marchó del despacho muy contenta, y me dejó una flor de regalo, y yo pensé en que el destino de los jóvenes es sufrir: antes, porque se les prohibía el amor; ahora, porque no saben qué hacer con él. De todas maneras, Ruth es tan bonita, y me habló con tan encantadora sinceridad, que, más que la flor, fue ella la que dejó un perfume de juventud y de gracia en mi recuerdo. ¡Ojalá que sea feliz! Un comienzo como éste parece poner en orden las ideas, parece que las ayuda a salir, fáciles y tranquilas como barcos bien botados; pero a los pocos momentos de marchar Ruth, entró sin llamar la profesora Ansúrez, esa uruguaya especialista en Delmira Agustini, con el pitillo en la boca y unos pantalones nuevos, más apretados que aquellos violeta de que tanto nos hemos reído: como que se marcaba sin perder un detalle la orografía de su parte media, así delantera como trasera, oronda en las colinas, profunda en valles que se suponen umbrosos y poblados de pájaros cantores. Y me vino a decir que lo mismo ella que la señora Kramer habían decidido que almorzásemos juntos, y no en el *patroon*, como es nuestra costumbre, sino en un restaurante italiano que no-sé-quién ha descubierto un-día-de-éstos en el condado de no-sé-dónde, aunque cerca de aquí, por la parte de Troya y en el que parece ser que la pasta es barata y sabrosa: se conoce que tanto la una como la otra, la Ansúrez y la Kramer, pretenden aumentar, con espaguetis y canelones, la turgencia y la solidez de su mentada orografía, es de imaginar que para provecho y regodeo recíprocos; y como si el ofrecimiento fuese un anzuelo de cebo insuficiente, añadió desde la puerta que había noticias nuevas de lo de Claire, lo cual evidentemente me comunicó la energía necesaria para resolver mi indecisión en favor del ágape. «¡Cuenten conmigo! —le grité—, y pase luego a buscarme.» Lo hizo, ya con la chaqueta puesta y un gorro de pompón que según me explicó la hace muy juvenil; Grazziella Kramer nos esperaba frente a la puerta del ascensor, y venía con ella, como agregada al previsto consumo de raviolis, míster Barnacle más o menos: esa californiana que explica la Historia del Oriente

Medio cuando aún no se llamaba así: Shubiluliuma y todo lo demás. Se había unido al grupo con perfecto derecho, según averigüé más tarde, puesto que las noticias referentes a Claire las aportaba ella. Lo que no alcanzo a explicarme son las razones por las que me las contaron a mí, ya que, según también pude colegir mientras duró la compañía, el camino recorrido por las dichosas noticias fue exclusivamente femenino: la vicedecana Schultz se lo contó en secreto a Danielle, ésa tan bonita de ojos negros que procede de Luisiana, y que fue de quien lo recibió la otra, la especialista en mittanis, lulubis y gutis, o sea, la que dicen que prepara un libro en el que se demuestra que Nefertiti, según ha sospechado alguien hace tiempo, fue, como su marido, homosexual. ¡Pues bueno anda el cotarro! Te puedo asegurar que la primera hora en esta compañía me divertí, pero después del café fueron tantos los arrumacos, caricias, celos y protestas de cariño entre mis tres anfitrionas, que llegó un momento en que me sentí avergonzado, además de excluido, por supuesto, del maneje, y les rogué que me contaran de una vez lo que pasaba con Claire. Entonces la biógrafa de Nefertiti sacó del bolso la fotocopia de un recorte de revista, dijo cuál pero no lo recuerdo: en cualquier caso, una muy importante de no sé qué universidad de New England, y nos leyó un texto muy riguroso, de esos que no contienen más palabras que las precisas, sin una broma, sin un chiste en el que descansar, firmado por alguien que no me suena, pero que también es muy importante, en el que se dice, más o menos, según pude entender, y por este orden: toda la investigación del profesor Alain Sidney se apoya, como resulta obvio, como él mismo declara, en las teorías lingüísticas y hermenéuticas de Casius Blay, cuyo nombre, en efecto, unido al de la escuela de Darmstadt, gozó de estimación universal y secuacidad entusiasta durante los últimos diez años, y cuyo sistema conmovió los cimientos de varias disciplinas teóricas y especulativas, singularmente la metafísica y la teología (no digamos la historia); ahora bien, Norman Leeds, de Wisconsin, acaba de demostrar que todas las hipótesis de Blay son falsas, así como sus doctrinas, aunque no enteramente: son falsas en alguna medida, también en cierto modo, pero ante todo en determinado matiz, lo cual, como Norman Leeds proclama, las invalida en cuanto base epistemológica y, por supuesto, metodológica. No se limita el profesor Leeds a esta afirmación (de consecuencias negativas, evidentemente), sino que corrige a Blay en la medida, en el modo, en el matiz equivocados y los sustituye por otros cuya virtualidad hace innecesario y, sobre todo, inconsistente, lo que pudiera subsistir, después de tal análisis, del sistema de Blay: con lo cual se le relega a la más inoperante inutilidad. A continuación, el autor del artículo, que se llama precisamente Spencer, ahora acabo de acordarme, y que lo es también de una monografía sobre las costumbres sexuales de Napoleón entendidas más bien como costumbres escasamente dignas de un conductor de pueblos, el autor del artículo, digo, repite el camino recorrido por Claire a partir de Vigny, la escena aquella del emperador y el papa, la cual, estudiada según el método de Leeds, se desprende de lo que todos teníamos por condición poética, algo sacado de la Nada, para subsistir como acontecimiento rigurosamente histórico, presenciado por Vigny con toda seguridad y transcrito merced a una memoria impecable: la base del razonamiento de Claire, pues, se desmorona, pero Spencer no se detiene ahí, sino que estudia asimismo los textos de Chateaubriand y de Metternich escogidos por Claire, y por el mismo procedimiento demuestra su indiscutible historicidad. Y termina diciendo: «No dudo que el profesor Sidney haya procedido con entera honradez; pero debe darse cuenta el distinguido colega de que la honradez es un instrumento peligroso, o al menos sospechoso, cuando no está respaldado por una información exhaustiva y de última hora. Perteneció, quizá pertenezca aún, a ese grupo innumerable de estudiosos deslumbrados por Blay y por su resplandeciente cohetería. Pero el fuego se apagó y a sus propias cenizas se irán sumando poco a poco las de tantas muestras del esfuerzo humano que en ese fuego se habían alumbrado. ¿Habrá que atribuir al todavía famoso lingüista la responsabilidad del casi general derrumbamiento de diez años de actividad científica? Por lo menos es seguro que le cabe la responsabilidad casi entera de que la reputación y la obra de Alain Sidney se hayan desvanecido». Pues, mira, chica: conforme esta Nefertiti de gafas y delicado bigote gris iba leyendo, a mí me dominaba la melancolía, me sentía metido en un mundo siniestro de nieblas y chirridos de carreta y arrastrado con Claire al abismo siniestro del fracaso, pues si bien es cierto que no doy demasiada importancia a las frustraciones, y tú lo sabes (te he demostrado alguna vez que, en cierto modo, todos somos bastante e inevitablemente frustrados), el placer concentrado e intelectualmente irreprochable con que aquellas escrupulosas censoras, lesbianas gloriosas aunque en trance menopáusico, iban destrozando a Claire, la una al leer, las otras al interrumpir con sarcasmos exquisitos la lectura, me quedaba entristecido: error sentimental, no cabe duda, de quien sabe hace tiempo que nada alegra a todos como el fracaso de uno: ¡así se sienten realizados, como se dice ahora; auténticos, como se decía antes; felices, como se dirá siempre! Acaso a Claire le perdonen el ingenio y lleguen a disculpar su talento; puedo incluso, en un alarde de optimismo en que escasamente participa mi corazón, pensar que algún día olvidarán el hecho, hoy excesivamente tenido en cuenta, de que Claire lleve la sangre de uno de los más grandes poetas del mundo; transigirán con el perdón de su nombre, de su talento y de su gracia; pero después de haber negado, al nombre, resonancia; al talento, eficacia, y al ingenio, importancia: así, en sus paños menores, Claire reaparece como persona digna de toda conmiseración. ¡Y no sabes, Ariadna, lo preocupadas que quedaron por ti aquellas madres frustradas, aquellos corazones rebosantes de sustancia sentimental! «¡La pobre chica, qué va a ser de ella!» «¡Porque no hay duda de que lo ama, a su manera, claro, como alguien puede amar a Alain Sidney!», y, a propósito de esto, la conversación eminentemente caritativa, derivó hacia nuestras relaciones personales, «Porque usted, profesor, debe de estar muy enterado»; «Porque Ariadna es de toda su intimidad»; «Porque si no vive con usted, poco le falta», y, en fin, el remate a su inquietud, digamos historiográfica, puesto con estas palabras de la doctora Ansúrez: «¡Hay quien dice, profesor, que es usted una especie de suplente de Alain Sidney, encargado de las funciones que él no puede desempeñar!», lo cual corrigió en seguida Nefertiti: «No, mujer; suplente, no. Lo que sucede, o, más bien, lo que parece suceder, es que Ariadna se reparte entre los dos, a uno el cuerpo y el espíritu al otro». ¡Ya ves lo que se piensa de nosotros! Y no les faltan motivos, Ariadna, hay que tener la cabeza en su sitio y juzgar con entereza: desde hace más de un año, no es que pases conmigo más horas que con nadie: es que las pasas casi todas, y, por si fuera poco, ahora dormimos bajo el mismo techo, y aunque sea en diferentes camas, eso lo ignoran Nefertiti y sus damas de Corte. Pero existe además todo eso que nosotros sabemos: el grado de nuestra convivencia, de nuestra intimidad; lo que cada uno tiene del otro y la confianza recíproca que esto nos da: finalmente, aunque no hablemos de amor, hablamos del amor constantemente. Si vistas las cosas desde fuera pareces mi amante, vistas desde dentro, a cualquiera le sorprendería el hecho inexplicable de que no lo seas.

En fin, que he derivado sin desearlo hacia temas de los que no tenía la intención de escribir. Porque lo último de que se trató en la comida (o, más exactamente, a la hora del café, que tomamos los tres a la europea, bien negro y fuerte: ése por el que empieza la inmoralidad, según los bostonianos), fue de que yo guardase silencio acerca de lo de Norman Leeds: debo saberlo; pero tú, no. Y ya te enterarás (decía la doctora Ansúrez), porque por mucho que se guarden los secretos, siempre acaban por ser noticias de prensa (siguió diciendo ella), y algo que se refiere a asunto de tanto estruendo como el libro de Claire, acabará por salir de los ámbitos científicos (que ellas, con otros más, constituyen) para saltar a las páginas de *Time*, con entrevista y con fotografía. Mi razonamiento, sin embargo, no coincide con el de ellas. Voy a ocultarte la existencia de ese artículo de Spencer, y hasta del mismo Spencer, aunque no sólo por no hacerte daño, sino porque dure un poco más, entre nosotros, la esperanza y la alegría, o, al menos, esa situación crepuscular de quien no sabe aún si es verdad lo que cree y si es esperable lo que espera. De todos modos, voy a intentar convencerte, a modo de precaución, de que Claire alcanzó por vía intuitiva una verdad que la ciencia histórica no está aún capacitada para demostrar: la inexistencia de Napoleón, y menos aún, preparada la sociedad para recibir con indiferencia o, al menos, con serenidad, una verdad como ésa. Porque estoy persuadido de que muchos de los críticos de Claire saben que es cierto lo que dice, pero comprenden al mismo tiempo que pertenece a ese orden de realidades que no deben propalarse: como si alguien, ahora, pudiera demostrar que existe Dios. ¿No crees que lo harían callar por cualquier medio, sin excluir la muerte? Vamos a ver si consigo preparar tu espíritu para que asistas, sin desmoronarte tú también, al fracaso de Claire; y si consigo al mismo tiempo convencerte por mis propios medios de que él ha acertado, que de momento es el pito que estoy tocando en el concierto, pues mejor.

2. — De modo que te expliqué las particularidades de mi método, tan exquisitamente anticientífico, tan rigurosamente poético, de averiguar los hechos por la contemplación del fuego, procedimiento de oscura cuanto arcaica reputación, propio del tiempo de los reyes por derecho propio y de los magos llamados sabios, los todopoderosos. Y tú me escuchaste con una media sonrisa en que mezclabas la diversión y la incredulidad, algo así como decir: «Ojalá fuera cierto ese cuento tan bonito». Pero cuando te dije que podíamos hacer juntos una prueba, no sólo ver la historia, sino sobrevolarla también, te negaste... Bueno, no llegaste a decir francamente que no, sino que lo encontrabas un poco prematuro, que tu ánimo no estaba preparado y que convendría irte haciendo a la idea, y otra clase de precauciones más o menos semejantes a las que toma consigo mismo un partidario del realismo socialista cuando se pone a leer una novela de aventuras. Sin embargo, a partir del momento en que empecé a contarte mis averiguaciones acerca de la revolución en La Gorgona, me prestaste atención, y hasta creo que no pestañeaste en tanto que mis palabras duraron en

aquella penumbra: tú en el suelo del salón, yo tumbado en el sofá, ambos fumando, y el fuego de la chimenea alumbrándonos y oscureciéndonos los rostros, como un vaivén. Creo recordar que el silencio, y la ocasión propicia, y el deseo que tenía de interesarte, inspiraron mi palabra, y que fueron fluentes y brillantes las imágenes de mi relato. Cuando terminé, permanecimos un buen rato callados, más de lo esperado, hasta el punto que temí que te hubieras dormido; pero un vistazo con disimulo me permitió comprobar que contemplabas las llamas con los ojos muy abiertos, como quien está leyéndolas. Poco después me preguntaste: «¿Y no encuentras chocante, como quien dice contradictorio, el que la aristocracia de La Gorgona participase en las ideas de la Revolución Francesa, fuese lo que hoy se llama liberal, mientras que los burgueses, en todas partes liberales, hiciesen en La Gorgona una revolución reaccionaria, más bien un golpe de estado?». «Yo no sé —te respondí— si los orígenes de unos y otros tendrán que ver con ese reparto de las ideas y de las funciones, porque los banqueros y los navegantes vinieron de familias venecianas y florentinas, en tanto que los importadores y los tenderos procedían de Génova y Milán.» «A ninguna de esas ciudades podemos adjudicar una ideología concreta, menos todavía una especialización profesional, y está claro que en todas ellas hubo progresistas y reaccionarios, partidarios de Francia y partidarios del Imperio.» «Pensemos la cuestión de otra manera: el comercio marítimo, la banca, favorecen el desarrollo del espíritu liberal: tengamos siempre presente el ejemplo de Inglaterra.» «Pero eso no autoriza a suponer que el negocio de los efectos navales propicie el oscurantismo.» Desde mi punto de vista, la cuestión carecía de importancia, pero no debo olvidar que me las había con una distinguida *scholar* de profesión historiadora, dotada de un espíritu racionalmente exigente, salvo cuando se toma vacaciones sentimentales o mágicas. De todos modos, si quería dar una explicación satisfactoria, tenía que alcanzarla con mis razones, acaso con mis invenciones, no con las tuyas. Te respondí, entonces, más o menos: «Sería conveniente no perder de vista la situación inicial de las dos clases que durante un proceso largo, sin dejar de colaborar, se van diferenciando, y no tanto los varones, que siempre coinciden en el negocio o en el café, sino ante todo las mujeres, que ya no se visitan, que se ven en la calle, que se miran y se saludan, que se miran y se envidian, que dejan de saludarse pero unas miran y envidian y otras desprecian y hacen como que no ven. Si llegaron a esta divergencia, fue porque los banqueros necesitaban a los marinos como instrumento, y a los otros sólo como servidores. Las funciones crearon las diferencias, no el dinero. La reputación de los marinos, navegantes de mares remotos, héroes de batallas inverosímiles, alcanzó extremos que no podemos calcular, y todo se cifraba en el uniforme. ¡Ay, aquella galería del castillo, donde se conservaban, en vitrinas, todos los de los grandes comodoros desde que el cargo había sido fundado! A Ascanio Aldobrandini le he escuchado, no recuerdo ahora bien en cuál de las ocasiones, decir más o menos esto: «Galvano della Porta y yo fuimos compañeros de colegio, nos queríamos, hubiéramos deseado lo mismo, ser navegantes, aunque a mí me lo impidiera el pie y a ambos el nacimiento. Pero recuerdo que el día de la Fiesta del Mar, ese falsamente glorioso que se venía celebrando desde los tiempos de las galeras, asistíamos juntos al espectáculo de la flota reunida en la bahía, los barcos engalanados, salvas con cualquier pretexto, banderas, grímpolas, gallardetes: después, la gran revista ante el Gran Comodoro y su Estado Mayor: más vítores, más salvas, más colores, y aunque ese día todo el mundo saliese a la calle con sus ropas más lucidas, cualquier traje lujoso, cualquier adorno, desentonaban ante la gala de los marinos, cuando recorrían en procesión la gran avenida del Temple, desde la Señoría hasta la Catedral, y viceversa. Galvano y yo mirábamos como bobos, nuestra escasa estatura nos permitía instalarnos en la primera fila, y veíamos pasar alucinados, capas, casacas y tricornios, oros y plumas. Una vez dijo Galvano: «Lo más que se puede ser en este mundo es comodoro», y, ya ve usted lo que ha tenido que suceder para que reconociésemos el error en que entonces estábamos: «Lo más que se puede ser en el mundo es lo que es Galvano». Por su parte las mujeres llevan dos siglos imitando las unas a las otras y deseando las unas ser las otras, o, al menos, como ellas. Los grandes acontecimientos de la historia privada de La Gorgona, de la *pétite histoire,* son los cuatro o cinco matrimonios de navegantes con hijas de tenderos, y los seis o siete de tenderos con hijas de marinos, escándalo y ejemplo unos y otros, muestras de cómo los enamoramientos y otros caprichos de ese jaez constituían aún, como habían constituido hasta entonces, el mayor peligro para la estabilidad social y la prueba fehaciente de que todo estamento cría en su seno, como quien cría cuervos, a sus propios enemigos; y conviene tener en cuenta, además, que en todos estos casos fue la mujer la que arrastró al varón hasta su clase, hacia arriba o hacia abajo, y no al contrario, como parecería lógico en una sociedad informada por los valores viriles, ni más ni menos que la tan escrupulosa de los toros, donde también son las vaquillas las que transmiten la casta: el comodoro De Risi contó entre sus antepasados a un tratante en paños florentino; Ascanio Aldobrandini descendía, en cambio, por su tatarabuelo, de un capitán de navío, lo cual acaso le sirviera de consuelo en sus noches insomnes de abogado sin esperanza. Cuando Flaviarosa della Croce invitaba a Nicolás *el hermoso* a almorzar en el impresionante comedor del viejo zorro (se decía), importador de efectos navales, lo hacía, ante todo, porque el mancebo le gustaba; después, porque era hijo de un comandante de *pedigree* impecable; pero nunca se le hubiera ocurrido casarse con él, segura como estaba de que los hijos del matrimonio jamás serían admitidos como aspirantes a pilotos. A esta altura de mi explicación, me interrumpiste, Ariadna, para advertirme de que tanto la historia de Flaviarosa como la de Ascanio quedaban incompletas, como quien dice al aire, y no era fácil explicarse, añadiste, el porqué tanto el uno como el otro habían intervenido en la conspiración casi como si fueran sus propietarios: el uno bien a la vista: la otra, sospechada. Los historiadores, te respondí, presentáis ex-abrupto a los personajes históricos, de modo que tu pregunta, antes que de historiadora, es de lectora de novelas, es de aficionada a Stendhal, quien, indudablemente, hubiera dedicado un volumen de unas seiscientas páginas, con toda seguridad apasionantes, a la exploración del alma de Nicolás, de Ascanio, del viejo zorro y, por supuesto, de Flaviarosa. ¡Oh, qué deliciosa mujer nos habría pintado, quién lo duda! Pero las circunstancias no son las mismas: Stendhal inventaba; yo te cuento lo que vi en las llamas del hogar. Stendhal no tenía prisa; yo, he de apurarme si quiero llegar a tiempo con el descubrimiento que espero (a tiempo para que puedas consolar a Claire de su fracaso); Stendhal, finalmente, inauguraba un modo de novelar que, por desgracia, ya no se lleva: si se llevase todavía, ¡con qué gusto entraríamos en las cámaras secretas y corredores del alma de Flaviarosa, donde con toda seguridad hallaríamos materia de entusiasmo y deleite! En todo caso, y descartados los métodos stendhalianos, de ponerme a escribir una novela, sería un poco más prolijo. Así, por ejemplo, te hubiera contado que a Flaviarosa se la educó, según decían las envidiosas (hijas, por supuesto, de mareantes) para querida de un rey, pues, de no ser así, no se explicaba nadie a qué venían tantos viajes a Viena y a París, tantos profesores de idiomas, tantas clases de historia y de política, y nada de rezar el rosario o de aprender el tejemaneje de un hogar; y cuando micer Della Croce declaraba que, a su muerte, su hija sería la reina de su imperio, la gente no tenía reparos en admitirlo, a condición, naturalmente, de que la acompañase un rey consorte, o al menos un marido morganático, que tomase en sus manos, franca o escondidamente, las riendas, y sobre sí las responsabilidades de aquella balumba de negocios que daba de comer a tanta gente; y todo el mundo esperaba que, finalmente, y conforme al orden cósmico y a lo remotamente estatuido, el mando de derecho acabase por recaer en el marido: de quien se esperó que fuese un extranjero ilustre, marqués acaso, o un marino de media edad y gran experiencia (hasta se llegó a pensar que el elegido sería nada menos que el capitán de fragata Cardona, que descendía de catalanes y no era estricto en sus prejuicios), de modo que la ciudad entera se sorprendió y sus estamentos se conmovieron de sorpresa tanto como de incomprensión, ante el anuncio de que Flaviarosa se casaba con Ascanio Aldobrandini: un abogadete guapo y de buena facha, aunque algo cojo, formado en Bolonia, familia originalmente napolitana, cuyo padre había suministrado maderas al astillero. La conmoción de los estamentos, o, más bien, sus razones, son fáciles de conjeturar: los unos veían con pena que se escapaba hacia manos de voluntad desconocida la fortuna de la *signorina* Della Croce, quien, además, era guapa, aunque un poco rebelde; los otros celebraban que la misma fortuna quedase en casa, quiere decirse, que no la fuera a disfrutar ningún miembro distinguido u oscuro de la clase envidiada o algún desconocido de importación. Por lo pronto, y a partir del anuncio de la boda, Ascanio pasó de ser un desdeñable abogadete a ingresar en la categoría de los juristas más prometedores; se sacó a luz la brillantez de sus estudios en Bolonia, donde le habían asegurado un gran porvenir, y se corrió, como en secreto, la especie de que el viejo zorro de Della Croce había decidido casarlo con su hija tras el descubrimiento, no ya de sus dotes de hombre de negocios, sino de las de político, a lo cual había que añadir su ostentada e indiscutida moralidad, su religiosidad patente y ejemplar. Los burgueses eran vaticanistas, y Ascanio mantenía relaciones epistolares con personas de gran lustre en la Curia. Se llegó a la convicción de que Ascanio podría ser, en el momento dado, la Persona Indicada para llevar a cabo la Esperanza, y como tal se empezó a considerarle, si bien se tuviera en cuenta la cojera verdaderamente imperceptible, pero al fin perceptible, que no parecía apropiada a la figura de un conductor, aunque no resultase tan incompatible con la palabra de un tribuno. Lo que la gente no llegó a saber a su debido tiempo (cuando lo sospechó, ya las cosas no tenían remedio) era que todas estas opiniones se elaboraban en el gabinete de Flaviarosa, que desde él se propalaban, y que el viejo raposo solía darles forma verbal definitiva. Por lo que a Flaviarosa respecta, las mujeres, las unas y las otras, deploraban, sin por eso dejarla de alabar, su inmensa capacidad de sacrificio, su acrisolado sentido del deber, sólo comparable al de una princesa de la sangre, siempre dispuesta al olvido de sus sentimientos particulares en beneficio de las necesidades o de las conveniencias dinásticas, cuando no las del mismo pueblo: con lo cual se enaltecía a Flaviarosa. Se pensaba en su delicado cuerpo como prenda palpitante de un pacto excepcional de compraventa (se elaboró, no sé si el símbolo o la metáfora, aunque quizás ambas cosas, del zorro entendiéndose con la serpiente, pero no hay duda de que se trata de un tropo exagerado), y la noche de su boda no hubo fantasía femenina, incluidas las enclaustradas, que no imaginase, con más o menos acierto, lo que podía suceder o lo que estaba sucediendo en la alcoba nupcial, y no deja de ser curioso el que la clasificación de tales imaginaciones coincida en estructura con la organización estamental, en el sentido de que las mujeres casadas de la clase burguesa supusieron que a partir de aquellas horas sería el destino de Flaviarosa, la hermosa, la riquísima, remediar la concupiscencia de Ascanio, al modo como remediaban ellas a sus maridos en sus incontenidos, monótonos y aburridos ardores, pero orgullosas de ser como eran y no unas despepitadas al modo de algunas esposas de mareantes, cuyas prácticas matrimoniales incluían ciertas variaciones del *partenaire* en el deleite: tan peligrosas, eso sí, según los confesores y según las opiniones recibidas, no sólo para la estabilidad moral de las mujeres, sino para la corrección frontal de los maridos, sobre todo de los que se ausentaban en largos, interminables viajes de negocios, en unos casos; navegaciones en los más frecuentes; ausencias y soledades que remediaban algunas (¡ay, pecadoras!, ¡ay, condenadas!) con precavida, aunque sospechada, sustitución de personas: pues éstas pensaron aquella noche con alegría en el destino que esperaba al cuerpo de Flaviarosa, entregado a la administración de Ascanio, torpe por inexperto, y temeroso más que nadie del diablo encerrado en la carne de las hembras (no sabía si un diablo en cada cuerpo, o uno repartido y repetido en todos ellos, pero, en cualquier caso, también en el de su mujer). Todo hubiera sido muy distinto de haber sido el marido de Flaviarosa Nicolás *el hermoso*; pero, pensándolo bien, el apuesto poeta, de tez oscura y ojos como zafiros rutilantes (que es una verdadera rareza, registrada sin embargo en alguna ocasión), no parecía ser, no era admisible que fuese, la persona pintiparada para el regimiento y conducción del Imperio Della Croce, aunque probablemente sí para despertar al amor la sangre tumultuosa, sospechosa de impaciencia e insaciabilidad, de la futura reina. La cual, por cierto, al día siguiente de la boda, no pareció feliz ni desdichada, sino tranquila, como si nada hubiera sucedido, y hubo quien dijo que, en efecto, no sucediera nada, y que el piadoso Ascanio, al modo de Tobías, había retrasado en una semanita la satisfacción de su concupiscencia, sin otro motivo visible o sospechable que el de dominar, que el de ahuyentar y confinar al desierto de Libia el demonio de la lujuria, ese que se instala cautelosamente en los corazones humanos, les hace apetecer incontables orgasmos y acompaña a sus víctimas, por el camino del placer, a los mismos infiernos. La novedad la constituyó, sin embargo, la presencia, en el despacho, de Flaviarosa, con escritorio propio, y diálogo de tú a tú. Si había que consultar al viejo astuto, era ella y no él quien entraba sin llamar. Y como se le confió a Ascanio el negociado de relaciones con Inglaterra, y como no sabía inglés, a cada paso el marido tenía que recurrir a la esposa en achaques de traducción. Ascanio se propuso aprender el inglés, pero no le quedaba tiempo, ni había nadie a mano que pudiera concordar horarios tan divergentes de cualquier normalidad.

Me preguntaste también, Ariadna, si no sería posible averiguar más detalles acerca de la intimidad matrimonial de Flaviarosa, si se piensa sobre todo que el adulterio fue una de sus etapas, y si no sería conveniente precisar ciertos aspectos relativos a los trámites de la coyunda, al porqué de aquella elección, y al de su consentimiento, y si bien es cierto que en los secretos de alcoba no me entretuve en hurgar, al menos en toda su extensión monótona, sobre todo por considerar explicación suficiente la que Flaviarosa dio a Nicolás *el hermoso* cuando se lo llevó a la cama, lo es también que acerca del otro proceso estoy mejor informado, y puedo decirte en síntesis que una de las muchas cosas sembradas por el viejo Della Croce en el alma de su hija fue su propia ambición, su deseo de tener un día bajo su mando el mundo entero de La Gorgona; lo había aplazado año tras año por razones de oportunidad y ahora la Revolución Francesa y la ideología liberal de los mareantes lo ponían al alcance de su mano, y no porque el padre o la hija se estremeciesen de pavor, como Ascanio, a la mención de la libertad, de la igualdad o de la fraternidad, entidades que les habían traído siempre sin cuidado, propagadas y defendidas por quien fuese, sino sólo porque creían llegada la coyuntura; al comprender uno y otra que Ascanio era un instrumento adecuado, uno y otra lo admitieron sin más dubitaciones: las cuestiones de la felicidad conyugal, de la satisfacción corporal y demás menudencias privadas no les preocupaban: en todo caso, había más hombres. Un día, y como ocurrencia inesperada, le preguntó Della Croce a Flaviarosa: «¿Y cómo van las cosas con tu marido? ¿No vais a tener un hijo?». «Sólo por esa esperanza sigo durmiendo con él. Por lo demás, no hay quien lo aguante.» A partir de aquel día, el viejo Della Croce comprendió la insistencia con que la luna ostentaba en el horizonte de la noche su cornamenta de plata, aunque el calendario anunciase luna nueva. Y no deja de ser posible que semejante pensamiento se lo hubiera transmitido su hija, o que lo hubiera colegido de una sonrisa o de un mohín. Aquella misma noche, o crepúsculo más bien, en que Flaviarosa llevó al lecho a un Nicolás bastante remolón, cuando ya se habían fatigado de la novedad, llegó la hora de las confidencias, y ella le contó cómo, al poco tiempo de casada, y convencida ya de que Ascanio no pondría jamás en práctica los trámites que la llevasen al menos a los umbrales del placer, a esa zona indecisa y anhelante que vale a veces tanto como el placer mismo, empezó a inventar bromas con las que perturbar el orgasmo de Ascanio, o de retrasárselo cuando parecía inminente, y, así, daba un grito de horror diciendo que debajo de la cama había un hombre armado con un puñal, o dejaba apercibidos unos cuantos objetos en montón, que caían al mero tirón de una guita que Flaviarosa manejaba, en el momento oportuno, y otras jugadas de este orden que ponían un poco de sorpresa y aventura en la prestación del débito, ya que no satisfacción; de manera que Ascanio, que la visitaba ordenadamente una noche sí y dos no, se acostaba temblando de la diablura que se le hubiera ocurrido a su traviesa, irresponsable esposa, quien cierta vez le dijo, riendo, pero en serio: «Cuando me canse de ponerte los cuernos con mi mano, me buscaré un hombre guapo». Y, al contarle esto, volvió a besar a Nicolás.

«Pues me parece —dijiste, Ariadna—, que si bien es cierto que ya tenemos los datos necesarios para entender la historia, lo es también que la has contado con tal frivolidad de las palabras que da la impresión de haber sido farsa lo que sin duda fue tragedia.» «Es que yo —te respondí—, carezco de sensibilidad para lo trágico, y la verdad, en este caso presente, no lo veo asomar por ninguna rendija. La tragedia, según lo que yo entiendo y se me alcanza, es algo que va dentro, a modo de destino, contra la voluntad y a pesar de ella, aunque en algunos aspectos también requiera de ciertas condiciones exteriores. Entiendo sin embargo que en este caso las circunstancias importan más o menos lo mismo que mi sensibilidad incompleta, es decir, apenas nada, y que todo viene de la interioridad. Sería conveniente que recordases a lady Macbeth asesinando al sueño o temblando ante los espectros de sus muertos, para alcanzar por contraste lo que quiero darte a entender: porque Ascanio, no por amor que le tuviera a Flaviarosa, sino por algún escrúpulo de su conciencia, que fue tal vez enrevesada, o acaso únicamente como respuesta a alguna insinuación del confesor y al consejo siguiente, le endilgó a Flaviarosa, después de haber desahogado en aquel cuerpo divino todo lo que el suyo propio reclamaba, y sin que ella se hubiera divertido con las acostumbradas interrupciones, un sermón bastante extraordinario en cuanto pieza oratoria, verdadero modelo de encadenados razonamientos sofísticos, con el que intentaba convencerla de que hiciera penitencia y, sobre todo, de que disciplinase su mente y su voluntad a fin de eliminar las imágenes en que se engendran los deseos satánicos. Cuáles eran sus verdaderas intenciones, cuáles sus motivos, puedo sólo colegirlo, nunca saberlo a ciencia cierta, porque yo alcanzo a escuchar, y escuché, las palabras de Ascanio, pero no me fue dado escrutar en su interior; aunque por su personalidad, y por lo que llevo hasta ahora oído de su boca y aprendido de sus actos, sean lícitas algunas conjeturas: lícitas por coherentes con esa personalidad; y son éstas: Ascanio estaba persuadido de que aquellos deseos de su mujer, que su confesor estimaba peligrosos, pero no pecaminosos, llegaban a ponerla en riesgo de condenación casi segura, como él sabía a ciencia cierta, ya que la oía, ya que tenía que escucharla; y a una mujer así, con esa clase de deseos, únicamente alguna clase de prisión con añadidura de cadenas para brazos y manos, la remediaría, aunque sólo en cierto modo y, sobre todo, hasta cierto punto, ya que la imaginación y el pensamiento, ni se encierran ni se encadenan. Ahora bien, él no estaba en situación de proteger de ese modo, por esos procedimientos tradicionales y extremos, la virtud desfalleciente de su esposa, entre otras razones por imposibilidad material (ella mandaba más; ella podía, si se le antojaba, ponerle en prisión a él), y aunque fuera previsible un cambio, no lo era a plazo próximo, sino indeterminado, y por eso decidió usar de la oratoria, pues si bien no ignoraba que Flaviarosa no le haría el menor caso, era indudable que, llegada la ocasión de comparecer ante el Divino Tribunal, siempre podría responder al requerimiento del Altísimo: "Yo, Señor, hice por ella cuanto pude; pero Satán ya la tenía ganada para sí, ese Satán que sabe apoderarse, y mis fuerzas no fueron suficientes para rescatarla". De ahí, pues, el sermón, que Flaviarosa escuchó como había escuchado ciertas lecciones de derecho romano: la inteligencia alerta, la sensibilidad dormida. Y, cuando Ascanio hubo terminado, le respondió de este modo, ¡bien oirás lo que dijo! y por si te interesa, puedo añadirte que estaban en la alcoba de Flaviarosa, la misma que había usado de soltera, tapizada de seda verde en la que esbeltos emperadores persas perseguían con lanzas a tigres enfurecidos; y que el salón contiguo tenía abiertos ventanas y balcones, abiertos a la noche cálida de julio: oscura y transida de mandolinas, porque aún no había triunfado la revolución y los muchachos daban serenatas a tus amadas: "Mira, marido: ese cielo al que tan caritativamente intentas enviarme, está vacío, y no hay en él quien determine lo que es bueno y lo que es malo, de manera que tan indiferente es que yo me vaya a Roma y me acueste con el Santo Padre, como que te introduzca delicadamente un estilete en las telas del corazón: una y otra cosa, el amor y la muerte, son lo mismo que la lluvia, y así todo lo demás. Lo bueno es lo que me place; lo malo, lo que me disgusta. Cuando marido y mujer están de acuerdo en lo que les disgusta y en lo que les complace, es una felicidad. Cuando sucede lo que a nosotros, cada uno irá por su lado: tú, con tu miedo al Infierno; yo, con mi deseo de pasarlo lo mejor posible y hacer lo que me da la gana. De modo que no pierdas el tiempo en palabras". Ascanio, entonces, le preguntó si, al menos, le sería materialmente fiel, aunque fuese a la manera como lo había sido hasta el momento, sin participación de tercero. Ella le respondió, bostezando, con unos versos antiguos en que se formulaba la incertidumbre del futuro, y añadió que, como ya él había hecho lo que había venido a hacer, que la dejase sola cuanto antes, porque tenía sueño. A partir de aquella noche, Ascanio meditó con frecuencia obsesiva, y consultó con el confesor, sobre la conveniencia y oportunidad de un jicarazo, cuestión que en su vertiente jurídica resolvió pronto con la ayuda de su saber, pero que en la moral el confesor no pudo resolverle tan aína, por cuanto no estaba claro si el marido podía o no matar discretamente a su esposa, no por adulterio consumado, que no era el caso, sino por su mero presentimiento: de modo que se hizo indispensable el envío de un propio a Roma, con la consulta en latín aprendida de memoria: quien la depuso ante un tribunal imponente de moralistas, los cuales pidieron plazo para dictaminar, puesto que los dominicos se inclinaban hacia el "No, aunque acaso...", mientras que los jesuitas habían optado por el "No ha lugar, si bien...", y en dilucidar o en poner de acuerdo el "si bien" con el "aunque acaso", se calculaban unos cinco años de discusiones, durante los cuales se conminaba al consultante a que se abstuviera de cualquier intervención en el curso de la vida de la esposa, salvo, naturalmente, si durante ese plazo adquiriese la certeza de un adulterio consumado con varón operante, lo cual cambiaría las cosas, aunque no aclarasen en qué sentido. Pero la semilla de aquella solución quedó sembrada.

En estas condiciones, querida Ariadna, ¿dónde está la tragedia? Lady Macbeth mató por ambición, pero no había tomado las precauciones indispensables para evitar el remordimiento, el cual, surgiendo de su escondrijo como un asesino a sueldo, la llevó a ver visiones y, finalmente, a la muerte. Flaviarosa no cree en el bien ni en el mal, de modo que no parece verosímil que, si mata alguna vez a su marido, se suicide luego, perseguida por un fantasma ensangrentado, entre otras razones porque la tienen imbuida en la idea de que ciertos venenos no deforman el cuerpo hasta extremos repugnantes y melodramáticos. En cuanto a Ascanio, como hombre de leyes que es, le basta con un código como justificación, aunque lo haya inventado él, y, así, piensa ahora que el adulterio de Flaviarosa, si llega a acontecer (él ignora, por supuesto, que su mujer ha dormido con Nicolás *el hermoso*), toda vez que es ya el que manda, aunque todavía no lo suficiente, se puede considerar como delito contra la seguridad del Estado y castigarlo con el máximo rigor. La ley propuesta por el general Della Porta, y promulgada ya por los cuerpos legiferantes, aplica a la infidelidad matrimonial la pena de la horca, como se lleva dicho con harta reiteración; llegado el caso, Flaviarosa, dada su condición ilustre, sería ejecutada en secreto, de acuerdo con la más seria casuística: el jicarazo de que hablé antes. Todo lo cual, puesto en solfa poética, no pasa del más conocido y socorrido de los dramas; este de que se trata, lo hubiera reducido Calderón a largos razonamientos, y el razonamiento, como tú sabes, rebaja la calidad de la poesía.

Parecías en cierto modo transida y soñolienta, pero yo sé que escuchabas alerta y que ordenabas en figuras y en hechos encadenados cuanto yo te iba diciendo. La pregunta siguiente versó acerca del papel que había cabido a Flaviarosa en el proceso político. Te respondí que, ante todo, el de la fuente y el viento, si bien el viejo Della Croce hubiera actuado de creador de los vientos y las fuentes. La revolución salió de la tertulia que Flaviarosa congregaba en su salón, al modo de las damas francesas, sugerida por ella, empujada por ella, pero entregada, porque así lo creyeron conveniente el Viejo y la Niña, a la ejecución inmediata por Ascanio, tan cuidadoso con los detalles, tan buen contable y, sobre todo, de tan excelente reputación entre los presuntos secuaces. No me atrevería a asegurar que la presencia de Flaviarosa haya introducido en el proceso revolucionario un mínimo temblor erótico: nadie fue a la revolución por su amor ni cosa parecida. Pero sí puedo informarte (acaso lo haya hecho ya) de que en las reuniones secretas, en las algaradas callejeras, en las juntas y comités, una figura grácil de muchacho con sombrero de copa ponía en el conjunto un tanto pesadote, un tanto serio, la esbeltez de su presencia, la alegría de sus labios sonrientes. Flaviarosa comparecía así, con tal disfraz y un guiño, en todos los lugares y ocasiones en que actuaba su marido, y no por razones precisamente decorativas, menos aún por amor a la aventura, sino tan sólo por precaución y desconfianza. El hacerlo en tal hábito obedecía en cierto modo a una vertiente folletinesca, pero también juguetona, de su fantasía.

3. — De manera que estábamos ya hablando de Ascanio y Flaviarosa como de personajes reales, protagonistas más o menos importantes de sucesos que no llegaron a conmover al mundo ni a interesar con exceso a los profesionales. ¡No sabes todavía cuán escasa, cuán insignificante es la bibliografía acerca de La Gorgona y de su revolución! Si no hubiera vivido allí durante algunos meses, tal vez un año, sir Ronald Sidney, nadie habría vuelto a hablar de ella con más extensión que la que se concede a otras islas menores del mismo mar, aunque en distintas derrotas. Pero he aquí que nosotros, inopinadamente, andamos dándole vueltas a la Isla y a sus personajes, y que tú, también sin esperarlo, o, al menos, sin esperarlo tan pronto, me dijiste que te sentías más dispuesta que unas horas antes a acompañarme en la contemplación del fuego, en el caso, aún incierto para ti, de que las llamas nos devolviesen unas imágenes convincentes. Fue en ese mismo momento cuando yo pegué un salto, me acerqué a ti, y te pedí un acomodo a propósito, o

más adecuado, al periplo que acaso se iba a iniciar, y tú te limitaste a sonreír (asintiendo), a recoger las piernas, y a sentarte encima de ellas, bien marcados los muslos, y contra mí el fino juego de tus rodillas; de manera que yo, en el suelo, pudiera reposar en ellas mi cabeza, aunque naturalmente por la parte de la nuca o el colodrillo. Y así situados, el fogaril enfrente, te invité a contemplarlo con el ánimo libre de prejuicios, los ojos bien abiertos y los oídos atentos a mi palabra: pues yo no sé todavía si es ella la que saca las imágenes del fuego, o el fuego el que me hace hablar: en todo caso, y como habrás advertido, entre las llamas y mis palabras existe una relación de naturaleza más bien desconocida que me hace recordar, y pensar en consecuencia, que estamos llevando a cabo con relativa tranquilidad, o al menos sin temor ni temblor, un acto religioso que en otros tiempos requería la presencia de los druidas y de las hoces de oro, la reconditez de una caverna o por lo menos la proximidad del cielo, y al que sólo podían asistir los iniciados o las estirpes reales, si no querían morir. Algunos detalles de los presentes (nuestros libros, por ejemplo, por allí desperdigados) hubieran trivializado el acto, de no esforzarme yo en redimirlo de la vulgaridad por la poesía.

Reconozco que sin embargo mis palabras vibraron y que mi cabeza registró el estremecimiento de tus rodillas cuando se abrió la hoguera como un telón viviente y pudiste contemplar la calima lechosa de los amaneceres, y que aquello movedizo que quedaba a tus pies era la mar, tu propia mar, la mar en que naciste, aunque no de una concha, y no por falta de méritos. ¡Míralo, Ariadna, gris en la madrugada, con reflejos de nácar malvarrosa: mira ese barquito que navega, todo el trapo cargado para sacar provecho de la brisa temprana! ¿No conoces aún esa estampa marinera? Mientras el aire se aclara, vayamos a curiosear en la cubierta, donde se adormecen los marineros de guardia, donde también dormita, arrimado a un calabrote, un petimetre que aspira —¿ves qué casualidad?— a eliminar el drama de la vida de Agnesse con su oferta de amor eterno, y con el fin de probarle la realidad de sus sentimientos y su inmensa capacidad de sacrificio, monta la guardia a la puerta del camarote, que es esa que está delante, bien cerrada por cierto, de acuerdo con el consejo del capitán Triantafilu, que no sabemos por qué se ha convertido en protector de Agnesse, y no sólo vigila o manda vigilar los apasionamientos del petimetre, sino que ha llegado a decirle a la viajera, en un momento confidencial de incertidumbre: «Si alguna vez, *signorina,* comprende que le conviene salir de la Isla sin que nadie lo sepa, no dude en acudir al capitán Triantafilu, que tiene medios para sacarla». Y a esto añadió el nombre de alguien de su confianza a quien se podía recurrir en caso extremo: vecino del barrio de los griegos, griego también, como él. Pero este asunto del petimetre no debe distraernos: no pasa de episodio al que le quedan escasas horas de duración, porque una vez desembarcada Agnesse, ya no la volverá a ver; y tampoco es cosa de lamentarlo, pues por la cara, aún dormido, el petimetre parece un poco estúpido. Y como al barco todavía le esperan unas millas de navegación, será mejor que presencies lo que empieza a suceder en La Gorgona, que más tarde veremos de lejos, pero a la que ahora nos acercamos rápidamente y sin tiempo para demoras de turista. Ahí están las calles, los palacios antiguos de aleros grandes y reja en las ventanas, las casas más modestas, las casuchas: todas blancas o pardas, de piedra o cal. En sus paredes, nunca se sabe en cuál, una mano ignorada escribe cada noche:

ASCANIO, ASESINO

y cada madrugada, esos hombres que ves, de dos en dos, con brocha y cubo, escrutan los rincones, borran o cubren la inscripción cuando la encuentran. Si hubiéramos llegado antes, durante las tinieblas o el luar, habrías visto parejas de polizontes, uno linterna, otro pistola, a la busca del que se atreve, nocturno, acaso fantasmal, a insultar de esa manera al todopoderoso Ascanio, al ministro universal y absoluto del general Della Porta, el «solitario grandioso» (la «carroña escondida» según otros). Esos treinta o cuarenta policías que recorren las calles, alguna vez detienen a un ciudadano rezagado en el amanecer, que intenta disimularse y escurrirse en las sombras; lo conducen a la jefatura y acaban por sacarle la confesión de que es él el autor de los insultos; tras de lo cual se le juzga y se le condena a la horca por delito grave contra el Estado. Te conviene tener en cuenta, sin embargo, que antes de la policía de linterna y pistola ha salido a la calle la de silencio y garrote: aquélla obedece a Ascanio; ésta, a Flaviarosa. No falta quien opine que los del garrote son los autores de las pinturas, pero habrá que preguntarse entonces por qué a Flaviarosa le interesa insultar a su marido, sobre todo sabiendo que el insulto queda borrado mucho antes de que puedan leerlo los ciudadanos. Lo único seguro a este respecto, es que, como no son portadores de brocha y cubo, sino tan sólo de garrote y silencio, los policías de Flaviarosa se limitan a leer la inscripción y pasar adelante.

El barco ha navegado un par de millas más, pero aún le falta cosa de una hora para arribar a la Isla. Tenemos tiempo de contemplar nuevamente las calles, a estas horas tempranas de repente concurridas. Porque hoy es viernes, ¿sabes?, y ese día, con el amanecer, sale de la Catedral la procesión de los disciplinantes, recorre la avenida del Temple, hasta la Señoría, y se recoge en la capilla del Nazareno, que cae por allí. Ese chirrido lento es el de la gran puerta catedralicia, bronce sobredorado, relieves de universal renombre. Abierta ya, los penitentes, doble fila de cirios temblorosos, se alargan desde la entrada hasta el altar mayor. Ahora podemos verlos con capirote y túnica, aquél de blanco, ésta morada. Se oyen, en el carrillón, las seis. Sale el portador con la cruz, negra con velos, y, tras él, los penitentes, a un lado y otro, silenciosos y secretos. Conforme atraviesan el pórtico, van alzándose las túnicas y dejando las espaldas al aire: ¡espaldas espantables, verdugones y cardenales como en las de un marinero inglés visitadas del gato! Cosa curiosa, ¡cosa importante!, todos cojean del mismo pie, del izquierdo: no demasiado, una cojera suave, casi elegante, y a compás, ya que, cuando suena el tambor, les marca el ritmo de la cojera, de modo que el conjunto se inclina al mismo lado, como en un baile, que lo parecería si no fuera por los sayones, que ahora salen y que atizan a las espaldas desnudas zurriagazos potentes: ¡zas! Salta la sangre, se entumece la piel, quedan las túrdigas adheridas al látigo: los penitentes, no obstante, mantienen impertérritos el ritmo sin quejarse, rataplán-plán-plán, el pie firme, el pie cojo, una inclinación del hombro, del capirote, de la llama del cirio. ¿Y sabes por qué, Ariadna, este baile de sangre y madrugada? Para que los cuerpos de los casados templen con los azotes penitenciales su carnal calentura, y piensen más en Dios y en los negocios. Y esa cojera unánime, ¿sabes por qué? Pues para que no se reconozca a Ascanio Aldobrandini, mezclado a los penitentes. Hay sin embargo quien dice que es uno de los sayones, el que pega más fuerte, el que se ensaña en las espaldas de los más jóvenes, de los que se sospecha que no sólo gozan en la cama, sino que hacen gozar también a sus mujeres (por la sonrisa que ellas traen, por la alegría). Quienes saben que no duerme con Flaviarosa (pocos, muy pocos) piensan, pero lo callan, que el ministro concurre a la procesión de tapadillo para que crea la gente que no ha pasado nada, y que sigue ofreciendo sacrificios (dos por semana) en el altar palpitante de su mujer. Pero esto, Ariadna, pueden ser calumnias. La gente siempre es desagradecida con sus gobernantes. En cualquier caso, ese cojo de buena talla es el que da más fuerte, con más ganas, como si se vengara, como si hiciera justicia. No intentes averiguar quién es, la historia no lo sabe, nosotros no tenemos derecho a investigarlo. Que te baste la contemplación del espectáculo: para que después digan los pobres que no sufren los ricos (aunque también se murmure que hay quien paga para que le sustituyan, para que reciba los golpes. A Ascanio le gustaría saberlo, sí...). Y ahí van, a toque de tambor, el pie firme, el pie cojo, el zurriago en el aire, el ¡ay! reprimido, ¿Qué habrás hecho esta noche con tu carne pecadora? ¡Zas a la diestra, zas a la siniestra! ¡Encógete, cabrón, y sufre! La luz de la mañana, cada vez más crecida, resume en figuras concretas lo que hasta ahora hubiera podido parecer un sueño de fantasmas: cuarenta, cincuenta capirotes como de niebla clara a cada lado de la calle, otras tantas candelas, otros tantos dolores. A la gente ya no la despierta el rataplán.

Sin embargo, Ariadna, como he visto que torcías el morro

ante las espaldas zurradas, te quiero compensar del espectáculo. Volvamos al *Artemisa,* ya cercano a la Isla. Sería de tu gusto, ya lo sé, que penetrásemos en el camarote de Agnesse a contemplarla mientras duerme, o que asistiésemos acaso a su intranquilo despertar, cómo abre los ojos claros, cómo se despereza, cómo salta de la litera al suelo y cómo queda desnuda para vestirse de calle; pero, puedes creerme, ninguno de estos actos menores, si bien cargados de sentido personal y biográfico (nada es más auténtico y vital que lo rutinario, que lo cotidiano, con perdón), ha llegado a imantarse de emoción histórica, ha llegado a cambiar el curso de los acontecimientos. Personalmente no me molesta en absoluto asistir al despliegue ordenado de sus diarias abluciones, aun de las más íntimas, que, por supuesto, a ti te traen sin cuidado. Comprendo que si el trance fuese de novela, tendríamos que demorar la mirada y la palabra, y perseguir la ruta de sus manos a fin de transmitir una sensación erótica; pero como esto es una historia verdadera, me basta, como señal de alarma, la de los pies desnudos cuando aparecen, pichones blancos en vuelo, entre encajes de sábana, y así quedan al borde de la cama, cargados de promesas, sólo un momento. Dejémosla, pues, con sus palanganas, pero preocupada, inquieta, un poco torpe, y volvamos al exterior. Como nunca has viajado a bordo de un velero, presiento que te gustaría acomodarte en lo más empinado de esta proa, ahí de donde arranca el bauprés, y recibir la brisa en la cara, esa misma que sacude los foques y les saca ruidos como latigazos. Te suplico que abandones la experiencia y que te fijes en esa señorita asomada a la baranda del puente, allá arriba, ésa cuya capa oscura también menea la brisa. Su nombre es el de Demónica de Risi, y te aseguro que no es cómodo de pronunciar en La Gorgona: o hacen como que no te oyen, o te dicen: «¡Cállese!», o no te dicen nada y van y te denuncian. Este de Demónica es más bien un viaje de regreso. Nadie cuenta con ella; nosotros mismos no esperábamos columbrarla ahí donde está, el capitán junto a ella, seco, pero devoto. ¿No te hace gracia el nombre? No creo que guarde con los demonios la menor relación, tal vez no sea más que una «Doménica» corrupta. A ella, en todo caso, no se la tiene por diabólica, salvo quizá la opinión del general, que no se sabe.

Y ahora ya puedes mirar hacia la lejanía del horizonte, por donde el sol va a salir. Si se apresura, habremos perdido el espectáculo del que nos tiene Homero informados hace unos tres mil años más bien escasos. Pero parece que no, porque los pasajeros van saliendo, seguramente advertidos, y buscan un lugar en las amuras, o en otro sitio de babor en que puedan instalarse y desde el que puedan mirar. Fíjate que el capitán se ha acercado a Demónica. Señala un punto que todavía no vemos, que no es más que una mota en que el horizonte se interrumpe. Le he llamado en otro lugar de este cuaderno peñasco resplandeciente: todavía no reluce, pero poco a poco se va configurando. A la gente que por primera vez se aproxima a la Isla, se le suele citar aquel pasaje de la *Odisea* en que se cuenta cómo los marineros de Ulises, también de madrugada, la descubrieron, y cómo al acercarse a ella estuvieron a punto de morir espantados: ¿no te lo dije todavía? ¡Pues mira ya, y escucha a los demás, sobre todo a las mujeres! Algunas chillan: no creo que lo haga Demónica, ni tampoco lo harás tú: la Isla, efectivamente, parece desde aquí la espeluznante cabeza de La Gorgona, rostro de horror, cabello de culebras, y ahora que apunta el sol parece que se mueve y que un cuerpo más horroroso aún va a surgir de las aguas. La visión permanece unos minutos, los que el barco demora en acercarse un poco más, en alterar el rumbo: el rostro del espanto desaparece, y se pueden columbrar rocas peladas en la costa, las colinas desnudas, una isla por fin. Los marineros de Ulises, perdido el miedo, osaron desembarcar en lo que hoy es el puerto: hallaron esa fuente inagotable que también atrajo a Napoleón, como quizá veamos.

El barco no tiene prisa. Nosotros, sí. Quiero que asistas al despertar de la ciudad, varios momentos de su vida matutina. Advierte que está construida en un cerro, y parte de sus calles son pendientes: bajan por ellas, los puedes ver, los trabajadores del astillero, los que están construyendo para Inglaterra esos cinco navíos que ves en las gradas. A esa gente que a tal hora entra todos los días en la ciudad y desciende con ruido de suelas claveteadas, se le llama la Maestranza, y son excelentes operarios, carpinteros de ribera, herreros, fundidores, lefres, como que tienen fama de que sus manos construyen los mejores buques de línea del mundo: por eso los encarga Inglaterra y los envidia Francia, que no puede pagarlos.

Ese estampido que acaba de retumbar en el espacio y que te ha sorprendido es el cañonazo que anuncia la salida del sol. Le acompañan las trompetas que oyes, que duran y que llenan el ámbito mientras izan en aquel mástil la bandera. Pero no es esa ceremonia la que debe atraerte, repetida con ligeras variaciones en todos los países, sino lo que sucede en la terraza del castillo, fíjate bien, justo delante de esa torre almenada cuya piedra rojea con las primeras luces: ¿no ves la silueta de un hombre que se adelanta hasta el mismo parapeto, que contempla la mar y que empieza después a retirarse lentamente? Durante el tiempo de su quietud, los rayos del sol han enviado su sombra a las olas del mar, la han alargado hasta casi tocar el infinito. Los ciudadanos de Gorgona lo saben, pero no suelen verlo. Pero si ahora apresuramos el tiempo y hacemos que transcurran las horas de la jornada (después volveremos atrás); si esperamos a que el sol se sitúe al otro lado, hacia poniente, y el cielo se ponga cárdeno, el cañonazo se repite: suena otra vez la trompetería, aunque con música distinta, ésta lenta y solemne, puesto que tocan a oración; el general Della Porta vuelve a salir a la terraza y escucha desde allí, inmóvil, la tocata, como lo puedes ver, siempre la misma figura: sombrero oscuro, la redingote gris, una mano en el pecho, otra a la espalda. Pero advierte que ahora su silueta *cae sobre la ciudad,* la atraviesa como un cuchillo de sombra, la domina, y el ciudadano de La Gorgona que descubre allá arriba ese contorno escueto y rígido, se siente al mismo tiempo sojuzgado y protegido: el general Della Porta es el verdadero padre de los que le obedecen; entre su aparición matutina, y ésta, más solemne, de la tarde, dicta su ley, que Ascanio Aldobrandini recoge, interpreta y hace cumplir. Por medio de esta ceremonia, el general mantiene con sus súbditos una relación visible. La ocurrencia fue de Ascanio —¿la recuerdas? Creo habértela contado—, que descubrió el efecto, entre mayestático y siniestro, de la primera aparición del general, el día del triunfo. ¿En qué país se puede contemplar dos veces al día al Jefe del Estado? Cuando corren los bulos de su muerte, de puro podre ya, se espera a la caída de la tarde para saber si todavía comparece, o si en las altas terrazas queda una sombra vacante. Ascanio Aldobrandini sale entonces al balcón de la Señoría, y con un catalejo escruta la azotea del castillo: hay quien dice que sólo en tales ocasiones puede ver al general, pero lo cierto es que todas las tardes, en el mismo balcón, agradece a Dios que el Podestá continúe viviendo: porque se inclina, se santigua después y reza. Se comunican de viva voz —se susurra, se cuenta— por un extraño agujero, Della Porta en un extremo, el ministro en el otro: así llegan las órdenes de muerte, a veces acompañadas del hedor del leproso, cuando hay que matar. «Yo no soy nadie —dicen que dijo Ascanio a la viuda De Risi—; és es el vencedor, él es quien manda, y él ha ordenado que muera tu marido. ¡Cuánto lo siento, Margherita!»

Ahora ya podemos volver a la mañana: quiero que veas al ciudadano Cavicciuli, que sale de su casa dándole vueltas a la caña de Ceilán con puño de plata: pertenece a la policía de Ascanio y tiene la misión de escuchar lo que se dice en los mercados y redactar un informe que su jefe recibe y traslada todas las tardes al ministro. Pero ese que le sigue, el bastón, no de caña, sino de ébano, y de los que encierran una espada, es el ciudadano Altoviti, de la policía particular de Flaviarosa, cuya misión consiste en vigilar a Cavicciuli y redactar un informe de todo lo que hizo y de cuanto averiguó. Finalmente, ese tercer ciudadano, que no lleva bastón, responde al nombre de Benedetto Scali, pertenece a la policía del Estado, y cumple la misión de vigilar a los otros e informar cada noche al Jefe Superior de Policía, quien a su vez, despacha con Ascanio y oculta lo que le parece de cuanto va pasando. Lo más curioso es que Altoviti, Scali y Cavicciuli se encuentran, como ves, cada mañana, en la taberna de Annunzzia, la candiota; beben juntos el primer aguardiente, se ponen de acuerdo acerca de la tarea, y, al caer de la tarde, vuelven a reunirse y a concordar los respectivos papeles. A Altoviti lo paga también el cónsul de Inglaterra, que es a quien dice la verdad: Cavicciuli recibe subvención del obispado e instrucción casi directa del Vaticano: miente, pues a ese tenor; por lo que a Scali respecta, informa a la República Francesa y al Imperio Austríaco, según quien dé más.

Ahora el *Artemisa,* que ya enfila la ría, se dispone a cruzar entre las baterías de la bocana. A la vista del velamen, todavía tendido, en el puerto, allá en el fondo, empieza la animación, bulle la gente en los muelles, entran y salen en la dársena los botes de la faena. A lo mejor te interesa, Ariadna, este ajetreo, pero, a poco que distraigas la mirada, te mostraré esa casa que cierra por una parte la enorme avenida del Temple: ahora la van llamando «del general». A su cabo está el palacio de la Señoría, ese de los aleros grandes y los grandes balcones, y la casa de que te hablo hace ángulo con él, unos jardines por medio. De tal casa conviene que te fijes en el hermoso y celado mirador de la derecha, gótico florido nada menos, obra de algún arquitecto francés que pasó por la Isla: de frente, enfila todo lo largo de la avenida; desde el costado se abarca la extensión del puerto, y, más allá, hasta los mismos castillos que guardan la bocana: detrás de esos cristales emplomados en los que, vistos de cerca, el curioso descubre verdaderas mirillas, vigilan los catalejos y los ojos de las Tres Gracias, Talía, Aglae y Eufrosina, no se sabe si tías lejanas del general o de Ascanio Aldobrandini: en esto no está la gente de acuerdo, pero son desde luego tías de alguien. Los griegos del astillero les llaman, sin embargo, Parcas: Cloto, que corresponde a Talía; Láquesis, a Aglae, y Átropos a Eufrosina: evidentemente los nombres de los griegos no ascienden al barrio de los latinos, ni se mencionan en los comadreos, de modo que no importa olvidarlos. En este mismo momento, el catalejo de Eufrosina acaba de descubrir, en la cubierta del *Artemisa* y como dispuesta al desembarco, la figura entristecida aunque gallarda, de Demónica. Eufrosina les dice a sus hermanas: «¡La cara de esa mujer me recuerda a no sé quién, y no de ahora!». Eufrosina puede remejer horas y horas en sus recuerdos, porque almacena en ellos los nombres y los hechos de un par de miles de años. Los latinos dicen de ella, aunque en voz baja, que tal debe ser su edad, lustro más, lustro menos, y que de puro vieja que es le han salido en el coño dientes de perra, así como que tiene las tetas rellenas de tornillos. ¡Lo mala que es la gente! Eufrosina, de momento, no ha tenido que hurgar en el pasado más remoto, ése en que se le despiertan las carnes al escuchar la música de nombres como el de Lorenzo de Médicis, el de Can Grande della Scala, el de Septimio Severo, los más notorios de sus amantes infinitos, sino que le bastó el repasar de un corto número de años inmediatos. «¡Ya lo tengo! ¡Es la hija del comodoro De Risi! ¿Qué vendrá a buscar aquí esa revolucionaria?» Ninguna de sus hermanas le responde. A Talía la gente la llama siempre la Muerta: tiene la cara de porcelana, ojos de vidrio, el cuerpo de lienzo basto y estopa, y entre los dientes de su boca abierta cuelgan los hilos de una telaraña arcaica. A Aglae se la conoce por la Tonta, quizá porque no habla jamás por cuenta propia, ni aun los monosílabos del sí o el no, sino que se limita a repetir con voz cascada y un tiempo de retraso, como si lo pensara antes, lo que dice Eufrosina: «¡Ya lo tengo! ¡Es la hija del comodoro De Risi! ¿Qué vendrá a hacer aquí esa revolucionaria?». La lente del catalejo, que se detiene un instante en la persona de Agnesse, busca no obstante aquel rostro ovalado y moreno que se parece al de un hombre de mando que colgaron de una entena hace unos pocos años. Eufrosina abandona el catalejo y bate palmas. Al criado que acude, le ordena que prepare los palanquines laqueados. «¡Vamos, Aglae!» Cogen a Talía entre las dos a la silla de la reina, que quema, que quema, y se la llevan así hasta el zaguán, donde ya esperan los tres relucientes armatostes con sus porteadores. A la Muerta la meten en el del medio; Eufrosina va delante, la Tonta cierra la marcha. No hacen más que atravesar la calle: los soldados de guardia abren el portón del palacio por el que entran las personas de viso. «¡Vosotras, a no moverse de aquí!», manda la Vieja, y las abandona al pie de la escalera: es ella la que sube sola hasta el despacho de Ascanio, más madrugador que nadie, siempre inclinada la cabeza encima de un montón de papeles. «¿Sabes que acaba de llegar la hija de De Risi?», le grita desde la puerta, Eufrosina; y Ascanio queda bastante sorprendido, la mirada vacante unos momentos. «¿Cómo dices?» «Demónica, la hija de De Risa, aquella que enviamos a Francia con su madre y que se metió después en la revolución.» «¿Estás segura?» «¡No hay una cara que se me escape, lo sabes! Y puedo añadirte que ha llegado también, si no me equivoco, esa veneciana que traes para que te enseñe inglés. No puede ser otra: rojilla de cabello, demasiado alta.» Ascanio escribe algo en un papel. «Te lo agradezco, tía. ¿Qué sería del Estado sin ti?» «Sin nosotras, no vayas a olvidar a mis hermanas. Por cierto: esta noche pasada, la policía de tu mujer estuvo en un verdadero tris de sorprender con las manos en la masa a ese empleado tuyo que pinta en las paredes lo de "Ascanio, asesino". Ya puedes prevenirle y que se ande con ojo.» Los palanquines atraviesan otra vez la calle y penetran en el zaguán de donde acaban de salir: Las Tres Hermanas Funestas retornan a su habitual misión diurna: fisgar todo a lo largo de la avenida, todo a lo ancho del muelle. La gente de la ciudad, a ese balcón, le atribuye un rótulo que es una conminación; todos lo hubieran escrito en aquellas paredes, nadie se atreve: repetición del que existe en el arsenal, por la puerta de entrada de la dársena, encima de la escollera, y que ordena:

ATRACAR PARA SER RECONOCIDOS

4. — Quedamos en silencio: yo, cansado de hablar, fatigada la vista de aquel torbellino de imágenes. ¿Acaso de escucharme tú? Es posible que así fuera, pero no quiero creerlo, ni aun pensarlo. Te confieso que intento fascinarte, atraerte, mantenerte pendiente de mí, pero tú te resistes, como si lo que te digo pasase por un filtro que lo retiene todo, menos la mera historia: que aprisione lo que de mí otras veces te atraía y sujetaba, la voz, la fantasía. Sé también que tienes miedo de

noches como ésta: asomaba la luna por encima del bosque y clareaban las aguas en el lago, pero tú escapas al hechizo, te esfuerzas en destruir, a fuerza de raciocinio, la carga erótica que como una masa eléctrica saca chispas de nuestras miradas al chocar. Sospecho además que te sentías pecadora de traición: te habías pasado, durante aquellas horas, del mundo de Claire al mío, de sus razonamientos a mis imaginaciones, y ahora, al terminar, una especie de arrepentimiento, un deseo de revancha pudo más que tu intención espontánea de decir al menos «¡Qué bonito!». Es lo que ahora colijo de lo que sucedió inmediatamente. La fantasmagoría de La Gorgona se había diluido ya en el espacio, y un hueco triste se columpiaba entre nosotros. Te pregunté si te apetecía oír música. «¡Como quieras!» «¿Algo determinado?» «¡Me da igual!» Puse en el magnetófono una cinta de Joan Baez: tan por lo bajo, que no rompió el silencio: yo miraba los árboles del bosque, pero pensaba en ti; te sugerí que te acercases, que me cogieses de la mano, pero si mi mensaje te alcanzó no lo escuchaste. Quizá tampoco la música. Al terminar me preguntaste: «¿Toca algún pito esa muchacha nueva en nuestra historia?». «¿Esa muchacha?» «Sí, Demónica.» «Pues no lo sé todavía, aunque creo que no.» «Entonces, ¿por qué me has hablado de ella? Podrías haberla dejado que siguiera su vida. Y no lo digo porque hayas desatendido a Agnesse, de quien sé lo que pensó, lo que hizo, lo que sucedió al atracar el barco al muelle. Podría relatarlo ce por be y con bastante detalle. Lo que tú puedes averiguar por tus procedimientos mágicos, y por lo que hayas leído, no alcanza junto, por supuesto, a lo que yo llego a saber, a lo que estoy sabiendo. La vida de Agnesse me viene como oleadas, casi la veo y la oigo: ¿no comprendes que lo que hizo Claire, eso que llama el haya injerta en el roble, empieza a dar bellotas? En este mismo momento ha llegado Agnesse a esa casa en la que va a vivir: ...no recuerdo ahora el nombre de la dueña...» No me atreví a sonreír, pero comprendí tu esfuerzo al inventar lo que era obvio y bastante innecesario, aunque quizá, como se demostró inmediatamente, fueras capaz de hipótesis más acertadas y sustanciales. Por lo pronto intenté ayudarte: «La viuda Fulcanelli —te interrumpí—, esposa de un comodoro que murió en la batalla de las Islas Cícladas. Le quedó una pensión del Estado, que los que actualmente mandan le respetan, para que no se diga que si ellos, que si los otros, que si tal, que si cual». Te echaste a reír con esa media risa tuya a la que me tienes acostumbrado, quizá más media risa esta vez porque con ella expresabas una especie de victoria. «Sobre todo, queda claro —me dijiste—; cuando traduces del español al inglés, así, literalmente, como lo acabas de hacer, organizas generalmente las fórmulas sintácticas más peregrinas y oscuras y, sobre todo, más vacuas, que he escuchado jamás. No entendí una palabra de tu respuesta porque no quiere decir nada, salvo que a la viuda Fulcanelli le quedó una pensión del Estado.» «Es lo principal», y con un gesto te animé a que continuaras. Lo hiciste sin más trámites. «A Agnesse le cayó simpática; la encontré amable y maternal. No hace más que decirle que si es una niña, que cómo anda sola por el mundo, que allí lo pasará muy bien, que ya verá... Y le enseñó la casa. La casa de la viuda Fulcanelli no es la que corresponde a una mujer que, para vivir, se ayuda con un par de huéspedes.» Marcaste entonces una breve pausa involuntariamente interrogante, que aproveché para mostrarte que, por poderosa que sea tu inventiva, la historia entera no la podrás saber sin mí. En mi respuesta no hubo, sin embargo, petulancia, o síntomas de triunfo, sino la deseada naturalidad: «El comodoro Fulcanelli, evidentemente, no necesitaba de un par de huéspedes para vivir muy bien. Ganaba mucho dinero, hacía largos viajes, traía en el barco, lo mismo que sus colegas, muebles exóticos, objetos raros y de valor. Agnesse verá marfiles y conchas, podrá tocar sedas bordadas, acariciar pieles de animales feroces. La viuda Fulcanelli la habrá conducido hasta el rincón de la sala en donde permanece una silla de manos de laca negra dibujada en oro e incrustada en marfil. No la trajo el comodoro, sino su padre, que lo era también, y que también recorrió el mundo y peleó en cuatro o cinco batallas. Y le habrá mostrado ya la inmensa piel de un tigre de cuya cacería le contará seguramente una leyenda, si no ahora mismo, en cuanto tenga más confianza. Tampoco es regalo de su marido, sino cosa heredada. Puedo garantizarte que quien la adquirió en la India, un abuelo de otro nombre, aunque asimismo marino, la misma noche de su llegada encerró a su mujer en el salón, la desnudó, la acostó en la piel de tigre y la cabalgó con ímpetus más cinegéticos que eróticos: a pesar de lo cual se dice que, aquella noche, los tigres de Bengala se enternecieron con sus víctimas, pero me inclino a tomarlo como exageración». «Y, todo esto, ¿lo llegará a saber Agnesse?» «Probablemente, ¿por qué no? Se me ocurre incluso que alguna vez, aprovechando la ausencia de la viuda o la oscuridad nocturna, se arrastre desnuda hasta la piel del tigre y se deje envolver por su caricia.» «Eso de atribuirle hábitos de sensualidad refinada, ¿es una venganza?» «Aspiro —te respondí— a que sea una precisión histórica. Pero me doy cuenta ahora mismo de que te has adelantado en el tiempo, de que has pasado por encima de acontecimientos importantes. Por ejemplo: Agnesse, antes de ir a casa de la viuda Fulcanelli, fue recibida por Ascanio.» Y te ofrecí, con esto, en bandeja, otro cabo de la narración. «¡Oh, la entrevista con Ascanio! Fue de lo más solemne, de lo más imponente, como que Agnesse quedó bastante impresionada, y llegó a tener miedo y a arrepentirse de la aventura, aunque por poco tiempo: un mero resplandor del sol la deja levada de tristezas. Pues había en el muelle un coche con un sargento, encargados de recogerla y de llevarla al palacio de la Señoría. Allí la dejaron, en una antesala enorme y abrumada de cuadros y tapices, una hora, dos horas. Vinieron a decirle que no se impacientara y que si quería una copa de vino. Ella lo aceptó y eso le salvó de echarse a llorar o de echar a correr; aunque, claro, siendo una isla, ¿adónde? Por fin la recibió el ministro. Ella le hizo una buena reverencia a la francesa, que no pareció disgustar a Ascanio, a juzgar por su sonrisa; la mandó sentar, le hizo preguntas acerca del viaje, le recordó cuáles eran las condiciones de su trabajo... "Le tengo buscado a usted acomodo en una casa de bien, donde se encontrará contenta y protegida. Marietta Fulcanelli es una dama de las de antes, religiosa, educada y de elevada moralidad: no encontrará en la Isla mejor amiga." Le dijo también a Agnesse que todas las mañanas la esperaría un coche a la puerta de casa, el mismo que, por las tardes, la llevaría, una vez terminado el trabajo; que tendría un despacho, y que, como además de enseñarle el inglés a él, le confiaría la traducción de algunos papeles, sería lo más conveniente que se quedase a almorzar en la propia Señoría, y que si tenía la costumbre de echar la siesta, mandaría que le habilitasen una alcoba para que pudiera hacerlo cómodamente.» Me miraste entonces, Ariadna, como diciéndome: «¿Ves hasta dónde llego?». Y yo te pregunté que cuál era la impresión que había causado Ascanio a Agnesse: me respondiste que le daban un poco de miedo la cara cetrina, los ojos penetrantes, y que no hubiera vuelto a sonreír; sacaba la conclusión de haber quedado prisionera, además de un poco fastidiada porque en el palacio había demasiados santos, y demasiadas cruces en el despacho de Ascanio, y que éste se había referido expresamente a su conducta moral y a la conveniencia de que no descuidara las prácticas religiosas: como que llegó a decirle algo como esto: «Señora, yo estoy aquí y gobierno la Isla, para que sus habitantes puedan vivir tranquilos y salvar en paz sus almas, para lo cual no tienen más que obedecerme, no porque mis órdenes sean mías, sino porque expresan la voluntad de Dios. En esta ciudad el pecado mortal es delito de leso Estado, y, por supuesto, los delitos contra el Estado son pecados mortales». Agnesse se atrevió a preguntarle que por qué, entonces, no mandaba el obispo: «Los obispos, señora, no entienden de construcciones navales; por otra parte, a veces no son muy de fiar y hasta los hay masones. Nosotros nos entendemos directamente con la Santa Sede». «Y, del general Della Porta, ¿no le habló?», pregunté a Ariadna. «No, que yo sepa.» «¿Y no lo encuentras raro?» «¿Agnesse o yo?» «Una y otra.» «Ella no ha oído hablar en su vida del general.» «Por eso, por eso, precisamente por eso...»

Esto fue cuanto dieron de sí el método de injertar, en los robles, las hayas; tu preparación histórica, y tu deseo de mantenerte de la parte de Claire: algo así como la respuesta a un desafío que contuviera (la respuesta) este mensaje: «Sin tu ayuda, también nosotros llegaríamos a la verdad». Lo que entonces sucedió, lo que hice y dije, me llevó a verme a mí mismo (después, cuando quedé solo y recordé lo pasado) como un pavo real que abruma a la pava con el lujo de sus plumas, y que así, con esas vibraciones que salen de ellas y casi se oyen, la deja apabullada: «Yo puedo completar tan preciosos informes, querida Ariadna. Porque Agnesse, en efecto, se sintió sobrecogida al verse dentro de un coche casi cerrado, acompañada por un sargento feo y silencioso, y, más tarde, sola en la vastedad del palacio, en aquellos pasillos y en aquellos salones donde todos parecían curas vestidos de paisano, pero no como los vaticanos, que ella conocía muy bien y sabía cómo tratar, petulantes, muy seguros de sí y siempre en busca de presa, sino sumisos e insignificantes, que no metían ruido al caminar, que hablaban en voz baja, como si fueran a despertar de su lejana muerte a los comodoros cuyos retratos colgaban de las paredes; como si los grandes barcos de las batallas pintadas fueran a disparar sus andanadas en el caso improbable de que alguien taconease. Esto no es más que decir lo que tú has dicho, aunque con otras palabras; la estampa conmovedora que podemos imaginar de la asustada Agnesse en pos de aquel sargento feo, por un pasillo ancho e interminable, de suelos brillantes, de techos altísimos, de puertas inmensas, todo de tal magnitud que ella en comparación queda en menuda e insignificante, siendo como es de buena talla. Pero eso no es más que un modo cinematográfico de ver la escena, y lo que intento comunicarte es precisamente lo que devolvió a Agnesse a sí misma: Ascanio Aldobrandini, como otros de su oficio, recurre a la complicidad de los grandes espacios para compensar alguna deficiencia a la que probablemente los demás no conceden importancia. ¿Será tal vez su cojera? Después de lo que sabemos de la procesión disciplinante, es lo más seguro. El salón en que recibe es el mayor de la Señoría; es, asimismo, el menos decorado; como que eso que Agnesse dijo de muchas cruces se reduce únicamente a dos: una, inmensa, que cuelga de la pared desnuda; otra, pequeña, de marfil, puesta en una esquina de la mesa. La puerta por la que se entra está en la diagonal del ángulo en el que Ascanio espera: el visitante se ve obligado a recorrer la máxima distancia en línea recta, mirado por unos ojos lejanos, más adivinados que vistos, y no hay un solo objeto en el que pueda descansar o encontrar apoyo para compensar la sensación de vacío y desamparo que va sintiendo conforme avanza. Ni siqüiera hay alfombra, sino un pavimento de grandes losas de mármol, blancas y negras, como un inmenso ajedrez. En esa desolación, aquel hombre que aguarda, inmóvil, frío, es sin embargo lo único humano, la salvación. Lo corriente es llegar hasta él vencido ya, desarbolado. Y eso fue lo que encontró Agnesse al entrar en la estancia: desolación artificiosa y un hombre oliváceo al fondo. Pero Agnesse había recorrido, de niña, los inmensos espacios, desolados también, de su propio palacio, y, de muchacha, los salones donde el dux celebraba sus fiestas. Más tarde había pasado y repasado por logias y estancias vaticanas, y por la misma plaza de San Pedro, vacía de madrugada, ella sola... No advirtió el artificio, no cayó en la trampa: recorrió naturalmente la diagonal, sin titubeos ni tropiezos, con el paso de corte que le habían enseñado, y, al hallarse ante Ascanio, hizo esa reverencia francesa a que te has referido. Ascanio está desde pequeño ejercitado en el dominio de sí mismo, como que no se trasluce jamás nada de lo que piensa o siente. No manifestó sorpresa, menos aún asombro o admiración. Pero intento, querida Ariadna, que consideres en lo que valen ciertos pequeños detalles relativos al caso: Agnesse no fue llevada a casa de la viuda Fulcanelli en el coche siniestro que la recogió en el muelle, sino en una berlina elegante, tapizada de seda, toda ella lujosa y suntuosa, y tirada por muy buenos caballos; y no la acompañó un sargento mal encarado, sino un capitán respetuoso que se deshizo en cortesías. El segundo detalle cuya consideración te ofrezco es el súbito ajetreo, el apresurado trajín a que se entregó Aldobrandini en cuanto despachó a Agnesse: llamar a gente, dar o retirar órdenes, recorrer tres o cuatro despachos y otras tantas estancias de uso indefinido, y, lo que es más chocante, lo que llamó la atención a algún subordinado observador, fue que todo lo hacía con una sombra de sonrisa en los labios, no de la especie conocida cuando triunfaba la justicia sobre el desorden y había que ahorcar a alguien, sino de una naturaleza nueva que pudiera interpretarse como bondadosa: todo para concluir disponiendo que aquella misma tarde el cuarto de trabajo de Agnesse quedaría instalado en un regular salón vecino al suyo, puerta por medio, y que sería amueblado, no con los trastos previstos, sino con piezas de más lujo que mandó traer de aquí y de allá, de manera que el conjunto saliese lo más alegre posible y bastante elegante: también mandó que se pusieran flores cada día. Lo tercero que quiero que contemples es el hecho enteramente insólito de que Ascanio se haya quedado con la mirada en las nubes, lo que se dice arrobado, durante casi un minuto, y que en seguida, como si le hubiese mordido una tarántula, corriese a arrodillarse delante del crucifijo grande para permanecer allí un buen rato, caída la cabeza, los párpados bajos, las manos contra el pecho. Una luz que venía de lo alto, lanzaba contra el suelo su sombra arrodillada, la humillaba más aún...». Y aquí callé, con la mano en lo alto y tus ojos puestos en ella. Al dejarla caer, también cayó tu mirada. ¡Me sentí triunfante, Ariadna! Vanidosa y estúpidamente triunfador, si bien, por el respeto que te tengo, me haya esforzado en disimularlo. Tú me habías escuchado progresivamente distensa, progresivamente sencilla: lo interpreté como que te habías olvidado de tu intención, apenas esbozada, de oponer al mío el método de Claire. Pero tus palabras me dieron a entender que no fue así, sino algo todavía un poco más satisfactorio. Dijiste: «Te confieso que por mí misma nada de eso lo hubiera averiguado». Entonces, mi plumaje de pavo se cerró como un paraguas con el viento, cesados los efluvios cautivadores. Me sentí feo y un poco tonto. Perdóname, Ariadna.

IV

1. — Tú me pediste fuego, y, al dártelo, agarraste al desgaire mi muñeca y cerraste los ojos. ¿O no fue esa noche que pienso, sino otra, más que real, soñada? Con esto de que todo suceda al mismo tiempo, empiezo a armarme bastante confusión, y ya no sé lo que fue antes, ni lo que vino después, conforme con el cómputo ordinario. De que había salido la luna no tengo duda, porque recuerdo la claridad del bosque. Y también de lo que estábamos hablando, últimas nuevas de Claire: esa revolución que pretenden organizar algunos estudiantes, sus adictos, un número pequeño que no consigue arrastrar al resto, porque la gente razona así: «¿Vamos a meternos en jaleos, apenas el curso comenzado, a causa de un señor que dice que Napoleón no existió nunca?». La mayor parte de ellos ignora quién fue Napoleón, quizá no estén muy seguros de quién fue Abraham Lincoln: saben que a uno y otro se les han levantado enormes monumentos, y no se suele acumular la piedra y darle después forma solemne para memorial de un fantasma; no es, al menos, lo frecuente. Tú deplorabas la superficialidad con que los jóvenes resuelven las cuestiones que les atañen, a lo que te respondí que, superficialidad acaso, pero que la relación del asunto con los jóvenes no la veía por ningún lado, pues, en efecto, si se aceptara con unanimidad que Napoleón no ha existido, algo cambiaría en los papeles y en algunas conciencias; se organizarían inmediatamente simposios, congresos y seminarios para ver de llenar el vacío resultante: como quien dice, hallarle a Napoleón un sucedáneo, si no un sustituto, o concluir que el vacío ya no tiene remedio y que la explicación de la historia hay que buscarla en otras direcciones: cosas de este jaez se pueden ir inventando durante un tiempo infinito, pero llegaríamos siempre a la conclusión de que el mundo seguiría como está y las personas, una a una, lo mismo: razonamiento obvio que no deja de decepcionarte, puesto que tú habías supuesto (¿por tu cuenta?, ¿sin la complicidad de

Claire?) que, después de la revelación, no quedaría títere con cabeza en el universo mundo, y que ahí estaba la causa (más o menos) de la esperada mutación de la especie que va a resolverlo todo, o que al menos pondrá la primera piedra de las resoluciones definitivas. Cuando se sabe lo que tú sabes, y se tiene imaginación, la utopía está a la vuelta de cada repliegue (o arruga) del espíritu. Y a mí me gustaría saber, o al menos sospechar, qué papel os correspondería, en ese mundo mudado por tus sueños, a Claire y a ti: ¿pareja capital de la humanidad futura, en la que las operaciones propias de la generación se hubieran sustituido por técnicas más evolucionadas, y en las que al mismo tiempo se hubiera logrado alcanzar la autonomía del erotismo y la superación de ciertas condiciones en nuestro mundo aun hoy indispensables? Me refiero, con eso del erotismo autónomo, a la posibilidad (remota) por algunos deseada desde hace muchos siglos, pero siempre actualizada por éste o por el otro, de que el erotismo se puede ejercitar sin la cooperación del cuerpo, eso que se contiene falsamente en la proposición «¡Te quiero con toda mi alma!», que no has escuchado aún, pero que a lo mejor la escuchas un día de estos, aunque colmada de verdad, y no por sublimación, sino como último recurso. Esperaba mi cuerpo la llamada del tuyo, esa voz involuntaria a la que tiendo desde que estoy contigo, y que tengo por mucho más verdadera que la voz de tu alma, esa engañifa que cree llamar a Claire. Me habías tomado de la mano, repito, aunque con pretexto válido, y estábamos más juntos que otras veces, no sé por qué. Al día siguiente no teníamos trabajo: por eso habíamos prolongado la estancia en la veranda. Dijiste algo acerca del silencio, o que el bosque se había callado, y de repente, sin que viniera a cuento, empezaste a contar que, con las nieves, los ciervos se acercaban a las orillas del lago, venidos de sus montañas, y que tú les habías visto mordisquear las hojas verdes que quedaban en los altos matorrales; y recuerdo que lo contaste muy bien, porque me quedó la imagen de los ciervos alzando la cabeza muy estirado el cuello y los cuernos echados hacia atrás, que casi les rozaban la grupa. Entonces, algo así como unos grandes pajarracos pasaron a nuestro lado en vuelo rápido, fungando, y tú, sorprendida y tardía, manoteaste en el aire contra un temor que ya había pasado, aunque reapareció en seguida, esta vez sin tanta prisa: los cuerpos alargados, pesadotes, de pájaros con faldas. Tú te agarraste a mí, quiero decir que te abrazaste temblando, y me preguntaste qué era aquello: porque sumaban tres los cuerpos, sin alas visibles, deslizantes como las gaviotas. A la tercera pasada te pude responder, y no sin reírme, aunque sin soltarte, antes bien apretándote más: «¿No las recuerdas? —te dije—; son las Hermanas Fatídicas, llámalas Parcas o Gracias, Aglae, Talía y Eufrosina, que nos hacen el honor de esta visita». Te apartaste de mí con brusquedad, y tu voz, de temblona, se hizo dura. «No te burles...»; pero en aquel mismo instante los pájaros reaparecieron, tan próximos que tú, de nuevo agarrada a mí, pudiste ver los ojos de la Vieja, de la Muerta y de la Tonta clavados en nosotros, y oíste, como yo, que la voz de la Vieja nos gritaba: «¡Soltaros de ese abrazo, cochinos!», lo cual fue repetido por la Tonta unos segundos después, cuando ya habían pasado. Tú habías enclavijado los dedos de tus manos rozándome la nuca, porque las piernas no te aguantaban. Me suplicaste, casi desmayada, que te llevase adentro y que cerrase bien las puertas y las ventanas. Cuando te tuve ya acostada, cuando te hice beber un poco de licor, mi cuerpo se interponía entre tus ojos y las tres caras horribles que fisgaban detrás de los cristales. Al acercarme a cerrar las maderas, a correr las cortinas, a amontonar entre ellas y nosotros cuanto fuese menester, pude oír que seguían gritando, quizá increpándonos por un pecado supuesto, y que cerrábamos a cal y canto para que no pudieran vernos. Tú ya te habías repuesto, ignorabas que habían estado mirando, y no se te ocurrió que aquellos ruidos que siguieron, como de aves torpes en la luz, eran sus cuerpos, que tropezaban buscando un agujero al que aplicar los ojos, acaso por riguroso turno de antigüedad. Habías llorado y te sequé las lágrimas. «Se me pasó el miedo, pero el absurdo lo tengo aquí clavado», y tu mano vaciló entre la frente y el corazón. «¿Cómo es posible?» «Nuestros mundos se interfieren —te respondí— del modo que nosotros irrumpimos en el suyo...»

Te pasaste la mano por los ojos, me rogaste que apartase un poco la luz y que me sentase al borde de la cama. «Pero, ¿por qué aquí, por qué a nosotros?» Te cogí entonces la mano: «Te invito a que las sigamos, si no estás fatigada. Esta noche u otra cualquiera de la Isla. Quedamos ante su casa: han abierto el balcón, dentro está oscuro. Todavía flota en el aire la claridad difusa, la última: el sol ha caído, el tráfago del puerto, su ruido, hace tiempo que cesó: es la hora de las tabernas y de las mandolinas. Si te fijas en aquel rincón de aquella calle, donde se juntan dos sombras, y que una de ellas pretende desligarse, y la otra retenerla; si te acercas y escuchas, reconocerás el diálogo como mil veces repetido, miles de años de decirse lo mismo esas sombras u otras: «Es tarde ya. Me voy». «Espera todavía. Aún no es de noche.» («¿No escuchas el ruiseñor?» «No. Ésa es la alondra.») Lo que aquí en la Isla modifica la rutina, es lo que sigue: «¡Es que van a llegar ellas...!». «¡No llegarán aún! ¡Con luz no pueden!» En el balcón abierto asoma, terrosa, la jeta de la Tonta, que huele el aire, que saca el brazo y lo mantiene quieto. La voz de la Vieja le pregunta si hace fresco; la Tonta responde que sí, y que habrá que ponerle una toquilla a la Muerta. Enfrente, en la Señoría, unos criados con antorchas encienden los faroles: cuando el último alumbra —¡son treinta y tres a lo largo de la fachada!—, las Gracias salen pitando por los espacios urbanos, y nada más salir toman altura para quedar fuera del ámbito alumbrado. Hoy han volado una detrás de otra, en fila india, y la mantienen, pero su vuelo adopta varias figuras, según les pete o según esté la noche. Si las designamos a cada una con la inicial de su nombre, he aquí los órdenes o modos que tienen de volar:

A				A		E				A					E
T	A	T	E		T			T			T			T	
E							A		E			E	A		

Verás que son combinaciones ternarias, las únicas posibles. Verás que Talía va siempre en medio: así, las manos de sus hermanas la sostienen. Hay quien afirma que las varias figuras carecen de finalidad práctica, que no pasan de mero ejercicio estético, o, si acaso, matemático; pero no falta quien sostenga que depende del viento, de su duración y de su fuerza. Las escasas veces que llueve en la Isla, las Hermanas quedan detrás de los cristales, y esa noche los amantes se sienten libres, y los esposos abren las ventanas de las alcobas, y hasta los solitarios se regocijan: nueve meses después suelen nacer muchos niños. Fíjate cómo pasan y repasan delante de aquella ventana, cómo se posan en el alféizar como si fueran aves, cómo dejan caer un papelito: mañana el marido o la mujer leerán algo parecido a esto: «¡Cochinos! ¡Ya lo habéis hecho tres veces esta semana!». Recorren todas las casas de la ciudad, todas las calles, todos los recovecos. La gente se aplasta contra el pavimento, se emboza en las sombras; los despiertos en el lecho simulan sueños de muerte, mientras, ocultas, las manos se oprimen y se prometen. Cuando se han alejado las Parcas, un movimiento tímido precede al furor apresurado con que se quiere recuperar el tiempo. La Vieja dicta a la Tonta lo que van averiguando, nombres de las personas, qué hacían cuando las sorprendieron, y la Tonta escribe sin dejar de volar, en un largo papel que lleva en la mano: cuando escribe, la Muerta, agarrada únicamente a la Vieja, queda en desequilibrio y como colgada, pero no llega a caer, porque la Tonta es rápida escribiendo, y pronto recompone el equilibrio. Son como aves de presa: ascienden, escrutan y caen en picado sobre el conejo incauto: «¡Cochinos!». «¿Y si vuelven?» «¡Malo será que vuelvan!» A veces sí, las Hermanas repiten la ronda, pero, en cualquier caso, antes que el alba despierte, abandonan el aire y entran en un cuartucho de la Señoría, donde un funcionario de guardia recibe las denuncias y las apunta en ese enorme libro de tapas negras: nombre de los pecadores, delito, cuantía de la multa, o pasar a los jueces el tanto de culpa.

Si has seguido con atención el vuelo de las Hermanas, habrás visto cómo se detuvieron un momento en la terraza de la viuda Fulcanelli; que la Muerta y la Tonta quedaron en la ventana, y que la Vieja penetró en el interior de la casa, como que se acercó al lecho de Agnesse y le espió el sueño, y después hizo un mohín —que en su cara fue mueca de incomprensión y de indiferencia. Al regresar a casa, al repasar frente a la Señoría, advierten que Ascanio Aldobrandini, abierto el mirador, contempla las estrellas. La Vieja pregunta a la Tonta: «¿Qué hará a estas horas despierto nuestro sobrino? ¿No te parece raro?». La Tonta debió de repetirlo en voz demasiado alta, porque Ascanio la oyó y cerró. A la tercera ronda, Ascanio ya no estaba.

«La poesía —dijiste entonces— es un amontonamiento de nubes que se pintan de gris y de púrpura y que te impiden ver al sol caer en el horizonte. Lo que yo necesito es una explicación racional de por qué esos fantasmas han venido a espiarnos, me han mirado con esos ojos muertos, me han insultado.» Tuve que responderte: «Es muy posible que la explicación que requieres se pueda recabar de Claire: él entiende de todo». Tú, entonces, te volviste hacia la pared: «Vete ya, por favor; cuida de que las puertas y las ventanas queden cerradas».

Así se estropeó una noche que pudo ser hermosa, decisiva quizá para esta historia nuestra; o al menos así llegué a creerlo, a juzgar por los síntomas. No es imposible, sin embargo, que haya sufrido una alucinación, o tal vez ni aun eso, sino los simples, los habituales efectos de la luna. Estaba alunado y me hice ilusiones: eso fue todo. A pesar de lo cual, y ante la evidencia de esa visita de las Tres Parcas Volantes, no me queda otro remedio que admitir la realidad de algo, aunque sea en este caso, y paradójicamente, de lo irreal. Me abona tu testimonio, que también viste y sufriste la presencia inquisitiva y horripilante de esas Guardianas de la Castidad Universal. Pero me avergüenzo de mi incapacidad mental como única causa de que te hayas ido a dormir sin una explicación suficiente. ¿De dónde podría sacarla? ¿En qué teologías, en qué matemáticas, en qué parapsicologías hallarla? Sin embargo, de ti para mí y viceversa, únicos testigos y víctimas de la aparición, únicos afectados por esa interferencia de dos mundos, ¿por qué no resignarnos con su mera certidumbre, por qué empeñarnos en explicar lo inexplicable? No se corporeizan de ese modo las imágenes soñadas, menos aún las inventadas, y la palabra no basta para prestarles peso y figura. Si vinieron a la Isla, a la nuestra, es porque han existido y porque existen aún al modo como existe lo pasado: en eso no me engañó Cagliostro. No es imposible, sin embargo, que, personajes de una historia, irrumpan en otra que no es la suya. Acontecimientos de esa clase se dan a veces, más acaso de lo que fuera menester. Ciertas oscuridades, ciertos absurdos de la realidad no deben de tener otro origen. Sin ir más lejos, lo nuestro... Iba cada cual por su camino, con su destino a cuestas, bueno o malo, protagonistas de nuestras propias historias, sin otra cosa en común que la amistad de Claire. Y un día, sin pensarlo, entraste por mi puerta, que fue lo mismo que entrar en mi vida y asentarte en ella quién sabe si para siempre. Cierta parte al menos de nuestros destinos la vivimos en común, la estamos viviendo todavía. ¿Por qué? Yo no pertenecía a tu historia, no tenía en ella papel, menos aún éste sin esperanza de quien espera amor con la mirada.

Bueno. Dejémoslo correr. Ahora duermes, o quizá no duermas, quizá busquen tus ojos un punto en la oscuridad —quiero decir, una solución para tu vida. He deseado, he tenido la tentación de acercarme y llamar quedo, pero no me atreví. Sentado en tu sillón, pitillo tras pitillo en la mano, miré las llamas, dulcemente tiernas, apenas por encima de la brasa, y mirándolas, me dejé empujar por la curiosidad de contemplar a Agnesse, no dormida, según la habíamos dejado cuando Eufrosina osó curiosear en su alcoba, sino unas horas antes, cuando se quedó sola y pudo pensar en sí. Vi a la viuda Fulcanelli cómo la despedía, un besito en la frente y tuteándola ya; cómo ella cerraba la puerta y echaba el cerrojo... Entonces se volvió. Sin esperarlo, se halló delante de un espejo en el que pudo verse casi entera: un espejo grande, *profundo,* de ancho marco labrado en madera oscura. Miró, pero no se miraba, sino que intentaba ver más allá de su propia figura, en un fondo todavía turbio, pero *sonoro*: lo que le había llegado, lo que había llamado su atención contra su voluntad (porque estaba cansada, porque tenía sueño y hubiera de mejor gana dejado para otro día la curiosidad de los espejos), *era precisamente un mur-*

mullo como de voces que no podía eludir, que crecían ya y la envolvían: sin poder, sin embargo, saber lo que decían porque hablaban dos lenguas en dos lenguas mezcladas y sin ningún orden: hasta que enmudeció la más extraña (una especie de susurro con música de violines, de una mujer contralto), y la otra, la inglesa, de un varón, comenzó a recitar unos versos de los que en un principio sólo le llegó la melodía, pero cuyas palabras fue comprendiendo a trozos: se quedó arrimada a la puerta, cerró los ojos: como una caricia del viento y hablaban de amor, y sus palabras, en oleadas, eran tan precisas, sus imágenes tan fuertes, que removían la sangre... Corrió al espejo, se agarró a los lados del marco, hundió en el fondo remoto la mirada: vio figuras confusas y mezcladas; a cualquiera de nosotros nos hubiera parecido un negativo cinematográfico varias veces impreso. Era algo así como cuerpos y acciones transparentes que permiten la vista de cuerpos y acciones semejantes: lo cual no era nuevo para Agnesse, le había sucedido muchas veces, sabía que tras unos días de acostumbrarse, los podría discernir, ordenar y entender (o acaso entender primero y ordenar después. En cualquier caso, siempre existía una relación, de ida o vuelta, entre el orden y el entendimiento). Pero la curiosidad de saber quiénes eran y por qué estaban allí no le pudo dar tregua, de modo que abrió la puerta y llamó a la viuda Fulcanelli: una, dos veces, hasta tres. La casa era grande; las voces la recorrieron y despertaron los ecos dormidos en todos los rincones, hasta que el nombre de Marietta quedó multiplicado; hasta que se escuchó, lejana, la respuesta. Acudía la viuda en ropa de dormir y con una palmatoria en la mano; le precedió un resplandor que ahuyentaba las sombras del largo pasillo: «¿Qué te sucede, criatura? ¿Tienes miedo? ¿O es que has visto volar unos pájaros grandes?».

Me temo, querida Ariadna, que en esta ocasión, sólo en ésta, no me queda otro remedio que corregirte —no a ti, por supuesto, sino a la imagen que me has dado de Agnesse: quien, según tú, tembló y pareció acoquinada en un momento de la situación, ya no recuerdo cuál. Estuve viéndola mientras llegaba la viuda; unos minutos antes, la había dominado el deseo que aquellos versos oídos engendraban; ahora, en este momento, parece otra, y el cambio es tan patente que considero justo concederle unas palabras. Esta Agnesse de ahora, la que espera esa luz vacilante que avanza, se ha recobrado; de su cara, de su pecho, ha desaparecido cualquier temblor erótico, y se la ve enormemente digna y segura: tanto, que me asombra, que ando buscando en mis recuerdos algo a quien compararla, y sólo encuentro el de algunas princesas de Sajonia-Coburgo-Gotha, feas y anticuadas, pero majestuosas, y el de una cómica española a la que vi una noche en un papel de emperatriz. La propia Marietta, al levantar la palmatoria e iluminarle el rostro, se sorprende de no hallarla medrosa, y admira la elegancia, la quietud de la silueta blanca que se apoya en un quicio. «No tengo miedo, no, y no he visto ninguno de esos pájaros. Pero quiero que me explique algo, o que me lo cuente.» La empuja hacia el sofá, la sienta. «Dígame, Marietta, ¿quién vivió en estas habitaciones antes que yo? ¿Una mujer, un hombre, los dos acaso?»

Las habitaciones de Marietta consisten en un salón y una alcoba. En el salón la vela alumbra una sillería blanca y dorada, una consola y su espejo, que es ese de cuyo fondo emergen voces y ritmos; cuadros de barcos, dos grabados ingleses y unas alfombras persas que recubren el mármol; más al fondo, en la penumbra, se ve algo así como una cómoda, como un par de sillones, como una vitrina, aunque no en sus detalles. En la alcoba hay un lecho con dosel, verdaderos juguetes, dosel y lecho, encajes y caoba, sedas blancas y rojas, y una enorme corona allá arriba que sostiene el lucido armatoste. Algunas sillas, un par de armarios, y en todas las superficies que puedan soportarlos, cachivaches menudos de remoto origen: de jade, de marfil, laqueados en rojo y oro...

«¿Por qué me lo preguntas?» Marietta no recuerda haberse referido al huésped anterior, y le sorprende que le hagan la pregunta ahora, a tales horas, ya acostada. «¿Es que te ha hablado alguien de sir Ronald?» «¡Oh, no, no me habló nadie porque con nadie hablé, salvo con el señor ministro, quien, por supuesto...» «Pues él, mejor que nadie...» Crecía el pábilo de la vela y la llama bailaba: Marietta la espabiló con los dedos. «...por causa de él se marchó.» «¿Es un poeta, ese sir Ronald?» «¿Le conoces?» «Sólo he oído hablar de él, y no mucho. Sir Ronald... ¿cómo?» «Sidney. Sir Ronald Sidney, un caballero como sólo saben serlo los ingleses cuando dan en caballeros.» «¿Casado?» «Pues no lo sé... quizá en su tierra. Aquí vivía solo. Un año largo.» Agnesse respiró y alzó los brazos. «Hubo una mujer, además, y no una vez, sino muchas. Fueron dos que se amaban.» Marietta había bajado la cabeza, y respondió con un suspiro: «Sí, Inés». «¿Inés?» «Él la llamaba Agnes, porque así se dice en Inglaterra, creo, pero ella no era inglesa ni italiana. La habían traído de muy lejos, creo que del Brasil. Aún no sabemos, nadie lo sabrá ya, si robada o casada. Es una historia que ya se empieza a olvidar. ¡Con todo lo que pasa!»

Marietta se levantó; se asomó a una ventana, escuchó el aire de la noche: llegó, perdida, una voz que quizá fuese un grito, y hacia la parte del muelle una campana reiterada anunció que un barco abría. Marietta lo cerró todo y explicó: «A lo mejor vienen ellas y escuchan». «¿Ellas? ¿Quiénes?» «Las tías de Ascanio. Ahora no me preguntes más; si no, se me olvida la historia con el miedo.» Volvió a escuchar: por el pasillo vinieron rumores, no de gente, menos de pajarracos: esos perdidos de cada noche, los pasos de los muertos que no quieren marchar, las maderas que crujen y liberan espíritus sutiles, los recuerdos de palabras que se dijeron, de gritos gritados, de gemidos y ayes de gozo y de dolor, todo eso que se queda en el aire, que se mezcla y compone esa música confusa en que también participan, cuando cuadra, los ratones. Por esa música podemos deducir, de noche, si los pasillos son largos, si son altos los techos, y, con cierta frecuencia, el tiempo que hace que el rumor se formó: con los pasos, los ayes, los gemidos, las voces y los crujidos de las maderas. Lo del ratón que corre es lo actual. «A Inés la trajo en un viaje uno que mandaba una corbeta de comercio, muy gallardo él, demasiado conquistador. Iba a Brasil y volvía cargado de maderas preciosas. A Inés la metió en el barco, y tuvo que dar muerte a un marinero que se la quiso disputar. Dijo que se había casado, pero un día llegó a la Isla un hombre que le buscó; él tuvo que huir, perseguido, y no se supo más de él: quizá lo hayan matado, pero de eso hubiera habido nuevas. Los marineros, en los puertos, lo saben todo, y de este capitán de corbeta se murmura que aún anda huyendo de su perseguidor, que sería un hermano de Inés, o su padre o quizá, su marido, ¿quién sabe?» Aquí se interrumpió Marietta, y con el pretexto de traer algo de beber, salió con la palmatoria. Agnesse corrió al espejo, levantó la luz para alumbrarlo, pero no vio más que sombras confusas, ni oyó más que los roces de las sombras. Marietta volvía con una botella y copas; las llenó de un vino como topacio, ofreció a Agnesse: «Pues Inés quedó sola, más bien abandonada, en una casa vacía, y sin que nadie se atreviera a socorrerla, porque hay almas a quienes no conmueven las desgracias, más que las suyas propias, o las de alguien que les atañe de cerca, todo lo más. Se supo que Inés empezó a pasar hambre; se supo porque intentó vender una pieza de esas que tenemos todas, de las traídas de Oriente y que son la codicia de las burguesas. La mujer del comodoro Ricoveri me lo dijo, y también a la viuda De Imola, y entre las tres buscamos la manera de ayudar a la muchacha, que estaba en mucho peligro, porque era bonita de verdad, de una belleza que no se ve por aquí, un moreno distinto, como con oro, con los ojos verdes, y un cuerpo delgado y elástico que no sé a qué compararlo, si no es precisamente al tuyo, que debe ser así, salvo el color. Tú también eres morena, y tienes los ojos claros, pero tu pelo es rojizo, y el de ella rubio como el de uno de esos marineros del Norte que a veces desembarcan y parece que el sol no les deja ver las cosas; pero a Inés no le sucedía así, porque su tierra es de las de mucho sol, aunque también de mucha lluvia, según nos explicó. Pues acordamos que viniera a comer cada día a una de nuestras casas, como invitada de honor, al menos mientras no regresaba Antonio, que ése es el nombre de su raptor, o de su marido, y así fue, y cuando le tocó el turno de venir a esta casa, yo se lo dije a sir Ronald, que no le hiciera el desaire de comer solo ese día, sino que nos acompañase, para lo cual abrí el comedor de gala, el que te mostré esta mañana y tiene los muebles y los espejos velados. Pues fue verla sir Ronald, a Inés, y enamorarse de ella, y yo no sé a qué acuerdos llegaron, que él iba a su casa y pasaba allí muchas noches, y otras era ella la que venía aquí con precaución y disimulo, no sé si por capricho o antojo o como una travesura. Sir Ronald me pidió permiso para traerla, que no se metieron en casa sin más ni más; ya te lo dije, era todo un caballero, y yo, ¿qué iba a hacer ante un amor como aquél, un verdadero amor de locos? ¿Echarle? No sabes lo simpática que era, esta Inés, y lo buena. Hubiera sido pecado cualquier severidad, y, después de todo, que dos se amasen, ¿iba a trastornar el mundo? Pero una noche los descubrieron, ahí mismo, en la terraza, las tías de Ascanio, y le fueron con el cuento al ministro, que lo era ya, porque esto sucedió a poco de la revolución ganada. A sir Ronald lo expulsó de la Isla. ¡Un hombre tan cortés y tan inteligente, al que quería todo el mundo...! Y oí que eran tan bonitos sus versos...». Se detuvo. Había mantenido las manos recogidas en el regazo, y ahora las abría, un ademán de explicación o de resumen, no se sabe. Agnesse, anhelante, esperaba. Después preguntó: «¿Y ella? ¿Qué fue de ella?». Marietta cerró los brazos hasta juntar las manos como si fuese a orar. «¿Quién lo sabe? No se la volvió a ver. Hay quien dice... Pero, no, no, no puede ser. ¡Una persona tan bella y tan sensible, daba miedo tocarla, como si fuese un cristal de caramelo...!» «¿Qué es lo que no puede ser?» Marietta escuchó otra vez el aire, con insistencia; tomó nota de todos los rumores... Y, en voz muy baja: «Hay quien dice que Ascanio la encerró en el castillo a solas con Galvano. El general no tiene mujer, y está leproso, ¿comprendes? Dicen que a veces se le oye gemir, detrás de sus muros de piedra, y pedir a voces un cuerpo de mujer, aunque sea muerta». Agnesse se tapó el rostro con las manos. «Pues eso mismo se dice de algunas otras mozas que desaparecieron. Y que es tanto el horror que sienten después de dormir con él, que todas se suicidan. En el castillo hay pozos que no se sabe adónde van, si a la mar o al infierno.» Agnesse miraba el fondo del salón, a la parte sin luz. «Y, esas tías de Ascanio, ¿quiénes son?», Marietta de un soplo apagó la vela, y apagó también la otra, la de Agnesse. Así oscuro el salón, abrió un ventanal que daba a la terraza. Cogió a Agnesse de la mano y se la llevó en silencio. «Aquí, en este rincón. Y no hables.» Esperaron. Agnesse, a ratos, temblaba. La noche estaba plateada, y contra el cielo claro se veían las siluetas de torres y campanarios. Marietta acercó los labios al oído de Agnesse. «Mira, allí, por encima de aquellas terrazas.» «No veo nada.» «Fíjate bien. La torre del Podestá. A la derecha. Aquellos bultos que vuelan.» «¿Es que son brujas?» «¡Ay, contra las brujas hay conjuros y otra clase de remedios! Pero éstas son verdaderos demonios.» Se la volvió a llevar al salón, cerró otra vez las puertas, y mientras buscaba el avío de encender, le fue contando a Agnesse la historia de las Tres Gracias, llamadas también las Parcas, las Hermanas Funestas, los Endriagos, y otras muchas lindezas, que resumía Marietta en las Tres Viejas Putas. A Agnesse, lo que más asco le dio fue la Muerta, y lo de que en vez de baba le salía de la boca, por la comisura izquierda, el hilo de una telaraña (como es sabido). Arcaica.

«Y de los versos de sir Ronald, ¿no quedó nada?» «Algunos papeles dejó, que yo guardo por cariño, todo borrones y tachaduras.» «¡Si me dejase verlos…!» Marietta los trajo, un cartapacio de esbozos; y, después de acostarse, mientras duró la bujía, los fue leyendo Agnesse, a veces descifrando, y cuando se quedó a oscuras, la vela extinta, tenía el cuerpo encendido como si llevase luz, y le bailaba en la memoria un ritmo desconocido y hermoso. Tuvo que abrir un poco la ventana, de acalorada, y se durmió después: no se enteró de que la Vieja había estado a verla, la había mirado con ojos como lámparas de miedo, y se había encogido de hombros antes de reanudar el vuelo. «¡Bah, otra mujer bonita!»; que fue lo que repitió, en seguida, la Tonta.

2. — Salimos pronto, escasa todavía la luz. La alborada empieza a retrasarse, y, al levantarnos, la noche aún se columpia encima del estanque. Estabas tal vez enfurruñada: hablaste

apenas. Ya nos habíamos alejado bastante cuando dijiste (¿Me dijiste? No parecía contar demasiado para ti, pero fue uno de mis errores), cuando dijiste que tenías que volar a Pittsburg, este fin de semana, a causa de una cita con un médico, que te recibiría excepcionalmente en sábado. No te pregunté por qué, o si estabas enferma: se me ocurrió entonces que obedecías, una más, a esa orden que os grita a las mujeres, desde el techo de los autobuses, que visitéis al ginecólogo al menos cada seis meses. Y te respondí que bueno, que procuraría aprovechar la soledad y tener algún cuento a tu regreso. «Hoy mismo, si nos da tiempo... Esta noche...», me respondiste: «¿No me preguntas para qué voy al médico?». «Confío en que haya razones. A las mujeres, según entiendo, os conviene no descuidar ciertas guardias.» Sonreíste. «La doctora Wagner, a quien voy a visitar, es un psiquiatra.» Casi salté del asiento: y te endilgué una larga requisitoria acerca de esa manía de los norteamericanos de visitar al psiquiatra como si fuera el dentista. «Así andan todos, aquejados de complejos que mejor les sería olvidar. Es como andar hurgando en las heridas, para que no cicatricen.» Iba a continuar pero me interrumpiste: «Yo no estoy enferma», y recalcaste el yo. Entonces, sólo entonces, comprendí que el sujeto de la consulta es Claire, y tomé tu confesión (también por alusiones puede uno confesarse) como permiso tácito para tratar abiertamente de ese tema que yo me había vedado de manera consciente y deliberada, aunque subyaciera, a veces con bastante claridad, a nuestras variaciones sobre un tema de amor dolido: en este cuaderno hallarás, desde el principio, referencias concretas para quien, como tú, está al cabo de la calle. Lo pensé sin embargo antes de responderte, no me dejé llevar por la alegría del muro derribado, y cuando me decidí, busqué palabras delicadas. Sí, no ignoro que los de tu generación habláis con libertad, y yo lo hago también; pero cualquier materia que pueda verdaderamente lastimarte, cualquier pregunta que implique necesariamente una irrupción en esa parte de tu intimidad donde duele, me la prohíbo. Me has contado, quizá demasiado pronto, tus perplejidades eróticas de adolescente, las experiencias y las decepciones: me limité a escucharte, y si alguna vez te di un consejo, fue porque me lo habías pedido. Y si tratándose de Claire hemos hablado con más franqueza (paradójicamente, ¿verdad?), a lo de esta mañana no se había llegado, aunque cada uno de nosotros supiéramos que el otro sabe... Y no por falta de ganas, al menos por mi parte, me lo puedes creer. Te he visto tantas veces sufriendo, te he escuchado el relato de momentos tan incomprensibles e inaceptables para una muchacha normal, y tú lo eres, que estuve a punto de gritarte, de agarrarte por los hombros y sacudirte: «Pero, ¿no ves que es una aberración querer como tú quieres a un impotente? ¿No te das cuenta de que el juego que trae contigo, más que de amor, es de burla? Tenía que habértelo confesado: merecería, entonces, mi respeto. No haberlo hecho, continuar contigo en este tira y afloja, usarte como mujer para todo menos para lo que se usa una mujer, lo encuentro más ofensivo que un insulto, porque lo es de hecho, no de palabra, y si algunas veces he hablado de él de una manera hiriente y despectiva, a eso se debe. Fueras otra mujer, y me dolería lo mismo ver a un hombre que posee todas las gracias viriles menos la fundamental, que sabe fascinar y fascina, y se queda ahí, en la barrera, y se conforma como un narciso con verse rodeado de muchachas que lo adoran, pero cuyo mayor placer, cuya satisfacción más honda es la de saber que entre todas ellas, hay una que le ama de verdad. ¡Ay, Ariadna, en eso se originan sus orgasmos mentales! Y como no puede quedar con su satisfacción a solas, como un tenorio de pueblo, escogió a un amigo confidente para decirle que le habías besado en la boca... ¡Fue en ese mismo momento cuando comprendí lo que le sucedía! Por eso no olvidé el cuento, ni sus circunstancias, ni la expresión especial de pícaro conquistador. Un hombre normal no necesita que otro sepa que una muchachita le ha besado. ¡Pues arreglados estábamos! Llegué a pensar en cierto infantilismo, pero no, no lo padece Claire, cuarenta años largos, casado una vez, y divorciado, ahora ya sabemos por qué. Yo, entonces, lo ignoraba, pero no podía creer que un sujeto tan atractivo, a quien escuchan las alumnas como embobadas, a quien se entregaría de buen grado la mayor parte de ellas, careciera de experiencia... Acerté al suponer que, para un varón impotente, que una mujer como tú le hubiera besado en la boca, era una buena victoria de la que hay que enterar al mundo. Ocultó que, tras el beso, hubieras quedado defraudada... Tampoco lo confesaste tú, pero lo sé, como otras ocasiones que me has permitido adivinar».

Semejante requilorio nunca llegué a decírtelo. Ni siquiera esta mañana, que hubiera habido razón y pretexto. Estuve a punto de empezarlo, pero pensé, y no creo haberme equivocado, que su contenido ya lo damos por supuesto desde hace meses, exactamente desde que me contaste lo del verano antepasado, en París, cuando estuviste con gripe, y él te cuidó muy animoso, y perdió por ti horas de archivos y bibliotecas; que te llevó a cenar a restaurantes íntimos y recogidos, con clientela de enamorados, y te hizo desear ser enlazada por la cintura como aquellas parejas, y no tenerte con la mesa por medio, hablándote de sus investigaciones... Aunque esto, mira, tenía su razón de ser: siempre te quiso conquistar con la potencia de su inteligencia, ya que no con otra clase de poderes. Y no es que desapruebe el que un hombre como Claire despliegue ante una mujer como tú las maravillas de su mente, a condición, claro está, de que, de regreso a la Ciudad Universitaria, te bese en el parque Montsouris para llevarte a la cama después en la Casa de los Estados Unidos, donde ambos habitabais. Me contaste con cierta melancolía que en el parque, esa u otra noche, con luna, lago, aire tibio y soledad, te explicó ce por be los episodios del asedio alemán en la guerra del setenta que tenían que ver con aquel barrio. Está muy informado en los detalles.

Lo que te respondí, pues, fue esto: «¿Y esperas de esa doctora un diagnóstico satisfactorio sin que haya examinado al paciente?». «Hay una descripción y una pregunta posibles. Lo que voy a contarle, lo sabes más o menos. Luego le preguntaré si es posible que una mujer, paciente, sacrificadamente, llegue a curar lo que estoy segura de que es curable. Claire y su madre tuvieron relaciones anormales: ella era eso que llaman una madre castradora. Deseo, creo poder deshacer el mal que le hizo a Claire.» Y te volviste a mí con rabia, como si respondieras a una objeción que yo no había formulado, que ni siquiera había pensado: «Para eso estamos las mujeres, ¿no? ¡Para eso somos como somos y tenemos lo que tenemos!».

Tardé esta vez también en responderte, y habíamos caminado algunas millas más; se veían ya las torres de la universidad, cuando te dije: «En cualquier caso, y espero coincidir en esto con tu doctora, será menester, será de todo punto indispensable, que para alcanzar eso que te propones, Claire confiese antes...». Me cogiste de la mano. ¿Por qué? «¡Ése es mi gran temor, que no sea capaz...! Pero yo le forzaré. Eso lo quiero consultar también, si en vista de que él se escurre, debo yo tomar la iniciativa.» Me atacó de repente cierta tristeza, la convicción súbita (inexplicable: no soy psicólogo, no conozco a Claire como tú) de que vas a fracasar. «Pues no pienses más en eso —te dije— no te obsesiones. Tu estado de ansiedad no es el más adecuado para llevar a cabo lo que intentas. Llegaría a recomendarte, no ya la libertad, sino la misma frialdad... Una frialdad metódica —añadí, riendo— y, como si dijéramos, de mera superficie. Porque lo que está debajo ya sé que no hay quien lo enfríe...» Habíamos llegado ya al campus. Nos mantuvimos en silencio hasta alcanzar la puerta. Allí te dije: «Si lo quieres, si estás con el ánimo dispuesto, esta noche te contaré lo que le sucedió a Agnesse en casa de la viuda, con la primera aparición de sir Ronald Sidney en la historia, y también ciertas noticias acerca de una mujer insospechada, Inés de nombre, brasileña. Sir Ronald la llamaba Agnes». «¿Otra Inés más? ¿No serán muchas?» Habías reído. «La historia, Ariadna, es la historia, y no olvides que la primera edición de las *Melodías eróticas* está dedicada a Agnes, no a Agnesse, como las demás. Hasta ahora se tuvo por la simple modificación del mismo nombre al pasar del inglés al italiano. ¿No estaremos equivocados? ¿Y no iremos a descubrir un secreto literario?» Nos separamos: tenías que continuar, tenías que adquirir el pasaje para el vuelo de mañana.

Encontré en la puerta un mensaje de Janine Baker, para comer juntos, si podía ser. No sé si la conoces: una muchacha judía de quien se dice que si un niño entrase en su laboratorio y mezclase los potingues de sus matraces y de sus tubos de ensayo, podría resultar del revoltillo una raza de monstruos que arrojase a los hombres de la tierra para suicidarse, los monstruos, luego. Solemos encontrarnos en algunas fiestas, donde las mujeres rodean a su marido y se lo llevan a un rincón, y allí lo mantienen protegido de una muralla de halagos, de sonrisas, de complacencias, porque dicen que Conrad Baker es el profesor más guapo de la universidad, y él lo sabe: inexplicablemente casado con esa judía genial, que puede que lo sea, lo de genial, pero también lo de judía; y los hombres, en las fiestas, la dejan sola, porque temen su inteligencia y se sienten incómodos debajo de su mirada: aun los más tolerantes de los humanistas, el propio Claire, no saben cómo portarse en su presencia. A Claire le oí decir, cierta vez que acaso bromease: «El que se acueste con la doctora Baker corre el riesgo de que le salgan de debajo de la cama, miríadas de homúnculos como gnomos, de esos que ella produce en serie; pero yo, la verdad, prefiero los de mi bosque, que no nacieron en probetas y me dan más confianza». Janine y yo hemos llegado a ser amigos, probablemente porque soy el que se sienta a su lado cuando los demás la dejan, porque a veces nos miramos y confirmamos nuestro acuerdo en algo en lo que los demás disienten, porque he llegado a mostrarle mi compasión por su soledad, que ella se niega a reconocer. Amo sobre todo sus ojos, jamás he visto nada semejante en fuerza y en belleza, de un azul violeta tierno y a la vez fulgurante, en los que se concentra y se te mete en el alma una inteligencia que parece arder como un amor, y que quizá, efectivamente, arda dos alfileres azules que clavan al silencio las alas desplegadas del que escucha. Janine Baker no es feliz, y a veces habla conmigo.

3. — «No pasaré a recogerte. Iré directamente a la Isla.» Fue la primera vez que recorrí solo el camino: primero Western Road arriba y adelante; después, las vereditas entre los bos-

ques, casi vacías y oscuras, la noche se iba echando encima. Me perdí un par de veces, de puro distraído, por esas soledades y esa hondura en que me iba metiendo, árboles y árboles, el color apagado, las mil lenguas dejando oír su murmurio, yo empeñado en convencerme de que no eran más que coníferas y otras especies similares, reserva forestal destinada a papel de propaganda impresa: ellas hablando cada vez más claro, cada vez más quedo: detenía el coche y escuchaba: oía entonces el silencio; pero si escuchaba un poco más, llegaban y me envolvían esas palabras a las que temo, que no quieren decir nada, pero que me arrebatan como una espiral de viento y me levantan... ¿hasta dónde pueden llevarme? Las metamorfosis del miedo son siempre incalculables. Como que alcancé el lago ya en los umbrales del delirio, trémulo e indeciso para llevar el coche por la senda segura, atraído como me encontraba por otras sendas de destino incierto. ¿Sabes que nuestra lucecita del portal, tan mínima y poética, envuelta en un halo de neblina, me devolvió a lo real, me permitió dejar el coche en buen lugar, elegir la mejor de las barcas y remar con la proa puesta a lo que me parecía un lugar de salvación? Lo iluminé todo, creo que llegué a hacer conjuros y, por supuesto, una taza de té. Sólo entonces pude encender la lumbre, y como cosa natural me senté ante ella: en un principio, atraído por las llamas que empezaban. Después, ya crecidas, se me ocurrió que la historia de ayer bien podía completarla. Estoy seguro de que lo hizo Agnesse, comida como estaba de la curiosidad: de que preguntó y averiguó sobre la vida de sir Ronald y sobre la muerte de Inés. Son acontecimientos que nosotros también debemos conocer, pero los procedimientos al alcance de cada cual no son los mismos, ni obligan a trámites idénticos: pues los dejamos, de momento. Además, se me subió a la cabeza, como se sube un furor, la quemazón de conocer al poeta, de escucharlo, y cuando aún no lo había decidido, me llegó de no sé dónde la ocurrencia de colocarlo ante sus propios versos, esos cuyos fragmentos había escuchado Agnesse y acaso haya seguido escuchando, y cuando casi estaba decidido, una involuntaria necesidad de juego me sugirió la posibilidad de mostrarle sus propios versos *antes de haberlos escrito*: yo, al entrar en el tiempo de sir Ronald, no abandono el mío, y yo, en mi tiempo, poseo un ejemplar de las *Melodías eróticas*. No sé si recuerdas las condiciones que Cagliostro me anunció para esta clase de entrevistas: penetrar en un sueño, convertirse en ingrediente de él. La persona así visitada lo olvidará, el suceso carecerá de consecuencias ulteriores, porque no nos es dado (insistió Cagliostro) modificar la historia con nuestras intervenciones. (Ya sé que te disgusta el método, que lo encuentras muy poco convincente. A mí me pasa igual. Pero, ¿piensas que alguno de los conocidos o de los no inventados aún, sirva para ir al pasado y entrar en la conciencia de nadie? Todos son convencionales, los míos como los de los profetas. Creer o no creer en ellos es cosa de la voluntad. Esa que has puesto en el trabajo de Claire, ¿por qué no la pones en mi juego? ¿Crees que el resultado sería muy distinto? La ciencia por un lado, la magia por el otro, nos llevarán a la misma conclusión. Pero la ciencia no ha descubierto todavía a esa mujer, Inés, que a lo mejor, casi con toda seguridad inspiró las *Melodías eróticas*. Empiezo a sospechar que Agnesse fue una impostora. ¿No crees que eso solo basta para justificarme? ¡Anda, no frunzas el ceño y ven a jugar conmigo!)

Fue seductor como un pecado, fue una placentera tentación, fue al mismo tiempo una atractiva experiencia intelectual a la que me entregué con los sentidos espabilados, alertas a los matices y a los pequeños detalles. No tardé mucho en encontrar, en el tumulto de la historia, la mañana del día en que la viuda Fulcanelli había invitado a comer a Inés: había niebla y sir Ronald dormía el sueño de la madrugada. Me demoré unos minutos en curiosear, la habitación era la misma del dosel: sus objetos, los papeles en que escribía, los pocos libros. Pude leer el comienzo de una novela fantástica, de las que Ronald tituló *Robadas al diablo,* que iba publicando en revistas inglesas, y de las que vivía desde su escapatoria. Ésta, titulada *Bajo el halda de Martina,* no debió terminarla, porque no aparece en ninguna de las colecciones conocidas, pero las imágenes que en aquel momento ocupaban su sueño me mostraron que seguía pensando en ella, aun dormido: claro que en el sueño tales imágenes no aparecían en orden, sino en tumulto y vaivén, a otras ajenas mezcladas, pero formando un conjunto como un mundo, cerrado y compacto, por cuya superficie no se podía penetrar: hasta que cambió de postura, el durmiente, en la cama; en aquella fluencia se hizo una especie de grieta, y pude dejarme resbalar hasta un ámbito del espíritu infinito, radiante de luz dorada, pero vacío, ya que mi intromisión había ahuyentado, o destruido, o diluido en átomos fugaces, el torbellino acabado de contemplar. Pero no desapareció: fue como cuando el matón irrumpe en el corro de los niños, que se escapan, pero no se pierden de vista, sino que, alejados, esperan la sazón de reunirse otra vez, de recomponer el grupo. Lo que sucedió con aquellas imágenes del sueño de sir Ronald fue que regresaron a la luz y al vacío, aunque ordenándose de distinta manera, porque formaron una calle que, no puedo explicar por qué, supe en seguida que estaba en Edimburgo; en ella una taberna. Me dejé atraer y deslumbrar por el olor a whisky viejo, por el color de grabado antiguo. Yo me había sentado, y esperaba a sir Ronald: apareció en seguida y se instaló con seguridad en su propio sueño. Me miró o tuvo conciencia de mí como la cosa más natural del mundo. ¿No lo encuentras curioso? Algo tan inesperado y al mismo tiempo tan absurdo como mi presencia en sueño ajeno, quedó inmediatamente justificado, incorporado a las imágenes propias, creación de la mente dormida: como que llegué a mirarme y a no verme, aun a sabiendas de estar allí; acaso solamente voz. O ni eso. (Entonces, ¿qué?) Imagino que la realidad indudable de mi intromisión se había acomodado a un esquema general según los modos de sir Ronald para inventar historias de misterio. No lo tomes a broma, Ariadna; durante el tiempo que duró aquel sueño, no pude evitar mi propia consideración como espíritu sutil, aunque relativamente bien informado acerca de ciertas cumbres de la poesía. El tomo que llevaba conmigo, *Erotic Melodies,* es una de esas admirables ediciones marcadas con tres coronas, ricas en notas y en bibliografía; lo dejé encima de la mesa antes de que sir Ronald se sentase, y él, aunque lo vio, respondió primeramente al mozo que le preguntaba, un poco por rutina, lo que quería tomar. Dijo que té. «Lo acostumbrado, señor, era, hasta ayer, cierto whisky que le tenemos reservado. El señor se rió siempre del té y de los ingleses que lo toman.» «Sí, eso era hasta ayer, pero, ahora, lo que apacigua mis entrañas es un poco de té.» «Entonces, señor, ¿tanto han cambiado las cosas en tan pocas horas?» «Sí, Martín; desde ayer han pasado algunos años y bastantes dolores por este mi perplejo corazón. Tú, la taberna, el whisky, no sois más que recuerdos.» Mientras el camarero se alejaba, empujé hacia el poeta el volumen de los versos, tan delicado y gracioso, color de hueso, letras verdes y azules de una caligrafía romántica, y complicados garabatos de añadidura. Lo recogió y miró, se sonrió, hizo un mohín de sorpresa y empezó a pasar páginas, sin detenerse mucho, como quien lee sólo dos o tres versos al azar; después se volvió hacia mí. «¿Por qué me trae esto? No son míos, los versos, no los reconozco.» «¿Podrían, por lo menos, llegar a serlo?» «Pues no sé... Ahora todo es posible... Me doy cuenta de que duermo y de que estoy soñando y acaso esos poemas que me presenta responden al deseo secreto de volver a la poesía, quizá también al amor. Secreto, muy secreto. Pero, como usted sabe, *siempre se sueñan disparates, y todo esto es uno de ellos,* alguien a quien no veo pero que habla y me muestra unos versos que aún no fueron escritos.» Se calzó las antiparras y se puso a leer: esta vez el primer poema, con detenimiento, mirándome a veces y con cierto interés. Me atreví a preguntarle si le gustaba. «Sí. Son buenos versos, son versos excelentes, y los escucho como una música que hubiera deseado oír, pero no viniendo de fuera, como ahora, sino de mi corazón. De haber permanecido fiel a la poesía, hubiera alcanzado esta clase de perfección, que, lo reconozco, aguardaba al final de mi camino como la meta a que estaba destinado. Porque la perfección, como usted debe saber, como muy poca gente sabe, no es la misma para todos, sino que a cada cual le corresponde la suya, a Shakespeare, a Donne o a mí. Pero yo me detuve antes de tiempo.» Volvió a leer el poema. «Además —continuó— esto nada tiene que ver conmigo, salvo el estilo. Se refiere, eso sí, al último de mis poemas; incluso cita un verso, pero habla de amor, y yo no estoy enamorado.» «¿Y si estuviera a punto...?» «¿De amar? Carezco de esa disposición de ánimo que, al apetecerlo, lo facilita, y el amor, por otra parte, no me dejó muy buen recuerdo, aunque al principio no me haya tratado mal: fue el último el que me zarandeó, usted conoce la historia, y me arrojó a la cuneta: por eso estoy aquí, en la Isla, como un enfermo y como un vencido. Pero es cosa distinta, lo de antes y lo que pudiera ser ahora o, más exactamente, lo que ya no puede ser. Cuando se es joven, el sexo empuja y deslumbra, y se acaba por amar el objeto deseado: porque se le quiere poseer, porque se le ha poseído ya y el recuerdo sostiene la esperanza. Ahora, el deseo no llama a mi corazón desencantado: todos los días contemplo con bastante indiferencia a las muchachas bonitas, que las hay, no tiene usted más que llegarse al Mercado o al paseo de la calle Real, a eso de las doce: jamás se me ocurrió amar a alguna de ellas, menos aún desearla. En cualquier caso y en mi situación, el amor sería previo al deseo, y hasta podría vivir sin él, y esa clase de amor ya no me importa. Quizás, enamorado, volviese a desear: y sólo así...» Repasó, segunda vez, el libro, ahora rápidamente. «Hay versos como relámpagos», dijo, casi para sí, en un momento. Le sugerí que se detuviese en el poema III y que lo leyese en voz alta. Lo hizo, y yo creí estar escuchando a Claire, la voz de Claire, su entonación; después se quitó las antiparras y me miró francamente, como si me interrogase. Le expliqué que se tenía por un poema muy bello, pero muy pocos estaban de acuerdo con su pensamiento. «Yo tampoco lo estoy —me respondió—; no creo en Dios, pero no soy supersticioso. El poema, en el fondo, propone sustituir la teología por una demonología. Viene a decir que si Dios existiese, todo andaría en orden por el mundo y por el Cosmos, así los astros como las conciencias; pero que en la falta de Dios se origina el desconcierto. No dice si Dios no está porque se fue o porque no estuvo nunca, pero podemos pasar por alto ese descuido, por cuanto no varía el resultado. Al no estar Dios, las fuerzas cósmicas son libres, se desbarajustan, se enmarañan, trasladan sus efectos más allá de los ámbitos propios, trastornan la realidad. Si existe una misión para las estrellas, será la de ornamentar el cielo, y sostener al mismo tiempo el equilibrio universal. ¿Por qué, entonces, influyen en los destinos? ¿Y por qué ha de constar escrita nuestra suerte en las rayas de la mano? Alguien que conocía esas fuerzas y sabía aprovecharlas mostró a María Antonieta su ejecución en la guillotina, y la hizo morir dos veces. En resumen: que el poeta cita algunas supersticiones, y asegura creer en todas porque son evidentes, cosa que Dios jamás fue, aunque debiera haberlo sido.» Se quedó meditando. «Es un poema bonito. El poeta lo escribió porque, de pronto, algo sonó en su vida, no como Libertad, sino como Destino. Así, se explica.» «¿Piensa usted que, en situación similar, lo escribiría?» «Ya le dije que no. Mi alma quedó vacía de creencias, y tampoco creo en nada de eso que inventaron los hombres en el nombre de Dios o para sustituirlo: de la Justicia abajo, todo son meras palabras. En cuanto al Destino, el mío me trae días tan iguales que su monotonía no puede conmoverme hasta el punto de obligarme a aceptar una nueva metafísica. No creo, finalmente, en los demonios, aunque escriba acerca de ellos, porque lo que hago en realidad es inventarlos.» Le rogué que se detuviese en el poema XXII, tantas veces recitado por Claire en mi presencia: habla de una miniatura de velero encerrado en un frasco, y se pregunta si, ya que le han dado proa para partir las olas, velas para llenarse del ímpetu del viento, por qué le han encerrado entre paredes de vidrio que le tienen inmóvil en un mar de escayola pintada. «Este poema, dijo sir Ronald, hubiera podido ocurrírseme, a condición de haber sabido a tiempo que existen esos barcos metidos en botellas: pero le juro que jamás he visto uno, ni me llegaron noticias de su invención, que será cosa linda. Pero yo, insisto, los desconozco. Y le advierto que aquí, en La Gorgona, en el barrio de los griegos, están los mejores constructores de navíos del mundo, y algunos hay que los hacen en miniatura, aunque no tan pequeños que puedan caber en este frasco. En cualquier caso, se trata de un sentimiento juvenil, que es cuando el impulso arrastra y la ley frena. Me pregunté muchas veces lo mismo que el poeta, y acabé por no hacer caso ninguno de la ley. ¿Sabe usted? Yo me había casado con una mujer bella, cuya opinión sobre el uso de los cuerpos no coincidía con mi deseo: yo quería que los nuestros viviesen la exaltación del amor; ella no desnudaba el suyo, considerado únicamente como receptáculo legal de mis excedentes vitales, de los cuales, si acaso, nos nacería un hijo: que nació, pero es cuestión aparte. Yo buscaba en la dicha la aprobación de Dios; ella la veía en el posible, en el ansiado enriquecimiento. Yo invocaba, en mi auxilio, a la vida: ella, a los representantes de la Iglesia Reformada Escocesa, que le imponían sus leyes tristes. No me quedé como el barco, sino que rompí los vidrios y dejé que los vientos me alejasen. Pero eso ya pasó. Ahora ya no hay ley que me embarace, pues si es cierto que prohíben todavía dar muerte a otro, salvo cuando se cuenta con autorización del Estado o se hace en nombre de una gran idea, la verdad es que no deseo matar a nadie, de modo que es como si no hubiera botella.» «Cuando escribió usted este poema, estaba enamorado», le dije. Se echó a reír. «¿Debo entender que la pared del frasco representa a esa ley natural que me veta, del amor, aquella plenitud y aquellos ardores de no hace más de un año? Si es así, el sentimiento que informa ese poema no lo reconozco como mío. Se puede protestar contra la tiranía, no contra la realidad del propio cuerpo. Eso lo hacen las personas vulgares; un poeta debe asumir su ser y todo lo que en él se engendra.» «¿Piensa que será poético quejarse de que la amada se haya negado al placer?» A sir Ronald pareció dejarle algo perplejo y quizá incómodo, ese brinco inesperado y brusco de un tema a otro, el paso de un sentimiento a otro enteramente distinto. Toda vez que yo no estaba, que no pasaba de voz, no podía mirarme; por eso miró el libro: como a una persona. «Si es poético o no, no puedo resolverlo ahora, porque cuando mis manos llamaban inútilmente al cuerpo de lady Carolina, todavía no era más que poeta en ciernes, de los que sólo ven la superficie; versificaba según la moda, pero jamás se me hubiera ocurrido poner en verso mi decepción. La cual, evidentemente, existió, ése es otro cantar, y una de las razones por las que la he abandonado (suspiró), a lady Carolina, hermosa y profundamente imbécil...» «¿Quiere leer —le dije entonces— el poema XXI?» Lo hizo; creo que lo leyó dos veces. Es aquel en que el poeta, ante la negativa del cuerpo amado a sentir, se pregunta por qué no quieren sonar las cuerdas de la guitarra, por qué no quieren cantar su canto acostumbrado las estrellas, por qué enmudece el cuerpo; y en un momento del poema, hacia el final, hay unos cuantos versos en los que el cuerpo, la guitarra y las estrellas parecen ser la misma cosa, las mismas sensaciones y sus músicas: tiene fama el pasaje de confuso, y por supuesto, de panteísta. No se lo pareció, sin embargo, a sir Ronald. Y lo que halló de mayor interés fue precisamente esa incertidumbre o fusión en un ser único de estrellas, guitarra y cuerpo. «Lo que voy a decirle puede usted relacionarlo, si le parece, con esos otros versos de la superstición y de Dios: pues, si, en efecto, no existiera el Señor, es indudable la unidad del cosmos, y de alguna manera todos somos todo y estamos en todos. Mas, en cualquier caso, la tendencia del amor a complicar el universo, a implicarlo en su movimiento y en su vida, parecería una tendencia natural de lo que es de por sí también cósmico y terrible. No sé si usted conoce lo que dijo un poeta español al referirse a Dios, que acababa de pasar por un jardín: que sólo con su presencia había revestido a las cosas de la belleza divina. Todos lo hemos sentido, y ese poeta con el que sueño, ese mismo yo ignorado, al parecer lo cree y lo siente todavía: un hombre para el que el cuerpo de la amada es el puente por el que se une a la totalidad, y la interposición de la guitara, si en un momento del poema parece que va a servir de intermediario, después se advierte claramente que la trae a cuento porque, para el poeta, también es música el amor. ¿Se fija usted? Música que puede ser pitagórica; el cosmos involucrado, el ritmo universal... En todo caso, trascendencia. Le hubiera gustado a Donne, y yo mismo reconozco que ese entendimiento del amor como música infinita es una buena idea, si bien implica el riesgo de pasarse la vida dirigiendo un monótono concierto para coño y orquesta.[1] Desmesurado, siempre desmesurado. Me acuso de haberlo sido, me acuso de no importarme volver a serlo. Tuvieron que venir los franceses para poner las cosas en orden, y, sobre todo, a limitarlas. Los franceses, amigo mío, le cortaron las alas a ese amor vocado al vuelo demasiado alto, y lo redujeron a una cuestión de alcoba, cuyos muros no traspasa jamás. El cuerpo es una cosa que goza, que se ensucia y que se hastía. ¡No hay estrellas, ni siquiera guitarras! : cama, y fatiga al final. ¿No le desilusiona lo que piensan los franceses?» Se quedó un poco pensativo, acaso un poco triste, como si algunos recuerdos se hubieran embarullado en la meditación. Entonces aproveché su silencio para pedirle que, como prueba final, leyera el poema XXVII, aquel que empieza: «¡Imbéciles!», increpando no se sabe a quién (la crítica no ha logrado aclararlo). Y después dice más o menos, esto que resumo aquí: «He gozado el más bello orgasmo de mi vida, y mi niña lo gozaba también. ¿Quién dice que cada cuerpo es la muralla del otro? Porque yo sentí lo que sentía ella, ella lo mío, y ambos el mundo entero palpitar, goce que circuló por los cuerpos y por los astros como sangre universal y compartida. Ahora lo cuento con los versos más bellos de mi lengua: necesitaría vivir otra vida encima de la mía para que este placer fuera suficientemente recordado, para que estos versos fueran suficientemente dichos. ¿Tendrá memoria la muerte?, ¿tendrá labios?». Quedó callado, y luego dijo en francés: «*Que c'est beau, le poème!*», pero se echó a reír. «Insensata utopía, vanidad, ganas que tiene este poeta admirable de que le crean un corredor olímpico. Y pase el deseo de que los versos se sigan recitando, porque son estupendos; pero ¿de veras un orgasmo puede ser tan glorioso que merezca el recuerdo perdurable del que lo ha experimentado? ¡Si todos son iguales! Los

1. Sir Ronald Sidney, que era muy fino, no profirió, naturalmente, semejante grosería. Lo que él dijo, en inglés, fue textualmente esto: «... *spend one's life conducting a monotonous concert for puddendum and orchestra*». ¿Se puede decir en español «para partes pudendas y orquesta»? No, ¿verdad? A resignarse, pues, con la dicha grosería. Los que la encuentren intolerable pueden sustituirla, v. gr. por Chumeque.

hombres padecemos la insufrible repetición de ese placer que nos gobierna y que nos decepciona. ¡Si acaso, las mujeres...!» Releyó, sin embargo, el poema, y se detuvo en los versos finales: los repitió, no una vez, sino cinco, diez, y no con entusiasmo o desdén, sino maquinalmente, al tiempo que empezó a llenarse la taberna de seres incongruentes, de objetos locos: en la carreta de la guillotina, cuarenta maniquíes de ambos sexos se mostraban maniatados, bien visibles las señales que la cuchilla había dejado en sus gargantas, recompuestas después inútilmente. Un ángel vestido de *clown* y su equiponcio con manto y corona reales, el cuerpo de pipas pegoteadas de melón, tomaban unos vasos de cerveza como grandes amigos en una esquina, mientras en la calle el cortejo esperaba al rey y la farándula al *clown*. Había guerreros de especies raras que traían en sus lanzas, ensartados, a guerreros de especies usuales; un niño perdido en el bosque pregunta por la puerta que lleva al Jardín de las Manzanas Mortales y también por los grandes pasadizos, que poco a poco suplantan las paredes de la taberna, como si éstas hubieran caído y dejasen al descubierto las entrañas de todos los misterios: del cielo, del infierno y del palacio de los sultanes turcos: si bien resulta que odaliscas a millares sustituyen a los genízaros, armadas de sus armas, y viven en perpetua conspiración de serrallo para poner cada una en el trono a su propio hijo antes de que vengan a cegarlo, de modo que no acaban nunca de degollar sultanitos. De animales no había tantos, y los que había, de los inexistentes, aunque garantizados por la tradición oral y la iconografía, como el unicornio, y de los especialmente descubiertos por sir Ronald en sus safaris por su propia cabeza, como el famoso tentempié, un elefante sin patas ni trompa, con cabeza de chorlito, que siempre anda rodando por imposibilidad de mantenerse erguido, y de ahí su nombre. La espada parlante daba un mitin, no logré averiguar si político o profético, subida al primer rellano de la escalera, y la flauta voladora se tocaba a sí misma deambulando por rincones aéreos. Había muchísimas cosas más: heterogéneas, brillantes y, algunas, terribles, como una boca dentada que lo engullía todo, fuese o no comestible, después de devorarlo; pero no las recuerdo bien, mira tú, con lo bonito que hubiera estado redactar un catálogo de todas ellas y proponerlo a la gente para que se enterase de lo que el mundo necesita, y no esas bobadas inútiles que nos ofrecen los escaparates. En medio de esa baraúnda, sir Ronald permanece tranquilo, repitiendo los versos, pero con aire cogitativo. «Me pregunto —dijo por fin— por qué apareció usted en mi sueño, por qué me trajo esos versos que no recuerdo ya. ¿Será que algo en mi interior no se siente satisfecho de que ahora invente monstruos y misterios? No puedo responderme, no lo sé... En todo caso, yo no soy un imbécil.» El cuerpo de sir Ronald dio una vuelta en la cama, y yo salí de su sueño, desierto de repente como si un viento fuerte hubiese barrido sus figuras: el mismo viento, seguramente, que sacudía las ventanas de la cabaña y batía contra los vidrios montones de hojas secas.

Me hubiera gustado continuar; escuchar a sir Ronald al cabo de este mismo día, cuando Inés acaba de marcharse; pero en ese momento se oyó la bocina de tu coche.

4. — Me quedó, de aquella conversación, de aquella experiencia increíble cuanto inverosímil y, sin embargo, cierta, una satisfacción interna, como una sensación de plenitud y triunfo comparable, sin embargo, a la del montañero que consigue escalar la parte ardua de la cumbre imposible, y desde allá arriba contempla las dificultades y la inutilidad de su proeza: ¡Inútil sobre todo, perfectamente poética, como un verso en el que se dijera, palabras escogidas y candentes, lo que se puede decir en prosa y lo que en último término no es indispensable que se diga! Escrutaba tu rostro, al relatártelo, y descubría en él, contradictorios, el interés y la repulsa. Y en tu inmediato comentario pasaste casi por alto el tema para alargarte en algo a mi juicio secundario y de valor melodramático: lo de las chicas entregadas, según lo que contara la viuda Fulcanelli, a las inmensas soledades del castillo para ser encontra-

das por la Carroña Viviente, para servirle, Inés entre ellas, de amantes transitorias. ¿Cuántas veces? ¿Podrían sobrevivir a la primera? Imaginabas la cara carcomida mirada con los ojos de espanto y muerte de Inés, puro grito ya, inútil el pataleo, cuando ya una mano que iba dejando pedazos de sus dedos la sofaldeaba. Y me dijiste que te gustaría entrar en el castillo y ver de cerca al Héroe, amparada, como estabas, por la invisibilidad y el siglo y pico de distancia. «Yo no me fiaría en tu caso. ¿No nos han visitado las Hermanas Siniestras? Un frenesí de amor puede dar a los ojos de Galvano el poder de descubrirte, invisible y futura.» Lo tomaste por broma: hiciste bien.

Hubo que echar leña al fuego: contemplándolo yo, se había amortiguado. Y, mientras las llamas se crecían, me contaste no sé qué de tu vida aquella tarde, y una conversación telefónica con Claire, que te encargó buscarle una fotocopia del artículo de Spencer y te habló de su próximo viaje, un día de éstos, a Wisconsin, a tratar con Norman Leeds. Me preguntaste quiénes eran, ese Leeds y ese Spencer; te respondí que lo ignoraba, y que probablemente se trataría de gente de relieve intelectual escaso, respuesta con la que sólo dilataré unas horas tu ignorancia de la situación verdadera de Claire: porque, mañana, cuando regreses, ya habrás leído el artículo de Spencer, ya sabrás a qué atenerte. ¡Ah! Conseguí, sin embargo, que esta noche buscases en mis fantasmagorías distracción, como se busca en el cine. Y que, al final, me dijeses, satisfecha, «¡Hasta mañana!».

Puestas así las cosas, todo fue fácil; y, la crítica olvidada, te di a elegir entre la contemplación y el vuelo. Me preguntaste si podríamos competir con las Hermanas Hermosas; te respondí que, a nuestro modo, somos inimitables, como ellas: pero que, al mismo tiempo, no somos imitadores, ni de aves ni de brujas, y podemos volar según nuestro propio estilo, nada espectacular, sencillo y práctico únicamente: un salto, de la mano, y al espacio... y cuando te lo decía, ya habíamos traspasado las llamas, ya recorríamos cielos diáfanos en demanda de la Isla, que apuntaba a lo lejos, casi al borde del crepúsculo por la parte más oscura: lo natural viniendo como veníamos de occidente. Lamenté que la hora nos impidiese contemplar a Galvano en una de sus apoteosis vespertinas, porque, efectivamente, a nuestra llegada, la gente se disgregaba de la plaza, y había quedado desierta la terraza del castillo de su inquilino habitual: de modo que tuvimos que buscarlo. «Lo encontraremos en un rincón, tomando el fresco de la tarde, que está pesada.» Y así empezó la recorrida de terrazas, el husmeo en recovecos, el fisgoneo en torrecillas y poternas, aquí, no; allí, tampoco: se habrá metido dentro. Y nos hallamos sin querer en un enorme corredor de tracería gótica, que nos llevó a un salón vastísimo, eminente de bóvedas, y a otros algo menores, con ventanales, sin ellos, cuadrados, redondos, alargados, sencillos, complicados, claros, misteriosos: todos desnudos, todos de piedras tan precisas que podrían contarse: sin un mueble, sin un rincón de cascote amontonado, como acabados de barrer. Escaleras visibles o escondidas, grandiosas o menores, a veces voladas como estructuras audaces e inservibles (¿adónde conducirían semejantes manierismos?), y una galería de arcos abierta a la mar, enrojecidos ahora por la luz de poniente. Vacío, sin huella de hombre, sin ruido. ¿Dónde estará el general? Sin un rumor que orientase, rastreaban las narices huellas posibles de hedor, pero en el aire olía el salobre marino. De gritos de mujeres, por descontado, nada. Y al encontrarnos, indecisos ya y desorientados, ante las escaleras descendentes, las que llevan a las mazmorras y cámaras de tortura, nos miramos. «Ahí no puede estar», dijiste, Ariadna, dando una prueba más de tu sentido común. Y yo, propenso, como siempre, al disparate, te respondí preguntando: «¿Y crees que estará en alguna parte?». Temías encontrar en las mazmorras cuerpos muertos de hembras aterradas —dijiste; y yo te respondí que eso era lo que íbamos buscando, aunque también la fuente del terror. «No me atrevo, no quiero.» Y volviste la mirada a la mar, entonces de un hermoso color violeta, como si quisieras que sus sales te lustraran los ojos del mismo presentimiento de la carroña. Y así quedamos hasta que nos llamó, de repente, la atención, la luz de unas ventanas; entramos en un salón de holgada latitud, en cuyo testero se enfilaba una serie larga de vitrinas alumbradas, veinte o treinta quizá: acercados a ellas, vimos que en cada una lucía, con su uniforme, un maniquí, como esos que se ven en los museos militares, caras con el bigote, cabezas con la peluca, según la moda. Eran, lo comprendimos, los uniformes de los Grandes Comodoros que habían gobernado la Isla como Podestades, y su talasocracia como Almirantes: un marbete por vitrina informaba del nombre y de las fechas correspondientes: acceso al almirantazgo y a la muerte. La última vitrina, la destinada a De Risi, la habían dejado vacía de titular y de atuendo. ¡Y qué derroche de oros y de escarlatas, qué reverberación de condecoraciones y escarapelas, qué belleza de empuñaduras en las espadas, qué variedad de plumas en los sombreros! Un repaso metódico, desde el primero al último, permitía asistir a la evolución de los calzones y las casacas, hasta llegar a la última, la más bella de todas, que ya no era tal, sino frac engalonado, oro y rojo sobre azul, ceñido a un maniquí juncal en actitud castrense, el cuerpo hacia adelante, el brazo diestro en alto, empuñado el acero fulminante; y decía el marbete: «El almirante Botafogo en la batalla de las Islas Espóradas (Kos), el siete de septiembre de 1796». ¡Menuda gallardía, la de aquel artefacto! Le habían puesto el mirar tan fiero, que tú casi escuchaste el estampido de las andanadas.

Comentabas la elegancia de aquellos trajes: las palabras textuales se me fueron, pero quedó sentado que te gustaban, y que también deplorabas la vulgaridad del corte, la pobreza, de los nuestros actuales. ¿Qué tal te sentaría el miriñaque, en vez de aquellos *blue-jeans* que vestías? ¿Y a mi salero viril una de aquellas casaquitas, aunque verde manzana? En esto estábamos, broma va, broma viene, imaginándonos en el París del Consulado y no en el Estado de Nueva York, año el que sea tras el acceso a la luna, cuando oímos un ruido, ¡el primero desde que habíamos violado el secreto del castillo, desde que lo habíamos recorrido en busca o persecución de alguien, quizá de un hombre, quizá sólo de un fantasma, en todo caso de un personaje histórico! (Se puede leer en los libros de texto, Gobierno del general Della Porta, de tal año a tal año.) Oímos el ruido, el de unos goznes que se lamentan largamente, con un aullido tan delgado que pudiera también ser el ay de un lento orgasmo. ¡Hay quien se expresa de tan raras maneras! Y, allá, en el fondo de la estancia, contra el vano de la enorme puerta abierta, se perfiló una sombra, en seguida una mera silueta, en cuyo movimiento se advirtió, de repente, cierto desequilibrio a la derecha: la cojera de Ascanio, pudimos comprobar, cuando se hubo acercado a las vitrinas. Inmóviles nosotros; tú, Ariadna, estupefacta, ¿quién podía contar con aquella visita, ajena a nuestras intenciones tanto como a nuestras voluntades? Asistimos a la contemplación de aquellos uniformes, en éste más que en aquél, tiempo sin prisa en cada uno, toda una vida en el último: hasta que finalmente se despojó Ascanio de su casaca civil, se encasquetó la del almirante Botafogo, y después de completar con bicornio y espada aquella metamorfosis, se encaminó tranquilamente a un espejo de cuerpo en el que no habíamos parado mientes: un encuadre de barco, palos, mástiles y velas, y justamente delante, la bitácora, lo redimían de la vulgaridad especular para entregarlo a más nobles funciones. Ascanio Aldobrandini, trasmudado él sabría en quién o en qué, se situó ante el espejo, inclinó el torso, alzó la espada, y con voz redonda y fuerte, silabeando, exclamó: «¡Al abordaje!»

«¡ Al - a - bor - da - je !»

todo el imperio del mundo cargado como un acento en la última sílaba, que ascendía por ello un semitono, que se alzaba en el aire con curva de parábola, y que de todo el material sonoro que constituía aquella orden, fue lo único en subsistir al prolongarse indefinidamente por los salones, por las crujías, por los largos corredores, hasta salir por las ojivas y perderse ondulante sobre la mar: estruendo de vendaval en las jarcias, tableteo graneado de la fusilería. Comentaste, Ariadna: «¡Va a despertar al general!». Porque ambos habíamos pensado que Della Porta dormía.

5. — Desde aquella rotonda recoleta, con un eje estrellado para que los cañones de antaño (hogaño son más sutiles) pudiesen amenazar todos los puntos del abanico del horizonte, se veía un pedazo de mar hacia abajo y un pedazo de luna hacia arriba, y más bien se adivinaba, o suponía, el círculo remoto en que el cielo y la mar juntaban sus materias. Te gustó el escondrijo, a cobijo del viento, y en él te acomodaste (es un decir) y yo a tus pies, más o menos según lo acostumbrado en la cabaña remota: a la que no querías regresar, de momento, porque el lugar y las vistas hubieran atraído acaso a tu memoria el recuerdo de días felices. (¿Es que lo fueron los tuyos, en la infancia, alguna vez? ¿No habré pecado de tópico retórico?) Pues por ésa o por otra razón, nos quedamos allí, en espíritu y voz, y me dijiste que no entendías bien lo que acababas de ver, aquella operación de disfrazarse Ascanio de almirante, sin por qué ni para qué inmediatamente comprensibles: aquella metamorfosis que únicamente explicaban la locura o cierta clase larvada (diríamos latente) de estupidez, si no de infantilismo: pues a nadie con dos dedos de frente se le ocurriría una explicación distinta que fuese por igual satisfactoria, salvo si consistía en unir en el mismo revoltijo, quiero decir, en la persona de un niño estúpido, las razones apuntadas. Te respondí que nos hallábamos ante un hecho real e indiscutible, visto y testificado por entrambos, que había durado un buen rato, lo que tarda en llevarse a cabo algo tan complicado como un abordaje en alta mar, con sus fases de iniciación, culminación y victoria, reflejadas en las posturas, en los movimientos, en las voces de Aldobrandini, «¡Fuego a babor! ¡Adelante la infantería!», y que una vez concluido, había permitido a su protagonista abandonar las ropas profesionales, recobrar las civiles y regresar renqueando un poquito a sus lugares corrientes de habitación: no en el castillo, por supuesto, ya que habíamos oído claramente la cascabelería de su calesa calle abajo. Era, pues, evidente, y a lo evidente no conviene remejerle las tripas, menos aún buscar en ellas un mensaje, sino dejarlo en su ser, y ahí está: Ascanio Aldobrandini se viste de almirante y dirige batallas; lo hace además con frecuencia, pues lo que vimos revela un regular

entrenamiento. Si acaso, este descubrimiento involuntario debería provocarnos a mayor simpatía hacia el interesado, por quien hasta ahora no sentíamos ninguna, al menos yo, lo reconozco: pues un sujeto con imaginación tan viva no puede reducirse a los límites sabidos de un tiranuelo local obsesionado por la sexualidad. ¿No crees que convendrá investigar sus intimidades, siempre con la esperanza de descubrir algo más que lo redima de una opinión tan radical como la nuestra? No debe de ser de las llanas su conciencia, sino de las abruptas, y estoy seguro de que se nos mostraría una inteligencia viva y una fantasía mediana que hubieran dado más de sí si no fuera por ese bloque instalado en el mismo centro donde se encierra lo indiscutible y lo irreductible: habría que remontarse a los tiempos del colegio, allá en Nápoles, cuando el padre jesuita los despertaba a maitines, no para rezarlos, sino para recordar a los muchachos que habían de morir, y que no se durmieran a pierna suelta. Allí también habían aprendido que el camino derecho que va al infierno arranca del pitilín, y que si quieres salvarte, hijo mío, haz lo que te mando. «¡Pero eso nada tiene que ver con el disfraz y el abordaje!», casi me gritaste. «En efecto: no se relacionan, sino que coexisten, pero el mero hecho de coexistir ya es significativo.» Esta última parte de mi razonamiento, si es que puede llamarse así, no debió de parecerte digna de ser considerada, puesto que, como si nada hubiéramos dicho, me objetaste que si los hombres se hubieran mantenido en la mera y gratuita contemplación de los hechos evidentes, como yo proponía, permaneceríamos aún en lo más remoto de la prehistoria; a lo que yo te aduje que probablemente me hubiera traído sin cuidado, y que si te interesaba la experiencia, podíamos retroceder unos cuantos millones de años, lo mismo que lo habíamos hecho un par de siglos, y sin abandonar el lugar en que nos encontrábamos (la Isla, por supuesto, no el castillo), ver qué pasaba y hasta qué punto era satisfactorio. Pero que si el viaje no te apetecía, toda vez que tampoco nos pondríamos de acuerdo acerca de lo visto y lo sabido, pues yo estaba bastante lejos de considerar a Ascanio un estúpido, menos aun un niño, y tú rechazabas cualquier clase de discusión que pudiera consistir en algo más que en la reiteración sistemática y monótona de los mismos argumentos (que es en lo que consisten las verdaderas disputas, de las que el acuerdo queda excluido por definición), lo mismo por mi parte que por la tuya, te invité a una visita a Agnesse Contarini, cuya casa caía por allí cerca, terrazas y balcones a la capa de las torres, y ver si averiguábamos algo entretenido: para tentarte más, añadí que como día de visita podíamos elegir el siguiente a la llegada, y, para momento, el de quedarse sola, o más exactamente, a solas con sus espejos. Esto no pareció disgustarte. Volamos otra vez, pues, no como Francesca y Paolo, o, al menos como suelen pintarlos, desnudos y abrazados, sino cogidos de la mano y distanciados, tú un poco más delante. (Recordé a la pareja de los amantes precitos únicamente por el vuelo; las demás circunstancias variaban, y cualquier referencia a las grullas o a los estorninos hubiera estado fuera de lugar. Pero, aquí, en este cuaderno de mis confesiones, en el que sin querer voy retratándome, ¿no quedaría bien un par de versos del pasaje, asegurado el texto y como reforzado por algo tan inmarchitable y de universal reputación como el aludido Canto Quinto? Yo elegiría este terceto:

Intesi, che a cosi fatto tormento
enno dannati i peccator carnali
che la ragion sommettono al talento.

Que es lo que estoy haciendo yo, Ariadna, en medida alarmante, y tú otro tanto, empeñada en amar a un alquimista del verbo y tergiversador de la historia, maestro en fuegos artificiales, mas para el caso y como quien dice eunuco.)

Contemplamos a Agnesse a través de los cristales. No sé por qué me parece que, de pronto, te deslumbraron más los muebles de la sala, y lo que de la alcoba dejaba ver la penumbra, que la belleza de Agnesse, el pelo suelto ya, verdadera llamarada que le caía por los hombros y la espalda y no me extraña la distracción, pues mujeres bonitas las sigue habiendo (tú lo eres tanto como Agnesse, cabello endrino el tuyo, no rojizo); pero, en cambio, los muebles, ¡qué pobreza de color, de línea y de material la de los nuestros! Pues salones como éste, el de la Isla, a patadas. Conviene sin embargo recordar que un buen conjunto difícilmente alcanza a protagonizar una historia como la que perseguimos, y que lo que nos importaba realmente era Agnesse. Tenía frente al espejo puesto un asiento, pero ella deambulaba aún, como quien da los últimos toques a un escenario. Llegó el momento de apagar las bujías, menos una, que fue cuando nosotros entramos y quedamos instalados mismo detrás del sillón, con ánimo de verla y al espejo juntamente, en la creencia quizá de que nos sería dado asistir como espectadores a lo mismo que ella se disponía a contemplar, y, al momento, así lo pareció, porque sentarse ella e iluminarse el espejo en su interior fue cosa de un instante, y recordé la sesión de brujería de Cagliostro, aquella que te conté, y la misma operación; pero así como Cagliostro me permitió ver (¿te acuerdas?) mi propio nacimiento, de lo que Agnesse miraba no nos llegaba nada; y así te dije que, o nos marchábamos, o intentábamos meternos en su conciencia e instalarnos allí, más o menos como yo había hecho aquella misma mañana con sir Ronald. ¡Qué modo de mirarme, entonces, Ariadna, qué escasa fe en mi poder y en mi sabiduría, siendo así que los estabas experimentando! ¿No comprendes, te dije, que lo mismo que estamos aquí, que hemos entrado en un castillo que ya no existe, podemos irrumpir en una intimidad y explorarla? ¡Cuanto más si se trata solamente de ver y de escuchar! «No lo dudo (fueron tus palabras), y porque no lo dudo es precisamente por lo que voy a quedarme fuera mientras tú investigas. Lo planeado en otro tiempo, lo esperado, recuerda lo del roble y el haya, era que esa mujer creciese en mi interior, y de haber sido posible yo lo hubiera aceptado, porque estaba dispuesta a hacerlo; pero tú me propones lo contrario, que el haya sea yo, y eso me da miedo. ¿Quién te asegura que, si entro, vuelva a salir? Los juegos que traemos, o que te traes tú, deben de ser peligrosos, y no sé por qué me temo qua andamos vulnerando algunas leyes antiguas y terribles, que ofendamos a un dios desconocido que acabe por tomar venganza.

Entra, pues, si lo quieres: yo me quedaré fuera, y no en casa de la viuda Fulcanelli, donde creemos estar, sino en nuestra misma cabaña, donde seguramente estamos de verdad y de donde no debemos salir.» Y te desvaneciste, Ariadna, como una imagen soñada. ¡Quién sabe si lo eras! No pude, pues, replicarte, pero pongo ahora aquí lo que te hubiera dicho entonces: por de pronto lo de tu miedo. Siempre lo da jugar con fuego, y nosotros lo venimos haciendo como francotiradores; pero debes saber que investigaciones como las nuestras se llevan a cabo en los laboratorios, donde ya se ha logrado que un sujeto repita palabras de otro, muerto hace siglos, y no registradas por la historia: pues nada menos que un coloquio amoroso entre Alcibíades y Sócrates, desconocido, ¡claro!, por Platón. Es por lo tanto inevitable que a nuestros métodos positivistas sucedan esos otros, que consistirán seguramente en verdaderos chapuzones en el pasado, aunque provistos de instrumentales que de momento ignoro: con seguridad, sistemas de captación y sistemas de protección, y podemos suponer que estarán al alcance de contados especialistas, y, éstos, de moralidad probada; porque, ¿te imaginas a la gente buscando enloquecida, como un tesoro en el fondo del tiempo, las orgías de la Torre de Neslè o las de Catalina de Rusia? Admito, por lo tanto, que te dé miedo entrar en el alma de Agnesse, a ti, que estuviste a punto de admitirla como inquilina de la tuya; lo admito, porque no estás protegida. Yo mismo temí que algo de lo que hay allí dentro se cerrara sobre ti como las hojas de esas plantas devoradoras sobre el insecto incauto, ya sabes cuáles digo. Te dejé ir. Cuando abriste los ojos en la cabaña, yo había entrado ya en la conciencia de Agnesse, y aunque nada más llegar allí me di cuenta de la inmensa riqueza de lo que me rodeaba, y de que me hallaba como en una especie de almacén inmenso donde las cosas no estuvieran quietas y ordenadas, sino moviéndose revueltas (como en cualquier otra conciencia, por lo demás), a lo que atendí fue a lo que llegaba por los oídos y por los ojos, lo que Agnesse veía del mundo más allá del espejo y lo que oía. No muy claro de momento, no muy preciso, y más bien fragmentario, pero lo suficientemente duradero como para distinguir a la muchacha brasileña cenando muy comedida mientras hablaba Marietta Fulcanelli y mientras sir Ronald Sidney se la comía con los ojos. La color de la piel mostraba que en su ascendencia y en proporción no muy marcada, había participado alguna sangre negra, con lo que se perfeccionaba una tonalidad de cutis que, sin aquella colaboración remota, jamás se habría alcanzado. Por lo demás, sus maneras revelaban una excelente educación, y musitaba el inglés con dulces dengues tropicales, no con la rotundidad de la viuda Fulcanelli, que parecía el galope de un caballo. Marietta le llamaba, a Inés, señorita Bragança. ¿Pertenecía acaso a alguna rama secundaria de la familia real, o había mentido acerca de su nombre? De momento no me pareció importante, pero sí el que sir Ronald ya le llamase Agnes.

Confieso que no llegué a interesarme por lo que estaba viendo y oyendo: una situación social, eso que los ingleses llaman una *ocasión,* en que se repetía un triángulo asaz sabido, descrito y relatado, si bien con disfraces nuevos los personajes: Celestina, muy empingorotada en la sociedad isleña, aunque su clase, por el momento, estuviese en declive; pero las vajillas, los espejos, la plata y aquellas lámparas rutilantes hablaban de un pasado espléndido del que sobrevivían la cortesía y la tolerancia. Calixto, cuarentón y embelesado, se conducía como si fuese Inés la primera mujer de su vida, dubitante y torpón como lo están en este caso todos los avezados. La señorita Inés de Bragança, en quien el coqueteo era la naturaleza misma y el amor el único destino, la ocupación única, se movía como el pez en el agua, aquello era lo suyo. Y como los trámites no ofrecían grandes variaciones de lo conocido, pensé que me había equivocado de noche, y que para tan poca ganancia no valía la pena haberse embarcado en un proceso tan barroco como aquél, un tercero interpuesto para alcanzar el conocimiento de una realidad remota: y me extraña que tú, Ariadna, tan perspicaz, no lo hayas advertido y no me lo hayas echado en cara: pues no hubiera tenido más remedio que admitirlo, aunque, ¿quién sabe si los métodos de investigar el pasado que se están fraguando, esos de los que ya te hablé, sean lo mismo de complicados y retorcidos? Uno nunca sabe lo que el devanar del tiempo aportará al abrirse. De modo que la cena transcurrió sin novedades, salvo que al final, puestos de pie y sin hablar, sólo mirándose, los tres se echaron a reír, que yo no sé si sería el modo que tuvieron de decirse: «¡Estamos todos de acuerdo!», o cosa así; y lo que siguió tampoco trajo sorpresas, sino lo usual, y al acabar la velada, sir Ronald se ofreció a llevar a casa a la señorita, quien por cierto había cantado con buena voz unas canciones muy tristes de su tierra, y ella lo aceptó, de modo que, al marchar, salieron de lo acotado por el espejo, se hurtaron a su registro, y Agnesse se fue a la cama después de decidir que a la noche siguiente volvería a buscar los restos o testimonios, aunque fueran fragmentarios, de las etapas de aquel amor que parecía ya haberse iniciado, salvo que hubiera consistido no más que en putañeo favorecido por la viuda y sin otra intención que sacar a Inés del apuro en que se hallaba: como quien dice, que pudiera seguir viviendo, aunque a costa de la literatura inglesa. La personalidad de Inés no llegó a interesarme, no sé por qué, mira, uno tiene sus limitaciones, y, en materia de mujeres, más. A lo mejor me equivoqué, pero te advierto, en cambio, que, como profesional de la historia literaria, considero un triunfo personal este descubrimiento de que Agnes-Agnesse son efectivamente dos, y no una sola, como habíamos creído, como se viene diciendo desde hace más de un siglo; pero esto no me obliga a investigar en la biografía de Inés hasta el punto de llegar a conclusiones indiscutibles acerca del episodio de su desaparición, si fue en los brazos del general leproso, o facturada como un fardo para su tierra por la ira puritana de Aldobrandini: ¡allá los especialistas! Por Agnesse, en cambio, siento una atracción mayor, ahora que estoy convencido de que es una impostora (por cierto, espero un día de éstos recibir la última edición de su correspondencia, con nuevos hallazgos que según dice el anuncio arrojan nueva luz sobre sus relaciones con sir Ronald: ya te hablaré de ellas). De modo que la dejé que se acostara, y te aseguro que lo hice limpiamente, sin curiosear desnudeces, y salí a la terraza, aunque con voluntad de hacerlo un tiempo antes, justamente la noche a cuyos prolegómenos acababa de asistir, y cuyo final, la soledad de sir Ronald, se me había ocurrido, en aquel mismo momento, presenciar. Sir Ronald estaba allí, efectivamente, solo, y algo volaba cerca.

Te aseguro que las Sisters Cochambrosas, navegantes en trío del cielo de la Isla, consideradas como espectáculo, valen la pena, y todo cuanto se haya dicho de águilas y cóndores, y hasta de las modestas garzas reales, sumado, les viene corto, porque se aúna en ellas la majestad y la eficacia, la seguridad y la elegancia. Reconozco que, de cerca, pierden todo atractivo, porque son horrorosas; porque al ceder velocidad, las faldas caen y pingan; pero, en el aire y rápidas, ¡hay que ver a qué giros se entregan, en qué ascensiones y descensos se deleitan, qué peligrosamente rozan las torres, las chimeneas, los muros de las terrazas! Fondeaban en el puerto cuarenta barcos, acaso más, las velas recogidas, los mástiles meciéndose con la resaca: pues las Tres Gracias circularon entre las vergas, las jarcias y los cables como tres gaviotas, y espiaron con prosa de chacota e insultos súbitos las licencias eróticas que los marineros rubios se tomaban con las muchachas morenas: sin poder delatarlos, eso sí, porque aún estamos bajo el Antiguo Régimen. Pasaron y repasaron por encima de sir Ronald, una de ellas le chistó, y alguna de las veces la Vieja dijo, o, al menos, lo repitió la Tonta: «¿Qué hará el inglés a estas horas, en una noche como ésta? Porque el claror puede alunarlo y dar con eso trabajo a Marietta». Llegaron a detenerse, a posarse en el murete como palomas en el alero, y a contemplar, mudas, el silencio del poeta, quien acabó por espantarlas como se espanta a las moscas, fu, fu, si no fue que añadió: «¡Largaros de mi vista, putas!», lo cual no les sonó muy bien a las hermanas, pues si es lo cierto que levantaron el vuelo, lo es también que salieron refunfuñando, tachándolo de hereje, y que a ver quién era él para tratarlas así, que la Vieja se había acostado con los hombres más hermosos de Occidente *ab urbe condita,* año más, año menos, y que ninguno se había atrevido a semejante cosa. ¡Pues no faltaba más! Vistas en el parapeto, Ariadna, como lechuzas en fila, eran más feas que a través de los vidrios: el rostro de la Vieja oscila entre el caballo tísico y el galgo viejo; el de la Tonta, mezcla la blancura inhumana de la cal a la dureza y rigidez de una concha de tortuga. La Muerta, por su parte, tiene la cara de porcelana, sí, pero como la de una joven que hubiera envejecido sin perder la juventud, o, al menos, su señal, de puritas arrugas; y en el cabello de estopa pululaban arrenrrenes:

Arrenrén, arrenrén,
abre las alas y vete a Belén.

¡Pluf! Y se marchaban todos.

Era una noche de ésas, azul y tibia, algo de luna y un vapor de niebla en el horizonte. Contra el cielo se recortaba la silueta del castillo: hacia él parecía mirar sir Ronald. Sentí la tentación de interrogarle, como había hecho aquella mañana, verdadera segunda parte de la conversación de que ya tienes noticia, y aunque acerca del método no estuviera instruido, le hablé con el pensamiento, que parecía lo adecuado, pues él no me veía; ¡si supieras qué bien se me dan esas telepatías!; le sugerí una pregunta como si se la hiciera él mismo, y él se la respondiera: un poco artificioso, de acuerdo, pero no lo podía hacer de otra manera. Le pregunté si se sentía atraído por el misterio. «Ahí no lo hay», respondió; y esperé de momento que se refiriese de algún modo al general leproso, sin darme cuenta de que, a aquella altura de la historia, el general aún no había aparecido. «¿Por qué lo mira, entonces?» «Porque, hasta hace un momento, el rostro de una mujer aparecía como colgado de la neblina. El aire lo disolvió, y la luz de la luna me privó de su presencia.» «¿Una mujer antaño amada y ahora recordada? ¿Esa a cuyo odio se dedican las *Melodías latinas*?» «Es el de una muchacha que no quiero amar, que me asusta pensarlo, pero a la que amo ya sin duda.» «Todavía esta mañana rechazaba usted la idea misma de otro amor.» «Esta mañana no había visto a Agnes, ni siquiera la sospechaba: ninguna de esas señales de que hablan los creyentes en el Destino me previno, aunque no sea imposible que me hayan salido al paso sin saber yo interpretarlas. ¿El vuelo de las aves? ¿Las entrañas sangrientas de una bestia? Si las aves volaron siniestras, si del vientre del buey salieron voces de aviso, no las vi, no las oí. Aunque me hubieran gritado, aunque las aves volasen alrededor de mi cabeza, aunque me mirasen como esas brujas que acabo de espantar y que ahora remontan hasta el cerco de la luna, yo lo habría creído indicios de otra cosa, de que alguien tramaba mi muerte, o de que la muerte iba a llegar, inesperada. Y si en vez de señales fuesen declaraciones, palabras de ángeles, que no hablan por señas, y me hubieran dicho: "¡Anda con ojo, que vas a enamorarte!", yo me habría reído de los ángeles. Cuando Marietta me enteró de que iba a venir una invitada extranjera, se me ocurrió que pudiera ser espía del Foreing Office, no sé, con el encargo de curiosear en mi tedio, o de enterarse por socaliñas de si me entiendo o no con los franceses, que preocupa mucho al Gabinete. Hoy al mediodía, Marietta me dijo: "¡Es una muchacha encantadora! ¡Ya verá cómo le gusta!". Sonreí a Marietta, pero de buena gana le hubiera dicho que la princesa brasileña se fuera a todos los diablos. "Señor, para honrarla como se merece he preparado cena en el comedor de gala. ¡Ya sabe que no lo abro desde la muerte de mi marido!": estuve a punto de responderle que me dolía la cabeza y que esta noche prefería no cenar. Ningún presentimiento me detuvo cuando Marietta vino a avisarme de que la mesa estaba servida, y de que me esperaban. Había terminado, pocos momentos antes, un capítulo de la historia que escribo, en la que un hombre se burla del Destino como un torero español de la muerte con cuernos, aunque al final acabe por enterarse de que su destino inexorable consiste precisamente en eso, en burlarlo: después de lo de hoy, no sé qué curso dar a mi relato, si dejarlo como está y admitir que me reconozco en él... ¿y no sería precisamente el aviso?, o ser fiel a mí mismo y hacer que su héroe triunfe. Entré en el comedor, resplandeciente de bujías y de plata. Me llamó la atención, sobre todo, el gran espejo veneciano, apaisado, que luce encima del aparador, enfrente de su pareja, al otro lado; mate y apagado, sin embargo profundo. Cuando entré me pareció que un animal, que se asomaba a él, huía como un pez de las honduras que se retira a su sima. Del animal percibí la silueta y la mirada, persistente en el haz del espejo después de haberse marchado, pero pensé inmediatamente que no había salido aún de mis imaginaciones, y que el pez y la mirada venían de mi interior, que eran mías. Cosas más reales me solicitaron. "¡Oh, sir Ronald, mírela bien, aquí está nuestra joven amiga!" Quien, con traje a la última moda de París, el costado de la falda abierto, me hacía una reverencia muy poco pronunciada, lo que queda de las antiguas reverencias después de la revolución. ¡Pues mira, qué te vas a creer! ¡También soy un caballero y eso de los saludos no me causa embarazo, aunque los míos, por su estilo, resulten algo anteriores a la guillotina! Y le hago mi reverencia, y no me explico por qué, de pronto, los tres nos echamos a reír, aunque yo haya enmudecido antes que ellas, porque la risa de Agnes era como la puerta abierta a una isla de coral contra la que batiera, furioso y delicado, el oleaje. Y también sucedió que la risa y la persona entera me pareciesen conocidas, no por haberlas tratado o encontrado, sino porque las esperaban sin saberlo. Y otra cosa aún más extraña, me aconteció en aquel instante, y fue que se me descubrió en el centro de la conciencia así como un lugar recóndito y cerrado del que salían sin embargo los recuerdos de una esperanza y el ritmo de una canción nueva. Acabo de escribir un poema. Hace tiempo que no escribía un solo verso: éste empezó a mecerse en mi espíritu a partir del momento en que de ese lugar o cosa o idea oscura o no sé qué brotaba en oleadas una música, a la que se acomodaban mis palabras, que, por cierto, me parecieron dictadas o escuchadas, no sacadas de mí. ¡Y, sin embargo, son mías, expresan mi emoción y mi temor! Los movimientos, las sonrisas, las palabras de Agnes fueron como un programa llevado a cabo con el único propósito de embrujarme; no obstante, nada de artificioso había en ellas, sino por el contrario, la naturalidad, la espontaneidad de esas violetas que encuentro a veces en la juntura de las rocas, cuando paseo a la vista del mar. Lo que sí, sentía en la nuca la mirada del animal que había vuelto a la superficie del espejo y que se reflejaba vagamente en el frontero, el que yo podía ver sólo con levantar los ojos; pero no lo hacía, porque los de Agnes me los tenían sujetos; me gustaría saber qué hacía aquel animal allí, y por qué así me miraba. ¿Sabe de su existencia Marietta? ¡Oh, de qué modo involucro dos mundos que no tienen relación! Este espejo sin duda está vacío de monstruos, está vacío incluso de huellas de las moscas, porque Marietta lo mantiene cubierto todo el año con un tul entre azulado y verdoso. Estoy un poco trastornado y tengo que recobrarme: como que me encuentro distinto, súbitamente cambiado. Una vez, en Florencia, una mujer hermosa y muy inteligente me contó que su hijo de meses lloraba por la noche, y que con sacarlo de la cuna y arrimarlo a su cuerpo, el niño se calmaba; hasta una vez en que la rechazó, furioso, y las siguientes, también. Pocos días después, aquella mujer supo que estaba embarazada. ¡El cambio lo había advertido el niño de meses casi un minuto después de haberse producido! Pues algo tan radical y tan rápido acaba de sucederme. Pasada ya la cena, cuando la viuda Fulcanelli salió a preparar el café, ¡qué modo tuvo Agnes de sentarse a mi lado, de recoger las piernas en el diván, de cubrir las rodillas con el halda! Me miró con una sonrisa leve, se quedó de pronto seria, y me dijo con voz tenue: "¡Me gusta usted, señor!". Y se echó a reír, otra vez, a carcajadas, como si meterme la mano en el corazón y apretármelo fuese cosa de risa. La entrada de Marietta con el café torció el desarrollo normal de aquella escena, la condujo a la trivialidad de un cumplido y de una conversación vulgar. Tuve que repartir mi atención entre lo que escuchaba y lo que veía, entre las respuestas a palabras cualesquiera y la contemplación de un cuerpo que hablaba por sí mismo: el mensaje que Agnes quería enviarme, más allá acaso que su misma voluntad, y al que yo, a mi vez, debía y deseaba responder. Contaba nada más que con miradas y manos: a ellas confié mi respuesta, que no puedo reducir a palabras, ni siquiera "amor" las resume, porque en ellas se incluye mi estupor ante el descubrimiento de que esta súbita tensión hacia una muchacha inesperada no es sino el resultado de una más larga espera de amor, espera más antigua de lo que yo mismo puedo recordar —quizá llegue hasta mi juventud, quizás algunas de sus ansias sean las mismas con las que contemplé la vez primera a Carolina—; que me ha acompañado siempre y que conmigo quizá envejezca. Pensé con dolor que Agnes aparece un poco tarde, y que esta noche ha comenzado una historia nueva cuyos monótonos aunque ardientes capítulos consistirán tal vez en el deseo silencioso y ávido de un hombre que contempla a una mujer que vive.»

V

1. — Serían las ocho y media de esta tarde solitaria, tú en Pensilvania, cuando oí que se batía la puerta de tu cuarto, abierta quizá por mí en una de esas ocasiones en que me dejo llevar por mi confesado y gratificante fetichismo y busco la vista o el contacto de tus cosas, o me instalo en lugares de tu costumbre, asientos o rincones, y, desde ellos, contemplo lo que sueles contemplar, con ánimo seguramente de vivir lo que tú vives. ¡Qué malparado saldría de uno de esos análisis a los que recurren bastantes de nuestros amigos cada vez que encuentran en sí mismos algo que no sea lo trivial o lo vulgar o lo esperado! Digo que cerré tu puerta, y en seguida se batió una ventana, con estrépito mayor y, mientras la aseguraba, pude escuchar cómo silbaba ya el viento arriba de la chimenea, un silbido preferentemente agudo, atrevidas cabriolas en las zonas más altas de la escala, pero que también descendía, súbito e imprevisto, a las bajas y atemorizadas. Salí a la terraza, y casi me lleva en volandas ese viento que digo, casi me zambulle en las aguas del lago, o me cuelga en lo alto de un abedul. Había bajado por el valle uno de esos huracanes que se engendran en las nieves lejanas, desde allí corren y soplan, y a su paso hacen sonar el bosque, y todas las esquinas y rendijas de la cabaña, como una desconcertada orquesta de armónicas y flautas: llegaron a darme miedo los ímpetus que traía, el estruendo que armaba, el poder de sus aires revueltos, que desnudaban al paso los árboles y a algunos los tronzaban: dos o tres los habrás visto al regresar, más o menos de lado en la vereda; uno de ellos la atravesaba: no sé merced a qué esfuerzos conseguí apartarlo de tu camino, esta mañana, cuando ya todo había pasado, cuando las hojas caídas cubrían nuestro sendero y el haz del agua. No encendí, pues, anoche, chimenea ni velas: me alumbré con esa antipática lámpara de petróleo, protegida de cualquier aire, que usamos en la cocina, y estuve sentado frente al hogar barrido de cenizas, la piedra limpia, por donde caían las sombras

y descendía el huracán ululante. Te habrá cogido en el avión, te habrá pegado en el rostro al desembarcar, después de bien zarandeado el aparato. ¡Oh, Ariadna! Sabes que no puedo refrenar la imaginación, y que una situación de peligro me lleva siempre a suponer lo peor. Llamé a tu casa; lo hubiera hecho también a la de esa amiga tuya, tu vecina, de haber sabido su número, su nombre al menos: Lita, como puedes suponer, no es dato suficiente, y es todo lo que sé de ella: eso, y que trabaja sobre Raymond Radiguet.

Quedé dormido allí mismo, junto a la chimenea, en el sillón de la izquierda. Esta mañana lucía aún la lámpara, y el libro que leía había caído sobre la piel de oso, y allí estaba, la página perdida. Fue entonces cuando llamé al departamento y te dejé el recado. A las nueve y media telefoneaste: me agradeciste la inquietud. Yo, por mi parte, te encargué que me trajeras un tomo de las *Memorias* de Metternich, al que me remitía lo leído mientras corría el vendaval, las de Chateaubriand. ¿Sabes que este señor anduvo por aquí, por estas tierras en que estamos y sufrimos, y que acaso en este bosque de nuestro retiro se tropezó con un francés que enseñaba el rigodón a una tribu de iroqueses? Sin embargo, no lo he leído por eso, sino porque su nombre apareció en los labios de Agnesse, según su propio testimonio, que en esto tal vez sea de fiar. Cuando sepas a lo que me refiero (y lo sabrás, naturalmente, antes de leer estas páginas), no dejarás de advertir la verosimilitud del incidente, que completa el detalle de que el vate escocés la tuviera enlazada por la cintura, y de que ambos se encontrasen en el salón florentino de gente de muchas campanillas. La autenticidad de la carta en que se encuentra jamás fue puesta en duda. Pero nada de eso importa ya, sino la referencia a Napoleón, y ese «como sabe monsieur de Chateaubriand» que Agnesse pone en sus propios labios. No busqué en las *Memorias de Ultratumba* confirmación a la frase, sino mención o alusión a alguna circunstancia en que pudiera haberse relacionado el autor de *La vida de Rancé* con el de las *Melodías eróticas*. Repasé los capítulos relativos a la estancia de Chateaubriand en Italia y no encontré indicio alguno del poeta, cuyo nombre no desconocería, seguramente, ya que había pasado en Inglaterra los años inmediatos a la publicación de las primeras *Melodías,* las *Latinas,* años de escándalo y de gloria. La edición de que dispongo viene provista de relación nominal: sir Ronald no aparece, aunque sí Byron. Felizmente se me ocurrió repasar la nómina de lugares, y hallé citada La Gorgona. ¡Un tesoro de páginas, tesoro breve, pero suficiente! Cuenta cómo se decidió a pasar unos días en la Isla, no solo, por supuesto; cómo bajaron, él y su compañera, hasta Ragusa para tomar el barco, y cómo allí se encontró con el conde de Metternich, quien, con la señora de Lieven, la del cuello de cisne, llevaba idéntica derrota. Coincidieron en el hotel, hicieron juntos el viaje, ocuparon habitaciones vecinas en el *Albergo di Firenze,* de La Gorgona, donde estaba también el almirante Nelson, tampoco solo. Que éste había pasado por allí, yo lo sabía, pues en todas las guías turísticas de la ciudad (y leí dos o tres) se cita el *Albergo* y se muestran las habitaciones que ocuparon lady Hamilton y el vencedor de Trafalgar, pero en ninguna se dice que también Chateaubriand y Metternich hubieran estado allí, por el mismo tiempo, en el mismo lugar y para el mismo ejercicio. Sería tentador dejar en paz a Agnesse, olvidarse un poco de sir Ronald, y escuchar lo que hablaron esos tres, y no digo presenciar lo que hicieron porque, dados el ocio y la naturaleza de sus acompañantes, no es difícil adivinarlo. Pero, sobre todo, los encuentros, las conversaciones entre el vizconde romántico y el diplomático ingenioso... ¡para mí, por lo menos, más interesantes que todo lo demás! En tu honor, sin embargo, renuncio. No parece que Metternich ni Nelson tengan nada que ver con la invención de Bonaparte. En cuanto a Chateaubriand, ¿si Agnesse se hubiese equivocado?, ¿si hubiera hablado a tontas y a locas?

Esta mañana, calmados ya el viento y mi inquietud, salí al jardín y recogí las hojas desparramadas: hice un montón y le prendí fuego: me andaban por la memoria los versos y las músicas de una canción antigua y querida cuyo final no obstante preferí evitar, más devoto del fuego que del viento, y, así, vi, primero, cómo ardían; después, en el humo, me llegaron imágenes en tumulto, como en una moviola loca, hasta que se quedaron las de La Gorgona, las que andaba buscando, las que pudieron venir porque ya el temor de que te hubiera sucedido algo malo no desplazaba de mi mente cualquier otra inquietud. La curiosidad me llevó al callejeo matutino, especie de policía supernumerario, testigo de mercadeos, de cómo se saludan los tenderos de un lado a otro de la Avenida, de cómo salen de misa las beatas, éstas del Carmen, aquéllas de las Angustias, otras de las Clarisas, las menos de la catedral, que es fría; de cómo —continúo— se descargan las mercancías en el muelle, y se guardan en los silos inmensos cavados en la roca: en la Isla no se produce más que el perejil y los ajos que algunas mujeres cultivan en tiestos de barro, de manera que todo viene de fuera; de cómo, en fin, la más estrecha contabilidad llega al despacho de Aldobrandini, ajetreado siempre, ahora inquieto porque acaba de recibir recado del señor cónsul de Inglaterra, de que tiene necesidad de hablarle con urgencia: y de aquí saca Ascanio pretexto para entrar en el despacho de Agnesse y preguntarle si será mejor que ella asista y actúe de trujamán, a lo que Agnesse responde que sí, que como quiera, que para eso está. Al cabo de unos minutos, vuelve y le dice que a lo mejor el señor cónsul prefiere la entrevista a solas, y que, aunque habla mal el italiano, seguramente acabará él, Ascanio, por enterarse de qué es lo que le trae tan de mañana y sin demora. Todavía entra de nuevo y decide que Agnesse esté presente, y que intervendrá o no según lo aconsejen las circunstancias. Después me lleva la brisa, a la cual se identifica mi voluntad, al barrio de los griegos, donde la gente se reúne en grupos que se deshacen en cuanto se columbra a un latino sospechoso: la gente se comunica que Demónica de Risi está encerrada en un calabozo de la Señoría, y que el propio ministro le lleva la comida, de puro incomunicada que la tiene, y que es un crimen, y que hay que hacer algo: todo lo cual se repite, con más energía y sin tanto disimulo, en el astillero y en los arsenales, adonde voy después. Aprovecho la ocasión para examinar de cerca los cinco navíos que se construyen para Inglaterra, innominados aún, sí numerados: son los que, años más tarde, pocos, derrotaron en Trafalgar a Villeneuve. De construcción naval no entiendo, como puedes suponer, pero el gusto por las líneas hermosas me favorece, y te aseguro que las de estos barcos me agradaron: finas hasta la delicadeza, solemnes, en cierto modo terribles. Por las portas y troneras de los puentes asomaban su hociquito dorado los cañones, más de cien por cada banda. ¿Y esa maravilla de los castillos de popa, en los que se esmeran, colgados de los andamios, ebanistas y pintores? Imagino esos barcos navegando, y yo al mando de uno de ellos, capitán de navío a las órdenes de Collingwood, que me fue siempre más simpático que Nelson. Mis ensueños de infancia, fuego a babor y estribor, la proa contra el enemigo, no tienen cabida en estas líneas, y a lo mejor resulta de ellos, no sólo que coincido con Ascanio en ciertos gustos, sino que somos uno y el mismo personaje, el mito romántico de los barcos de vela: te lo contaré, si quieres, cuando haya pasado todo esto, cuando sepamos a ciencia cierta quién inventó a Napoleón, cómo y por qué. Lo que ahora me atrae son las voces de los trabajadores. Hay uno que propone enviar a Aldobrandini un ultimátum: o pone a Demónica en libertad y la saca de la Isla, indemne, o arderán los navíos uno detrás de otro, inexorablemente. De lo que ahora se trata es del modo como recibirá Ascanio el recado sin que su portador vaya a flotar en el aire, colgado de una almena, cuando sople el levante.

El cónsul de Inglaterra es ese *gentleman* tan bien vestido, aunque tan sin adornos ni colores, que en un cochecito inglés de un caballo asciende por la calle del Hospital hacia la Señoría. En el balcón de las Tres Gracias las inquilinas se disputan el catalejo; mejor dicho, La Tonta se lo reclama a La Vieja, quien no lo cede, y se pregunta: «¿A qué vendrá míster Smith a palacio?»; y La Tonta, en vez de repetir la pregunta, que La Vieja reitera, reclama el utensilio, chilla, lloriquea y finalmente amenaza con tirar a La Muerta por el balcón, y que se le rompa la cara de porcelana contra el pavimento. Ante semejante horror, La Vieja se lo cede, ahí lo tienes, pesada, mira qué bien, aunque ya tarde, porque la calesa, o el tilburí, o como se llame el carricoche, se ha detenido ante la puerta frontera, la guardia presenta armas, y el señor cónsul, displicente, atraviesa el umbral. Durante los minutos que tarda en ascender por la gran escalera de honor, el nombre de Inglaterra recorre los pasillos, penetra en los despachos, y alcanza, en el suyo lejano, a Flaviarosa, que esta mañana aparece particularmente bella, efecto probable de los potingues que acaba de recibir de Francia, si bien vía Roma: su marido tiene prohibido el comercio directo con la República, salvo el de informes confidenciales. La noticia que le trae el ujier —«Acaba de llegar el señor cónsul de Inglaterra»—, la levanta del sillón, le hace interrumpir la carta cifrada que escribía, la saca del despacho y de quicio: Una visita con la que no contaba, de la que no le advirtió ninguno de sus sistemas de espionaje. Su marido podía ignorarla; ella, jamás. Atraviesa pasillos, recorre estancias, hasta llegar a una, vacía, oscura, que abre con llave única que ella custodia. Pulsa un resorte, se le franquea una puerta secreta, se mete en un pasadizo sin luz por el que no titubea ni tienta las paredes: hasta un lugar en el que una tronera sitúa su mirada a la altura del cogote de Aldobrandini, frente por frente al señor cónsul de Gran Bretaña, mejor dicho, frente a su cigarrillo, de cuyo perfume exótico algo llega a aquel punto de mira. ¡Qué bien viste este hombre y qué antipático! Le está diciendo al ministro que va a venir el almirante Nelson a inspeccionar los barcos en construcción; no con su flota, que quedará a lo suyo en alta mar, sino abordo de un aviso, y que permanecerá unos días en la Isla: todo lo cual traduce Agnesse a un italiano rotundo y plástico. ¡Ejem, ejem! Llegará también una dama, a bordo del *Artemisa*... Flaviarosa no puede ver la cara que pone su marido cuando el cónsul pronuncia el nombre de lady Hamilton, cuando advierte que morarán juntos en el mismo lugar, y que, tras haberlo pensado bien, encuentra que el más adecuado para que vivan aquellos días de sosiego el almirante y la dama es el *Albergo di Firenze,* tan bonito, pegado a las murallas, con el jardín escalonado ascendiendo hasta el camino de ronda... La voz de Aldobrandini tiembla; la de Agnesse, allí presente, traduciendo, intenta reproducir el temblor: «¿Es que la Señoría, es que el Estado van a proteger, van a sufragar unos amores adulterinos? Porque todo el mundo sabe...» «Señor ministro, si el almirante Nelson no se cuida de su propia alma, ¿por qué va a preocuparse usted?» Agnesse, al transmitir la pregunta, sonríe: «¡Yo puedo, señor cónsul, dejar a un lado lo que me dicta mi conciencia en relación con lord Nelson, pero no en relación a mi pueblo, para el que la presencia de esa pareja será un escándalo!». El cónsul se encogió discretamente de hombros: «No me parece indispensable, señor ministro, que salga el pregonero y vaya por las calles advirtiendo a la gente de que un hombre y una mujer en situación ilegal moran y se aman en el *Albergo*». A Flaviarosa le pareció que la respuesta del cónsul rebosaba de sentido común, y se congratuló de que su marido callase, salvo lo que dijo, al despedirse, al estirado representante de la Rubia Albión: «Espero, señor cónsul, que el protocolo no me obligue a saludar a esa dama». «No lo creo, señor ministro. Fuera de inspeccionar los buques, el resto de las ocupaciones del almirante será estrictamente privado.» El ministro acompañó al cónsul hasta lo alto de la escalera de honor; Agnesse desapareció del campo visual de Flaviarosa. Quedó solitario el despacho. Flaviarosa se apoyó en la pared, cerró los ojos y, por unos instantes, se sintió también amada hasta el escándalo. A Flaviarosa, a veces, cuando algo que venía del exterior lo suscitaba, le daba por ponerse nostálgica de un gran amor, y no de los dramáticos, menos aún de los trágicos, a ser posible, sino de esos otros que consisten en la felicidad de una vez y para siempre, si bien sus posiciones dialécticas le permitiesen también admitir la idea de un amor más breve y algo menos feliz, hecho de dificultad y pasión, como aquel de lord Nelson, del que todo el mundo hablaba en el Mediterráneo, no sólo en Londres. Flaviarosa imaginaba aquellos trámites con las limitaciones de su experiencia, meramente carnal, y entonces suponía que los placeres tan arduamente alcanzados serían inconmensurables: más allá, mucho más allá, de lo que le había sido dado conocer. Y aquellos momentos de expansión imaginaria, de catarsis preventiva, siempre breves, por fortuna para el buen gobierno de La Gorgona, conmovían los cimientos de su ser como un temblor de tierra fuerte y poco duradero. Se sintió desfallecer, a punto de llorar de envidia, pero se sobrepuso, o la distrajo un ruidito que venía del despacho de Ascanio: vio entonces cómo alguien, o, más bien, cómo el brazo y la mano de alguien, dejaban un papel doblado encima de la mesa. El corredor desde el que espiaba, si perfecto en su construcción y útil para los tejemanejes del espionaje político, y para cualquier posible, inesperada, supresión táctica de gobernantes incómodos, carecía de puerta que abriese al despacho de Aldobrandini: para llegar hasta allí, habría que dar un gran rodeo. Flaviarosa se quedó con la curiosidad de saber qué decía el papel, quién lo había traído.

Lo vio inmediatamente Ascanio, lo apretujó con violencia, con rabia. Tocó furioso la campanilla. Al secretario que entró le encargó que avisase a los miembros del Tribunal de los Diez para aquella misma tarde. Flaviarosa formaba parte de aquel Consejo Supremo, de aquella Corte inapelable, en representación de su padre, preso del reuma: asistía, como los otros, enmascarada.

2. — Tenemos que volver atrás, Ariadna: no desandar el camino, etapa tras etapa, sino más bien pegar un salto y escoger desde el aire el momento en que vamos a caer, que será precisamente el día en que llegaron a la Isla, a bordo de un precioso velero cuyo nombre ahora mismo se me ha ido (aunque no el de su capitán), Agnesse y Demónica de Risi. ¿Recuerdas que al detenernos un poco tiempo en la contemplación de esta muchacha, cuando ella a su vez contemplaba la Isla desde lejos, dijiste algo así como que para qué perdíamos el tiempo, si la persona de nuestro interés era la otra? Pues, ya ves: nos desentendimos de ella y ahora algo sucede en La Gorgona que pone el nombre de Demónica en muchas bocas, causa, evidentemente, de la reunión inesperada, precipitada, del más alto tribunal, como acabas de ver. Me parece indispensable averiguar de qué se trata, porque, aunque directamente no nos concierna, ni parezca afectar a nuestro tema, ¿quién sabe si de rechazo algo se modifica, o desaparece, o surge?, ¿algo que sí nos

atañe? Fue un error dejar de lado a Demónica, y lo peor es que otros como éste los venimos cometiendo a diario. Yo comprendo que aun restringiendo el campo de nuestra atención a un escenario tan reducido como La Gorgona, es imposible tener presente todo cuanto sucede, es incluso difícil establecer una jerarquía de sucesos por su interés o su importancia. Porque algo ahora trivial según nuestra estimación, puede cobrar relieve a causa de otros algos que se engendran en él o que de alguna manera de él proceden. La exactitud, la minuciosidad, nos llevarían al registro y constancia (quiero decir al relato) de cuanto en cada momento va pasando: lo mínimo, lo microscópico, las naderías de los nadies. Los grandes acontecimientos no son más que menudencias sumadas. Conocemos la historia por el teatro, pero la historia carece de protagonistas y de unidades. La enumeración de todo cuanto acontece en los Tres Reinos de la Realidad y en sus abundantes territorios adyacentes sería el modo legítimo de escribir la historia. Un modo interminable, ¿verdad?, un método imposible. Pues todo lo que no sea eso, es construcción y artificio.

Por otra parte, nos ha entrado la manía de olvidar que la realidad, además de simultánea, camina siempre hacia delante en el orden del tiempo y en el de las agujas del reloj, como nos han enseñado: un minuto tras otro, un acto después de otro, aquí corto y empiezo, allí corto y acabo, ¡Y menos mal cuando el principio y el fin coinciden con la vida de un hombre! Pero a lo que ahora acostumbramos es a movernos en direcciones contrapuestas, hacia atrás, hacia adelante, apartando esto de aquello según capricho u ocurrencia, cuando no según cualquier principio de construcción inexorable (el principio, no la construcción) que impone el desorden y prohíbe el sistema, o que los hace regir por leyes bastante nuevas. Nosotros, en esta investigación que estamos llevando a cabo, de la que dependen seguramente mi gloria y tu felicidad, nos hemos portado con relativa improvisación, llevados por la inspiración o por la sugestión del momento, y así va de revuelto el resultado. Pues bien: tenemos que volver atrás, buscar una página pasada y, a partir de allí, leer de nuevo. ¿Te acuerdas de aquella escena cuyo desarrollo y cuyo contenido nos repartimos, cada cual con sus informes, ese día de la llegada de Agnesse a La Gorgona? Ascanio Aldobrandini no la trató descortésmente cuando la hizo esperar más de dos horas antes de recibirla, sino que algo bastante grave le atareaba. Para admitirlo, tienes que hacerte a la idea de que Aldobrandini, cuya vida y milagros figuró en los catálogos de nuestra curiosidad como personaje de fondo con el que, sin embargo, se tropieza todo el que viene a La Gorgona, nosotros incluidos, acabará por robarnos más tiempo del previsto. Creíamos al principio que, de la Isla, todo lo que no fueran las relaciones de Agnesse con sir Ronald carecía de interés: aceptamos, todo lo más, la eventualidad de una visita a Cagliostro, y no por otra razón que por habérselo yo prometido casi dos siglos más tarde. La advertencia, consignada, de que a la misma hora de distintas noches y con los mismos testigos, las miradas de Ascanio y de sir Ronald se posaron en la misma estrella o en los flecos de una nube, y de que ambos pensaron en mujeres semejantes por el nombre que durante mucho tiempo se tuvieron como la misma mujer, pudo habernos llevado a sospechar que correspondiese a Ascanio cierta función, al menos determinante, en una historia de amor. Acontece que todo este preámbulo, referente a Agnesse de manera indirecta, precede a un relato que nada tiene que ver con ella, salvo la simultaneidad con su espera casi desesperada en aquella inmensa sala sin espejos, abrumada en cambio de cuadros y tapices, por la que van y vienen, en la que entran y salen, hombres rápidos y silenciosos, todos vestidos de negro, a dejar papeles, a dejar recados, que también van a traerlos. Decirte que la cabeza de Agnesse se menea a su paso: derecha, izquierda, derecha, izquierda, como la del que contempla el vaivén de una pelota de tenis, no sería muy apropiado dada la fecha, aunque ¿quién sabe...?

También lamento tener que relatarte el suceso, y no hacértelo presente, como sería de mi gusto: me hubieras acompañado otra vez al muelle de La Gorgona, esa misma mañana de la llegada de Agnesse, y no para seguirla. Pero ¡cómo no estás...! Te detallaré, sin embargo, lo que me aconteció: entré en ese salón en el que ella esperaba, vi el movimiento de su cabeza, me sonreí. No se me ocurrió entonces fisgar en su conciencia, quizás por encontrarlo prematuro. Lo que hice fue pasar de largo y entrar en el despacho de Ascanio. Estaba allí, frente a él, sentada pero dramática, Demónica de Risi. No se decía nada en aquel momento. Parecía el silencio que sigue a palabras que nadie espera o que nadie desea. Me entró la comezón de saber lo que pasaba, y, en lugar de quedarme, volví atrás, al momento en que Demónica desembarcó del *Artemisa,* con una maleta de terciopelo rojo y cuero amarillento: a un cochero que se acercó con la gorra en la mano y la interpeló, le dijo: «Sí. Lléveme a la calle del Carmen, adonde vive la *signorina* De Risi». El cochero la miró con sobresalto y casi dio un paso atrás. «Sí. La *signorina* De Risi. Yo soy también otra *signorina* De Risi. No le va a suceder nada por llevarme en su coche.» El cochero le miraba la cara como si la estudiase, como si buscase algo en ella: pues debió de encontrarlo, porque dejó de temer y sonrió con simpatía: «Fui marinero. Estuve en la batalla de Agriggento». «Entonces ha podido ver a mi padre alguna vez.» «Sí, *signorina,* una. Yo, en la cubierta; él en el puente.» Sin decir nada más, recogió del suelo la maleta y marchó delante, hacia uno de los coches que esperaban la carga. Al abrir la portezuela, para que subiese Demónica, le dijo: «Hay lo menos, mirándola, dos o tres policías». «Gracias, pero contaba con eso.» El coche salió del muelle, hacia la calle del Carmen, y se detuvo ante una casa de dos plantas, ni rica ni pobre, pero con una hermosa galería de piedra. El cochero descendió del pescante, abrió la portezuela, sacó el equipaje. «Me llamo Beppo, *signorina.* No me dé nada, gracias. Tengo mucho gusto en servirla, y si quiere algo de mí, mándeme llamar. Beppo. Estoy siempre en el coche en la plaza de Armas.» Otro carruaje entró, entonces, en la calle, frenó el ímpetu, pasó de largo mientras Demónica llamaba, Beppo le dijo que acababa de pasar un policía. Ella se encogió de hombros. «Buena suerte, *signorina.* Beppo. No lo olvide.» Alguien preguntó desde dentro que quién llamaba. Demónica dijo su nombre, aunque en voz baja. Se abrió el portillo de una mirilla enrejada, unos ojos miraron, alguien exclamó: «¡Demónica!». Se abrió la puerta, había dos mujeres en el zaguán, viejas o envejecidas: la más cercana esperó a que la otra abrazase a Demónica, y, entonces, la abrazó ella también. «¡Niña Demónica, niña Demónica, hecha toda una dama!» Fueron a un salón al lado del zaguán: en él, los restos de un pasado: como en el de la viuda Fulcanelli, japonerías y chinerías, pieles de bichos fieros en los suelos, cachivaches de marfil y porcelana en las vitrinas, lozas, lacas, jarrones, biombos: sólo con mirar cosa por cosa se podrían reconstruir rutas marítimas que recorrieran los hombres de la familia, los dueños sucesivos del salón: donde colgaban también cuadros italianos; donde un torso de estatua griega, el mármol de una muchacha púber, descansaba en una amplia repisa. «¿Pues qué querías que hiciera, tía Annunziata? Durante todo este tiempo, mamá supo encontrar protección aquí y allá, en sitios y personas que respetan aún el nombre de mi padre, o que, al menos, lo recuerdan. Pero, muerta ella, se me pedía el pago de cualquier ayuda en moneda de hembra. En todas partes, por todo el mundo. Por eso tuve que volver.» «Pero, ¿y aquí? ¿Qué hará de ti Aldobrandini?» «¡Lo más que puede es ahorcarme!» Tía Annunziata adornaba de un camafeo su cuello largo de arrugas delicadas, y empezó a hablar del pasado, de lo que aún recordaba Demónica y de lo que no se acordaba ya; lo entreveraba de referencias al presente, Ascanio hace y deshace, yo vivo de las rentas que me envían los de Ragusa, la herencia de mi padre, se portan bien... Cuando llamaron a la puerta, estaba contando algo de la abuela Regina. Eran los de la policía: con un mandato escrito de mano de Aldobrandini, que fuese Demónica con ellos, y también que llevase el equipaje, si no lo había abierto todavía, porque, en tal caso, tendrían que registrar la casa: la maleta permanecía aún en el zaguán, los candados cerrados, no fue menester registro. Demónica, al abrazar a la criada, pudo decirle muy quedo: «Que lo sepa un cochero llamado Beppo. Para en la *piazza degli Armi*». Después, la metieron en un coche que esperaba. A la tía Annunziata le habían enseñado, allá, en su adolescencia, a reprimir las lágrimas delante de tercero, y, sobre todo, delante del que las causaba, de modo que sólo rompió a llorar cuando oyó que se cerraba la portezuela del coche; la criada lloriqueaba desde algo antes. A Demónica la llevaron al palacio de la Señoría, donde había nacido, y la metieron por escaleras y vericuetos que conocía desde la infancia. En aquel salón en que la obligaron a esperar, había recibido su padre a los representantes del Gran Turco, que traían en las manos ramitas de olivo; ella, escondida, o quizá por la rendija de la puerta entreabierta, había examinado a su gusto los turbantes y los largos caftanes. Ahora el salón no era el mismo, lo habían despojado de los cuadros de batallas navales contra los venecianos, contra los turcos, contra los españoles... Su padre se los había explicado todos, ella en sus rodillas, y le había dicho también que aquel que mandaba desde un puente fuego por las dos bandas era él. Aquellos cuadros enormes recordaban las glorias de La Gorgona. ¿Por qué los habían retirado? ¿Por qué habían dejado desnudas las paredes? Cuando entró Aldobrandini, se le quedó mirando: no recordaba aquel rostro afilado, de cabello de cuervo, hermoso acaso, pero de una hermosura inquietante. Supo que era Aldobrandini porque él se lo dijo. Le mandó que se sentara y empezó a repasar un grueso portafolio que traía bajo el brazo. «Aquí constan los actos de la viuda De Risi contra la seguridad de la República, desde que Su Excelencia el general, en una decisión magnánima, pero impolítica, Dios me perdone si pienso así, permitió que marchase al destierro. Su madre, *signorina,* ha conspirado con los franceses, enemigos del hombre y de la religión; con los venecianos, nuestros rivales; ofreció al rey de Nápoles la soberanía de la Isla, y a la República de Génova la mitad de nuestros barcos, hoy dispersos por los mundos de Dios, traidoramente vendidos por sus capitanes y por sus dotaciones, si la ayudaba a expulsar de la Isla al general. Le enumero un poco de lo más grave, pero no desconozco el resto de lo que su madre hizo, así en Roma como en el Piamonte: que Dios la haya perdonado, aunque lo dudo, porque perteneció a la masonería, y de ella recibió cuanto la sostuvo en su lucha contra nosotros, ánimos y dinero. Nuestros agentes nos tienen igualmente informados de sus andanzas personales, *signorina*: por ahora, ni notorias ni graves. Vivía últimamente en Módena; los de Módena no fueron nunca ni amigos ni enemigos nuestros. Pero, ¿es cierto que actuaba usted a sueldo de la República francesa?» «No, respondió Demónica, secamente; si fuera agente de alguien tendría dinero y no me vería en la necesidad de regresar a La Gorgona, donde voy a vivir pobremente al lado de mi tía.» Ascanio se sonrió. «¡Pobremente! Las viudas, los huérfanos de los antiguos comodoros, viven muy pobremente en casas que les hemos respetado, rodeados de objetos fastuosos y raros, por los que cualquiera daría una fortuna. Comen bastante mal, eso es lo cierto, y no visten a la moda. Pero, ¿y el placer de moverse entre preciosidades que todos los demás envidian y que sólo ellos poseen? La cama en que espera usted dormir, *signorina*, ¿es por casualidad de marfil? No me atreveré a pensar que usted no lo merezca, pero seguramente será la única persona en la Isla que duerma en una cama de marfil. La que usa el general es un camastro de campaña.» «En casa de mi tía no hay ninguna cama de marfil. Todo eso son leyendas. Mi tía tiene una renta pequeña, y se ayuda con lo que borda. Pienso trabajar con ella.» Ascanio se levantó, dio un paseo hasta la ventana de vidrios emplomados, por los que entraba una luz multicolor. Sin mirarla, casi como si hablase consigo mismo, le dijo: «Es una lástima que una mujer como usted vaya a consumir su juventud encima de un bastidor. Una mujer inteligente y experimentada —se volvió con rapidez—, que sabe caminar sola por el mundo». Demónica resistió la mirada de Ascanio. «Si fuera así, no hubiera regresado. Lo hice porque tenía miedo.» «Tenía usted miedo por falta de dinero. Y la falta de dinero dice mucho en su favor.» Se aproximó a la mesa, calmoso, sin dejar de mirarla. Pasó unas cuantas páginas del portafolio. «Aquí me cuentan ciertas historias, pocas, dos o tres nada más: en Módena, ya le dije; en Florencia, en la inmensa Roma, donde nadie conoce a nadie, salvo mi policía. Unidos al suyo van otros nombres: quizá le suenen, ¿el conde Poppi, un hombre mayor ya, casado con una verdadera bruja, por cuya culpa la expulsaron a usted de Florencia? Y por lo que a Roma respecta...» Demónica levantó una mano. «Le ruego que no enumere más: veo que sus agentes son los mejores del mundo.» «No tanto que hayan podido averiguar si usted pertenece o no a la masonería.» «No, en absoluto.» «En ese caso, si está dispuesta a jurarlo por la memoria que le sea más sagrada, la de su padre, por ejemplo... ¡Cómo recuerdo al comodoro De Risi! ¡qué gran navegante era! Aunque no tan buen gobernante... Pues, sí, si está dispuesta a que la Señoría ponga su confianza en usted y si Su Excelencia el general lo acuerda...» —Demónica alzó la cabeza y le miró con incomprensión, con sorpresa— «...se podrá evitar esa colaboración con su tía en el bordado de sábanas para exportar. ¡Preciosas sábanas, por cierto, las que borda Annunzziata, a la que hace infinitos años que no veo! Ella cree que borda para los cardenales de Roma. ¡Qué gran error! Sus sábanas ornamentan los lechos en que los miembros del Directorio yacen con sus queridas; por eso las sábanas son llevadas desde Roma, de contrabando, a Francia. ¿No encuentra demasiado penoso que el trabajo de tan nobles, de tan castas manos, tenga un destino tan sucio?». Dejó pasar unos instantes, se sentó, se echó atrás en el sillón.

«Observo, *signorina,* que no me entiende. Le estoy ofreciendo una salida a esta situación que la Señoría no ha creado, pero que no le conviene en absoluto. Tengo que ser franco con usted: la presencia en La Gorgona de la tía Annunzziata no nos inquieta lo más mínimo: no es más que la cuñada del comodoro De Risi, una vieja beata y orgullosa sin medios para causar engorros ni siquiera con la lengua, porque no es murmuradora. Pero el caso de usted es distinto. Usted es la hija del que todavía se recuerda como el héroe sacrificado. Gente hay que acata la nueva Señoría, pero que no la respeta, y sueña vagamente con una restauración. ¡Otra vez los marinos al Gobierno, y los griegos en alza! ¿Imagina la algazara que se habrá armado ya en el Arrabal al saber que está usted aquí? Veneran la memoria de su padre y les ponen su nombre a sus hijos. ¡Cientos de *bambini* se llaman Giorgio! El comodoro navegó con muchos griegos y su mando se cita todavía como modelo de humanidad y de eficacia: nada de gato de siete colas, nada de encadenar a la barra. Además, el comodoro De Risi devolvió a la catedral griega la reliquia de san Demetrio, la devolvió contra toda justicia, porque está probado que pertenece a la catedral latina, que el derecho está de nuestra parte; pero a él le convino hacerlo, un acto demagógico que le aseguraba la lealtad de esa gentuza. Pero no hay por qué mencionar estas historias, no hay por qué meterla a usted en ellas. Usted era muy niña, jamás ha visto la sagrada reliquia y, como ha vivido fuera, no puede comprender lo que para nosotros vale esa aparente menudencia, hasta el punto de llegar a la guerra y a lo que fuese, digo a la guerra santa, para recuperarla. ¡Ya ve, acaso ahora se le alcance alguna de las razones por las que el general Della Porta se opuso al comodoro De Risi!» Demónica aprovechó el silencio que siguió a estas palabras para preguntar: «¿Adónde intenta llevarme? ¿Qué quiere usted decirme? Porque no creerá que voy a ponerme a la cabeza de los griegos y hacer una contrarrevolución que les restituya la sagrada reliquia, que a mí, naturalmente, no me importa». «De acuerdo. Admito sus buenas intenciones, pero me gustaría hacerle comprender que no puede vivir en la Isla. No puede, no es posible, daría lugar a conflictos y desórdenes, y la voluntad del general...» Demónica le interrumpió: «La voluntad de usted. ¿Por qué se refiere constantemente al general? Usted es el que manda». Ascanio apenas sonrió, pero no fue de desagrado su sonrisa. «No tengo por qué ocultar que soy el hombre fuerte de la Isla. Yo soy el que gobierna, en efecto, pero el general manda. No hace más de una hora, al enterarme de que usted había llegado, subí al castillo, a consultarle. "¿Y dices que está sola en el mundo esa pobre *bambina*? ¿Y dices que no tiene dinero?" El general es compasivo y afectuoso; al general le enternecen las penas de los demás; la enfermedad le tiene condenado a la soledad más espantosa, a acabar en sí mismo. ¡Por eso la llama *bambina*, como si fuera su hija! "Si es tan inteligente como dices, ¿por qué no la empleas en el servicio secreto? Nápoles sería un lugar excelente para ella." ¿Se da cuenta? ¡A nadie se le hubiera ocurrido, más que a él, una solución tan oportuna para su caso! En nombre del general, le ofrezco entrar a nuestro servicio con residencia en Nápoles. Le daríamos a usted...» Demónica movía la cabeza pausadamente: a la derecha, a la izquierda, a la derecha, a la izquierda. Ascanio le preguntó: «¿Por qué?». «Porque no puedo venderme a mis enemigos. Porque usted mató a mi padre.» A Ascanio se le alborotaron las manos, se le atropelló la lengua. «¡Usted no puede decir eso, *signorina*! ¡Usted sabe que yo gobierno, pero que el general manda! ¡Usted sabe que a su padre le juzgó un consejo que presidió el general en persona, y que todos quisimos salvarlo, el general el primero! ¡Usted sabe que su padre fue ajusticiado por terco!»

Demónica se puso en pie. Apoyó en la mesa de Ascanio, reluciente caoba de las Indias, sus manos de dedos largos, ahora un poco crispados. «Si hay alguna persona en el mundo a quien no se pueda hablar así, *signore* Aldobrandini, es a mí. Mi madre supo lo que sabía mi padre, yo sé ahora lo que mi padre supo: la historia de la revolución y sus secretos. A otros, al pueblo entero, a los ingleses que les compran los barcos, a los obispos que manda el Vaticano a pedir que no ahorquen a más gente, a los visitantes, a los viajeros, pueden ustedes, o puede usted, si lo prefiere, engañarlos con la historia de Galvano della Porta, el héroe de la batalla de la Esquina Rosada —¡qué horror, veinte hombres muertos de cada bando!—, el gobernante implacable que se pudre en la soledad del castillo porque la lepra le arranca a pedazos la carne, pero que todos los días se asoma a la terraza para que los ciudadanos vean al menos su sombra. ¡En fin, la carroña viviente que aún dicta las leyes y decreta las muertes! Le aseguro, *signore* Aldobrandini, que es una historia bien tramada, todo el mundo la cree, sería insensato intentar desbaratarla. ¿Hasta usted mismo habrá llegado a creerla? ¡He visto tantas cosas extrañas! Pero yo sé, *signore* Aldobrandini, que el general Della Porta no es más que una ficción, una historia sin nombre, algo que han inventado y siguen inventando en la tenebrosidad de la Señoría, cuando se reúne el Tribunal de los Ciento, o el más secreto todavía, el poderoso y siniestro de los Doce, que usted y no el supuesto general preside; o acaso se le haya ocurrido a usted solo, acaso únicamente nosotros dos estemos en el secreto, y eso nos una...»

Creo que fue en este momento cuando entré por primera vez en el salón, como te dije, Ariadna; cuando entendí que me importaba tanto lo sucedido como lo que iba a suceder, y volví atrás, a enterarme del cuento entero. Lo que pasó entonces fue que Ascanio permaneció callado y quieto, quieta incluso la mirada, hasta el momento en que Demónica empezó a remejerse, en que sus dedos arañaban el barniz de la mesa, en que respiró fuerte y se le agitó el pecho, en que acabó gritando: «¡Diga algo! ¡Mándeme ya a la horca!». Entonces, Ascanio rezongó en voz baja estas palabras, que Demónica seguramente no entendió, o que quizá haya entendido: «Siempre creí que Antígona era una pobre imbécil». Se levantó. Llegó hasta una de las puertas, habló con alguien, gritó a Demónica: «¡Venga!», se cerró la gran puerta tras ella, y, entonces, Aldobrandini se secó un poco el sudor de la frente, tocó la campanilla, y al ujier que acudió le dijo: «Haga pasar a la señora extranjera».

3. — ¿Sabes que cansa la fantasmagoría?, ¿que de pronto te desentiendes de Aldobrandini, y que a viajar por el tiempo prefieres el movimiento en este pobre espacio nuestro, remoloneando y todo eso que parece pecado mortal? Lo haría yo de buen grado, a estas horas de la tarde, casi el crepúsculo ya, si supiera que al final estabas tú, lo único real de este tumulto de palabras: no imagen vana, sino tangible, en carne y sangre. Pero tu realidad, en esta hora de hoy, es la realidad de tu ausencia, pura presencia del no estar, ¡y todo por la visita a un médico de locos! Hace un momento, tal vez nada más que media hora, me acometió la furia de la soledad, la gana desesperada de llamarte sin respuesta, Ariadna, Ariadna, por todas las veredas, por todos los rincones: buscar y no encontrar, no ya tu cuerpo, ni siquiera tu sombra. Sólo en algún lugar un

rastro de tu olor semejante a un perfume, o un rastro de perfume semejante a tu olor. Cuando se siente la comezón que yo sentí, fallan los acostumbrados recursos, no hay engaño que valga, o te tengo o no te tengo. Pero como no te tengo nunca más que a distancia, más que tú ahí y yo aquí, necesito engañarme, por lo general, con la esperanza, a veces con la magia, pero acaban juntándose en una y la misma cosa, mi esperanza en el poder de la palabra: aunque la mía sea de las modestas, de las que sólo consiguen retener, jamás aproximar, menos aún sujetar y encadenar. Mi palabra, por ejemplo, es incapaz de traerte, ahora que no estás y que te necesito. Si grito otra vez: «¡Ariadna!», mi voz se pierde en el bosque después de haber rozado en su camino las aguas frías del lago. ¡Ah, si supiera trazar el círculo de la omnipotencia, o los tres, según algunos, que no se sabe bien cuántos tienen que ser! Entonces, de la fogata que encendí con un montón de ramas secas y que ha ahumado el aire alrededor de la cabaña, de ese humillo azulado que todavía asciende en el espacio tranquilo, por la virtud del círculo y de la palabra aparecerías tú, con tu sonrisa y tu cartera, ya ves lo que he tardado, esos caminos están imposibles sobre todo a esta hora, cualquier día va a haber una catástrofe. Y después de besarte (en la mejilla) y de preguntarte si Olga te había dado algún sobre para mí; después de esperar un rato a que cambiases de ropa y te pusieras los *blue-jeans* y esa camisilla colorada que te sienta tan bien; después, por último de verte comer algo (yo ya lo hice en medio de la pena), te invitaría a escuchar las historias de hoy: esas que van escritas ya, y las que todavía no inventé.

Te explicarás mi deseo de que escuches cuanto antes el relato de lo que sucedió entre Ascanio y Demónica. ¿Llevarás la sorpresa que llevé, me obligarás a que vuelva atrás en el cuento y te repita esa declaración redonda y neta de que el general Galvano es una entera ficción? Confío en que así sea, no me extrañará, será la prueba de que descubras la utilidad de este peregrinaje por un pasado que nunca pareció concernirte, remoto en sus relaciones con lo que de verdad te importa. Pues, ¡ya lo ves! Por ahora no podemos decir que la invención de Galvano se relacione de algún modo con la de Napoleón, su modelo o su copia; pero me inclino a creer que no son ajenas la una a la otra si se tiene en cuenta el modo de vestir de Della Porta, que es, calcado, el más tópico del emperador de los franceses. ¡Sería demasiada casualidad, una casualidad sospechosa e inaceptable, proponer la mera coincidencia! Tampoco podemos, sin más datos, concluir alegremente que a Napoleón lo inventó Aldobrandini, pues si bien parece (o podría) ser cierto que el uno repite al otro, queda sin respuesta una pregunta que entiendo principal: ¿Por qué, para qué iba a hacerlo Ascanio? Sería atribuirle un espíritu de juego específicamente estético. Pero, sobre todo, ¿cómo? Porque, supuesto que el genio de Aldobrandini le hubiera llevado a semejante aventura de la imaginación, a semejante hazaña de la perspicacia histórica, ¿de qué medios se hubiera valido para comunicarla, para propagarla, para imponerla? No perdamos de vista las proporciones reales: en el concierto de las potencias contemporáneas a la Revolución Francesa, La Gorgona no pasa de estación cómoda para que las escuadras se provean de agua potable; incidentalmente, y sólo para Inglaterra, que tiene medios para asegurarle la independencia (relativa), es también un astillero barato del que todavía obtiene productos de la mejor calidad. En cuanto a sus gobernantes, jamás han sido de los que se tienen en cuenta a la hora de los grandes congresos, de los que se invitan preferentemente y cuya conformidad, o consejo, se buscan. La Gorgona no ha hecho historia ni colaboró con quienes la hacen: se limitó a aprovecharla unas veces, a padecerla otras, como comparsa, ni más ni menos: desde el punto de vista de esta clase de personajes, lo que acontece en los grandes escenarios trágicos resulta algo distinto de lo que nosotros entendemos, los del patio de butacas, o de lo que a nosotros nos han hecho entender: más desvaída y quizá menos solemne, pero siempre aprovechable y necesariamente imitable, cuando no temible. Por otra parte, la fisonomía ofrecida hasta ahora por Ascanio, según la documentación fidedigna, es la de un tirano local, dictador de escasos ámbitos, cuyos instrumentos exteriores no pasan de meros agentes policíacos, informadores o soplones, y aunque llegue a admitir que, como policía política, fuese la suya excelente, no me sirve de prueba de una visión más amplia de una función y de un destino. Recibámosle, pues, sin exagerar sus límites, pero también sin desquiciarla: dentro de la pequeñez de la Isla, que tal vez resulte un poco estrecha, no tengo el menor inconveniente en conceptuarlo como un político genial (acabo de decirlo), si, como parece, Galvano della Porta es de su pura y quizá secreta invención: Galvano y cuanto le rodea, Galvano y su mito, Galvano y su lepra, Galvano y sus epifanías crepusculares, Galvano y su hambre sexual, Galvano... Ascanio fue consciente en algún momento de que no bastaba el respaldo de su suegro, es decir, del dinero, para gobernar, e inventó a Galvano, es decir, al que manda, al responsable: comprendió a tiempo que para ciertas operaciones de opresión y poderío no es menester un hombre, sino ante todo un nombre, aunque necesariamente haya de ser (se supone) de muchas campanillas. Escuchad éste: Galvano. ¡Tilín, tilín, tilín, tilín! ¡Oh, Galvano! ¿Cómo íbamos a encontrarlo, la otra tarde, cuando descendimos al castillo en su demanda? Este descubrimiento nos obliga a pensar que el destino de Inés (Agnes) de Bragança no fue la muerte repugnante en brazos de un leproso, el belfo podre en procura de un labio fresco. Pero, ¡qué bien maneja este sujeto los ingredientes melodramáticos! Fíjate tú... ¿Qué habrá sido realmente de Inés? ¿Estará acaso recluida en una mazmorra de la Señoría, como lo estuvo al parecer Demónica, alimentadas una y otra de manos de Aldobrandini, palomas preferidas de un cuidador celoso? Hechos pasados irremediables son: no nos es dado acudir a liberarlas. ¡Y es lástima, porque me gustaría hacer alguna vez en mi vida de Lanzarote del Lago, o al menos de San Miguel. ¿Lo imaginas, la batalla entre el cojo Aldobrandini, ducho quizás en ardides de pelea, y este profesor cansado que sólo supo en su vida manejar la palabra? Lanzarote del Diccionario, o así... Bueno. Volvamos a lo nuestro: cualquier consideración moral sobre el caso queda ya fuera de tiempo. Pero, estéticamente, ¿verdad que es atractivo, que es fascinante? Imagínate a Ascanio recorriendo, solitario, toc-ti-qui-toc, los corredores profundos donde escucha todavía, el que sabe escuchar, ayes de torturados de antaño. Lleva en una mano una linterna; en la otra, un canastillo con comida y un mínimo servicio. Después de esquinas, escaleras, crujías y encrucijadas llega a un espacio ancho al que dos puertas abren. Se acerca a la primera, saca ese manojo de llaves de todos los carceleros, aro de alambre, piezas enormes que tintinean: una de ellas actúa (rechina); Ascanio empuja la puerta ferrada... ¡Chrrrrr! En el rincón apenas con luz —el ventanuco queda lejos, arriba— Inés medita acerca de su suerte, o quizá de su muerte; acaso ni siquiera medite: se limita a cerrar los ojos que fueron bellos ...¿Dormirá, así sentada, así inmóvil? Ascanio la sacude delicadamente, le habla al oído con dulzura, la anima a que coma. Ella, por fin, lo hace, voraz de pronto, como una niña, sin que el hedor que asciende de algún rincón oscuro se lo estorbe. Ascanio le ha puesto la servilleta, le parte el pan, le ofrece el agua de un vaso... Y cuando Inés aparta el plato de la amargura (donde aún quedan viandas, no puede decirse que la maten de hambre), él lo recoge y coloca encima de una mesilla que está en alguna parte, y advierte a Inés, por si más tarde tiene hambre. Ella ha abierto los ojos, mira hacia la penumbra de la pared frontera, como hacen todos los presos, aunque no todos hayan tenido los ojos tan bellos como Inés, si bien alguno (o alguna) puede haberlos tenido más bellos todavía. *Chi lo sà?* La historia está llena de casos... Ascanio, entonces, se sienta junto a ella, empieza a hablar: el sermón de hoy, dicho con voz tan dulce, convincente, continúa el de ayer, preludia el de mañana: hay que ser casta... Por no haberlo sido sufre ahora este castigo. Las penas actuales le serán conmuntadas al llegar al Purgatorio: es lo que sale ganando. La dialéctica de las manos de Ascanio es de las persuasivas, de las apabullantes: lógica pura en dedos de marfil, algunos oscurecidos ya en las yemas a causa del tabaco.

Demónica está bastante menos decaída: pasaron pocos días desde el de su prisión, y, acaso por descuido, tal vez por imprevisión, aunque no quepa descartar en este caso la voluntad deliberada, Ascanio había ordenado que llevaran con ella su maleta, que le entregasen los instrumentos de su coquetería, de modo que ella cambiase de ropa: se muda la interior, y la que lleva no huele mal, todavía, como huele la de Inés. Demónica puede mantenerse erguida y orgullosa, dar a Ascanio la espalda, esquivar la respuesta. Él le cuenta que hace un día excelente, que las chicas de la edad de Demónica pasean por el camino de ronda, que está a punto de llegar a la Isla el almirante Nelson, quien representa a Inglaterra; la protección real y virtual de La Gorgona y de sus gobernantes. «Francia lo evitaría de buena gana, ya lo sabemos, pero los barcos de Francia no se atreven a presentar batalla a los ingleses. ¡Lástima que no lo hagan! Esa gentuza sería arrojada del poder usurpado y volvería a Francia el heredero legítimo del trono... Con él, las cosas en orden.»

Posiblemente, al espíritu embotado de Inés (Agnes) no llegue, con todo su peso imperativo, el discurso moral de Ascanio: la mente alerta de Demónica no se abre al político, lo deja que resbale y caiga como un rayo de sol que se acerca a la piel. Pero esta vez Ascanio no es expedito, como otros días: el discurso, breve de sólito, se alarga en una transición hecha de vagos manoteos y de generalidades, para, de pronto, cambiar el tono, ascender al trágico de las amenazas y la gesticulación tajante, referirse a los que conspiran en la sombra, a los que especulan con la catástrofe, a los que... A Demónica le cuesta trabajo simular la indiferencia: se estremece, tiemblan sus manos cuando Ascanio le anuncia (¿por qué?, ¿a santo de qué?) que aquella misma tarde se reunirá en sesión urgente el Consejo de los Doce, el de las grandes decisiones —inapelables, por supuesto. Tal vez muerda la lengua y refrene el ansia de preguntar si algo de todo aquello le concierne...

Aquella tarde (¿aquella tarde?), los ciudadanos de La Gorgona asistieron al desfile, extraordinario, espaciado y sistemático, de once sillas de manos labradas en madera oscura, los cierres opacos, y el interior, según se dice mullido de guatas y damascos: todos sabían que encerraban, que transportaban, a los miembros del supremo consejo, a un tiempo tribunal y gabinete. De un lado a otro de la calle, comerciantes alerta se interrogaron con un gesto, con un movimiento de cabeza; se respondían encogiéndose de los hombros o levantando las cejas. Fue como si un ave de alas oscuras volase de calle en calle y ordenase silencio, fue como si un luto súbito entristeciera a la gente. ¿Qué es lo que irá a suceder? Dentro de la Señoría, los que habían caminado como sombras, ahora se movían como fantasmas de suave susurro. Las plumas se deslizaban sin rasgueo por el papel. Las voces eran quedas, y hasta habían enmudecido las campanillas de llamar.

El tribunal actuaba con luz escasa: un candelabro de tres brazos encima de una mesa tapizada de negro; al lado, un Cristo en la cruz, sanguinolento. Los doce miembros vestían también de negro, hopalandas o ropones de terciopelo y brocado; negros eran asimismo los antifaces y capuchones que los enmascaraban. Se sentaban a tres por banda, alrededor de la mesa, sin presidencia, pero las voces, por supuesto, no las disimulaban, aunque impusiesen la tradición y el uso que fuesen tétricas, que resonasen desde el principio como sentencias de muerte: algo así como si resbalase cada una sobre un redoble de xilófono por las zonas más graves. La de Ascanio dio cuenta de la amenaza encerrada en aquel papelito que una mano ignorada había dejado caer encima de su mesa: «O pone en libertad a Demónica de Risi, o arderán los navíos del astillero sin que nadie se mueva a apagarlos». «Esto supone un intento de intervención, por parte de la chusma, en la política gubernativa, y entiendo...»; pero aquí le interrumpió, desde una esquina, la voz caliente de Flaviarosa: «¿Y quién puso presa a Demónica? El tribunal no está enterado de semejante medida, ni siquiera le consta la llegada de Demónica a la Isla, y espero que sus miembros uno a uno, lo ignoren asimismo». No se veían los muros de la estancia, o por remotos, o por negros; pero debían de estar tapizados por estofas espesas, ya que, en vez de rebotar la voz, se la tragaban: ¡así la de Flaviarosa, vibrante y armoniosa siempre, sonaba como de corcho, casi sin timbre, apenas con tonalidad! Debía de ser lo acostumbrado, porque nadie manifestó sorpresa: relató Ascanio la llegada, días atrás, de aquella ciudadana peligrosa, su entrevista con ella, y que la había mandado presa por razones urgentes de Estado. «¿Cuáles?» «Sabe demasiado.» «¿Y qué sabe?» Ascanio no se movió, permaneció en silencio. Flaviarosa, insistió, irónica, rasgado el tono: «...en el caso, por supuesto, de que el supremo organismo de gobierno esté capacitado para el conocimiento de esos secretos». Las otras voces, hasta ahora en silencio, murmuraron. Las otras cabezas, hasta ahora quietas, se acercaron. «Pero yo me pregunto —continuó Flaviarosa— que si hay secretos que el tribunal no puede conocer, ¿por qué existe y por qué subsiste? ¿Sólo para respaldar las decisiones que el ministro se toma por su cuenta y sin previa consulta? Estimo que la persona de Demónica de Risi, por razones que se alcanza a todos, sería digna de un trato más político y, por supuesto, menos cruel. Si es peligrosa, no aceptarla en la Isla, pero siempre después de haberlo deliberado aquí y por los que aquí estamos.» «Al ministro competen las decisiones urgentes.» «Sí, pero dando cuenta de ellas inmediatamente después.» «La opinión del general Della Porta...», comenzó Ascanio, y le interrumpió Flaviarosa, segunda vez, pero con una carcajada anterior a las palabras, y que casi las resumía, aunque no adelantase su sentido: «¡Apuesto —dijo, riendo todavía— que el general lo ignora todo de este asunto! Con lo enfermo que está, ¿cómo va a distraerse en pequeñeces? El ministro, que es tan considerado con nuestro Podestá, que no vive temiendo por su salud, estoy segura de que le ocultó la llegada de Demónica, de quien, por otra parte, tengo informes escasamente inquietantes. Lo que le gustaría es casarse y dejar de andar de un lado para otro en busca de quien le ayude y a veces de quien la invite a comer. Quizás su madre haya conspirado contra nosotros, lo admito, pero la hija es inofensiva». «¡Sabe cosas! —repitió Ascanio con fuerza—, y si no las sabe las inventa. Imagínense que dijo... *que me dijo,* ¡que el general no existe! ¿Piensan que es prudente dejarla que propale por ahí un infundio como ése, que, en manos de nuestros enemigos, podía llegar a hacernos daño?» Se dirigía Ascanio especialmente a su mujer: en aquel aire oscuro, las puñetas de la toga y el blancor de las manos semejaban ilusiones autónomas de prestidigitador, claridades dotadas de vida propia, dinámicas y caprichosas; independientemente de ellas, como perteneciendo a otro mundo, el tono de sus palabras parecía contener notas en clave que sólo de Flaviarosa pudieran ser interpretadas. ¿No habrá pensado alguno de los presentes que sea el tono con que se hablaban en la cama cuando aún dormían juntos? Pues, si lo pensó, se equivocaba, ya que nosotros sabemos, Ariadna, de qué calaña habían sido sus relaciones íntimas. En fin, pensaran lo que pensasen los perspicaces miembros del tribunal, la respuesta de Flaviarosa fue bastante inesperada: «Propongo que no perdamos el tiempo en discutir esa anécdota frívola. Propongo que los serenísimos miembros del tribunal se trasladen a la Sala de los Pasos Perdidos y mediten si es o no conveniente poner en libertad a la señorita De Risi. Propongo, finalmente, que se someta después a votación. Los conformes, que levanten la mano». Siete contra cinco. «La votación está ganada», pensó Flaviarosa. Los serenísimos señores fueron saliendo. Ella no se movió. Ascanio, sí: hacia ella, hasta sentarse a su lado. «Has cometido un error político.» «El error más bien ha sido tuyo. ¿A qué viene eso de creer o no creer en el general Galvano? Si preguntas uno a uno a tus súbditos, descubrirás que ninguno de ellos cree, ni siquiera los tontos.» «Es posible que sea eso lo que descubra, pero también descubriré que ninguno se atreve a decirlo, en ninguna ocasión, bajo ningún pretexto, ni siquiera la mujer al marido si a él le interesa saberlo. Y eso es lo que importa, nada más. En las conciencias, por desgracia, no me es dado meterme, pero un día llegará en que los gobernantes puedan saber lo que los súbditos piensan y callan, y ese día empezará el mundo a ser gobernable y pacífico.» Flaviarosa se encogió de hombros. «Bien. Allá tú. Pero no tienes derecho a mantener en prisión a Demónica de Risi por hacer algo que hacemos todos.» «No por hacerlo, sino por decirlo.» «Es igual. La práctica te muestra que haberla encerrado fue un error. Puede dar lugar a una catástrofe.» «Si reuní el tribunal fue para proponerle la libertad de Demónica, aunque no como perdón de su delito, sino por exigencia de una razón de Estado ineludible: así quedarán salvados los principios y se evita la destrucción de los barcos.» «¿Y no crees más político no mostrarte medroso? Acceder a lo que piden los griegos por temor a su amenaza es la confesión de tu debilidad. De modo que si mi propuesta gana, habrás de reconocer que acabo de hacerte un gran servicio.» «Eres muy lista....»

Las bolas de votar salieron de una cuna de marfil, blancas y negras como los hados, redondos instrumentos del Destino en forma de conveniencia urgente: quedaron alineadas encima de un tapetillo rojo: doce y doce, también dramática cuanto inesperada muestra de la insoluble estructura contradictoria de la realidad: el día y la noche, el sol y la luna, lo salado y lo dulce, lo bueno y lo malo, lo caduco y lo eterno. ¡Lo que se puede decir de unas bolitas blancas y negras! Y eso que dejo aparte al mullido lecho de terciopelo rojo del que vienen y al que irán, que de ahí también podría sacar un poco de literatura. Te la ahorro. Como había previsto Flaviarosa, en aquella ocasión ganaron nones y se acordó que Demónica fuese pasaportada al continente en el primer navío que partiese de la Isla, y se aceptó la propuesta complementaria de que fuera provista de un razonable viático «que la eximiese de todo riesgo de pecar para comer nada más desembarcada en Ragusa», aunque Ascanio, casuista, adujese (con escasa energía), que si los fondos del Estado debían cooperar en el castigo de las transgresiones morales, no estaba escrito en ningún código que se les debiera también utilizar para evitarlas.

Flaviarosa pidió ser ella misma quien sacase a Demónica de la mazmorra, quien la tomase a su cargo, quien la guardase en custodia antes de que saliera de la Isla. Necesitó un guía que la alumbrase por aquellos vericuetos profundos, y pasó delante de la puerta de Inés (Agnes) sin detenerse, porque los gemidos de la muchacha, espaciados y débiles, no llegaban al corredor: eran como gemidos de moribunda. Desde la puerta dijo a Demónica con su voz más suave: «Recoja su equipaje, señorita. Está usted en libertad».

4. — Aquel lunes tuve por la mañana dos horas de clase, de nueve a once, sin más interrupción que los minutos justos del café sacado de una máquina; al terminar, me fui solo al comedor del restaurante, no bajo la luz del sol, que se había nublado y soplaba un viento largo, sino por los túneles; y antes de coger el ascensor, me entretuve un rato en la bolera, viendo a una muchachita morena (tirando a negra) elástica y graciosa, que apuntaba con tino, disparaba con fuerza y ponía al mismo tiempo en juego los resortes más eróticos de su musculatura, aunque inocentemente, me pareció. Lo más probable es que de todos los presentes, docena y media entre chicas y muchachos, fuese yo solo el que recibiera la sugestión emanante de aquel sistema puesto en tensión por el deporte. ¿Debo sentirme orgulloso o avergonzado? ¿Es una deficiencia advertir y responder (imaginariamente) a la llamada involuntaria de unos ojos calientes, de unos muslos estirados, de unos senos que a veces asomaron por encima del escote, duros e impertinentes? ¿O es lo correcto? No podría responderme, porque jamás he llegado a comprender el meollo de la moral puritana y de sus derivaciones, pero insisto en confesar que lo pasé muy bien contemplando a la chica, la cual, siendo mestiza, llevaba nombre judío, con el que la llamaban o la jaleaban: Déborah.

Mi preocupación, sin embargo, no debió de ser mucha, porque el problema moral se desvaneció en el trayecto del ascensor, quizá a causa de la entrada tumultuosa y súbita de un grupo de visitantes de mi lengua, mujeres y hombres, y, aunque mezclados, más de allende el Atlántico que del aquende: deducido por los acentos. Comentaban lo mal que se come en los Estados Unidos y lo barata que está la gasolina: dos realidades que deben de estar profundamente relacionadas, juzgando por su posición vecina en el mapa mental de aquellos vocingleros. Me senté solo en una mesa, llegó alguien después, la conversación fue normal, entiéndase trivial. ¿Quién piensa que los profesores, sólo por serlo, estamos siempre en trance, o de parto, y sólo producimos proposiciones de contenido genial y expresión rigurosa? Recuerdo que una vez, en mi patria, un mancebo comentó lo vulgar de los coloquios que se escuchaban en el tranvía, convencido de que, si aquel artefacto traslaticio fuese en aquel momento ocupado por medio centenar de profesores, lo menos de que se hablaría sería de Picasso o de la fisión del átomo. Confío en que a estas alturas mi joven amigo se habrá desengañado y habrá aprendido que nosotros, los escogidos, somos vulgares como cualquiera, y, a veces, más, y que en nuestros paliques jamás se pierden los resplandores. Pues fíjate en mí: me encandilan las tetas de una morena, y charlo, durante media hora larga, con un profesor de lingüística, de lo inseguro que está el tiempo, de que se anuncian fríos, de que van a subir un diecisiete por ciento los neumáticos para la nieve. De todo esto, lo que realmente me interesa es lo del frío. ¿Qué pasará en nuestra cabaña cuando caigan los primeros copos? Me gustaría ver el estanque a través de las estrellas heladas de los vidrios. Mi alquiler se agota el treinta y uno de diciembre; hasta entonces...

Apareciste a las tres en mi despacho. Antes, había estado Nancy Ray, un rato largo, con lágrimas y todo, porque le ha salido mal el matrimonio procurado con tan grande entusiasmo, con tan hermosas esperanzas, al que asistí, ¿lo recuerdas?, en una iglesia unitaria donde el pastor, vestido de toga académica, desde una especie de presbiterio decorado con un tresillo romántico realmente bonito, nos habló del espíritu puro (que no sé si escribir con mayúsculas o minúsculas) mientras el órgano trepaba por las escalas más abstractas y la gente pensaba en el partido del domingo. ¡De esta ceremonia no hace más que seis meses! Si vieras llorar a Nancy... Llegó a recriminarme por no haberla advertido de lo que es un matrimonio por dentro. ¡Y yo qué sé, criatura! Nancy no llegó virgen al tálamo propiamente dicho, aunque sí a los brazos del que es aún su marido. ¿Será la inexperiencia la causa del fracaso? Uno ya no sabe qué pensar... Quedó en volver otro día. La encontré desmejorada, ella, que pimpaba como una flor, y que no hace más que ocho meses venía a confesarme que era feliz con su novio: a confesarlo porque necesitaba decirlo a alguien, porque rebosaba de ella la felicidad, y la naturaleza, en estos casos, no suele responder, ni sonreír, menos aún congratularse.

Tampoco tú traías buena cara. Te me sentaste enfrente, *mi dulce silencio,* desanimada a juzgar por el suspiro. «Hay dos cosas, ¿por cuál quieres que empiece?», y, sin esperar palabra mía, me contaste tu desilusión de la visita a la doctora Wagner, una señora objetiva como una computadora, cuyo diagnóstico resultó de cotejar datos referentes a Claire con los que a ti te conciernen, incluidas las respectivas historias familiares, aunque de esto poco hayas podido decir, porque eres una emigrante que se olvidó de la aldeíta griega y de sus generaciones, y porque de la prosapia de Claire, poco más sabes que el abolengo de sir Ronald —nombre por otra parte que no inmutó a la doctora. «¡Es uno de los más grandes poetas ingleses, señora!» «Sí, pero, como antepasado, poco recomendable.» En fin, que a lo que tú ibas es a saber si tu mezcla de amor y sacrificio podría remediar las deficiencias de Claire, te respondió leyendo una estadística de resultados positivos y negativos, no en tanto frutos de un amor desesperado, sino de tratamientos. «Tendrá usted que traérmelo aquí, y después hablaremos.» Y al terminar me preguntaste: «¿Qué hago?». Y no te respondí sino esto: que tenías dos caminos y que antes de elegir cualquiera de ellos deberías pensarlo bien. ¿Te diste cuenta de que eso mismo se le puede decir al que trae en los labios la palabra angustiada que conduce a la muerte, y al que no sabe si asesinar o no al presidente de la Unión (en el nombre, siempre respetable, de una tradición ya secular)? Tengo a mi favor (o en mi contra) que lo hice adrede, consciente de la ambigüedad; pero en aquel momento no me sentí capaz de cogerte por los brazos, de morderte en la boca y de llevarte conmigo. Probablemente, de hacerlo, hubiera fracasado.

Después echaste encima de la mesa unos papeles. «El artículo del profesor Spencer. Ya lo he leído.» Y yo lo conocía también, ahora estás enterada: lo sabía de memoria, pero, por habértelo ocultado, hube de leerlo otra vez, simulando atención, volviendo atrás en alguno de los pasajes, y, en otros, levantando la vista y mirándote a los ojos: una pequeña farsa que me salió bastante bien. ¿Quién fue el que le dijo al otro: qué es lo que piensas? Creo recordar que hablé el primero: «Es como un martillo pilón, apabullante». «Luego, ¿crees que Claire...?» «Si lo tuviera ante mí, desmantelado, perdida la fe en sí mismo (que es como debe estar, o como estará cuando lea esto), le diría: Reconozco y admito que la ciencia reclame, para la exposición de una verdad, fundamentos teóricos de indiscutible rigor; pero siempre se corre el riesgo de que si tales fundamentos llegan a ser descalificados, en nombre de otros más modernos, o inutilizados por una teoría opuesta que se recibe como legítima porque se demuestra que lo es, la verdad, antes tan bien cimentada, queda en el aire, y habrá que esperar a que cambien las cosas de la teoría, y se restaure lo antes desechado, para que la verdad recobre su condición. Es lo que pasa con lo que tiene a Dios como principio, con lo que se cimenta en Él: que, cuando nadie cree en Dios, tampoco cree en lo que él sostiene en su mano, y habrá que esperar a la nueva ola de la fe.» «¿Piensas, entonces, que el sistema de Norman Ray dejará algún día de estar vigente?» «Si no fuera así, no sería un sistema; de modo que, ese día, alguien se acordará de un genio que se llamó Alain Sidney, que padeció de injurias por la ciencia y fue vituperado, pero que ahora, a la luz de los nuevos descubrimientos, resplandece hasta el asombro por su profundidad y penetración históricas, posiblemente a causa de una mágica intuición; aunque, claro, su tesis no se mantenga ya a la altura de los tiempos, y haya que corregirla, no en el sentido de que Napoleón *haya o no verdaderamente existido,* sino en el de que, habiendo existido, se haya manipulado su existencia como si fuera una ficción y no una realidad patente, de manera que a la luz de la ciencia rigurosa más parezca inventado que real. Con lo cual se hará paz entre tirios y troyanos, y al lado de aquellos que investiguen la historia en sí de Napoleón (si es que algo queda por investigar), vendrán los que descompongan su mito en factores primos o constituyentes, son a saber, quién, por qué y para qué, y hasta es posible que cómo, cuándo y dónde. ¡La de operaciones gramaticales que comporta la ciencia! Y no sería de extrañar que a todo esto se añadiese, de forma complementaria, o quizá paralela, aunque probablemente discutida y, por supuesto, discutible, la consideración estética del acontecimiento, lo que puede sacar a la luz o a relucir estructuras colmadas de sorpresa: una invención como la de Claire lleva mucho de poesía dentro, pero, en todo caso, más de lo que el autor sospecha. Como verás, eso basta para que sobrevenga, como un tifón, una nueva especialidad, que acaso se bautice con el nombre de Claire.» No respondiste nada, pero no pareció que mis palabras te hubieran tranquilizado. Retiraste la fotocopia, la guardaste en tu cartera. «Quizá a estas horas ya la haya leído Claire. Le envié un ejemplar esta mañana por una compañera que pasó por Schenectady: dejó el sobre en un restaurante en el que Claire suele almorzar. Como lo espera, hoy habrá ido.» Te pregunté si pensabas venir a la cabaña. «Sí, ¿por qué no? No sería capaz de soportar la soledad de mi casa. Aunque a veces no lo creas, tu compañía me ayuda... Tu compañía y tus historias.» Me agarré con fuerza a aquel tenue cable que me tendías: «A propósito de historias... Hoy he tenido un hallazgo, en realidad una verdadera perla inesperada, un premio a la constancia. Por escapar al pelma que me acompañó en el restaurante, y que intentaba prolongar su lección de lingüística bloomfieldiana con el pretexto de una copa de coñac, entré un rato en la biblioteca, y consulté por rutina los repertorios bibliográficos. Encontré por tercera o cuarta vez una referencia extraña a La Gorgona: que había pasado por alto y en la que hoy me detuve: que figura en un libro titulado *Exposición y comentario de las últimas teofanías paganas,* en Filadelfia, Pha., imprenta de Jones and Jones, 1876: ese mismo libro que tienes ahí delante (y tú lo cogiste y lo miraste con cierta displicencia). Lo hallado no se refiere, por supuesto, a sir Ronald, ni siquiera a Agnesse, pero sí, en cierto modo bastante oblicuo, a Ascanio Aldobrandini. Consiste en una introducción y en la transcripción de un texto de míster Algernon Smith, el cónsul de Inglaterra en la Isla, escrito a requerimiento (indirecto) del primer ministro, que debía de ser entonces William Pitt, el curda. El documento dice estar tomado del original que se guarda en el archivo del Foreing Office: ahí está la signatura. Del relato que hace se infiere que míster Algernon Smith, pese a su depravada vida y quizá a causa de ella, no carecía de sentido del humor, y daba por sentada la existencia en los cielos y en la tierra de bastantes más cosas de las que sueña cualquier filosofía. He aquí los hechos: a Londres llega, se ignora por qué vías, el relato de un suceso extraordinario, de un suceso inverosímil, acontecido en La Gorgona: el primer ministro solicita de su colega del Foreing Office que recabe información oficial del representante inglés en la Isla, quien responde más o menos: "Si en virtud de mis obligaciones consulares hubiera informado a ese departamento de esos acontecimientos por los que V. E. se interesa, se me hubiera tomado por loco, se me hubiera destituido con toda urgencia, aunque también con injusticia escasamente notoria. Preferí, cautamente, esperar a que noticias más o menos deformadas, aunque siempre de contenido descomunal, llegasen a Londres (tenían forzosamente que llegar: el día de autos había al menos dos barcos británicos surtos en el puerto de La Gorgona), sorprendiesen a los miembros del gabinete de Su Graciosa Majestad por su inverosimilitud, y, por lo menos, les causasen cierta alarma. La comunicación de V. E. es la prueba de que no me equivoqué. Paso, pues, a narrar lo sucedido, aunque se entiende que en ningún momento ni por ningún procedimiento directo o indirecto intentaré explicarlos o reducirlos a los límites de lo humanamente inteligible y aceptable. Debo advertir a V. E., y a todos aquellos a quienes alcancen mis relatos, que me considero excepcionalmente favorecido por la fortuna al poder testificar lo que sigue y al poder defender su realidad ante el lucero del alba que se la niegue: es, de cuanto llevo visto y experimentado en mi ya larga vida, lo primero y lo único que considero inexplicable. Todo lo demás que sucede en el mundo puede entenderse, ya poniéndose en el lugar de Dios, ya en el del Diablo, ya algunas veces en el lugar del Destino. Nunca me tuve por desdichado, pero esto me hace feliz.

"Ese mismo día que V. E. señala en su carta, a eso de la media mañana, el vigía de la *cofa dos* descubrió en la lontananza marina una extraña procesión de seres inmediatamente no identificables. Debo advertir, a propósito de la *cofa dos,* que no pertenece a ningún barco, sino a una especie de palo de mesana que mandaron instalar en la torre del Castillo de la Palma con fines mixtos de vigilancia y simulación: que pudiera, la vigilancia, llevarse a cabo desde la torre del castillo sin necesidad de palo ni de cofa; la segunda obedece a la añoranza de la mar y los barcos que esta gente manifiesta desde que perdió su flota. Vuelvo, pues, atrás: el marinero de guardia vio a lo lejos cierta extraña procesión, y sin intentar comprenderla, comunicó su descubrimiento por medio de banderas, al vigía de la *cofa uno,* que está instalada en un cubo de la antigua muralla, esta vez en un palo trinquete, y que abarca nada más que el interior de la ría. El vigía número uno, es decir, el de la *cofa uno,* lo escribió en un papel y lo pasó a la autoridad inmediatamente superior, que es la de un cabo, a partir del cual, y con añadidos, el mensaje recorrió hacia arriba toda la jerarquía militar y civil hasta llegar a la mesa del ministro: quien ordenó que se le dieran al vigía de la *cofa dos* veinte azotes por prestar servicio briago, y que fuese arrestado; pero antes de que tan oportuna cuanto justa decisión hubiera iniciado el camino hacia abajo por los peldaños de la jerarquía, llegó un segundo mensaje con la noticia de que ahora se veía claramente que se trataba de un grupo numeroso de personas en y alrededor de un carro, pero que no podía decir más, a causa de la distancia a que aún se encontraban y de cierta neblina que lo emborronaba un poco. Ascanio iba a decretar que se doblase el número de azotes, pero, sin transición ni meditación previa, como quien dice de súbito, preguntó desde qué punto de la ciudad, terraza o torre, se alcanzaba una buena visión hacia aquella parte del mar que señalaba el vigía, el SSO precisamente, y le dijeron que desde la torre del castillo, porque hacia esa parte de los vientos las colinas que cierran la ría pierden altura y la mirada puede saltar por encima de sus lomas y catar con libertad las lejanías: decisión, al parecer, de naturaleza inspirada, pues no parece existir otra causa que la explique o justifique más que lo sobrenatural. Ascanio pidió su coche y el catalejo más potente: tardó unos diez minutos en llegar al puente levadizo, y más o menos otro tanto en trepar a la terraza susodicha: oteó desde allí el horizonte con movimientos que delataban la práctica en columbrar de un verdadero almirante (aunque cojo), según murmuración posterior de quienes le acompañaron. Sin decir una palabra, visiblemente alterado, pasó el utensilio al más próximo; éste miró también en la dirección consabida, y entregó el aparato a un tercero, quien repitió la operación y comentó: 'Es completamente incomprensible'. '¿Qué ven ustedes?', preguntó, entonces, el ministro; y sus adláteres le respondieron, casi a coro: 'Un carro al parecer de caballos, Señoría, y gente a su alrededor'. 'Como si vinieran por una carretera, ¿verdad?' 'Como si vinieran por una carretera.' 'Pero vienen por la mar.' 'Sí, Señoría, por la mar, y eso es lo incomprensible.' '¿No advirtieron ustedes ninguna otra cosa rara?', insistió Ascanio. 'Sí, Monseñor: que esa gente, o lo que sea, tiene el color verdoso.' 'Yo no sé qué me preocupa más: si el color, o el que naveguen por la mar como si nada.' A todo esto, resulta que desde el barrio de los griegos alguien había visto y traducido el mensaje de las banderas, y quien tenía a mano un anteojo de larga vista subió también al monte y contempló lo que Ascanio contemplaba. Como era un griego, le fue más fácil entender lo que veía, de modo que bajó del Arrabal y lo contó en secreto a todo el mundo: 'Ahí viene Poseidón con Anfítrite y todo su cortejo. Se conoce que ahora cumplen mil años de la boda anterior, y les toca celebrar otra nueva'. La gente del barrio griego festejó la aparición, porque habían creído siempre que Poseidón y Anfitrite se casan cada mil años, y sabían por tradición que el tálamo de estos dioses marítimos está encerrado en el fondo de una gruta luminosa donde mana la fuente que dio fama a esta Isla desde la Antigüedad. En un lugar secreto de la casa en que habito, se conserva un mosaico romano de hace aproximadamente dos mil años, en que se representa el cortejo del dios de los mares penetrando con su esposa *en esta cueva,* cuyo perfil se puede identificar y yo mismo lo he identificado. Y en la catedral de los griegos, en un manuscrito viejo de unos mil años, siglo más, siglo menos, y escrito en el griego de Bizancio, se representa también la misma escena, aunque con bastante menos precisión que en los mosaicos, y ciertos caprichos interpretativos que revelan alguna curiosidad por las partes pudendas de Anfítrite, así como bastante incompetencia, o, ¿quién sabe?, excepcional sabiduría, pues las pintan trifoliadas o trifendidas, así como una flor de lis utilizada para cualquier inmenso tapiz señorial. Si ahora se cumplen dos mil años de las primeras bodas documentadas, y mil de estas segundas, ¿a quién puede extrañar la nueva aparición de la cópula divina, si le llega su tiempo como la pubertad a las gallinas? Pero si los honorables ministros de Su Graciosa Majestad desean conocer las razones que tienen Poseidón y Anfitrite para recasarse cada mil años, es cuestión a la que me siento incapaz de dar una respuesta que pueda satisfacer a mentes templadas en los rigores de Oxford o de Cambridge. Las leyes civiles o consuetudinarias que rigen la vida privada de los dioses sólo tortuosamente nos fueron reveladas, siempre a través de mitos y de otras confusiones, pero yo pienso que, dada la tendencia de la gente a no casarse, esta pareja de paradigmas olímpicos se junta públicamente cada mil años para que cunda el ejemplo.

"El pueblo del Arrabal se echó a la calle y a las orillas de la mar. La noticia corrió también a la ciudad de los latinos, quienes en un principio, se negaron a admitir lo evidente: no en vano son italianos y tienden a no creer más que en la fuerza secular de la Iglesia. Pero ante la presencia del cortejo nupcial, que se acercaba a la bocana, y de que antes de media hora habría hecho su aparición en la ría, todo el mundo corrió al muelle, o a los balcones y torres desde los que la mar se divisaba. A muchos se les reveló por primera vez la utilidad de un catalejo y la conveniencia de que ese instrumento sea cuanto antes incorporado a los ajuares domésticos, sobre todo en una Isla, aunque, como ésta de La Gorgona, haya renunciado a las glorias marineras. El mío, Excelencia, lo recibí en regalo de un capitán de fragata inglés, y me permitió ver con precisión y cercanía la entrada del carro de Poseidón, tirado por caballos palmípedos que levantaban nubes de espuma. Le precedía un escuadrón de delfines, le acompañaba una pequeña corte de tritones y nereidas, tan hermosas ellas como desvergonzados ellos, pues si bien es cierto que entraron en la ría haciendo sonar relucientes bocinas, como quien dice '¡Aquí estamos!', lo es también que muy pronto prescindieron de las tocatas y se dedicaron a perseguir a las nereidas y a fornicar con ellas a ojos vistos: los más púdicos de ellos, entre dos aguas. No sé si serían conscientes de que una muchedumbre bilingüe les contemplaba, o si les salía por un ardite esta abundante presencia de testigos. Sin ánimo de escandalizar a Sus Honores, debo decir que los dioses que transportaba el carro tampoco daban señas de mayor continencia: durante todo el tiempo que mi anteojo los mantuvo dentro del campo de visión, el señor de los mares se dedicó a mordisquearle apasionadamente los muslos a Anfitrite, lo cual, si se explica por la calidad de lo mordido y quizá también por las ansias del mordiente (el cual, en los últimos años, a lo mejor vivió apartado de su diosa), no por eso justifica semejante publicidad. Debo advertir, sin embargo, que a la gente no la cogió de sorpresa; que la mayor parte de los presentes halló justificadas las expansiones del dios, y que muchos las tomaron como una auténtica invitación al vals, aunque esto de hincar el diente a un muslo no lo aconsejen los moralistas romanos a causa de ciertas propincuidades. El clero griego no suele ser tan detallista, menos aún tan meticón. Para los latinos imitadores del dios, la operación alcanzó la emoción de las grandes trasgresiones.

"Honorable señor ministro, voy alargándome, pero no puedo contar lo que me pide con escasez de palabras, si el actual inquilino del 10 de Downing Street ha de quedar ampliamente informado, al menos en la medida que requiere nuestra política de expansión mediterránea. A la vista de lo narrado, conviene admitir sin discusión que este mar pertenece todavía a los dioses paganos, y que todo poder que no sea el suyo constituye una intolerable intromisión, si bien admita, y me apresuro a dejarlo constante, que el almirante Nelson, erguido en lo más alto de su nave, es semejante a un dios y bien merece competir con cualquiera de ellos. No obstante no parece ser que el estatuto mediterráneo impuesto por Nelson lo hayan admitido (me refiero a los dioses, como es obvio), y por eso castigan algunas injerencias con crueldad e indiferencia por el sufrimiento humano. Yo sé que aquella noche, en lugares secretos de la costa, se encendieron luminarias y se lloraron preces a Ennosgaios, el dios que sacude la tierra, o sea, el propio Poseidón (aunque bajo distinta catadura), quien, para esta gente, además de los mares, señorea también los movimientos telúricos, y en esta Isla se teme, desde el fondo de los siglos, que uno de esos terremotos la hunda en el abismo. Los latinos dicen que así fue profetizado por algún santo ante ciertos pecados cuya consistencia, o cuya formulación verbal, fueron lo suficientemente ambiguos como para que cada predicador los interprete a su manera y condenase, en unos casos, la avaricia, y en otros, la lujuria, según la conveniencia del que manda: pero un humanista que conozco, amigo mío y destripador de cuentos, asegura que en la época de Julio César ya se temía lo mismo.

"Los latinos viven bastante al margen de esas tradiciones. Si contemplaron la entrada de los dioses en la ría, fue para escandalizarse por su escaso pudor. El obispo intentó presentarse en el muelle convenientemente revestido y provisto de un complicado, aunque brillante, instrumental para la exorcización, pero alguien cuenta que un sacerdote que le acompaña siempre, gran teólogo y hombre no muy claro, así como escurridizo y navegante entre aguas, impidió que acometiera tal ceremonia, por la certeza que tenía de que iba a quedar mal. '¡Los hundiré en el fondo de los infiernos con el hisopo!', dicen que clamaba el obispo; y el otro le preguntaba: '¿Y si siguen flotando?'. 'Pero, ¿cómo van a flotar si les echo agua bendita?' '¡Están tan lejos!', dicen que dijo el preste, y eso solo dejó al obispo acoquinado, que no se explica lo que le sucedió, y hasta es posible que hubiera seguido adelante con la ceremonia si no fuera porque se le acercó un propio de Aldobrandini y le enteró claramente de que el ministro quería hablar con él: en lo cual terminó el incidente. Los presentes, que eran miles, a una banda y a otra de la ría, vieron por fin cómo el cortejo lo tragaba la espelunca, que por cierto se iluminó al recibirlos, si se ha de creer el testimonio de los marineros que andaban por allí con sus odres haciendo agua y contaron que aquella gente divina dejaba un rastro u olor a marea fuerte, como de berberechos o de caviar, y que la luz iluminante les salía de los cuerpos como a los peces de noche, aunque bastante más intenso y de un verde más suave. El caso fue que se los engulló la cueva, y allí acabó la visión. Como los griegos, pese a la reliquia de san Demetrio por la que pelean los de aquí, nunca dejaron del todo de creer en sus dioses antiguos, esos que ellos mismos inventaron y que han tenido siempre, o como retirados, o como supernumerarios y en reserva, no se han creado graves problemas de conciencia. En cambio, los latinos no aciertan con la explicación, y eso que no hacen ya otra cosa que buscarla, y se murmura entre ellos que entre el obispo y el ministro se cruzaron al respecto palabras violentas, y que salió para Roma un informe en latín con el ruego de una respuesta urgente a la pregunta formulada."

»El resto de lo escrito por míster Algernon Smith tiene menos importancia, pues se trata únicamente del desahogo de un ateo que siempre sospechó, sin embargo, que los dioses no habían muerto del todo, y que anuncia a sus superiores ciertas alteraciones en sus ideas personales acerca de la divinidad, si bien sólo en lo profundo de su corazón, ya que en la mera apariencia continuará siendo fiel a la Iglesia Anglicana y a Su Graciosa Majestad que la gobierna. Pero a mí me interesaba saber un poco más de la entrevista del obispo con el ministro, y, como si dijéramos, hojeé el texto de la Historia del mundo hasta encontrarla: que fue en el despacho de Ascanio, quien, de pie y con la mesa por delante, recibió al prelado con ira visible, y, por supuesto, audible, y, sin mandarlo sentar, le exigió una razón suficiente de cuánto acababan de ver, "...no sólo el pueblo entero, señor obispo, sino usted y yo", y el obispo sólo sabía decir que era el demonio, que sin duda era el demonio, que únicamente el demonio podía ser. Pero al ministro no pareció convencerle aquella respuesta balbucida. "Señor obispo, yo he respetado la vida de personas que estorban mi política porque Roma me lo ordena. Señor obispo, yo vivo en difícil castidad forzada porque Roma me dice que, en el caso contrario, iré al Infierno. Y ahora acabo de ver cómo una pareja de dioses fornica en mis narices y en las de Su Señoría Ilustrísima. Señor obispo, el pueblo acaba de ver lo mismo que nosotros, y en el pueblo hay también personas que no pecan por temor al Infierno. ¿Qué pensarán, qué es lo que harán, después de ver lo que han visto?" El obispo estaba consternado. No se atrevía a levantar del suelo la mirada, y el suelo sólo le daba la imagen alucinante de infinitos cuadrados de mármol, blancos y negros. "Roma no miente, Roma jamás engaña, Roma dejará tranquila y satisfecha nuestra razón." "¿También la suya, señor obispo?" "¡También la mía, señor ministro, también la mía!" Esta repetición, cargada de esperanza o decepción, no se puede saber; en cualquier caso, de intención claramente patética, pareció dulcificar un poco a Aldobrandini. Al menos, entonces fue cuando rogó al obispo que se sentara y le preguntó si quería tomar algo.»

5. — Aquella tarde volvimos a la cabaña en mi coche. No recuerdo por qué: la costumbre era venir en el tuyo. ¿Porque conduces mejor? Acaso. Aquella tarde lo hacía yo, y tú permanecías silenciosa, acurrucada en el extremo del asiento. Fuimos dejando atrás las casas y los anchos caminos de asfalto, y entramos en el bosque, amarillento ya, y uniforme, con algunos jirones de la color antigua, que se iban apagando. Se me repitió la sensación de la otra tarde, la de entrar en un mundo que llamar irreal sería tópico y, sobre todo, equívoco, pues no creí que lo fuera, sino sólo distinto, o tal vez el de todos los días, pero como si se le hubiera caído la pátina y se fuera mostrando en su ser, aquel en que los árboles palpitan, en que las ramas se retuercen como brazos desnudos que clamasen al cielo, en que la luna muestra la nueva faz y el cielo permanece perezosamente purpúreo. Yo había dicho unas cuantas palabras, posibles cabos de una conversación, que tú no recogiste. Empecé, entonces, a silbar, no estrepitosamente, por supuesto, sino suave, y si al principio fueron tonadas vulgares y cono-

cidas, acabé dándome cuenta de que silbaba una música distinta, jamás sabida por mí, y que no sé de dónde me salía, ¡mira qué cosas! Y era como si aquella musiquilla, a la que, por supuesto, te mantenías ajena, fuese precisamente la clave de lo que se iba trasmudando, o, con más exactitud, modificando, aunque quizá no sea ésta la palabra que describe la operación de encenderse el contorno por el que vamos con la luz que cada cosa lleva dentro, de que sea todo trasparente y trascendido, y de que veas bajar la savia lenta de los árboles, y cómo pujan, creciendo, las flores del otoño. Distraje unos instantes la mirada hacia el rincón donde ocultabas tu silencio, y te vi también iluminada, y, no sé si fue ilusión, bombear la sangre tu corazón hacia las manos y los pies remotos, y toda tú poseída por la imagen de Claire, por su recuerdo y su nombre, en esa medida absoluta que yo conozco tan bien, porque de esa manera me siento a veces poseído. Así alcanzamos el lago, así te situaste en la popa de la barquilla como alumbrando el rededor de las aguas y del bosque, así entraste en la cabaña como si no pusieras en el suelo los pies, quiero decir, así lo pareció, o quise que lo pareciera, no sé, escapando a esa impresión jamás abandonada de que eres la más real de las mujeres, que echas raíces cuando pisas. Bueno, no me hagas caso, pero es lo cierto que aquella convicción de que andábamos por un mundo distinto, que tampoco es nada extraordinario, puesto que sucede a mucha gente, me duró mucho rato, todo el que permanecimos sentados ante el fuego, yo no sé cuánto tiempo: silencios largos y largas locuacidades, te conté varias historias, tú me hablaste de Claire, ¿cómo no?, y acabaste el discurso al parecer veleidoso, pero, pude observarlo instalado en mi mudez atenta, muy restringido en el fondo a un par de temas, que Claire te necesita, que tú puedes salvarlo, y mezclando el problema de Napoleón con las incertidumbres de la cama, que intentabas destruir como tales, confiada en la magia de tu cuerpo y de tu amor. ¡Ay, Ariadna! Tu palabra iba y venía como una lanzadera, de un tema a otro, por la urdimbre de tus deseos, y, a veces, se desviaba, se metía en terrenos ajenos, me hacía pensar que iba a perderse acaso en un abismo del que yo tuviera que sacarte; pero no, no, regresaba confiada para afirmar que Claire no se equivoca, que alrededor del libro se ha levantado una muralla de envidia rencorosa, y que la impotencia sexual, por ser de origen psicológico, es curable casi siempre. Me gustaría saber lo que dijiste en griego cuando hablabas de su madre, qué maldiciones antiguas y tremendas echaste encima de su memoria. Y, por último: «Todo lo que me cuentas de esa gente de La Gorgona, ya te lo dije, me divierte y distrae, pero te ruego que los dejes de lado por una vez y vayas a lo que me importa, si es que existe: el cómo, el cuándo y el quién inventó a Napoleón». «Confío en llegar a eso de un episodio en otro.» «Sí, pero yo tengo prisa. Varias veces me has dicho que el pasado es como un libro. Pues te ruego que lo vayas hojeando, y cuando llegues al capítulo que me interesa, te detengas y me lo dejes leer. Confío en que será posible.» «Sí, seguramente lo es. Lo intentaré, por supuesto.» Y te miré. Tenías las piernas recogidas debajo de las nalgas, el cuerpo echado hacia atrás, erguida la cabeza, y el fulgor tembloroso de la llama te alumbraba desde abajo, de modo que tus ojos quedaban en penumbra. Estabas allí concreta y, sin embargo, difusa, tres o cuatro manchas de luz nada más, verdaderamente irreal. No me dejé llevar de la apariencia, no me sentía empujado a hacerlo, porque en aquellos momentos no te veía como cuerpo ni como sombra, sino como Destino. Me andaba por el recuerdo una canción antigua portuguesa, una canción vulgar, de las que a veces encierran migajas de la gran sabiduría. Ésta dice: «Tengo el Destino marcado —desde el día que te vi». Así, en castellano, se aparta poco del portugués escrito: cantada difiere más. Tú podrías cantársela a Claire; yo te la cantaría a ti: es ridículo pensar que ninguno de nosotros recibiría respuesta. Pues, en aquel momento, lo que es todavía oculto de tu Destino, se me ofreció como un pecado posible, como una tentación blasfema, aunque evidente y convincente en sus términos: si todo está ya dicho y pensado, si ya está hecho de antemano, se puede contemplar lo mismo que el pasado, no es más que un solo libro, si bien leyendo a la derecha (ya me lo había advertido Cagliostro). Seguías con la mirada oscura, el mentón clareado por las llamas temblonas. Dejé de mirarte, busqué en el fuego tu rostro y tu futuro, no enteramente (no me atreví a tanto, por miedo de no encontrarme en él), pero sí lo inmediato, lo que iba a suceder un día de éstos, lo que no ha sucedido aún cuando escribo estas líneas, pero que sucederá mañana... Nítidamente, lo mismo que en un espejo, estabais Claire y tú, en esa casa que él tiene en la ribera del Hudson, un poco más arriba de Schenectady, en un prado con abedules y un pequeño embarcadero. ¡Qué hermosa es! Ha reunido en ella todo lo que se trajo de Inglaterra, en libros, en muebles, en cachivaches, y ha compuesto un salón un poco abigarrado, sí, pero con gracia. Y aplica a sus rincones motes que aprendió en Francia, el *coin repas,* el *coin repos* y también el *coin amour.* Es ahí donde te tiene, hundida en miraguano de almohadones, quieta, diríamos que fascinada por la belleza de todo lo que te envuelve —ante todo su palabra. Hace ya rato que le has contado nuestra revelación, eso que aún no sabemos, pero que sabremos mañana: quién inventó a Napoleón; y a él le pareció lógico, comprendió por qué caminos le había llegado la intuición, a qué sistema absurdo de causas y de efectos debía el descubrimiento. Él habla y habla, veleidoso también, aunque adrede: como abeja de unas flores en otras: Agnesse, Napoleón, sir Ronald, pero al revés, porque no chupa el néctar, sino que lo derrocha. La verdad es que no lo oigo, sino que lo adivino. Como a ti, me sucede que el ansia de llegar al final me impide detenerme en el discurso y perderme, gozoso, en laberintos. No me importan las palabras: lo que me importa es que, pese a esa especie de hipnosis que te mantiene inmóvil, de cuando en cuando desvías la mirada hacia un retrato enorme, con lujo de metal y espejos, quizá un antiguo marco veneciano, que representa a la madre de Claire. Esas miradas oblicuas descubren que tu atención no pasa de aparente, que dentro de ti contienden la decisión y la vergüenza, que tu instinto te acaba de gritar «¡Ahora o nunca!». Para mí el tiempo no existe. ¿Fue inmediatamente, fue más bien algo tarde, cuando te levantaste y ocultaste con tu cuerpo delgado el retrato? Él se calló, de repente, y te miró, porque algo desacostumbrado, imprevisto, había en tu rostro, en tu actitud. Tuvo miedo, recuérdalo: vaciló. Y entonces, le preguntaste: «Claire, ¿me amas?». «Sí, claro, lo sabes.» «Pues llévame, entonces. Anda.» Así de simple, así de pulcro. Y empezaste a desabrochar el traje, o a descorrer la cremallera, no lo recuerdo bien. Él se había levantado y tú ya estabas desnuda. Te cogió en brazos, te levantó, dio una especie de alarido de *highlander* que se quebró a la mitad, aturuxo frustrado y un poco innecesario, y se ocultó contigo en la sombra. No quise estar allí, me limité a esperar atraído también por la efigie de la madre: tan delicado rostro, con un algo en la frente indicio de dominio que la afea. Y entonces, yo no sé cuánto tiempo después, seguramente poco, escuché a Claire gritar con voz desconcertada y rota: «Si lo sabías ya, ¿por qué me obligaste a esta vergüenza? ¡Vete! ¡Te odio!». Lo que le respondiste no me llegó, por ser seguramente tu pena susurrada, por ser el puente de silencio y amor por el que ambos pudierais transitar, todavía hacia una tierra común, pero él repitió que te fueras, y que no quería verte más. Me alejé, sin retirarme. Lo que siguió fue que te vestiste deprisa, que saliste, que te metiste en el coche, que te hundiste en el camino oscuro. Entonces dejé de mirar al fuego y contemplé tu ser real, inmóvil aún, y lo adiviné todavía poseído de Claire, como lo había estado aquella tarde, como lo suele estar. Y se me entró un temor de que tu coche acabara por salirse del camino, esa noche futura en que te apesadumbre el desprecio de tu amor y de tu cuerpo. Y entonces me vinieron las ganas de matarle. ¡Oh, no lo haré, naturalmente! Soy todo un caballero y hasta es posible que un poco *gentleman*. Pero, ¿no crees (no lo crees ahora, cuando estés leyendo esto, pasado el tiempo ya, pasada la ocasión, y hasta es posible que un poco restaurada de ti misma), no crees que bien podía haberse portado de otro modo, haber aceptado con el humor de siempre, con su ironía, el dolor de su deficiencia, y, sobre todo, haberte amado mucho más por aquel sacrificio a que te mostrabas dispuesta? Cosas como éstas, y otras que acaso haya olvidado o querido olvidar, las estaba esperando mientras te contemplaba: el fuego se iba extinguiendo, el resplandor que te alcanzaba era más débil; si antes únicamente consistías en unas manchas de luz, ahora las manchas eran menos y menores. No podías haberte dormido en aquella postura: imaginabas, estoy seguro, la escena que yo acababa de ver, pero con otro desarrollo, y, sobre todo, con un final feliz.

6. — Ya sé que vamos a pasar rápidamente por encima de algunos acontecimientos, acaso baladíes, otros sin duda importantes, probablemente divertidos. A lo mejor, una de estas tardes en que me encuentre solo, o en una de estas noches, me vienen ganas de recobrarlos y de escribirlos aquí. Hay sin embargo dos o tres de ellos que voy a relatarte ahora. Aún no ha pasado tiempo desde que nos hemos despedido. Tenías sueño, yo permanezco desvelado. Tu puerta está cerrada: desde la mía, entreabierta, contemplo aún el rescoldo, siento cómo me atrae, cómo tira de mí. De responder a esa llamada, ¿qué escenas no surgirían de ese remoto ayer en que también seguramente había alguien que amaba y no era amado? Ascanio, ¿por qué no? Desde un principio le hemos cogido ojeriza, le hemos atribuido el papel del malo de la fábula. Sin embargo, ya ves, con el obispo se portó correctamente, como hombre apasionado y capaz de asentarse con pie firme en los umbrales de la tragedia. «Yo amo a Agnesse, pero el miedo al Infierno me la prohíbe. Señor obispo, ¿qué es peor, el adulterio o el asesinato? El asesinato es rápido, fugaz: el adulterio dura y acaba por convertirse en hábito. Sólo quien se empecina en el crimen acaba hallándolo normal, pero éste no es mi caso. Me arrepentiré como Dios manda, cubriré mi cabeza de cenizas, lloraré como David. En cambio, amancebado con Agnesse, llegará una mañana en que pregunte a mi conciencia qué daño hago, y a quién, acostándome con ella, y dejaré de creer que es un pecado. De hábitos pecaminosos, señor obispo, de conciencias muertas, ustedes saben mucho. ¡Piénselo bien, que lo piensen con calma sus asesores, ese cura larguirucho y moreno que le

acompaña siempre, que parece dictarle la conducta! Señor obispo, si yo enveneno a Flaviarosa y mando a un sicario que busque en el ejército francés al marido de Agnesse y lo liquide, admito que sea un doble asesinato, aunque con atenuantes. Por lo pronto, el marido de Agnesse, ese jovenzuelo veneciano que traiciona a su patria y se va con los franceses, ante cualquier tribunal de recta justicia es reo de muerte: por traidor, ya lo dije, y por poner su vida al servicio del Mal. Porque, señor obispo, ¡el Mal es la Revolución Francesa, el Mal son las ideas que tienden a destruirnos a usted y a mí! Los teólogos de Roma que encoraginan la guerra de los Príncipes contra la Libertad, la Igualdad y la Fraternidad, ¿cómo no van a perdonar un suceso minúsculo de tan gran guerra, la muerte que un enviado mío pueda inferirle al marido de Agnesse? Y, si no se atreven a perdonarlo, quizá por guardar las formas, admitirán al menos que al responsable se le reciba a las puertas de la gracia tras una corta penitencia. De acuerdo: hay que satisfacer del daño a los herederos, pero de eso me encargaré con gusto, se lo aseguro, cerca de la única, de la legítima que lo puede reclamar. En cuanto a lo de mi esposa, ¿no recuerda ya que lo hemos tratado, y que si bien en cuanto a tal esposa no me es dado tocarle un solo pelo, aunque me ponga los cuernos, que estoy seguro de que me los pone, en tanto súbdita rebelde sospechosa de traición la cosa varía mucho, ya lo creo? Convendría, sin embargo, discutir si como tal adúltera no incurre en rebeldía y traición contra la autoridad legalmente constituida. Véalo bien, señor obispo. Que su teólogo lo examine. Hubo casos... Yo podría aducir hasta media docena, pero en los archivos vaticanos queda constancia de más: reinas envenenadas, algunas descuartizadas, por adulterio... De modo que ya hablaremos, si es que salta la ocasión. Porque si Roma no me responde a mi entera satisfacción en eso de Poseidón y de Anfitrite, le aseguro que brincaré por encima de todo escrúpulo, mandaré los infiernos al diablo, y llevaré a la cama a mi amada con honores de legítima esposa y bula para las fantasías. Como lo oye.»

No es que haya escuchado semejantes palabras de la boca de Ascanio, pero sí me fue dado adivinarlas al contemplarlo una tarde a la hora del crepúsculo, cuando la luz policromada de las ventanas se amortiguaba y él había quedado solo y a solas con su silencio. La última persona vista era Agnesse, que se había despedido de él como todas las tardes, coqueta hasta en la respiración, aunque sin destinatario fijo, coqueta para sí, como quien dice, para su propia tranquilidad y quizá satisfacción, y que para colmo de osadía, al retirarse (tenía que atravesar la diagonal entera de aquel despacho inmenso), alzó un poco la falda y dejó al descubierto la tentación violeta de su tobillo y el arranque de la pierna: y si lo de violeta va dicho, se debe al color de las medias. Ascanio la contempló con las pestañas inmóviles, sin que siquiera se le crisparan los dedos, pero no pudo evitar que ciertos pensamientos le aliviaran de la desesperación y le dejaran una punta de esperanza. ¡Como que deseaba en el fondo que los dioses fuesen de verdad inexplicables, además de evidentes!

Por esos días sucedió lo del barquito en botella, pero acerca de esta materia no he logrado aclararme, y estimo conveniente exponerlo con sus contradicciones, que no creo que en el fondo lo sean, sino meras coincidencias, probablemente azares. De una parte, conservo cierta imagen de sir Ronald y, por supuesto, el recuerdo de su poema al barquito embotellado. La imagen corresponde al período de sus amores con Agnes, allá arriba, en el alfoz del castillo, casa de la viuda Fulcanelli, y me llegó no sé cómo y no sé cuándo, seguramente alguna de esas veces en que repaso la historia y se me quedan fragmentos descolgados de alguna de las secuencias. Así, este en que los dedos de sir Ronald, largos y blancos, cogen con la energía contenida de los fuertes discretos la botella en que se encierra el barquichuelo, lo sitúa delante de las bujías encendidas, lo mira al través. «Se me ocurre pensar que este barco es lo mismo que el que se asoma a la vida, con ímpetus, pero atado. O quizás como yo...» Agnes le abrazó por detrás, acariciándole. «¿Y por qué como tú? A ti nadie te ata más que yo, y yo lo hago suavemente.» «Pienso en ese muro de cristal que todos hemos de salvar y del que nadie regresa. A lo mejor el mío no está lejos.» «¡No quiero que lo pienses! ¿No ves que, por besarme, eres eterno?» Agnes le acaricia con la lengua las orejas, se las muerde, y a sir Ronald se le subleva la sangre, rápida: con ritmo por el que el barquichuelo se desliza hecho ya amor, hecho ya verso. El barco era la copia en miniatura de una corbeta militar, con bandera de España y el nombre de algún santo. Traía cargado el trapo, navegaba viento en popa, y en algún lugar de la estela asomaban su hocico las sardinas.

En las otras imágenes anda mezclada Agnesse, y empiezan con una serie de exclamaciones, ¡fíjate tú!, en griego popular, emitidas por un corro de niños del Arrabal que rodean a un viejo marinero francés, orgulloso del pompón colorado, que les enseña algo. Tenía que ser cosa nueva y nunca vista, a juzgar por la curiosidad de los mayores que se iban añadiendo: pues lo que el francés mostraba era también un barco embotellado, algo más grande que el anterior, algo distinto. «¡Si alguien me lo quiere comprar...! Lo doy en tanto...» Y nadie se lo compraba, naturalmente, en aquel muelle del barrio pobre, pero, por la rareza de la mercancía, se extendió pronto la voz de su existencia a lo largo de los malecones, y de su precio. Franco Benvoglio, corredor de comercio, atravesó en una chalana rápida el cuerno de la ría y llegó a tiempo de encontrar al marinero francés arrimado a una pared, el sol de plano en el gorro y en las narices, y el barquito en el suelo, encima de un tapetillo: todavía le rodeaban los muchachos, alguno se acercaba de más y alargaba la mano, pero el marinero, al parecer dormido, le dejaba caer un pescozón. «¡Se ve y no se toca, mozo!», decía unas veces en italiano afrancesado y otras en italianizado griego. Franco Benvoglio le rescató del sopor, le discutió las piastras, le sacó una rebaja sustanciosa y regresó a la ciudad, a aquella hora de la mañana centelleante de sol. Fue derecho a la casa del señor Bengiamino Pitti, de quien se murmuraba que guardaba más dinero que el propio señor Della Croce, aunque en bancos de Inglaterra, por precaución. Del señor Pitti se decía, además, que era nieto de pirata, que se pirraba por los efebos, y que a esa clase de prevaricaciones vitandas dedicaba sus ausencias anuales, anunciadas con el pretexto de un peregrinaje a la Virgen de Loreto. El señor Pitti abrió mucho los ojos cuando

Benvoglio le mostró el barquito; le dio vueltas y revueltas, lo dejó encima del mostrador brillante de su tienda. «No te discuto el precio, pero procura no robarme.» «Si te lo dejo en veinte no gano ni pierdo. Dame, pues, veinticinco.» El señor Pitti repitió el examen del objeto. «No hay en la Isla más que una persona a la que pueda vendérselo.» «En esa misma he pensado yo, pero tú tienes acceso a ella, y, yo, no. De manera que pierdo diez piastras.» «No tanto, no tanto. Si te doy veinticinco, ¿puedo pedir más de treinta?» «¡Ah, eso, tú lo verás!» El señor Pitti pagó en silencio. «Y sin irte de la lengua, ¿eh?» «Le diré a todo el mundo que no cobré más de quince.» «En ese caso, te mandaré apalear.» Benvoglio marchó riendo, y el señor Pitti se encasquetó el sombrero de copa de seda con reflejos, recibido de Inglaterra, que le permitía obtener bastantes triunfos en sus peregrinaciones. Envolvió el barco en un paño, se echó a la calle; no entró en la Señoría por la puerta de honor, sino por un lateral de poca monta, donde había un portero que recibió un recado, lo transmitió y que trajo al regreso la respuesta. «¡Que me acompañe!» Los vericuetos recorridos los conocía muy bien el señor Pitti. Sabía también que habría de esperar en la antesala, y allí se instaló en el extremo de un banco, el sombrero cubriendo el envoltorio, gris sobre rojo: bonito con aquella luz. Y, mientras esperaba, cerró los ojos y dejó que su fantasía persiguiese a un mancebico que había visto aquella misma mañana atravesando la calle, y del que quedara prendado. Le dio tiempo de imaginar esto, lo otro y lo de más allá, inspirándose siempre en las decoraciones de algunos vasos griegos que guardaba en su colección: en armario escondido y sin mostrarlo más que a colegas de mucha confianza, pues por aquella posesión podría perder, si Ascanio se irritaba, la misma vida. Le sacaron de sus ensoñaciones. «¡Que el señor ministro aguarda!» El señor Pitti, cada vez que visitaba a Ascanio, esperaba tener que atravesar pasillos largos y estrechos, quién sabe si pasadizos secretos, en todo caso alguno de los corredores desde los que se escuchaban, aunque lejanos, aullidos de prisioneros torturados en sotabancos húmedos, y se le ocurría siempre que, con un poco de mala suerte, él mismo podía acabar en una de aquellas mazmorras, si le cogían con las manos en la masa, quiere decirse con un mancebo entre las piernas, o cosa así, y no dejaba de encontrarlo gozoso, en medio del amor imaginario; pero, como otras veces, le llevaron por caminos bien alumbrados, y, como siempre también, la ausencia del melodrama apetecido le dejó algo perplejo y un poco despistado, puesto que su corazón seguía sufriendo cuando ya se hallaba en la presencia de Ascanio: no acertó con la reverencia y el saludo resultó un farfullo respetuoso. «Bueno, hombre, bueno, no se me ponga así. ¿A ver qué trae ahí debajo? ¡No será una de esas máquinas que ahora se usan, de las llamadas infernales, inventadas por el diablo contra quienes consumimos la vida en el oficio de gobernar, el más sacrificado de los oficios! Ya ve usted, señor Pitti, a nuestro general, bendito sea su nombre, nuestro pobre, desventurado general... ¿Quién más que él merecedor de la felicidad y del descanso? Sin embargo, enfermo como está, cuida de todos nosotros, de las vidas y las haciendas, de las...» El señor Pitti se iba aproximando a una mesa, empujado por el ministro, si bien suavemente. Dejó encima la carga, retiró el paño. Ascanio enmudeció (se le había abierto de repente la compuerta de los recuerdos felices, y se veía a sí mismo, de la mano de su padre, llevado a presenciar la Gran Revista anual, aquella ceremonia con que la antigua Señoría celebraba su contrato de amor con los mares: buques de línea, navíos de alto bordo, fragatas, corbetas, lanchas armadas, urcas, carracas, los ligeros avisos, todos los barcos de guerra, y, también, aunque detrás, lo mismo de esbeltos y veloces, los mercantes. Cubrían la ría y la excedían, cientos y cientos de mástiles y vergas engalanadas, banderines al viento, gonfalones, las severas banderas de combate que habían bordado las esposas y las hijas de los comodoros, nombres todos de epopeya: desfilaban ante la Capitana y saludaban a la voz y al cañón. Como todos los niños de La Gorgona (¿cuántas veces se dijo?), había soñado Ascanio con mandar un navío de guerra. Ahora era el varón más poderoso, pero ya no tenía barcos propios la Isla).

«¿Y cómo puede ser esto? Porque el velero no cabe por la boca de la botella, no hay más que mirarlo. ¡Hace pensar en brujerías!» El señor Pitti le explicó que metían las piezas dentro con pinzas como picos de cigüeña, aunque más finas, y las iban montando con paciencia. Aquél lo había hecho un francés. «¡Es una mercancía cara, señor! Pero, ¿no es verdad que lo vale? Le juro por la Virgen de Loreto que pagué sólo cinco piastras por debajo de lo que voy a pedir. Pero, ¿qué menos que otro tanto de ganancia? Es un capital expuesto, y si no doy a la mercancía una salida rápida, corro el peligro de que me roben. Las cosas raras, aunque el valor intrínseco no sea alto, son siempre tentadoras. ¡Y un primor como éste, más! Señor ministro, le puede preguntar a Franco Benvoglio, el corredor de comercio, que fue quien me lo trajo. Le pagué treinta piastras. Y no esperé a que llegaran clientes, que no habían de faltar. Vine a la Señoría pensando en el señor ministro. En toda la Isla no hay nadie, fuera del señor ministro, que merezca una alhaja como ésta. Treinta y cinco piastras.» No extendió la mano para recibirlas, pero en su mirada de bujarrón sentimental y un poco barrigudo había algo de pala para sacar del horno las hogazas. Ascanio llamó, y al que vino le ordenó pagar al señor Pitti «cuarenta piastras de su peculio personal, no fuera el vendedor diciendo por ahí...». Cuando acabaron las zalemas del señor Pitti, Ascanio entró en el despacho de Agnesse, y llevaba su carga con el mismo entusiasmo que las más eróticas orquídeas. Ella miró con asombro. «Un bergantín-goleta del comercio de Su Majestad Británica, *His Majestic Ship*, armado por si acaso, quizá en corso, y abanderado. ¿Usted no entiende de barcos? Pues aquéllas son cofas, éstos los botes salvavidas, el capitán manda desde ese sitio que se llama puente, y esos palos cruzados con las velas aferradas, se dice así, aferradas, tienen que ser tan fuertes que aguanten todo el viento que les llegue.» Agnesse había recogido de las manos de Ascanio, como de las de un rey que abdica, el barquichuelo. «Precioso, realmente precioso.» Lo miraba contra los vitrales, al contraluz: caía sobre los mástiles un rayo violeta. «¿Y ese palito delantero, ése que sale de la nariz del barco y aguanta tantas velas?» «Es el bauprés. Las velas se llaman foques, y, por triangulares, son de las de cuchillo.» «¡Qué cosa más bonita!»

Agnesse iba vestida de rosa, y Ascanio enteramente de negro. A Agnesse le relucía el fuego del cabello bajo la luz; los relumbres del de Ascanio eran como de acero pavón. La una tez, de la color del alba; la otra, del de la oliva. Ascanio, aunque cojo, tiraba a corpulento, y parecía cubrir la fragilidad de Agnesse. «¿Sabe que lo he comprado para usted?» Agnesse dio un respingo casi de susto. «¡No puede ser! A lo mejor le gusta a la señora Flaviarosa lo mismo que a mí.» «¿La señora Flaviarosa? ¡No tiene por qué enterarse! Usted lo recibirá en su casa sin que sepa nadie quién lo envía...»

En los cartapacios de sir Ronald Sidney constaban, por supuesto, los esbozos del poema al barquito en botella, el XXII si no recuerdo mal, sí, el XXII. Con el regalo del ministro delante, Agnesse lo releyó y deseó una vez más que aquellos versos hubieran nacido en su regazo, y lo demás pertinente. ¿Sabes, Ariadna, que el velero embotellado que, en el Museo Británico, acompaña a los manuscritos de sir Ronald, es un bergantín-goleta, *H.M.S.*, y no la fragata española que de verdad sir Ronald regaló a Agnes? Alguien miente en esta historia, Ariadna. ¿No seré yo?

7. — Es de los días en que me toca esperar. Te llevaste mi coche, prometiste no olvidar las cartas y los paquetes, espero con ansiedad tu vuelta, pero aún falta un buen rato. Si te cuento lo que hice esta mañana, ¿te aburriré? Probablemente. Si me amases, leerías con avidez y tumulto en el corazón cualquier trivialidad que me tocase de lejos: no lo sería para ti, y esperarías cualquier sorpresa a la vuelta de cada nadería, siempre dispuesta al asombro, a la ansiedad, al desaliento: lo mismo que me sucede al escuchar ese resumen de tus mañanas que haces siempre al regreso, o mientras almorzamos cuando lo hacemos juntos. Pero si yo te escribiera aquí lo que desayuné, que se me quemó el pan al tostarlo, y que perdí una buena

media hora buscando una camisa, ¿no es cierto que te aburrirías? Te gustan las historias que te cuento, a condición de que no sean mías, y, si lo son, que pertenezcan a un pasado tan remoto que pueda ser el de cualquiera. Te he prometido buscar ese momento que más te importa, la culminación, el clímax, y lo haré. Mejor dicho, lo haremos, será de los viajes emparejados, la sorpresa, la atención compartidas, de modo que jamás olvides que venías conmigo. Sin embargo, por mi gusto, esperaría un poco más, no son nada unos días, hasta tener la historia más entera, los cabos bien atados, y no estos fragmentos sin coherencia a que la va reduciendo tu impaciencia. Fíjate tú, ahora que están para llegar, de una parte lord Nelson, con su reputación y sus heroicas deficiencias; su amiga de la otra, pero también Chateaubriand y Metternich con sus amantes. ¿Será posible que te deje indiferente lo que hagan y lo que digan, lo que suceda en la Isla, que algo tendrá que sucederles? No se columbra todos los días la ocasión de convivir, si bien al modo contemplativo, con tan distintos y distinguidos personajes. Pues tú sigues obsesionada con ese desenlace, podemos llamarle así, del que yo, la verdad, empiezo ya a olvidarme. O más bien desearía que así fuese. ¿No será que me arrepiento, aunque no me lo confiese, de habernos metido en esta danza? Aunque por otro lado, quiero decir... en fin, yo me entiendo.

Considero sin embargo indispensable, y en este lugar situada, una aclaración digamos teórica, que hago al mismo tiempo para los dos, pues nos es necesaria tanto al uno como al otro. Fíjate, Ariadna, que eso que vamos quizá a presenciar, la invención del Corso, es el acontecimiento histórico más importante de su tiempo y uno de los capitales de la historia contemporánea, de magnitud equivalente a las de la muerte de Robespierre, la publicación de *Das Kapital,* la aparición en París de Cleo de Merode o el pánico causado por el cometa Halley. Tú, perita en historias y en interpretaciones, heredera de tantas filosofías, sabes que esa clase de sucesos jamás se manifiesta al modo inesperado y gratuito de una peste o de una erupción volcánica, sino que más bien resulta de unas fuerzas o de unos hechos que a los contemporáneos pueden pasar inadvertidos, pero no al historiador que contempla desde el pasado y con la debida perspectiva. La historia, tú lo sabes, se parece a un buen drama francés en ser un sistema de rigores. Y, ahora, yo me pregunto: ¿dónde están esos eventos previos que conducen necesariamente a la invención de Bonaparte? Te doy mi palabra de honor de que llevo escrutada la realidad de La Gorgona y, sobre todo, sus relaciones con Europa, Francia a un lado, al otro Inglaterra y el Imperio: pues, nada. Los generales de la República, el pueblo en armas, invaden, pelean, triunfan, saquean. Los cónsules se divierten de lo lindo, roban lo que pueden y pronuncian discursos de irreprochable retórica en los que no cree nadie. Pero nadie suspira por Napoleón, nadie piensa que la República desemboque en un poder personal, menos aún se espera o se desea que la nación, *la France,* se identifique con un emperador, pues para eso ya tenía un rey hereditario y absoluto al que no fue exactamente indispensable degollar. En resumen, se va a inventar a Napoleón gratuitamente. Por cierto que... ¡te va a coger de sorpresa! El señor cónsul de Inglaterra, ése de las orgías y la carta acerca de los dioses, tiene un criado corso llamado *Napollione*. Ya ves tú... Es un *ragazzo* alto y un poco desgarbado, de una potencia sexual incalculable, como que míster Algernon Smith lo tiene a su servicio para que le pruebe las mujeres, y días hay de cuatro o cinco.

Pues me puse a leer un libro de los últimos llegados, había quedado en el montón, y es de los que pedí a Nueva York esos días atrás cuando nuestro interés se volcaba en Ronald Sidney. No sé quién me habló de él como cosa reciente, de grandes novedades. No hallé nada de esto, sino repetición de lo sabido, salvo un apéndice de citas, de la que escojo una, salida de ese baúl sin fondo de Fernando Pessoa y firmada por Alberto Caeiro. Te advierto que, al traducirla, me tomo algunas libertades, no de significación, pues va al pie de la letra, sino en la elección de las palabras, que dudé mucho rato cuáles hubieran sido agradables al Guardador de Rebaños. Pues ahí va el texto: «Es muy difícil encontrar en la historia entera de la poesía quién dé muestras de mayores inquietudes, de incomodidades más patentes para permanecer en la realidad, que sir Ronald Sidney. Causa en seguida la impresión de que el ser de las cosas engendra desasosiego, le hace infeliz o le zambulle en un mundo incomprensible, y quiere sustituirlo inmediatamente por otro de su invención, de la metáfora hacia arriba y siempre hasta más allá de la alegoría y de la hipérbole. Es evidente que un velero embotellado, y un polvo bien echado han sido siempre eso, y sólo eso: inevitable tautología de sí misma que es cada cosa, que es cada hombre, que somos tú y yo, Ricardo y Alberto. Pues en cuanto incidía en el mundo de Sidney cualquier realidad, velero o coito, con una mínima posibilidad poética, dejaba de ser lo que era e iniciaba una escalera de metamorfosis culminada con la complicidad de la palabra, la gran encubridora, y así el velero se trasmuda en el Destino de un adolescente al que estorban las trabas, y en el coito palpita nada menos que el cosmos íntegro. ¿No serían más bien las femorales de su amiga lo que de veras palpitaba junto al oído de sir Ronald? Él quizá lo admitiera, aunque añadiendo que ese pálpito y el del cosmos en expansión son una y la misma cosa, a lo cual, ninguno de nosotros podríamos aducir una oposición dialéctica válida». Aunque el párrafo se alarga, y acaba por ascender y transformarse igual que un poema de Sidney, creo que con estas líneas basta. Es muy posible que saque copia de la cita para que se la lleves a Claire: acaso le divierta conocer esa opinión, y comprobar, una vez más, hasta qué punto los pares coinciden y discrepan.

Pero el libro no dio más de sí. ¡La cita de Pessoa ha acabado por costarme siete dólares! Me quedaba por delante toda la tarde, y recurrí a las llamas, más o menos lo mismo que anteayer: el hojeo de la Historia, como quien pasa y repasa las ilustraciones de un libro interminable. Me detuve algún tiempo en unas imágenes que no sé si salieron de la lumbre o las puse allí yo mismo, sin buscarlo: el desfiladero entre unas grandes montañas enfrentadas, pared contra pared casi como un corredor de orografía gigantesca, altas y amenazantes por arriba; había quizá un río en lo más hondo, y, por la vereda frontera, caminaba una tropa de cosacos con largos caftanes grises, en las gargantas una canción viril y algo monótona que les precedió, que les acompañó y que dejó todavía en el aire enrojecido del crepúsculo algo de su eco cuando la tropa ya había pasado. ¿No te parece que esto ya pertenece a algún cuadro, o acaso a la portada de un disco con alguna ópera rusa o con canciones de coros militares? Era lo que intentaba recordar mientras seguía repasando llama por llama cuando, de pronto, algo detuvo mi intención y me obligó a fijarme en unas estampas nuevas que, por otra parte, nada tenían de extraordinarias, salvo, quizá, el aparecer en primer plano siendo de importancia relativa: no más que la silueta de un hombre y de una mujer, de noche, en una terraza. Se arrimaron a la baranda, él la enlazó por la cintura y ella se dejó atraer, le abrazó, le besó la primera, y así estuvieron, callados, aunque no quietos los labios y las lenguas, las manos ávidas en busca de su presa: próximos, apretados los cuerpos. Hasta que entró otra sombra sin toses que la precedieran, ángel guardián o cosa así: les gritó, y por la voz les reconocí: Agnesse, el hermoso Nicolás y la viuda Fulcanelli: «¡Insensatos! ¡Amor con la complicidad del cielo! ¡A la hora de las Hermanas Siniestras! ¿Pretendéis que os descubran y os denuncien? ¡Pues son aquellos puntos negros que vuelan allá abajo! ¡Ellas son, no los cuervos! ¡Esconderos, ir a mi cuarto! ¡Allí hace ya muchos años que no entran!». Mirándose a los ojos, salieron Agnesse y Nicolás de la terraza, Marietta se santiguó, y las Hermanas Rabiosas pasaron raudas con ruido de faldas que el aire azota (según otras versiones, entre las muchas que puedo darte, con ruido de pedruscos escupidos de un volcán). Marietta las saludó con una mano y añadió un «¡Buenas noches!» gritado, casi cantado y, por supuesto, repetido. Las Hermanas Volantes se dirigieron hacia las claridades del castillo donde pegaba la luna con más fuerza, y allí quedaron, girando alrededor de la torre como si pretendieran ponerle una corona al pánico. Y yo las dejé allí, así, y presté atención a la pregunta que me salía de las zonas más exigentes y escrupulosas de mi razón, aquellas que, de haber prosperado, hubieran hecho de mí un matemático o tan solo quizá un ajedrecista pueblerino, con excursiones regionales y esperanzas de participar en un torneo nacional: ¿Por qué Agnesse y Nicolás? ¿Qué ha sucedido ocultamente, o qué acontecimientos he dejado pasar sin enterarme que justifiquen o que al menos expliquen este amor con el que nadie contaba? Porque, Ariadna, como recordarás, éstos eran los presupuestos: de una parte, Nicolás, poeta a sueldo de la Administración, con el compromiso que viene cumpliendo de publicar, en cada número (quincenal) de *La Gaceta de la Isla,* un fragmento al menos de cincuenta versos de su poema heroico *Galvanoplastia,* citado ya; amante de Flaviarosa o al menos en el desempeño de esa función durante algunas páginas. En cuanto a Agnesse, adorada por Ascanio en un silencio insinuante y, además, generoso (no hemos prestado la debida atención a los regalos que hace a Agnesse: el velerito en botella no fue más que uno de ellos), elaboraba, o, si lo prefieres, instituía un gran amor preñado de futuro y llamado a adquirir enorme importancia literaria, por no hablar de la inmortalidad, con materiales tan deleznables como el deseo, la esperanza, y unos poemas pacientemente descifrados de entre el montón de tachaduras, correcciones y lecturas ambiguas que lo dificultaban. La tengo vista, a Agnesse, debruzada sobre los textos, sacándoles una palabra tras otra, y, al final, cerrar los ojos y no sé si meditar o soñar. Me tienta ahora mismo una doble digresión, y no me la ahorro, Ariadna, porque, a fin de cuentas, ¿qué leyes rigen esta carta más que las mías? La primera se infiere de esa frase que vengo reiterando, hojear la Historia, y es que llego a sentirla como un ente folicular y apretado, una dalia, o así, pero esa imagen se complica si al hojear la Historia hojeo esa pantalla de fuego que se me ofrece, porque entonces lo foliáceo son las llamas mismas, suma de panes delicados de lumbre, que al juntarse dan forma y consistencia a algo sutil y tierno como la llama. Más larga es la segunda digresión, menos poética, más conforme con la Historia, aunque bastante desplazada ahora de lugar; pero, si no la cuento, a lo mejor, después, la olvido. Me la sugiere el recuerdo de Agnesse inclinada sobre los textos de los poemas como acabo de describírtela. Yo creo que ya entonces maquinaba sus cartas, ésas de las que nadie sabe más que nosotros la medida de su falsedad. Parece como si en determinado momento de su vida, la única misión de Agnesse sobre la tierra fuera la de escribir cartas a esta o aquella damas con el relato de sus intimidades, aunque siempre en relación con alguno de los poemas de sir Ronald: una mezcla de explicación y precisión histórica. La que se refiere al XXVII (cierra los ojos, Ariadna, y recuérdalo: su música se levanta en la memoria sólo al nombrarlo), se la escribió a una princesa austriaca con castillo en el Adriático y piso puesto en Venecia: la tengo a mano y me complace transcribirla: «Habíamos paseado tras la cena en una *trattoria* chiquita, como hacíamos siempre: le gustaban estos recorridos tranquilos y un poco al azar, en los que, como otras parejas de amantes, nos dejábamos ir por un canal abajo entre música y luna: en paz, pero siempre alertados a la sorpresa, como una noche en que sin proponérnoslo y casi en la alborada, nos encontramos ante la plaza vacía, salvo una orquestina inesperada que se acogía al muro de la catedral, y una docena de rezagados que la rodeaban. Tocaban a vuestro Bach, y la música, con la magia de la noche, las aguas y la luna, nos retuvo enmudecidos hasta que, con el alba, la orquesta cargó sus bártulos y se deshizo el auditorio. Recuerdo que en alguna de estas ocasiones culminó su elocuencia y me retuvo a su lado, arrobada, quieta, aunque reclinada en su pecho, sólo con el encanto de las historias que inventaba para mí, o el relato de su infancia en Escocia, niño descuidado en un castillo inmenso, que exploraba cada día, que en diez años no tuvo tiempo de conocer entero. En mi fantasía, lo cierto y lo ficticio de cuanto le escuché forma aún un conjunto luminoso y casi sonoro, que llevó siempre su nombre, que lo lleva: decir Ronald es siempre como decir ensueño, es como entrar en el país de las formas innumerables, de las imágenes imposibles y fascinadoras. Pues una de aquellas veces me dormí encima de su pecho, y él se dio cuenta, y en vez de despertarme, podía haberlo hecho con una melodía o con un susurro, continuó hablando, de modo que yo escuchaba el murmullo que me adormilaba más, pero no su meollo; y así pasamos no sé si por las rutas de costumbre, o si fue, aquella noche, otro el camino.

Llegamos a mi casa, eso sí, y había que saltar de la góndola a las gradas. No nos movimos, claro: yo seguía dormida, y hubiera estado así hasta el día siguiente. Quizás el gondolero preguntase qué hacía; Ronald le respondió que había que esperar a que la *signorina* despertase, y lo dijo con voz que me arrancó violentamente del más divino de los sueños. Me sentí avergonzada y humillada, me sentí irritada contra él por no haberme despertado antes o no haberme despertado después. Que hubiera seguido hablando mientras yo soñaba, lo tomé como una burla. No lo disimulé: vi cómo se disgustaba, hasta el punto de creer que, como consecuencia, tendría que volver a su casa: yo le había prometido que la pasaríamos juntos, aquella noche, como casi siempre... Habíamos quedado en velar hasta bien salido el sol nuestras armas de amor: no me volví atrás, pero mi irritación no se calmó cuando me acariciaba, no sé si con sus manos más que con sus palabras, o si eran éstas las que lamían mi piel como lenguas candentes. El caso fue que mi cuerpo le negó la respuesta; como él dijo después (y fue el primero en decirlo: hoy lo repiten todos), las cuerdas de la guitarra no quisieron sonar, y él lo comprendió en seguida, con evidente espanto. Me pareció que envejecía su mirada, conforme se iba retirando, pero aún así, no fui capaz de conmoverme. Al día siguiente, al encontrarnos, había escrito ya el poema. Lo cual, como verás, no es nada extraño sino más bien pueril y pobre: a sir Ronald le hubiera bastado con darle a Agnesse un par de azotes y mandarla castigada a un rincón de la cama, y, hasta que llegara el mediodía, había tiempo de sobra para que la *signorina* irritada se calmase y propusiese un armisticio. Debo decirte, Ariadna, que éste y otros relatos de Agnesse no me convencen ni aun como ficción. Lo acontecido alguna vez, ignoro cuándo, entre sir Ronald y Agnesse tuvo que ser más profundo, también más doloroso, para que le dedicase uno de los mejores poemas salidos de su corazón. De modo que te ahorro la descripción que hace Agnesse de aquel otro momento, más de una hora en sus distintas fases, según ella, que culminó en el famoso orgasmo metafísico, ése que en las cátedras y en los seminarios de poesía inglesa se llama ya "el orgasmo de Sidney" lo mismo que pudieran decir "el síndrome de Sidney", base de tantos chistes eruditos o filológicos, comidilla de rectos y de envidiosos, que acaso sean los mismos».

Pero se acabó la digresión, y conviene regresar al punto de partida: que fue nuestra extrañeza de encontrar abrazados y regalándose el pico al bello Nicolás y a Agnesse Contarini, ¡acaso sólo unas horas después de la última fineza recibida de Ascanio! Encuentro casual, azar melodramático que me obligó a volver atrás urgentemente, a calar en los textos con más profundidad que de sólito. Tú no sabes, Ariadna, no lo puedes imaginar, la molestia que causa a un perito en relatos ajenos esto de que un azar se interponga en un plan bien llevado y dé al traste con él. Mira, ya ves, si yo no hubiera habido parte en lo de Agnesse, si me llegase ordenado por otro, allá él, pensaría; pero a éste yo le tengo cariño, es cosa mía, y, si es posible, suprimiré cualquier borrón. ¡Imagínate éste, que, de pronto y sin los debidos precedentes, dos que no se conocían aparezcan como enamorados habituales! Porque lo eran ya sin duda cuando los descubrí: los movimientos de cada uno revelaban conocimiento del cuerpo del compañero y de sus particularidades. De esta evidencia colegí que existía ya un pasado, que me hallaba ante un mero episodio, y que con ir cobrando el hilo... No me detuve en la noche en que el bello Nicolás, invocando sus derechos de sanguinidad y afecto, se presentó en casa de su tía la viuda y se convidó a cenar, y en que le dijo a Marietta: «¡Ya sé que tienes una huéspeda preciosa! ¿Por qué no me la presentas?». Ahí hubiera podido detenerme, pero, no sé por qué, se me ocurrió proseguir la investigación inversa (me son muy favorables, a causa acaso de mis muchas lecturas policíacas) y me encontré de pronto a las puertas de la Señoría, con el bello Nicolás susurrando al oído de un guardia: «Vengo llamado por la señora». Apenas tuvo que esperar. Le pasaron a una antesala que no lo parecía, sino más bien gabinete para iniciar los escarceos de amor. La otra puerta estaba tapizada de seda verde manzana muy clarito, con agremanes de oro y monerías pintadas, y por ella apareció en seguida Flaviarosa, un poco sofocada y un poco alicaída. Entró quejándose del trabajo, de lo mucho que le daban que hacer las noticias del continente, Francia revienta de las fronteras, Francia pone el pie de sus soldados aquí y allá, Francia ha llegado ya a la punta de la bota «y yo no sé lo que va a suceder, hasta que llegue el almirante no se podrá averiguar lo que piensa Inglaterra, fíjate tú, sin nadie que nos defienda si a los franceses se les ocurre enviarnos un par de barcos...». Se había sentado al lado del bello Nicolás, le había dado un beso largo. Luego se distanció. «¿Sabes que estás muy guapo?» «¡Tú sí que estás hermosa!» «¡Como en los mejores tiempos, Nicolás; sigues siendo atractivo! ¡Y yo que me temía que hubieras perdido el brillo en esas juergas con el cónsul de Inglaterra...! ¡Lo que vienen a contarme...! Dicen que hasta lleváis muchachos.» Nicolás brincó, puso el rostro compungido, respondió rápido: «¡No! ¡Eso, no! ¡Puedo jurarte...!». Pero ella le interrumpió con otro beso. «¡Me alegro, me alegro, no sabes lo que me alegro! Sería una vergüenza para mí, ¿no crees? Al fin y al cabo, yo soy tu pasado, y de lo que llegues a hacer siempre me alcanzarán salpicaduras.» Nicolás se arrodilló inesperadamente y hundió la testa rizada en el regazo de Flaviarosa. «¡Estás demasiado alta, pero yo aún no he caído tan bajo! Puedes seguir tranquila, y mirar hacia el pasado sin temor.» Flaviarosa le acarició el cabello con ambas manos, y le alzó después la cabeza. «Qué hermoso fue, ¿verdad? ¡Qué hermoso, sobre todo en el recuerdo! ¿Verdad que es una lástima que haya concluido?» Nicolás se irguió lentamente, sin dejar de mirarla. «¿Acaso me has llamado...?» Pero ella se apresuró. «¡No, no, no, no lo temas! Pienso que podemos contemplar el recuerdo sin temor a la reincidencia. Nos conocemos muy bien, Nico querido, y ninguno de nuestros cuerpos guarda sorpresas para el otro, aunque hay que reconocer que, sin sorpresa y todo...» Miró a Nicolás largamente; luego apartó de un manotazo imaginaciones impertinentes. «Siéntate. Te llamé para un negocio de Estado.» «¡Temí que hallases malos los últimos hexámetros! Aunque haya de confesarte que tampoco a mí me satisfacen.» «Cuando a uno le persisten en la piel, palpitantes siempre, caricias de turcas, de circasianas, de españolas e incluso de francesas, que todo eso pasa por el harén de tu compinche Algernon, poco espacio le queda para la poesía. Quedas, pues, prevenido, de que ese negocio de que acabo de hablarte exige que prescindas de las visitas a la Quinta del Inglés, como no sea en ciertas condiciones.» Nicolás asintió con una sonrisa. «Ya me dirás cuáles.» Flaviarosa dejó pasar en silencio algunos instantes más de los indispensables. De pronto: «¿Has oído hablar de esa muchacha veneciana que le traje a mi marido para enseñarle inglés?». «Sí, claro. No le di importancia. Es cosa del Estado y de Ascanio.» «Muy mal hecho. Por lo pronto, Agnesse Contarini, que pertenece a la aristocracia de Venecia, es algo más joven que yo y algo más bella, lo cual me obliga a tenerla en consideración. Debo advertirte de que ya lo sabía cuando me decidí a traerla, porque nunca me estorban las mujeres bonitas, ni aun ésta, que ocupa cerca de mi marido un lugar peligroso. Le da clase de inglés y le sirve de traductora. Antes lo hacía yo, pero, recuérdalo, Ascanio me tenía harta.» «¿Temes que se entienda con tu marido?» «¡Oh, no! Eso me traería sin cuidado, de limitarse, como sería lo natural, a un amor más o menos dramático. El drama, con mi marido, está garantizado: hay dos cosas, no lo olvides, a las que teme: una, a los franceses, porque traen la libertad; otra, al adulterio, porque conduce al Infierno. De modo que no se trata ahora de eso.» Hizo una pausa, contempló interesadamente algún rincón remoto de los pintados techos. «Y tampoco de asegurarla, de ponerle un espía. Hemos tenido una entrevista, Agnesse y yo, que yo misma busqué, y no me parece mujer de las capaces de traición, salvo en amor, al menos de momento. Tiene miedo y se siente desamparada. Lo ha pasado mal y le gustaría vivir tranquila. Creyó que todo eso lo encontraría aquí, pero se dio de bruces con el bruto de Ascanio, que le informó de buenas a primeras de que en La Gorgona el adulterio se castiga con la muerte. "Señora —tuve que decirle—, llevo años poniéndole los cuernos a mi marido, y aquí me tiene, entera..." "Sí, pero usted es quien es." "Señora, si usted es discreta, podrá acostarse con quien le dé la gana..." Suspiró desesperadamente. Ella es casada, ¿sabes? Su marido la abandonó por irse con los franceses.»

Aconteció de pronto un cambio de esos en que a todo lo visible se le muda el color, como cuando una nube oculta el sol en una mañana clara: Flaviarosa se agarró al brazo más cercano de Nico, y le preguntó con el tono usual de las más graves confidencias: «Dime tú, que eres amigo del cónsul de Inglaterra, ¿sabes si es masón?». Nicolás se estremeció. La geografía de su frente acusó temor. «Seguramente sí. No lo sé. Todos los ingleses son masones.» Flaviarosa aflojó la mano que oprimía. «Necesito distraer a Ascanio de la política exterior con algo apasionante, porque empieza a meterse donde nadie le llama. La fundación de una logia en el más negro secreto del que pueda tener indicios, pero no informes, algo que pueda volverle loco. Hay más de veinte caballeros que se harían masones con entusiasmo, aunque sólo sea porque el ministro lo considera el mayor delito del mundo, peor aún que el adulterio. El cónsul de Inglaterra podría facilitarlo...» «¿Y pretendes que yo...?» No parecía tranquilo, Nicolás: Flaviarosa le pasó una mano por la mejilla. «No lo sé, de momento. Es una idea repentina. No te llamé para esto.» «¡Ah! Como dijiste que era cosa de Estado...» «Sí, cosa de Estado, igualmente secreta. Pero no sé qué me da decírtelo: en el fondo es como proponerte una traición.» «¿Al Estado?» «¡Oh, no, de ninguna manera! Eso no me causaría emoción alguna. Se trata de traición... a mí.» Nicolás se arrodilló de nuevo, aunque con más prosopopeya. «Flaviarosa, tú sabes que mi cuerpo busca de vez en cuando en otros el placer, pero que te sigue fiel mi corazón.» Ella le indicó que se levantara. «No es tu corazón el que me preocupa, sino precisamente tu cuerpo. Has vuelto a gustarme, Nico. Me gustaría dormir contigo esta noche... aunque fuese la última.» Nicolás la abrazó y empezó a besuquearla. «¿Por qué la última? No hablemos más de eso. Me tienes, como siempre, a tus pies.» «Sí, amor mío, como siempre. Pero esta noche, o acaso esta madrugada (no sé si ya las cosas serán como hace años) cuando nos hayamos cansado, te pediré que seduzcas a Agnesse Contarini, que te hagas su amante. No te será difícil: vive en casa de tu tía, y encuentra que su lecho es demasiado ancho.»

8. — No te anunciaste con el bocinazo de costumbre, sino con varios: verdadera algarabía de rugidos, y yo comprendí el mensaje, corroborado con el beso y el abrazo que me diste al llegar, más afectuoso que de sólito, algo más amistoso: de modo que fue inútil la confidencia inmediata, en voz baja innecesaria, al menos desde mi punto de vista de único presente, aunque no desde el tuyo, corazón rebosante de alegría con marcada tendencia al susurro: «¡Me ha invitado a pasar juntos el *Thanksgiving*!», dijeron aquellas palabras vertidas en mi oído, sin soltar el abrazo todavía. Te respondí que bueno, y que enhorabuena, y que a ver si por fin se arreglaban las cosas. «Pues mañana tendré que llevarte a la Universidad, aunque no tengas clase, para que recojas tu coche. Como estaré fuera todo el fin de semana, no puedo dejarte aquí aislado, tanto tiempo.» Fue verdaderamente admirable comprobar el modo como, en aquel prolegómeno de dicha, te acordabas de mí y de algo tan trivial como dejarme aislado en el bosque, con el tiempo de lluvia y amenaza de nieve: siempre tuve tu corazón por generoso.

Pero aquella alegría de mis palabras, te lo confieso, no fue sincera; y no tanto porque anunciases el fin de mi esperanza, sino porque no podía olvidar lo que sé de tu futuro inmediato, ahora mismo no sé cómo denominarlo, premonición, adivinación, corazonada, eso de que te espera la decepción y con ella, no sé, el dolor, la temible conciencia del fracaso. O lo que me causó tanto miedo cuando veía tu coche deslizarse entre las sombras, cerca del río —rotos ya todos los puentes entre Alain Sidney y tú. Es lo que se me impone ahora, es lo que me obsesiona con fuerza desde que dejé de oírte, desde que cesó el airecillo silbado con que te acompañaste mientras caía el agua de la ducha sobre tu cuerpo moreno, mientras te acostabas. Sólo cuando quedó la casa en silencio, me atreví a escribir: y tuve el cuaderno abierto ante mí, indeciso; incapaz, sobre todo, de decirte lo que de verdad sentía. Repasé algo de lo anterior, completé la última historia (quizá abreviándola), y ahora, antes de apagar la luz, quiero dejar aquí constancia de lo que temo y de lo que espero. Me esfuerzo en recobrar la imagen de tu coche y de seguirla; me esfuerzo en comprobar que dejas de vacilar, que conduces derecha, que te alejas del río, que entras finalmente en la ruta del bosque y que, al ver la luz de mi cuarto encendida, me llamas. Esta vez, sólo un rugido de claxon, no muy enérgico.

VI

1. — ¿Recuerdas que estaba hablando en el pasillo con el profesor Clark Martin cuando pasaste tú y dijiste: «¡No me esperes a comer, pero vendré a buscarte!»? Y te fuiste corriendo con esa chica morena que habla tan bien francés y de la que has dicho que la van a becar el próximo verano. Pues Clark te contempló, mientras corrías, con una sonrisa escueta colgada del bigote: no supe interpretarla de momento, pero la comprendí en cuanto dijo: «Pronto tendrán que dar una fiestecita juntos». «¿Una fiesta? ¿De cumpleaños, quizá? El mío ya ha pasado. En cuanto al de ella...» E intenté hacerle saber, con un guiño, que ignoro el día exacto en que naciste. Pero él, después de descolgar la sonrisa, me aclaró: «No se trata de cumpleaños, entiéndame, sino de dar un estado oficial a lo de ustedes». «¿Un estado oficial?», le dije, realmente sorprendido. Y a lo mejor me notó que no contaba con aquello: me echó la mano por los hombros: «Entiéndame. Aquí nadie se mete en si dos que viven juntos han pasado por la iglesia o por la casa de un juez, o si lo hacen tras haberse probado y comprobado, o, si el juez que les ampara es su propia voluntad. Lo único que les pedimos es que nos dejen entender, de manera visible y, sobre todo, social, que viven juntos. Y, para eso, basta un *party* un día cualquiera, de ocho a diez como todos los *parties*». Sentí la tentación de decirle que sí, que lo haríamos pronto: una tentación estúpida, sabiendo que al día siguiente (es decir, hoy mismo, el día en que esto escribo) marcharías a pasar el *Thanksgiving* con Claire. Por eso lo que hice fue desengañar a Clark, que se quedó algo perplejo. «Mire, querido Martin: indudablemente, la señorita Ariadna y yo llevamos viviendo juntos unas cuantas semanas, en esa casa tan linda que nos alquila la Universidad a los *scholars* en la Isla de los Jacintos Cortados, ya sabe a qué me refiero. Pero le puedo asegurar que ella duerme en su cama y yo en la mía, y que no

hay trasvases nocturnos, ni cosa semejante.» Clark abrió entonces los ojos como expresión, impropia de un inglés, de su sorpresa. «Pero, en tal caso, ¿a qué viene…?» «Querido Martin, ya sé que son ustedes propicios a respetar la libertad ajena. Pues bien, si intentan respetar la de dos que se acuestan, háganlo también con dos que no lo hacen, aunque les cueste trabajo entenderlo.» «¡Ya lo creo que me lo costará! Usted no es un extravagante sexual, o, al menos, no lo dice su fama.» «Pues quizá por eso mismo pueda vivir en amistad con una compañera que es sólo amiga, aunque no para siempre, por supuesto, eso se lo aseguro, sino sólo lo que dure el alquiler.» Martin volvió a sonreír, aunque de otra manera, una sonrisa más declarada, de esas que se comprenden sólo con ver. «Pues si es así… No seré yo quien me meta, y, desde luego, no hay razón para el *party*.» Seguimos hablando, después, aunque no de lo mismo, hasta que por un extremo del corredor pasó la decana Ramsay, toda estirada y encopetada, nada *informal,* como sabes, y Clark le chistó y se fue con ella. No sé por qué me pareció entonces entender que había venido comisionado por el *comité* de las cotorras para que, de la manera más discreta posible, pero también más enérgica, nos enterase de que, de un modo o de otro, dos personas que se quieren no pueden vivir juntas si la sociedad no lo autoriza, al menos ya pasado un tiempo prudencial, el de prueba. Y no necesito explicarte que, ni antes del piscolabis, ni después, me fue posible trabajar, ni siquiera recordarte, pues toda imagen y toda idea habituales habían sido desplazadas por un tumulto de meditaciones inconexas acerca de algo que jamás me había preocupado más de quince minutos, la libertad del pueblo americano, o, al menos, la de esa parte del pueblo que vive alrededor de los «campuses» (ahí tienes un latinismo sajonizado) y que reclama para sí el estatuto libérrimo del universitario. Pues no hay tal libertad, Ariadna: si queremos dormir juntos, tiene que autorizarlo la doctora Ramsay. ¿Imaginas con qué amabilidad nos llevaría, después, a cenar a su casa? (Por cierto, me han dicho que se ha traído de España unas espléndidas imágenes barrocas, desecho de algún altar desmochado. Me gustaría verlas y, sobre todo, que no las tuviera ella. Lo cual no debes entender como invitación al hurto, aunque, ¿por qué no?)

Marchamos atardecido, Ariadna, uno detrás del otro, tú delante. Te perdí en dos semáforos seguidos, te recobré y, una vez en el bosque, perseguí las luces rojas de tu coche. Fue una de esas raras ocasiones nocturnas en que, yendo contigo, el cosmos permaneció invariable, o acaso que mi fantasía no modificó las sombras: seguramente se debió a que tenía que atender al volante. Llovía un poco, agua menuda, sin fuerza. Me hubiera gustado hallar un símbolo en las ramas del limpiaparabrisas, esas patas de mosca tan monótonas, tan escasamente significativas, pero no se me ocurrió nada medianamente estimable: estaba quieto mi caletre, quizá momentáneamente seco. Al entrar en nuestra vereda, sentí el crujir de las ramas desgajadas, de las hojas muertas. Abocamos el lago, el embarcadero, nuestra cabaña. Lucía la lámpara del pórtico y el barquichuelo se meneaba un poco. ¿Quieres creer que todo lo percibí en lo que es y cómo es, y que lo hallé empobrecido? ¡Querida Ariadna, la realidad sin tropos resulta francamente insuficiente! Anoche, en aquel momento de la llegada, me sentí incapaz de rescatarla ni aun con la palabra, el único rescate ya posible.

En la travesía (¡qué voz tan ancha para distancia tan corta!) me preguntaste por las cosas del día y, sin que te las hubiera contado, me hablaste de las tuyas. La alegría te salía a los ojos, y creí ver una emoción de esperanza en el modo que tuviste de remar, más seguro que el mío, mejor acompasado. Y no dejaste de hablar ya dentro, desde tu cuarto en tanto te cambiabas, desde el fogón mientras hacías la cena. Yo te escuché y encendí la chimenea, con un cuidado especial: nunca como entonces experimenté la sensación, casi la convicción, de que estaba preparando un escenario. Llegué a disponer los troncos en ángulo ordenado como si se tratase de un decorado, acaso de los antiguos, no de estos de ahora, tan abstractos, y llegué a ver, como en telones y forillos de brocha gorda, la Isla de La Gorgona y los rincones más conocidos y transitados de nuestra fantasía: un mar y un cielo más azules que nunca, demasiado azules, las casas encaladas, algunas paredes ocre y las ventanas verdes. Si no recuerdo mal, crecía incluso un ciprés que no pasó de añadido imaginario, porque en la ciudad de La Gorgona, como recordarás, nunca crecieron cipreses ni aun en el patio del monasterio, por falta de esa mínima tierra que un ciprés necesita. Pero todo el tinglado se disolvió en el aire al alzarse las llamas, y se expandió el olor al arce, tan agradable. Viniste con la sopera en la mano, y me dijiste que habías huroneado en la despensa, y que, aunque quedaban víveres bastantes, a lo mejor me resultaban las comidas monótonas, de modo que tal vez conviniera que alguno de estos tres días me fuese por los caminos en busca de un restaurante al azar o bien a tiro fijo, y enumeraste algunos de los varios en que hemos comido bien, aunque yo no pueda precisar ahora si el buen recuerdo que guardo de ellos se debe a unas viandas bien guisadas o a que estabas conmigo. ¡Hallé tan lógica tu advertencia, te encontré tan real, tan verdadera y, al mismo tiempo, tan generosa! Porque, ¿qué otra cosa que una enorme bondad permite, cuando se vive en la esperanza del amor, pensar en las necesidades mínimas de otro, que no es precisamente *el otro*? Después me preguntaste si ya sabía lo que íbamos a hacer al acabar la cena, y te dije que sí. «Por vez primera, no contemplé la Historia, sino que la escuché. No es música, te lo aseguro, pero no le presté gran atención, porque buscaba sólo una palabra, que se me reiteró, eso sí, que incluso me llegó con refuerzo de timbales y de cañones, pero lo que me interesaba no era su orquestación, sino su balbuceo, y, más o menos, tengo acotados ya el lugar y la fecha. A lo mejor me equivoco, de eso no se está libre nunca; pero, no sé por qué, confío en haber acertado. En todo caso, no creo que te aburras.» Alargaste la mano y cogiste la mía. «Esta noche no busco la diversión, lo sabes.» «Ya sé. Buscas un regalo que llevarle, mañana, a Claire.» Bajaste la cabeza, ruborizada. Y yo pensé, y estuve a punto de exclamar: «¡Qué más regalo que tú!».

Mira, Ariadna; lo extraordinario no fue todo lo acontecido a nuestra vista, sino lo que pasó dentro de mí y sin testigos. ¿Será posible que no hayas advertido hasta qué punto sufría y hasta qué punto sosegué y actué a tu lado de mero narrador de un teatrillo de marionetas? Pero, ¿no fue justamente eso lo que intentaba? Varias veces observé que apartabas de las llamas la mirada y contemplabas no sé si el movimiento de mis manos o la quietud de mi perfil, y llegué a imaginar que buscabas un signo de pesar para compadecerme, o acaso lo que hallaste, el disimulo, para admirarme. Mas te aseguro que ninguno de esos sentimientos me hace feliz, aunque tampoco la indiferencia me hubiera satisfecho.

Pelabas una manzana opulenta y roja, y la monda, hecha una cinta, caía en catarata sobre el plato. Me escuchabas lo mismo que un niño un cuento. Y en el mismo momento me pregunté y no antes... (¿por qué entonces? ¿porque pelabas una manzana con naturalidad? Pero, ¿es que existe relación entre pelar una manzana y creer un cuento como lo creen los niños? Porque me pregunté precisamente por el grado de fe que pudieras prestar a mi relato de La Gorgona y sus sucesos; si por alguna razón pensabas que hubiera en él algo de cierto, o que sencillamente habías entrado en el juego como los niños, que creen en la verdad de lo que saben que es mentira. Había otras explicaciones, claro: que hubieras hallado en la historia un entretenimiento que te ayudase a soportar tardes y noches largas como las de la cabaña, largas unas y otras sin amor, o que te hubiera enternecido mi voluntad de ofrecerte una historia paralela a la de Claire y, precisamente, complementaria, algo de lo que pudiera inferirse una conclusión como ésta: «Ya ves. La fantasía puede llegar donde la ciencia no llega». Ya ves la clase de competencia de que somos capaces los intelectuales: no más guapo que él, no más viril, sino sencillamente con más labia).

2. — Te llevé con la palabra más liviana, con la voz más reposada, a aquella quinta que poseyó el señor cónsul de Inglaterra en el extremo llano del monte Cos, que no lo es en el sentido tectónico, cimas y valles, sino sólo porque, fuera de lo que encierra el muro de la finca, no hay más que esa

maleza rala que se agarra para aguantar a las mismas arenas que trae el viento terral cuando sopla hacia el desierto. Muy cerca quedaba ya el Arrabal, y la finca de Algernon cae dentro de su demarcación. Pues bien pudiste verla, porque no había nadie en el jardín, que era enteramente artificial, macetas y macetas, y un arriate de pitas todo a lo largo del muro, que lo cierra por todas partes y le da un aire recoleto, que sugeriría la memoria de un convento si las varias estatuas antiguas, desnudas y las más obscenas, no lo estorbasen. Estaban puestas de modo que destacase el mármol, en templetes, bajo arcadas, si no era la de una mujer que no hay por qué tener por Venus, que, encaramada a un plinto, resaltaba contra el cielo. Tenía debajo una alberca, y también se miraba en ella, y se repetía, claro, para quien alcanzase el punto de mira conveniente. Las flores eran todas las del mediodía, de fuerte aroma: nardos, rosas, azucenas, claveles y alhelíes, que traían el aire transido, y es de suponer que la tierra de los tiestos la habría acarreado el señor de algún lugar del continente, y que la renovaría al menos cada dos años, digo. El suelo, de ladrillo rojo puesto de canto, con algunos espacios previstos para hierbas que no habían crecido. Los restos de cerámica antigua los habían colocado a lo largo de los muros, con orden a la vez decorativo y didascálico, etapas de un camino que el propietario recorrería con el amigo visitante, al que iría mostrando grandes fragmentos o piezas reconstruidas, y explicando los temas mitológicos, militares o fuertemente eróticos. ¿Recuerdas, un par de horas después, cómo reían las damas, respaldadas, defendidas y garantizadas por casi tres mil años de subsuelo? También tú las recorriste y examinaste, aunque como ya iniciada, algo semejante a esto lo tengo visto en Filadelfia, algo así lo tengo visto en París; y te ruborizaste ante algunas escenas, y llegaste a decir que creías que aquellas prácticas eran de invención moderna. «¡En tal materia, Ariadna, no hemos inventado nada, ni queda ya qué inventar! Fíjate tú, los griegos del siglo VII eran ya duchos!» Y más te dije al respecto, ya no recuerdo qué, acaso una referencia rápida a la contribución indochina al erotismo universal. Pero fue el caso que tú te divertiste con aquellos cacharros, en cuyas panzas artistas de tu raza habían tomado nota de lo visto alrededor. Me hubiera gustado saber si el bujarroncete aquél, que vendió a Ascanio el barquito en botella, te acuerdas, había estado alguna vez en el jardín del cónsul, con intención quizá de cotejar colecciones. Pero, recuerda, ya no quedaba tiempo para esas curiosidades. En seguida llegaron criados y empezaron a componer una mesa debajo de un cenador; la cubrieron de manteles de lino irlandés, loza de Francia y cristales de Venecia. La plata probablemente la había traído de su tierra el anfitrión, y al mismo tiempo que polimorfa era alusiva a objetos y prácticas sexuales variadas, muestras de la fantasía anglosajona, con algo de adornos rúnicos en la composición del conjunto y, por supuesto, de los detalles. En un momento de la conversación, algo más tarde, explicó Smith que un artífice la había hecho de encargo, aquella cubertería, para la emperatriz Catalina de Rusia, pero que se quedó con ella por muerte de la destinataria, y que después de haber pasado por un par de ilustres manos, había llegado en secreto a las del dueño actual. Las damas investigaron los rincones grabados; descubrieron entre los lazos los sexos de un bando y otro, aislados o en su sólida combinación, pero también inesperados ayuntamientos, si no tan variados como los de las cerámicas, algo más refinados, y con visible intención obscena, como procedentes que eran de ámbitos puritanos. Las damas rieron. Tú protestaste de las risas: me permito recordarte que, antes que ellas, habías examinado con verdadera curiosidad cuchillos y tenedores, y que el envés de las cucharas te levantara el rubor, pero sin pasar de ahí. Ariadna, ¡lo ignoras todo! ¿Y piensas, con tu escaso saber, reintegrar a Claire a la virilidad?

El primer coche llegó hacia las seis: traía dentro al vizconde de Chateaubriand y a la señora que le amaba por aquellas calendas: debió de ser de las hurtadas a la Historia, incluso a la Pequeña, porque él la presentó a todo el mundo como Marie, sin ningún aditamento, aunque en seguida sospechamos todos que bien pudiera añadírsele título o apellido rimbombante, quizá de Casa Real, por lo que de distinguida tenía, por el modo de vestir y de portarse, por el desdén nada disimulado que mostraba ante los componentes visibles, ya menudos, ya inmensos, de la realidad. A la vista de esta pareja empezaste a inquietarte y llegaste a decirme que si no era apartarse de nuestro tema, eso de prestarles atención pormenorizada, y que si no valía más prescindir de tal gente e ir al grano: te expliqué que estábamos allí más por intuición que por certeza, aunque a la intuición la hubiesen ayudado ciertos barruntos; que no solamente aquel criado gigantón que iba y venía dirigiendo se llamaba Napollione, sino que la versión francesa de tal nombre, Napoleón, se había pronunciado aquella tarde allí, y que nosotros la oiríamos al repetirse la escena, que había que tener paciencia y esperanza y que, si algo nos defraudaba, con cambiar de escenario, listo. Y sin pausa ni trámite intermedio empecé a comentarte algo del peinado de Marie, que traía lo último de la emigración como protesta contra lo último de París, pues no faltaba más que aquellos burgueses del Directorio fuesen a imponer la moda al mundo y a los leales: le caían sortijas en la frente y traía la nuca desnuda. Hablaba poco, Marie, seguramente en beneficio del vizconde, que lo hacía por tres, en un inglés de fuerte acento bretón, pero de construcción excelente (dijiste tú), que le sirvió para explicar al anfitrión que aquellos pocos días de estancia en La Gorgona eran etapa de su viaje a Tierra Santa, del que esperaba sacar extraordinarios beneficios en el orden espiritual y en el de la literatura, como que proyectaba uno de los más grandes libros cristianos del siglo, y que aquella demora en el lugar obedecía a razones sentimentales, a cuya mención Marie suspiró e inclinó la cabeza para mirar a un lagartito que corría a sus pies: operación que llevó a cabo con íntima serenidad y sin ninguna manifestación externa de terror. El lagartito continuó su camino, que fue a esconderse un momento tras el pedestal de un fauno descabezado, aunque no descapullado, y aparecer después por encima del hombro, como curioso del mundo en que se hallaba y de sus ocupantes, aunque quizá no fuese así. Chateaubriand explicó al anfitrión algo de la última moda intelectual llegada de Alemania. Y quizá haya sido entonces cuando se alzó el vuelo de las palomas, una bandada nutrida, no sé si cien o doscientas, que se escondía en alguna parte, a lo mejor detrás de la muralla, y que hizo gran ruido de alas asustadas. Quizá haya sido entonces o acaso algo más tarde, no lo sé bien, no lo recuerdo, sino sólo el rumor y el espectáculo blanco, pero también puede haber sido un sueño. Las cosas son así.

Vino después un batel de Su Majestad Británica, con marineros muy puestos, silbato en la boca y remos al aire, y en la bancada empavesada de azul con vivos blancos, los personajes de aquel drama de amor que conmovía a Inglaterra: él, la manga vacía al viento, vacío asimismo el ojo, miraba hacia la proa y la retenía a ella, tierna y estúpida, con el brazo siniestro ceñido a la cintura: el almirante victorioso y la dama pecadora, pues Nelson, ni más ni menos, y lady Hamilton. Habían avisado de la llegada con los pitos; el anfitrión corrió a una puerta que abría a un muellecico, le siguieron criados, y el vizconde y Marie, con parsimonia, esperaron a ver quiénes llegaban, sin moverse. Te empeñaste en interpretar como señal del romanticismo céltico la alborotada cabellera del vizconde, hecha para agitarse al viento, y la figura compuesta de Marie como espécimen gracioso del clasicismo decadente. ¡Ay, Ariadna, mis dotes de creador de alegorías son verdaderamente escasas, y lo único que logré entonces ver fue una princesa rubia de buena talla que se inclinaba un poco hacia un vizconde bajo! Te diré, sin embargo, porque importa saberlo, aunque hayas preferido pasar por alto algunos acontecimientos, que lo mismo el almirante que Chateaubriand y Metternich paraban con sus coimas ilustres y bellísimas en el único hotel de La Gorgona, no por único malo, sino excelente, y que allí, en tres días que llevaban, al cobijo de las murallas y con salida a ellas, una fantasía de volúmenes blancos y cactus, se habían hecho amigos, incluidas las mujeres, quizá porque no hablaban una lengua común y se entendieran por señas. Tu sobriedad nos privó de horas quizá inmortales de política y de amor, quién sabe, y de la ocasión propicia de ver sin distancia a aquellos personajes acerca de cuyos caracteres quedan ciertas dudas a los biógrafos, pues aunque son más o menos conocidas sus ideologías y bastantes de sus hechos, se ignora todo acerca de sus hábitos eróticos, y tú sabes, Ariadna, que nada define tanto a una persona como sus preferencias ante el cuerpo de otro. Tratándose de tres reaccionarios, alguno de ellos la propia Reacción, será cosa de imaginarlos practicantes de lo usual durante el siglo XVIII, que en ese aspecto fue bastante rico en fantasía y combinaciones, contra lo que pudiera esperarse de la disciplina neoclásica que lo había dominado. Bien sabes que mis aficiones personales se inclinan escasamente hacia la pornografía, pero, ¿quién se negaría a contemplar en la cama a la condesa de Lieven? Deduce que desconocimos a los personajes, pero no que se desconocieran ellos, y, ¿quién sabe?, a lo mejor, alguna de esas noches pasadas, y al encontrarse juntos en el jardín de la muralla, se habrán aproximado bastante a eso que solemos llamar cama redonda. De modo que no hubo sorpresa al ver llegar a la segunda pareja, esperada, lo mismo que las otras, como ellas anunciada. La tercera fue la del conde Metternich, también por tierra, coche cerrado, con su condesa, cisne de suave deslizamiento, que parecía bogar por un lago de aguas quietas. El cónsul de Inglaterra los fue acomodando en un rincón penumbroso, y los criados les servían bebidas frescas. Se inició entre las damas una conversación que, al parecer, consistía en el elogio de los trajes respectivos; ellos intercambiaron entretanto noticias de las últimas llegadas, todas alrededor de la República Francesa y sus conquistas, sin mesura e imprudentes: una provincia se tolera, caray, hoy por ti, mañana por mí; pero, ¡eso de conquistar en todas direcciones sin el menor comedimiento, ponía de manifiesto lo que puede esperarse del pueblo desatado cuando rompe los diques de la ambición! Metternich opinaba que la mala educación de los revolucionarios, la falta de principios, y, sobre todo, de modales, de aquellos advenedizos, explicaba el estallido del imperialismo popular, primer caso en la Historia: favorecido por la autorización a la violencia y al robo, amparados en los Grandes Principios. Pero a Chateaubriand lo que más le admiraba era la estrategia de la conquista de Italia, que, ejecutada por bandas de verdaderos descamisados, parecía concebida y dirigida por un gran general. Llegó la cuarta pareja que fue, para nuestra sorpresa, la de Agnesse y el bello Nicolás. Él parecía, como siempre, remedo de Algernon, aunque más joven y algo más frisado el frac, como quien exagera el principio del desgaste; ella había sacrificado lo francés a su veneciana lejanía, sobre todo en el peinado, y había dejado que el cabello, trenzado con algo muy brillante en que se escachizaba el sol, le cayese por la espalda: y fue la admiración de todos, que vinieron a tocárselo, ay qué lindo, ay qué suave, en francés, en inglés, y en lituano. Tú misma, Ariadna, estabas deslumbrada, y alguna vez, de reojo, miraste tus vaqueros, blancuzcos por las rodillas, y la comparación te avergonzó. La que llegó la última fue una invitada de elástica figura, sin caballero, y tapada con antifaz, si bien del resto de su cuerpo moreno no hiciese tanto misterio: se adornaba con una guirnalda de rosas frescas. El anfitrión, al presentarla, explicó que altas razones de Estado le impedían mostrar quién era, pero que él la asumía como anfitriona y que, por supuesto, salía garante de la belleza de su rostro, que se anunciaba inequívocamente seductor en las partes visibles, la barbilla fascinante, la boca enloquecedora y las orejas como caracolitos menudos de la mar. Que la identificase en seguida Nicolás no tuvo ningún mérito, pues había actuado de correveidile en los trámites de la invitación, y porque, además, aquel cuerpo lo conocía como si fuera el pavimento de su dormitorio; pero también la conoció Agnesse, por el aire, por algo de las posturas, y comentó a Nicolás en voz imperceptible la osadía de venir a aquella fiesta de la que Aldobrandini había denostado todas las horas de la mañana, y se había mordido los puños por no poder enviar contra ella a un escuadrón de policía, seguro como estaba de que la cena diplomática en honor del almirante acabaría en orgía de las que hacen clamar al cielo a las gentes de bien. Flaviarosa tenía pegada la hebra, en alemán, con Metternich y su pareja, y hablaban de la Segunda Coalición. En cuanto a Agnesse, como también sabía lenguas, pronto sirvió de trujamán entre las damas, y los piropos respectivos y recíprocos, las ingeniosas frivolidades, pasaron por sus labios, trasmudadas. Te acordarás, Ariadna, del grupo que formaban en el rincón aquel, que tenía de ocre el fondo, con azulejos y unas tanagras en la hornacina, dorada por el sol que iba a ponerse: pues el traje de Agnesse era como cosa de fuego y rubio, toda Venecia en él, y verde el de Flaviarosa, toda Toscana, con ornamentos de encaje negro, muy sutiles; Marie y la condesa iban de blanco: la una, tirando a perla, y la otra a pergamino, con un chal dorado; coincidían en el ceñidor, también de oro; lady Hamilton se vestía de una túnica simple, azul suave, y no llevaba zapatos, sino sandalias helénicas con cintas rutilantes. Los caballeros venían de paisano, si no era el almirante, que vestía de eso, y le caía bien. ¡Lástima de sus mutilaciones, tan hermoso y tan rubio como era! Un cuarentón melancólico, la muerte más anunciada ya que presentida: un día cualquiera.

Recordarás que lady Hamilton tomaba su refresco en vaso de Murano cuando sonó el estampido del cañón, y se le cayó al suelo el vaso, que se hizo trizas. Pidió perdón al cónsul con una sonrisa, pero todos miraban ya al castillo, que lo cogían de perfil, de modo que, aunque lejos, verían cómo salía a saludar el general, si bien se le escapase el efecto de la sombra cubriendo al pueblo, porque quedaban entre el horizonte y el castillo, con el sol a la popa. Había por allí un catalejo que cogió alguna dama y lo pasó luego a las otras. Nelson permaneció contemplando la figura lejana que saluda diaria a la ciudad y al mundo para que el pueblo pueda dormir tranquilo al saberse cuidado por el que no descansa. Después, el almirante abandonó el bicornio en un asiento, y comentó: «No logré que el general me recibiese. Con un pretexto u otro...». Le respondió la risa cortesana, aunque resolutiva, del cónsul. «¿Es que no sabe milord que el general está leproso?» «Una especie de leproso inmortal, ya me lo han dicho. Acaso el Gobierno de Su Majestad sepa mejor que yo a qué atenerse, pero, puesto que la escuadra republicana puede salir de Tolón un día cualquiera, me gustaría contar con alguien a quien hacer algunas confidencias.» Se escuchó algo velada la voz de Flaviarosa, en un inglés que parecía salir volando de un arpa por la parte de los graves: «Esos informes, milord, están un poco rancios. La escuadra republicana ya salió de Tolón, y parece dirigirse a Oriente». «¿Lo sabe por las palomas?», preguntó el almirante un poco irónico. «Lo sé por los pescadores, que son más de fiar.» Milord alzó el brazo y se rascó delicadamente las narices. «Si fuera cierto, tendría que abandonar ahora mismo esta reunión tan grata.» «Si milord considera que, de momento, sopla levante...» «También es cierto. ¡Oh!, la Dama Misteriosa sabe de vientos lo mismo que de política.» «Le hubiera dicho antes —continuó Flaviarosa— que nuestro general no es más inaccesible que el rey de los ingleses, a quien tengo entendido que es inútil visitar, porque allí manda el *premier*.» «Quizá tenga razón, pero el rey de Inglaterra es, por lo menos, visible de más cerca, y, con frecuencia, audible. Tiene vida privada, e incluso aventuras sentimentales, y los ingleses sabemos quién es su sastre, y todo eso.» Volvió a escucharse la risa sapientísima del cónsul: «No creo que nadie de los presentes, hecha excepción de nuestros invitados forasteros, claro está, ignore que el general Della Porta sería un bulo si no fuese un muñeco, y pido perdón a la Misteriosa Dama si acabo de descubrir un secreto de Estado». También rió Flaviarosa, más inteligentemente todavía: una risa que, además, creaba espacios. «Un secreto de Estado, sí, aunque *sui generis*. Si todo el mundo sabe que el general Della Porta es una ficción flagrante, todo el mundo está de acuerdo en que el secreto debe permanecer secreto, porque es un secreto útil y en él se fundamenta la seguridad de todos. El señor cónsul de Inglaterra puede, probablemente, corroborarlo.» El señor Algernon Smith había estado ayudando a Napollione en la preparación de bebidas nuevas, de modo que se aproximó al grupo con dos vasos en la mano. Era el momento en que la silueta del general, mera sombra contra un cielo turquesa, se retiraba. «Pues lo haré con mucho gusto, y llegaré a reconocer que, como ardid, no tiene igual. Incluso me atrevería a recomendarlo como sustitución del Parlamento, por lo menos en algunos países, no en Inglaterra, por supuesto, porque allá estamos bien abastecidos de fantasmas. Hemos pasado todos por el trance desagradable de la ejecución de Luis XVI. Si los reyes de Francia fueran ficticios, o no habría necesidad de ajusticiarlos o, en el caso de hacerlo, no nos causaría repugnancia.» «Pero hubieran movido igual a los ejércitos del orden contra ese pueblo regicida», intervino Metternich; «con el cuerpo de un hombre o como mera ilusión, un rey es siempre un rey». «Yo añadiría —terció Chateaubriand— que, en cierto modo, todos los reyes tienen algo de fantástico.» «Pero no fantasmal —opuso el señor Smith, ya libres de bebidas sus delicadas manos—; en cualquier caso, admiro a la persona que inventó al general Della Porta.» «Y yo le doy las gracias en su nombre», le respondió Flaviarosa. Nelson había seguido los movimientos del general hasta su desaparición en la pared ensombrecida. «Luego, ¿qué es? ¿Sólo un muñeco?» «Sobre la consistencia física de Su Excelencia, yo no puedo informarle —le dijo Flaviarosa—, pero sí le aseguro que es, por lo menos, un uniforme.» «Sí, eso ya lo he podido ver. Un uniforme, por otra parte, muy corriente.» «Como conviene a un general amado de sus tropas que comparte con ellas el frío y el calor.» «Eso, según. Las tropas aman también a los generales de uniformes deslumbrantes.» «El general Della Porta desdeña esos atuendos como apropiados para los segundones.» «Pero, en esta Isla, ¿hay ejército?» «No, almirante. No hay más que seis soldados decorativos, y hasta un par de docenas de mandos intermedios. A esos me refería.» Napollione anunció que la mesa estaba servida, y se inició la ceremonia de dar el brazo a las damas y conducirlas a sus asientos. En la mesa abundaban las fuentes más espectaculares, desde los emplumados faisanes a las langostas en gelatina, y, en cuanto a vinos, los había de todos los colores, de todas las temperaturas y de bastantes nacionalidades, a causa, seguramente, de que la posición de La Gorgona en las rutas comerciales favorecía la importación de caldos apreciados. Incluso en un rincón estaba prevista la garrafa de Porro para cuando quedasen solos los caballeros. Se iniciaron entonces diálogos parciales, y a Nicolás le costó trabajo arrancar una sola palabra a lady Hamilton: el almirante, en cambio, halló en Agnesse una buena conversadora más informada de lo que pudiera esperarse de una muchacha con tan hermosa cabellera: singularmente enterada de los asuntos de Estado en todo lo concerniente a construcciones navales. Pudo charlar con ella, mientras duró el *consomé,* de tiempos y de calidades, como si se tratara de un capataz del astillero, y en un momento de imprevista debilidad, admitió Nelson, complacido, que su inspección de los barcos a punto de botarse había sido satisfactoria, y Agnesse pensó que era una lástima que su asistencia a aquella cena fuese de tapadillo, pues, en caso contrario, le habría sido posible informar a Aldobrandini acerca de la opinión del almirante, y el ministro hubiera probablemente reconocido sus dotes de agente más o menos secreto. Y no pensó esto por deseo que hubiera de servir a su jefe, sino más bien de crecer en su estimación profesional. Se consoló, no obstante, al preguntar a su interlocutor por la ocasión gloriosa en que le habían arrebatado el brazo, y si era la misma en que había perdido el ojo. Lord Nelson le respondió con la acostumbrada sobriedad británica, y, por ser británico del todo, incluyó un chiste en el relato (chiste que, por desgracia, no ha pasado a la historia, a causa del olvido inmediato en que incurrió Agnesse).

Me dijiste, Ariadna, que, hasta aquel mismo momento, nada limpio y rigurosamente nuevo había salido de la cena, pues, si bien habíamos corroborado que el general Della Porta era una ficción, no parecía que de la reunión fueran a resultar consecuencias extraordinarias en el orden de lo político y de lo militar, aunque sí de lo galante, a juzgar por el cariz que iban tomando las cosas, y, sobre todo, por el trabajo a que las manos se dedicaban. «Por lo pronto —me dijiste—, conviene no perder el sentido de la historia y de sus estilos y solemnidades. Nos hallamos delante de unos personajes cuya importancia depende sobre todo del modo que tengamos de entender la situación, y que sólo alcanzan un relieve superior al mediano si ese modo es el personal y el anecdótico. Porque es evidente que, con Nelson y sin Nelson, el capitalismo inglés hubiera vencido a la Revolución Francesa, o, si lo prefieres, un pueblo liberal y marítimo a uno continental y autoritario, lo que convierte a Nelson en instrumento de ciertas entidades algo abstractas, aunque no por eso menos reales, que son las que de verdad mueven la Historia. Esto, al menos, te diría mi maestro, el doctor Wagner, de estar aquí presente, si bien estoy segura de que la anécdota le hubiera complacido también, ya que Wagner es bastante rijoso y amigo de tocarle los muslos a las alumnas. Están presentes dos caballeros de los que ya nadie se acuerda (en el caso de que hayan existido), y cuatro damas que, con cierta benevolencia y a pesar de sus nombres ilustres, podemos tratar de putas. ¿Tú piensas que de una gente así puede salir una figura tan trágica y significativa como la de Napoleón?». Pero yo me limité a darte un ligero codazo y a indicarte, con un gesto, el grupo que componían, en un ángulo, con el cónsul y con Flaviarosa enmascarada, Metternich, Chateaubriand y la condesa de Lieven. Marie se había agregado a la pareja del almirante y Agnesse, y el bello Nicolás se mantenía en su intento de obtener de lady Hamilton algo que no fueran gruñidos más o menos expresivos. En cuanto al aire, algo había acontecido, sí: como si aquellos ámbitos, de pronto, se hubieran ensanchado, y el cielo profundizase más arriba; pero no hay que alarmarse: seguramente se trataba de alteraciones en la percepción causadas por el vino. Decía en aquel momento Metternich: «La dificultad es que no sabemos contra quién peleamos. ¿Qué es la nación? ¿Qué quiere decir el pueblo en armas? Estamos acostumbrados a que la historia la conduzcan ciertas cabezas visibles, sea Cromwell, sea Federico II, pero la Francia de hoy, o permanece acéfala (y no quiero aludir a un episodio triste para todos), o su multicefalia proclamada es absolutamente incalculable. ¿A quién declarar la guerra? ¿Con quién firmar las paces? Si lo hacemos con Moreau, Hoche no se siente obligado, y ese desconocido que preside ahora el Directorio, o que al menos lo presidió hasta ayer, no llega ni a enterarse. Tenemos los mejores generales de Europa para oponer a una entidad amorfa cuyo nombre no figura en nuestro vocabulario y cuya efigie no podría trazar el dibujante más imaginativo del mundo». «Por eso —le respondió Chateaubriand— estamos procurando, de algún modo, la Restauración. Necesitamos un rey que simbolice a Francia.» «¿Y por qué no un rey fantasma? —intervino el cónsul—; daría el mismo resultado.» «Un rey fantasma no puede subsistir si no aparece incluido en una dinastía de prolongado abolengo, y eso es lo único que tenemos. La República puede destruir los retratos de los reyes y aventar sus cenizas, pero no su recuerdo.» «Conviene considerar —insistió el cónsul— que las dinastías han tenido un comienzo y que la de los Borbones no está sola en el mundo. Inglaterra, sin ir más lejos, cuenta con cuatro o cinco.» «¿Insinúa que excluyamos de Francia a la línea legítima? Es consustancial con ella.» «Los Borbones con ella, sí, pero ella con los Borbones, quizá no. El país se consustancializa con el que mande, o al menos eso dicen los que mandan.» «Aun en ese caso —opinó Metternich— carecemos de la persona adecuada. No podría ser un Orleans, Borbón al fin y al cabo, ni tampoco...» El cónsul había cuchicheado un instante con Flaviarosa: ella adelantó el busto y levantó la mano, florecida esta vez de un racimo de uvas. «El cónsul de Inglaterra acaba de tener una idea que me parece estupenda, una idea de cuya utilidad puedo dar testimonio.» El cónsul le pisó, entonces, las palabras: «Si no disponen de esa persona, invéntenla». «¿En el sentido etimológico de descubrir, o en el más popular de sacar algo de la nada?» «En este último, precisamente, pero, entiéndame bien: sacar de la nada algo que siga siendo nada al mismo tiempo que lo es todo.» Hubo un silencio, el ámbito se redujo al tamaño aproximado de una alcoba, y llegó a los oídos de todos un fragmento de la copla veneciana que estaba cantando Agnesse. Habían encendido ya las velas y las antorchas, pero Agnesse quedaba en segundo término de las luces movedizas, y la canción temblaba con las llamas. Probablemente a causa de este incidente musical, nadie rió ante la aclaración del cónsul, o a nadie preocupó demasiado, pero no fue olvidada. Te miré: te temblaban las manos y te oí decir: «¡Esta imbécil...! ¡Ocurrírsele cantar ahora!». Sucede, querida Ariadna, creo habértelo dicho alguna vez, que la Realidad no obedece en su curso imprevisible y, sobre todo, incontrolable, a las leyes del drama, menos aún a las propuestas por la filosofía de la historia, que quizá coincidan con aquéllas, o difieran. La canción de Agnesse interrumpió el desarrollo normal de una escena principalmente frívola cuyas consecuencias, a lo mejor, se perderían en el camino que va de lo posible a lo real, camino, ¡ay!, sembrado de naufragios y otras muertes. Agnesse tuvo que cantar otra canción, con voz más elevada, y únicamente después de haberla terminado se le ocurrió al cónsul decir al almirante, de modo que lo oyeran todos: «He invitado a estos caballeros a que inventemos para Francia un emperador o un caudillo». Nelson, con aquella voz aséptica de inglés bien educado que tenía, pero que jamás usó con lady Hamilton, al menos en privado, le respondió: «¿Un emperador? ¿Es que no les bastará con un sargento?». El vizconde de Chateaubriand pegó un salto en la silla «Excelencia —le dijo—, la historia de Francia exige la más alta jerarquía para sus protagonistas.» «¿Se refiere usted a Marat?», le preguntó el almirante. «No; me refiero a Guillermo, el de Hastings», le respondió Chateaubriand, y se quedó a medio sentar, galleando. Pero el marino no se mostró sensible al trompetazo del kikirikí. «¡Ah, señor vizconde, no es inoportuna referencia! Entonces fue mala suerte que el rey Haroldo no pudiera disponer de la *Home Fleet* a causa de no haberla todavía inventado y, sobre todo, por no tener a mano al almirante Collingwood, el cual probablemente no había aún nacido. Le aseguro que este hombre, con sólo treinta barcos medianos, se basta para defender el canal y, si me apuro, la costa entera.» «No obstante lo cual, señor almirante, Guillermo, el de Hastings, seguirá preparando invasiones, durante al menos unos siglos. Después, no se puede saber.» «En cualquier caso —intervino Metternich—, si de inventar un emperador se trata, habría que imaginarlo capaz de repetir la hazaña de Guillermo, el de Hastings.» Chateaubriand suspiró ostentosamente. «Señores, quizá los reyes de Francia que hemos llegado a conocer no hayan llevado a cabo personalmente ese tipo de hazañas, pero al menos siempre tuvieron alguien que en su nombre las acometiese. La República, en cambio, no hace más que patrocinar sargentos, y en ese sentido concede la razón a milord.» El cónsul, que se había sentado al lado de Flaviarosa, y que de nuevo había hablado con ella en voz baja, anunció que la Dama del Antifaz iba a tomar la palabra; y Flaviarosa lo hizo sin echar mucho teatro, con relativa sencillez tratándose de una italiana. Se volvieron hacia ella las cabezas: si el antifaz causaba alguna inquietud, algo así como una broma que no acaba de resolverse, la voz pastosa, musical, los tranquilizó a todos. «Caballeros, tengo la impresión, nada agradable, de que se están ustedes alejando del verdadero tema, que no es más que el de hallar un editor responsable, emperador o rey, ¿qué más da?, para esos actos tumultuarios y por lo tanto anónimos de la República Francesa; si no es el caso, ni más ni menos, que el de poner una firma a una operación bien hecha, como lo es la conquista de Italia, tan perfecta que parece concebida y ejecutada por la misma persona, y ésta, un genio de la estrategia. Pues bien, les pregunto: ¿por qué aquí mismo, y sin perder tiempo en quisicosas, no ponemos manos a la obra? Estamos juntas precisamente las personas necesarias para que todo salga bien. Alguien habló aquí de emperador: me sumo a esa persona.» «Pero, ¿y el nombre, señora? —preguntó Chateaubriand—, ¿no comprende que lo primero es un nombre que lo resuma todo, que lo explique y que lo signifique? Un nombre y una figura, naturalmente. La historia la hacen los héroes, y los héroes son, a fin de cuentas, nada más que nombre y facha, que palabra y retrato.» «¿Y a usted, siendo escritor, le apura eso?» Flaviarosa alzó la mano, levantó el brazo, y chistó al criado gigantesco. «Ven, tú, acércate.» Napollione lo hizo con algo de felino elefantiásico: había estado contemplando a Flaviarosa y había decidido considerarla la más atractiva de todas las presentes, la única entre ellas que habría catado de habérsele ofrecido la ocasión. «Sí, mi señora.» «¿Cómo te llamas?» «Napollione, señora. Napollione Buonaparte.» «¿Dónde, cuándo has nacido?» «En Ajaccio, señora, el año sesenta y nueve, hijo de Carlos y de Leticia Ramolino, buena gente, no hay más que verme.» «Gracias, Napollione, puedes ya retirarte.» Flaviarosa se volvió a los comensales: «Tenemos ya una fe de bautismo, que es ya como tener una persona. Hijo de padres conocidos. ¡Fíjense ustedes!, un pasado, una historia. ¡Un montón de páginas en blanco para genealogistas y cronistas!». Chateaubriand, tras beber unos sorbos de aquel vino helado que les servían, interrumpió: «¿Es que le suena, señora, ese espantoso nombre de Napollione para un emperador francés? Lo encuentro ordinario, de puro popular, y que yo sepa, y a pesar del señor de Barras, los franceses no han perdido el buen gusto: un nombre así, sería inmediatamente repudiado». «Por supuesto, señor vizconde; pero todo se arregla traduciéndolo al francés. ¿Qué le parece Napoleón Bonaparte?» Algo así como una brisa estremecida conmovió los corazones y los rostros. Nosotros, Ariadna, escuchamos una fanfarria lejana, un cañoneo, la voz de un violoncelo que se aleja por encima de la mar, pero seguramente fueron adiciones meramente imaginarias. «¡Napoleón Bonaparte!», dijo alguien con unción; y acaso entonces la misma brisa que los había agitado haya cogido el nombre y lo haya llevado a los confines del mundo. ¡Napoleón Bonaparte! «Reconozco que está mejor —dijo el vizconde—; pero no pretenderá usted atribuirle también la estatura de este mozo. Los franceses tenemos el instinto de lo proporcional y sabemos que el que venga jamás superará a Carlomagno.» Ahora fue la condesa de Lieven quien mostró deseos de intervenir. «Se me ocurre —dijo, una vez autorizada— que lo que los franceses necesitan es una persona a la que admirar y despreciar al mismo tiempo, que satisfaga el orgullo nacional y la necesidad de la maledicencia, alguien que reúna en su persona cualidades visiblemente contradictorias, y sólo por tratarse de un emperador advenedizo. Dejemos de momento las morales. Si ha de ser emperador, ¿por qué no hacerle bajito y algo vulgar? Les propongo la silueta de ese general-muñeco que acabamos de ver en el castillo. Va vestido de un modo parecido al de un coronel de artillería, con algo de tripa ya.» Flaviarosa rió, regocijada. «¿Es que pretenden robarnos a nuestro invicto?» «¡Solamente copiárselo, señora! Ya estoy regocijándome ante la idea de que tenga mi marido que presentarle sus cartas credenciales.» Metternich inclinó la cabeza y dejó caer los brazos: «Me siento tristemente preterido, Dorotea. ¿Qué será entonces de mí?». «¡Oh, perdón, amor mío! Quise decir mi marido y mi amante. Porque, naturalmente, ¿qué pueden hacer los verdaderos emperadores, nuestros señores, llegado el caso, sino enviar embajadas a este emperador de pega?» Chateaubriand reclamó atención por el procedimiento de golpear con el cubierto la copa ya vacía. «Les suplico que no lo tomen a broma. Algo me está diciendo en mi interior que por medio de este juego de salón, y sin quererlo quizá, hemos hallado precisamente lo que Francia necesita, eso que hará inteligible la marcha de la Revolución, y lo que puede dar al traste con ella. Marie me ha sugerido que, puesto que soy poeta... En fin, que sea yo quien le invente una biografía y un modo conveniente de ser a la Majestad Imperial de Napoleón I, al que, como es natural, habrá que imaginar etapas precedentes.» «De general de artillería —insistió la condesa—, si ha de llevar ese uniforme.» «Un artillero que haya empezado en la Academia. Un artillero corso.» «Eso complica las cosas. Por lo pronto, la cuestión del acento. Tiene que hablar el francés con alguna deficiencia, por lo cual la gente se le ríe.» «Pero no en las narices, ¿eh? —retrucó la condesa—; los defectos menores de un hombre grande son para que los cuchicheen los currinches.» Agnesse había permanecido en silencio, interesada, divertida. De pronto, habló: «¿Y no sería cosa de que habiendo aquí varias mujeres, acordáramos entre nosotras cuál ha de ser el comportamiento amoroso de Napoleón, de quien casi ya me siento enamorada?». Lo mismo Metternich que Chateaubriand la contemplaron, y ella, como al desgaire, se alisó los cabellos. «Sí, es un aspecto imprescindible», dijo el austríaco, sin gran convicción; y el francés añadió: «Que nos corresponde inventar por entero a los varones». Pero Flaviarosa protestó: «¡No, no, no, de ninguna manera! Al general Della Porta lo inventaron los hombres, olvidaron ese detalle, y ahora el pueblo se venga atribuyéndole la violación y la muerte de todas las muchachas que desaparecen o que se suicidan. Me adhiero a la propuesta de que las damas presentes nos reunamos aparte, lleguemos a un acuerdo, y que ustedes lo acepten de antemano». «¡Con tal de que no se contradiga con el aspecto...! Porque si va a parecerse al general de aquí, así de bajo y tripudo, no será cosa de que al lado de la historia de sus conquistas militares, corra otra, paralela, de conquistas femeninas.» «Podría ser de derrotas. ¡Un caso realmente patético! Victorioso y vencido. No está mal», sugirió Metternich. «Eso será cosa nuestra», insistió Flaviarosa mientras se levantaba. La siguieron la condesa de Lieven, Marie y Agnesse, pues lady Hamilton, que no se había enterado de nada, prefirió permanecer al lado de Nicolás, a quien ya comenzara a pellizcar los muslos.

3. — La ausencia relativa de las damas permitió al cónsul anfitrión introducir, en la velada, música. Se había oscurecido la noche, y a lo ancho del jardín resplandecían antorchas; en las mesas, las bujías, y en las puertas y corredores, las lámparas de aceite. Tampoco faltaba al cielo su acostumbrada luminaria cíclica, si bien mostrándose en su mínimo tamaño. Los que entraron en el jardín, silenciosos y un poco clericales, se acomodaron en la parte remota, sombras ya más que formas, y empezaron a cantar los oficios de Viernes Santo, según la liturgia anglicana, que en la capilla de Cristo de la Universidad de Cambridge cantan los profesores y demás escolares ese día de la Semana Santa: fue una sorpresa solemne que obligó a enmudecer a Chateaubriand, siempre locuaz, pero sensible a las sorpresas, y a reír al conde Metternich ante el contraste de aquellas melodías tan sublimes y el predominio en la decoración ambiente de los motivos clásicos y lúbricos; pero el cónsul de Inglaterra aprovechaba de esa manera las licencias a que autoriza la distancia. Lady Hamilton no se sintió conmovida, ni siquiera aludida: seguramente no había escuchado jamás aquellas músicas, y lord Nelson se limitó a sonreír y a comentar que había refrescado.

Las damas del rincón remoto tampoco parecieron afectadas, al menos de momento, por aquel añadido musical a los varios milagros de la noche, y hasta sería cosa de pensar que no se habían dado cuenta, y de entender que lo habían recibido como costumbre algo chocante de los países septentrionales, acaso equivalente a las bandurrias y mandolinas sentimentales que habían estado sonando una hora antes en el barrio de los griegos, durante el atardecer después del cañonazo: de modo que Jeremías no influyó para nada en sus ánimos. No había mesa, aunque sí luz, en el rincón: se pusieron en cuclillas y en redondo, como si fueran a mear juntas, y por algo de la irregularidad geométrica de la figura compuesta (mal compuesta), recayó en la condesa la voz cantante. Dijo con énfasis de gesto y de palabra que les correspondía inesperadamente intervenir en el futuro del mundo de un modo que todavía no se le había ocurrido a nadie, y que ella se sentía feliz de la ocasión, más o menos al modo de la madre que está en trance de parto, sentimiento que le gustaría comunicarles por ser, a su juicio, el más adecuado; de suerte que si asumía la dirección de aquel cotarro era con la seguridad de que de allí saldrían importantes decisiones que acabarían por enorgullecerlas, como los hijos guapos a sus madres, y para no perder el tiempo y empezar de una vez, concedía la palabra a la más joven: tras de lo cual las otras tres se pusieron a hablar al mismo tiempo —bla, bla, bla, bla, bla, bla—, con regular algarabía, y conmoción, seguida de vuelo, de algunas aves próximas. La condesa se vio en la necesidad de interrumpirlas y, tras afirmar que no se le había ocurrido imaginarlas a todas nacidas aproximadamente el mismo día, y que no habiendo tiempo de averiguar la hora exacta, lo cual hubiera podido dilucidar la cuestión, y ya que no convenía dejar demasiado tiempo a los caballeros solos, preguntó si alguna era soltera, y resultó que no. La condesa se llevó entonces las manos a la cabeza en ademán de asombro acreditado por los más ilustres moralistas de salón: «¡Ay, Dios mío! Pero, ¿qué pasa con los maridos en nuestro tiempo? Porque supongo que ninguna de ustedes estará casada con su cortejo de esta noche». Le respondieron que no. «Pues no sé qué orden imponer al debate, ni por quién empezar. Diría que la más inocente, pero me temo que lo sean todas en la misma medida, casi como si acabaran de nacer.» Y, después de suspirar, concluyó: «Habrá que echar a suertes». Así lo hicieron, y le correspondió a Agnesse poner los fundamentos de una biografía sentimental presumiblemente destinada a romper la cabeza a los investigadores futuros (no la de Claire, se da por sabido):

la cual Agnesse comenzó diciendo que, según su modo de ver, convendría dilucidar primero si atribuirían al imaginable emperador de los franceses las mejores cualidades que cada una de ellas hubiera hallado en los hombres, o las que hubiera deseado hallar, algo así como el arquetipo viril de cada una, o si aspiraban más bien a lo contrario. Tomó entonces Flaviarosa la palabra: «Me parece enormemente atinada la observación de nuestra querida Agnesse, y, por lo que a mí se refiere, ésta será mi respuesta: toda vez que nuestros caballeros harán de ese Napoleón un héroe de los que abruman a la historia a causa sobre todo de la enorme cantidad de gente que muere por su gloria, acaso convenga compensar tanta grandeza visible con algunas pequeñeces recoletas, pues, de lo contrario, si encima de vencedor en las batallas hacemos de Napoleón un victorioso en el lecho, no va a haber quien lo resista y, sobre todo, no va a haber quien lo crea. Lo realmente humano es el desequilibrio, ¿no os parece?». Marie respondió que aquel punto de vista de Flaviarosa coincidente con lo que antes había dicho alguien, ponía de manifiesto la calidad de su experiencia de la vida, sin excluir la de los hombres, y quizá también de la cama, ésta entendida naturalmente en un sentido impersonal tirando a abstracto, y desde luego filosófico, como saltaba a la vista, y que ella, aunque no hubiera alcanzado aún tal perfección en el saber, había por su cuenta averiguado lo suyo y estaba en principio conforme, y que por lo que a ella tocaba, pedía que se atribuyese a Napoleón cierta dosis de vanidad de pavo real, mezclada con una auténtica aptitud para la farsa o, de otra manera entendido, para la representación en general, la tragedia, la comedia, la política y el amor incluidos, pero también de su propia persona en particular, y dado que su amante, el admirable vizconde, además de buen actor, solía constituirse en el centro del mundo y, lo que es más admirable todavía, en lo más importante de las alcobas en que solía dormir y amar, pedía que Napoleón, centro verdadero del mundo, según todos los presagios, ocupase en el proceso del amor, fuese nocturno o diurno, inesperado o previsto, un papel visiblemente secundario y, en cierto modo, complementario. «Estoy de acuerdo —le respondió la condesa—; pero, para que semejante sumisión a la *partenaire* quede justificada, convendría añadir otros detalles. No me avergüenza confesarles que la dotación viril de mi marido, el conde Cristóbal Andreiwitch de Lieven, es más bien escasa y digamos breve, y aunque a él le sirva como si fuera de formidable aspecto, de contextura pétrea, de inagotable respuesta líquida, a mí me causó siempre la impresión de que el rabo de un lagarto me andaba cosquilleando. Propongo que la dotación de nuestro héroe no pase, en su tamaño máximo, de juguetito.» Hubo risas como rotura de cristales. «Estamos sacando un retrato —observó Flaviarosa— tan verdaderamente seductor que a ninguna de nosotras se le ocurrirá jamás alardear de una aventura con ese caballero, salvo el caso de que alguna circunstancia inesperada lo aconseje o lo exija.» «Por lo que a mí respecta, lo encontraría un poco incestuoso —le respondió Marie—; al fin y al cabo me siento en cierto modo su madre, o al menos en cierta medida mínima; pero no niego que ese pecado tenga algunos atractivos, al menos desde el punto de vista de las antiguas castas reales. Yo, por ejemplo —y bajó modestamente los ojos—, jamás encontré un amante de mi rango, ni siquiera un marido, porque no tengo hermanos, y la sangre de mis primos más próximos está ya como el vino aguado.» Sobrevino un silencio embarazoso, como si todas hubieran sido acusadas de incesto. De seguir muchos minutos más, habrían tenido que suicidarse, pero la condesa sacudió la testa como alejando los molestos mosquitos, y la cuestión quedó zanjada. «¿Quién habla ahora?», preguntó. «Yo le atribuiría prácticas poco usuales —dijo Flaviarosa—. Por lo pronto, la paciencia indispensable para soportar los cuernos, aunque también el deseo de ponerlos. ¡Oh, esto por supuesto! Tal y como marcha el mundo, poner los cuernos a un marido es, como si dijéramos, la verdadera iniciación jurídica en la virilidad, la ordalía del agua y el fuego. Quizá sea por eso por lo que las casadas damos tantas facilidades, al menos ése es mi caso. Es casi seguro, pues, que, a estas alturas, el general Bonaparte (aún no pasa de general, que sepamos), cuente en su haber con dos o tres aventuras, aunque quizá también decepcionadas. Conviene que lo casemos pronto para que se le pueda hacer justicia. Después de esto, y habida cuenta de esa escasez instrumental con que le ha agraciado la condesa, no será inverosímil que el hombre se las componga con bastante habilidad en el uso de instrumentos supletorios. Y hasta ahí mi regalo.» «Pues yo —dijo la condesa con algún entusiasmo—, si alguien lo considera necesario, me siento capaz de inventar una correspondencia dirigida a cualquiera de sus esposas, en el caso de que llegue a tener más de una, con los detalles indispensables. Les aseguro que escribo el francés bastante bien, y con algunos italianismos añadidos, daré a las cartas la apetecida verosimilitud.» «Pues yo —intervino Marie, soñadora—, reconozco que hace un momento me pareció que los labios del general Bonaparte me paseaban los alrededores del ombligo, pero fue seguramente una alucinación. Lo digo por si le puede servir para alguna de las cartas, al menos como punto de partida.» Se oyó en el silencio siguiente, un suspiro de Agnesse, y la condesa le cogió la mano, como si fuera a ayudarla. «¿Le pasa algo, querida?» «No. No me sucede nada. Me limito a suspirar a causa de ese pobre Napoleón. ¡Qué especie de desgraciado estamos inventando! Hablan de amantes, hablan de esposas, hablan de cuernos, hablan de expediciones por el ombligo; pero ¿es que va a pasar por el mundo sin una pizca de amor?» «El amor es un sentimiento ínfimo para los hombres de su talla. ¡Nada menos que un emperador advenedizo! Más meritorio aún que si lo fuera hereditario.» «Pase, entonces, que no ame, ¡pero déjenle, al menos, ser amado alguna vez! Sea el hombre que sea, sea como sea, siempre habrá una mujer que lo tenga en su corazón, al menos una. Reclamo para él ese amor, lo pongo como condición. Una mujer que le ame de veras.» Dorotea de Lieven se dejó arrebatar por una secuencia de recuerdos con los que no contaba. «¡Existen casos! —dijo—. ¡Conocí a una condesa polaca...! Una mujer muy bella, y se había enamorado de un tipo así como este que nos va saliendo. De verdad, ¿saben?, aunque parezca increíble.» «Pues pongámosle a Napoleón, de amante y enamorada, a esa condesa polaca, pero en su decadencia ya, que será cuando más la necesite.» «Es usted muy piadosa», le dijo Flaviarosa a Agnesse, y se rieron las dos. «¿Por qué en la decadencia? —preguntó, entonces, Marie—; ¿no va a ser un héroe eternamente glorioso?» «Si lo inventásemos nosotras, quizá le conserváramos la gloria más allá de la muerte; pero los hombres siempre prefieren una historia más clásica, quiero decir, que descienda rápidamente. Un caso así, un meteoro, los deja más tranquilos.» «No sé por qué —meditó Flaviarosa— los hombres siempre están necesitados de vengarse.» «¿Y no será por nuestra culpa?», preguntó Agnesse. «No lo creo. Esas venganzas suelen obedecer a causas estrictamente profesionales. Los varones no están contentos jamás de los lugares que ocupan, salvo los reyes: me refiero a los puestos en sociedad o en el Estado, en tanto que nosotras donde nos hallamos bien o nos hallamos mal, pero nunca más arriba o más abajo, es en la cama, nuestro trono.» «Verdaderamente es usted una sentimental.» Agnesse sintió un poco de vergüenza al decirlo, pero la otra la tranquilizó: «No lo crea. Sólo una profesional de la política».

Los caballeros, entretanto, y con música de fondo, es decir, en un espacio de dimensiones infinitas favorecidas por el contrapunto, habían elaborado el retrato de un militar genial que fuera al tiempo un magistral legislador y un cauto gobernante, si bien con ciertas restricciones verbales que, aplicadas según fueron enunciadas, reducían a términos más ponderados el genio militar, el talento legislativo y la habilidad política: de semejante ejercicio imaginativo y dialéctico resultaba un Napoleón atrayente, aunque únicamente en sus líneas generales, ya que los detalles tendrían que inventarlos por su cuenta los franceses, ingleses y austríacos reunidos en una comisión prevista y de acuerdo con planes convenientemente meditados por las cancillerías con la colaboración de historiadores y poetas. Metternich, sin embargo, insistió en que el sujeto, en virtud de una mezcla de mala educación y de temperamento, fuese más impulsivo de lo conveniente, y que aunque se le concediesen cualidades excepcionales de las que le convertirían en lo que por entonces se empezaba a llamar «genio», su organización fuera de tal manera brillante y deficiente que no sólo fuese posible, al final, vencerlo con las armas tradicionales en el campo de batalla, sino con el ingenio y la cortesía en las batallas de salón. (Fue un momento, Ariadna, en que pensé en la biblioteca de Dresde.) Chateaubriand, en un inexplicable y aun hoy inexplicado rasgo de humildad, que acaso, sin embargo, formase parte de su soberbia, sugirió que se pidiese también ayuda a personas de ingenio reconocido, a cuyo cargo quedasen las anécdotas, como al pillastre de Talleyrand, que seguramente se prestaría al juego por lo que tenía de divertido y peligroso, sobre todo si se le ofrecían ganancias y se le dejaba quedar bien. «En cuanto a mí —continuó—, pienso escribir unas memorias cuyo protagonista verdadero sea Napoleón. Me considero capaz de retratarlo con el pincel más fidedigno.» «¡Un retrato en el aire!», exclamó el cónsul. Le tocó el turno a Nelson, quien puso como condición personal que el que ya desde entonces pudiera llamarse el Corso y a quien en cierto modo consideraban como una especie de corsario de la revolución, fuese finalmente aniquilado por Inglaterra, o al menos por una coalición de la que correspondiese a Inglaterra el mando. «Si tanta prisa tiene de vencerla, milord, quizá esté la ocasión a mano. ¿Quién le impide decir al mundo, y, ante todo, al Gobierno de Su Graciosa Majestad, que esa escuadra zarpada de Tolón hacia el Oriente Medio la manda Bonaparte? Procure simplemente que no muera en la batalla.» Esto lo había dicho Metternich. Cuando las damas regresaron, y la condesa, como su portavoz, enumeró, con breves descripciones marginales, las cualidades amorosas y los gustos eróticos que habían considerado más idóneos al presentido y ya temido Bonaparte, sintió cada uno de los presentes (con exclusión del almirante, claro, y, por supuesto, del cónsul), que un poco de ellos mismos se trasvasaba al héroe, y que lo que no era de ellos pertenecía a gente conocida: no quedaron satisfechos, pero tampoco les pareció demasiado mal. Cuchichearon al respecto el conde y el vizconde, los más afectados, con meras alusiones y referencias a maridos supuestamente implicados en los que descargaban la responsabilidad de cualquier parecido. Cuando explicó Chateaubriand a su amante que pensaba escribir sus memorias sólo para hablar en ellas de Napoleón, ella le respondió que uno puede hablar de sí mismo aunque parezca que habla de otro, y que eso precisamente es lo divertido de las memorias. «En mi caso no lo creas así —dijo el vizconde—; tengo proyectos especiales.» Nicolás, empeñado en que la inglesa llegase a comprender su opinión acerca de las diferencias climatológicas entre la Isla de La Gorgona y el Reino Unido, en demérito de este último, se supone, no se enteró de nada, salvo de que tenía cosida a pellizcos la cara exterior del muslo, y de que los pellizcos se iban aproximando a la cara interior, por la parte más alta.

4. — Estabas silenciosa, Ariadna, y con la mirada quieta. Me pareció que de aquel hogar luciente emanaba una especie de encanto que se había apoderado de ti y te retenía. Me lo pareció, pero no siempre el parecer es cierto, de modo que bien pude haberme equivocado. Sin embargo, como entonces lo creía, me alegré. Hubiera comentado lo que acabábamos de presenciar, pero me entró el temor de que así se rompiese el sortilegio y de que se te ocurriera retirarte a tu cuarto, puesto que lo fundamental, aquello que perseguías, había acontecido ya. Necesito confesarte que me sentí satisfecho de mí mismo, y llegué a creerme capaz de fascinarte en medida mayor que el propio Claire, pero fue una ilusión transitoria, rápidamente desvanecida: ya lo verás. Tenía aún en las manos, eso sí, las riendas del milagro, y me dispuse a seguir conduciéndolo, al menos mientras ardiesen en llamas azules y rojizas, tiernas y temblorosas, los leños casi consumidos. Sucedió que, de pronto, se dio por concluido el tema de Napoleón, tras algunos acuerdos acerca de la manera de continuarlo, y tomó el cónsul la palabra (después de despedir a los criados) para anunciar que lady Hamilton se disponía a representar un cuadro plástico de argumento mitológico: los colocó a todos delante de una especie de escenario enmarcado por columnas de mármol y techado de enredaderas que hundían sus raíces en barricas

orondas y encaladas. Al escuchar el anuncio, lady Hamilton había emitido unos sonidos repetidos y en cierto modo articulados, algo así como «¡Oh, oh, oh, oh!», seguido de «¡Yes, yes, yes, yes, yes!», y empezó a desentenderse de Nicolás, cuyo muslo derecho descansó, finalmente. Habló al oído de Nelson, éste con Algernon, y éste con Flaviarosa, quien, sin quitarse el antifaz, ¡oh, dichoso antifaz!, anunció en italiano, en francés, en inglés y en alemán, que la dama anglosajona iba a representar el nacimiento de Venus (ella dijo Afrodita), una mañana de mayo, en algún lugar remoto del Mediterráneo Oriental. La vieron esconderse, a lady Hamilton, detrás de las enredaderas, y un poco se amparó en una de las columnas, y por la ropa que iba cayendo, los presentes adivinaban el alcance de su desnudez: hasta que su túnica verde empezó a moverse en el suelo, y a ondular en el aire, como olas de la mar tranquila, y de ellas emergió con lentitud e inocencia una figura en pelota que todos recibieron como la diosa del amor sin la menor objeción, audible al menos: aprobada en cambio con el entusiasmo de Nelson, aunque lo disimulase y tratase de resumir en una sonrisa displicente, de la mejor escuela británica. Todos mantenían la vista puesta en aquel cuerpo casi luminoso, mas no tanto que no advirtiesen cómo, en el cielo, el astro homónimo cooperaba al milagro con estremecimientos casi sonoros, y el espacio teatral cobraba así, de hecho, dimensiones de cálculo difícil. «¡Qué cara de inocente pone esa puta!», dijo, a Marie, Dorotea. «¡Es su mérito mayor!», le respondió la princesa, y fue la primera en aplaudirla. Lady Hamilton fue besuqueada por sus amigas de aquella noche cuando, vestida ya, se reintegró al grupo. Le interrogaron acerca de la emoción sentida en el momento del nacimiento pero como la respuesta excediera de sus capacidades mentales se limitó a responder «¡Excúsenme!». La gente, en general, quedó decepcionada, pero nadie lo dio a entender. Sin embargo, después de un cuchicheo breve, y como quien responde a un reto, la condesa anunció que ella y Marie representarían el conocido episodio jupiterino de Leda y el cisne, tan rico en consecuencias históricas, como es sabido, y de tantas maneras interpretado. Hubo algunos aplausos y gran expectación, sobre todo por parte de quien, como Chateaubriand, se interesaba tanto por las divinidades. Se escondieron. Salió Leda desnuda (era Marie) y se quedó en seguida adormilada en un rincón de la escena, que simulaba un jardín y al mismo tiempo, como ya queda dicho, lo era. Se oyó entonces como un solemne, aunque suave, batir de alas celestes, una verdadera música de plumas meneadas: varias constelaciones y algún astro remoto dieron cuenta también de su presencia, ¡pues no faltaba más!, agrandando hacia arriba la escena mucho más todavía, hasta escucharse música, y la condesa de Lieven entró: se servía de la túnica para imitar las alas, pero debajo de ella iba también en cueros, y era tan apropiado el movimiento de su cuello, tan acuciante la insistencia de su nariz hecha dorado pico, que Leda abrió dulcemente sus piernas y Zeus la cubrió *ipso facto* con su fecunda magnanimidad: aquel orgasmo trascendió el lugar y el tiempo, y, por supuesto, los personajes; los poetas del mundo celebran desde entonces la generación de Helena, así como la supremacía del amor sobre la economía como causa de las guerras, lo cual dilató a su modo, más bien intelectual, la dimensión del espacio escénico, esta vez en dirección preferentemente dialéctica. Mientras los otros aplaudían, Agnesse dijo al bello Nicolás que, tal y como se iban poniendo las cosas, y puesto que el jardín había quedado desierto de músicos y de criados, que aquello iba a acabar rodando todos por el suelo, y lo mejor que podía ocurrir era que coincidiesen las parejas: palabras que recogió la Historia y que puede verse en las antologías de frases célebres. Abandonó entonces a Nicolás y corrió al escenario, donde representó con la ya acostumbrada participación celeste y la correspondiente amplificación espacial, la ocasión en que Danae había sido mojada por la lluvia de oro, mimada en este caso por un chal de tisú dorado que colgado previamente de la enredadera y cayendo en forma de chorro, recogía Agnesse con una mano y lo dirigía a la entrepierna; el orgasmo de Danae fue de los que hacen temblar el misterio, exactamente, quizá por deseo divino de que fuera así; no obstante, y mientras tanto, la otra mano de Agnesse contenía no se sabe si los pechos o la respiración, hasta que se desvaneció y desapareció de escena: dejó en todos la impresión, esta insistencia en las aventuras de Zeus, de que aquellas damas intentaban de algún modo, con ofrendas al arquetipo contrario, disculparse de su escasa generosidad con el emperador en proyecto. El aplauso, nutrido, se interrumpió bruscamente, cuando Flaviarosa se adelantó, majestuosa y un poco *nonchalante,* y dijo que iba a representarse a sí misma, puesto que el antifaz, que todavía conservaba, le había estorbado una comunicación más completa de su persona. Y así fue: se limitó a desnudarse a la vista de todos —las prendas iban cayendo alrededor, como muralla mágica— y a mostrarse, primero quieta, luego en redondo. Quizá fue la más bella, pero en conjunto, pues lady Hamilton tenía mejores ancas, mejores tetas Agnesse, la espalda más hermosa Marie y las piernas más largas la condesa. Fue también la que dio el espectáculo más lento, y después de mostrarse a los treinta y seis rumbos de la rosa, como si contemplase puestas de sol o amaneceres, empezó a vestirse con parsimonia: bragas sutiles, enaguas como el céfiro; la túnica, tan bella y bien cortada. Fue entonces, cuando Algernon, ante el asombro de todos, emitió un largo silbido, seguido de palmadas, y empezó a oírse un tamboril, tocado con los dedos, a cuyo son se enmarañó en seguida el de una flauta suave y honda, una flauta como una caricia; componían un ritmo que se insinuó como una promesa y pronto sonó como una oferta. Todos habían quedado en silencio, y hasta lord Nelson había dejado de acariciar a lady Hamilton. Aquello duró un instante. Lo que surgió en seguida no fue una llama, aunque lo pareciera, sino el cuerpo de Agnesse: quieto, los brazos levantados, y, de pronto, sacudido por el ritmo en movimiento de brazos, de pechos, de caderas, con lentitud de astro. Volvió a semejarse a la llama que nosotros, Ariadna, mirábamos bailar. Iluminaba. La miraban miradas inmóviles, pero las manos y los pies le seguían el ritmo. ¿Alguien más se arrancaría a bailar? Pues, en aquel instante mismo, se oyeron unos fuertes aleteos, como si en la pureza augusta de la noche unas criadas furiosas sacudieran alfombras: como que les obligó a todos a mirar a los aires, a tiempo que pasaban en vuelo casi rasante las Tres Ancianas Aéreas, la Vieja, la Muerta y la Tonta, Una, Dos, Tres, Bruja es; y dejaron al paso un fuerte olor a almizcle y a ancianidad perfectamente mixturado. Quienes no las conocían, se replegaron: lady Hamilton, a los brazos de su almirante; Marie, a los del vizconde; Dorotea de Lieven, a los de Metternich. Y Flaviarosa, un poco más serena y menos sorprendida, le preguntó a Algernon si también las había invitado. «Le aseguro que no, se lo aseguro», y seguía la evolución aérea del trío, que después de unas vueltas por los altos del jardín, vino a posarse en el caballete de la muralla como tres avechuchos en su rama: los ojos de asombro, los pelos lacios. Las alumbraba, no hasta los rostros, el resplandor de las antorchas, y se vio cómo venían vestidas: la Vieja, de amarillo dorado y rojo vino, el mismo traje con que la había pintado el Tiziano cuando andaba por Venecia de puta de postín, y tenía palacete propio en la Isla de San Giorgio: una maravilla de la costura prebarroca, ahora bastante deteriorado y con algún jirón en la falda; a la Muerta la habían puesto ropa de gran sarao, muy escotada, de terciopelo bordado de estrellitas de oro: sólo que al dejarle al descubierto los hombros y el arranque de las tetas, se veía que era toda de trapo; la Tonta venía de colorado, un traje como quien dice de anteayer, como que habían enterrado con él a La Traviata después de su deceso, y alguien lo había adquirido y exhumado por razones de mera hechicería: le venía algo estrecho, claro, aunque no demasiado, porque la Tonta había adelgazado mucho últimamente a causa del régimen de comidas a que su hermana la tenía sometida: como que ya el volar le empezaba a resultar dificultoso, y por eso. Enjoyadas las tres, qué caray, de lo fino y de lo bueno, grandes alhajas de cortesanas de todos los regímenes antiguos, favoritas de próceres, duchas en las discretas artes del olvido: traían esmeraldas y perlas, y cosas de ésas azules y encarnadas, en collares, en diademas, en pulseras, y alguna de esas preseas revelaba notable antigüedad, con la firma de aurífice escondida, aunque nadie supiera la procedencia, a nadie confesada por el trío, que la había olvidado. (¿No te parece, Ariadna, que acabo de gastar demasiada prosa en unos meros culos de vaso?) Las luces que las gemas devolvían parecieron tranquilizar un tanto a las sorprendidas y en un principio temerosas damas, y, por lo menos, adelantaron las cabezas para curiosear, mientras Agnesse procuraba disimularse en una sombra y Flaviarosa comprobaba la seguridad de los lazos que le sujetaban el antifaz. El cónsul se encaminó hacia ellas, y con una reverencia cortés invitó a las Hermanas Apolilladas a tomar parte en la fiesta y a descender de la tapia. Cosa curiosa, el vuelo bajo de las Hermanas había achicado el espacio antes inmensurable, el que abarcaba hasta allende las más remotas galaxias, y lo había reducido a los límites domésticos de una habitación techada, aunque, para ámbito tal, los Pájaros quedasen algo grandes: de este modo anunciaban los cielos el final de su participación en el espectáculo y dejaban el sitio a los Infiernos.

«¡Estáte quieto, hereje! —tronó la Vieja desde su altura—; ¡no osarás tocar mi ropa con tus manos diabólicas!» Se las miró el cónsul; aseguró su ignorancia de que estuvieran excomulgadas, pero garantizó, al menos, su limpieza. «¡No nos toques! ¡Nosotras solas bastamos!», y cogió a la Muerta de una mano, la Tonta hizo lo mismo por la otra parte, y en vuelo como un salto de avecilla alicorta quedaron a la altura de todos, si bien la Tonta, al caer, enganchó el borde del halda en los pinchos de las pitas: hubo que desenredársela, su hermana le gritó que si era tonta y que no se le podía llevar a ninguna parte, y después, vuelta hacia los presentes y bien alumbrado el rostro, que parecía de palo carcomido, le preguntó al cónsul que si habían interrumpido la orgía o si no había comenzado aún. «¡Señora mía, la encuentro un poco exagerada de palabra! Un grupo escasamente numeroso que se reúne a cenar y a escuchar música. Todos amigos, personas de importancia, condes, vizcondes y almirantes por lo menos, lo que se dice una cena de la *high life*. Por cierto, que si quiere tomar algo... porque los criados se han ido ya.» La Vieja paseó la mirada alrededor. «Desde la altura casi del cielo me llegó un olor a carne...» «En nuestra cena figuró un faisán. Ahí quedan todavía las plumas.» «Carne viva y desnuda de hembra pecadora.» «Aquí no hay hembras, sino damas.» Volvió a mirar la Vieja en torno, se demoró más en cada una. «Alguna de éstas iba en cueros: me llegó el tufo.» «No es imposible que una griega del Arrabal se haya bañado en pelota. Suelen hacerlo en noches como ésta, tan calientes. Y, claro está, a una altura tan alta, no se pueden precisar los nombres propios.» «¿No sabe, joven, que no me equivoco nunca?» «¿Es usted el papa?» «¡Hereje!»

A distancia, sin fijarse demasiado, y como resultado de los efectos de la luz, la Vieja componía una figura, por lo pronto, arrogante, y, a un segundo vistazo, de gran resultado teatral. El resplandor de las alhajas enmarcaba la vejez, y el corte de la ropa, la irregularidad del esqueleto. Por su parte, el señor Algernon Smith, únicamente un poco despeinado, pero sumiso siempre a los consejos y el buen ejemplo de su lejano amigo Brummell, de quien recibía regularmente misivas como leyes, daba la réplica a la Vieja a la misma altura de elegancia y apostura, y hasta puede decirse que el despeinado (sólo un mechón encima de la frente), colaboraba al efecto general; y en cuanto a la lengua que hablaban, la de la Vieja sonaba como había sonado en las naumaquias y otras fiestas navales de la Señoría, y, antes aun, en salones romanos especialmente favorecidos por la Curia: como un oboe que se hubiera cascado en las resonancias últimas. Por lo que al cónsul respecta, todo el mundo conocía su dominio del italiano, y admiraba las delicadezas que podía sacar a sus vocales aplicándoles la pronunciación de Oxford. De modo que, como espectáculo, y haciendo caso omiso de la Tonta y de la Muerta, que, quizá prudentemente, se habían detenido en las lindes de la luz, pero que no por eso dejaban de participar en el conjunto con su cara de Arlequín inmóvil una, con su baba de arañitas oscuras, otra; el espectáculo, digo, no resultaba mal, aunque un purista hubiera empujado hacia las sombras a la Tonta y a la Muerta. El almirante Nelson era de éstos. Su mirada avezada a lejanías marítimas, no tardó en descubrir las arañas que, a partir de los labios de muñeca, se ejercitaban en acrobacias, pendientes de su propia secreción y balanceándose en ella. Y comprendió también que aquella cara inmóvil, coloradita y mofletuda, no era de carne viva. Su mano acariciaba la pistola escondida en la faja, y tenía que reprimir el ansia de sacarla y disparar, deseos sin embargo acuciados por lady Hamilton, que decía: «¡Es horrible, esa baba de arañas! ¡Saca la pistola, y mátala!»; pero él la contenía rodeándole la cintura y acercándola un poco: con lo que aquella mano solitaria quedaba lejos del arma, y entretenida, pero volvía a soltarse: como que aquella noche la culata de nácar compitió en seducción y atractivo con el culo de la dama. Flaviarosa se había acercado a Agnesse y le sopló al oído: «Ésas vienen de espías en comisión. Es a mí a quien buscan». «Pero me encontrarán a mí, y ¿qué voy a hacer después?» «A usted no le alcanzan las leyes de la Isla, y siempre le queda el recurso de marcharse; pero yo me vería en dificultades si alguien me acusa ante el tribunal de los Doce. Ni siquiera mi padre podría ayudarme dignamente: haber venido aquí fue una insensatez, aunque me haya divertido, aunque no llegue a arrepentirme de verdad. Lo que ahora quiero es un chal.» «La condesa de Lieven tenía uno, el del chorro de oro.» «¿Para que Júpiter me deje embarazada? También me sirve un mantel. ¿Puede agenciarse uno de la mesa sin que se note mucho?» Lo hizo Agnesse discretamente. Con el mantel se cubrió Flaviarosa la cabeza y se embozó hasta el labio inferior: quedaban asediados por el blanco el negro del antifaz y el rojo de la boca; cuanto a los ojos, hundidos en la penumbra, no se veían, aunque resaltase el brillo.

«¿Por qué no me presentas a estas personas? Los caballeros son muy lucidos, y las damas parece que también, aunque unas más que otras. Esa de blanco, por ejemplo, tiene la nariz un poco grande y su cuello excede unas pulgadas de lo estrictamente necesario. No me gusta.» «La dama a quien se refiere es la embajadora en Londres del zar de Rusia.» «¿Y ese que está con ella es el embajador?» El cónsul esbozó un aspaviento. «Se sienta casualmente junto al conde de Metternich. Ya sabe usted, el primer diplomático de Viena. Gente importante toda.» De los labios de la Muerta colgaba ahora una araña algo más grande. Lady Hamilton reprimió un grito. «¡Mira, *please*, Horacio! ¡Mira la boca! ¿No es de verdad espantosa?» «No lo es aún, amor mío. Es una araña inofensiva.» «¡Yo gritaría si la sintiese en mi cuerpo, gritaría como si un ángel me mirase!» «No es un ángel, amor; es una araña de una especie común.» «¿Y aquélla?», la Vieja señaló a Marie. «Una princesa de incógnito, a quien custodia el señor vizconde de Chateaubriand. Tratan de restaurar a los Borbones.» «¡Ah, eso es muy bueno, ya lo creo que es bueno; pero, para lograrlo, no parece indispensable que estos señores duerman juntos. Y ese tan alto y rubio debe ser el de los barcos, ¿verdad?, ese inglés... Lo he espiado estas noches que lleva viviendo en el albergo y es un cochino, lo mismo que los otros. ¡Adúlteros, todos adúlteros!» «¿Y tú por qué no te callas, Fulvia Espartana, que no eres más que una puta resentida a fuerza de vejez? ¡Dos mil años pecando en todas las camas de Italia con todos los italianos y todos los invasores! Tú sola, tú, podías contar la Historia desde los tiempos de Julio César, la Historia vista por una profesional de la Suburra. ¡Cállate y vete con tus hermanas al diablo!» La Vieja había quedado paralizada al escuchar la perorata que Flaviarosa, con impostada voz y disimulo en las sombras, le había dirigido. «¿Quién eres tú, que eso sabes?», pudo preguntar por fin. «¡La bruja que lee en los espejos el pasado y que conoce el tuyo día por día!» «¡Esa voz la conozco!», gritó la Vieja, y apuntó hacia la sombra con el dedo siniestro, pero en aquel momento se escuchó un alarido: lo había proferido lady Hamilton al descubrir en el escote de la Muerta, emergiendo del canal, un arañón enorme, como un changurro pequeño, peludo y lento, que avanzaba hacia el cuello con despliegue de artejos vacilantes. «¡Mátala!», gritó; y el grito perforó los imaginados techos del lugar y fue a clavarse, como una flecha perdida, en cualquier blanco remoto. Esta vez el almirante sacó la pistola de la faja y disparó: la bala acertó a la Muerta a la altura del entrecejo, más o menos hacia la izquierda, y le hizo el rostro pedazos, de modo que quedó al descubierto la trascara, que no era más que el nido oscuro de los artrópodos: allí se apretujaban, mínimas y enormes, de todo, intermedias también, miles de arañas. El cráneo, sin el soporte de la porcelana, se ladeó, y el cabello de la Muerta, siempre peinado, se le desañudó y desparramó como el de una doncella a quien persigue el viento: pero éstos, Ariadna, son detalles que cuento a causa de ciertas circunstancias que te recordaré después. La Vieja había también chillado al darse cuenta del crimen: había gritado «¡Asesino!», había corrido al lado de su hermana que —mal sostenida por la Tonta, muerta de miedo—, mal se aguantaba de pie —en tanto que los otros cambiaban de lugar, separados y agrupados según nuevos principios de combinación, como la incomprensión, el temor o el deseo inaplazable de decir algo. «¡Asesino! ¡Tenías que ser inglés!», con lo que la Vieja intentó expresar, de un golpe, un sentimiento general de admiración, casi una idea, acerca de los británicos y de sus cualidades. Se arrodilló al lado de la Muerta, que se había deslizado con lentitud hasta quedar caída, e, indiferente a las arañas que le invadían la falda, le acarició la cabellera desparramada. Empezó a gimotear. Repetía el nombre de la Muerta. La Tonta hacía otro tanto. En el aire, antes limpio, flotaba el olor a pólvora. («Le aseguro, milord, que esto no lo habíamos previsto.»)

A las mujeres las dominaba el pánico a las arañas, sobre todo a la más grande, a aquella como un changurro, que debía de ser madre, abuela y antepasada común de todas las demás, y que había desaparecido al alcanzar la bala el blanco: acaso hubiera saltado, acaso se escondiera en cualquier oscuridad y desde allí acechase las carnes suculentas de las damas, brazos, piernas, escotes y el arranque de alguna nalga; acaso, después del salto, hundiese en la carne escogida sus dientes venenosos. Temiéndolo, ya lo sentían: la condesa de Lieven se llevaba sin cesar las manos a la garganta, como si las patas peludas la arañasen; Marie, más comedida, se limitaba a temblar y a disimular el temblor, pero diciendo a su vizconde: «Sería mejor que nos fuésemos»; temía, sobre todo, a las arañas pequeñas. «Pues será cosa de hacerlo»; pero el cónsul, que tenía la llave del jardín, hablaba con el almirante, manoteaba más de lo corriente en él. «Yo me subo a este plinto», se le ocurrió a Agnesse; y se instaló al lado de una estatua: fue inmediatamente imitada, de modo que las diosas quedaron duplicadas, de momento, en aquel jardín convulso. «El miedo a la sorpresa, no hay que tenerlo, porque, si llegan a las piernas, hacen cosquillas.» Lo había dicho Flaviarosa, la cual, sin embargo, se recogía la falda y dejaba al aire las pantorrillas para sentir las cosquillas mejor. «¡Asesino!» La Vieja se irguió del suelo y se encaró al almirante: el dolor o lo que fuese la había retrotraído a sus orígenes, a los tiempos remotos de su nacimiento, año equis a. de J.C., en que aún se representaba la tragedia como tal, razón del hombre contra los dioses, y ensayó en una contracción del rostro la expresión de su razón privada contra el dios Nelson, más poderoso que Poseidón, señor de los navíos de tres puentes, campeón de los mares, siervo no obstante de aquella Anfitrite temblona que a la vista de las arañas desparramadas parecía haber envejecido. «¡Llevas la muerte en la cara, la tuya te llegará de bala!» Lo declamó a la perfección. El cónsul aclaró a Nelson que aquella bruja le hacía amenazas proféticas, y Nelson le respondió que lo había adivinado por los gestos. «Y tú, cónsul de Satanás, entérate! Ya se acabó la juerga. Aquí mandan las arañas. Lo invaden todo, os seguirán a la cama, les entrarán a esas mujeres por todos los agujeros, las matarán.» La Tonta se había puesto en cuclillas, y sus manos bellísimas, florecidas de seda y rosa, sus manos casi translúcidas, recogían del suelo, mezclados a las arañas, los pequeños fragmentos de porcelana, e iba recomponiendo la cara en su regazo, como un rompecabezas incompleto: mientras, lloraba: aquí un poco de nariz, más arriba una sien, la mejilla derecha, un ojo glauco, los párpados azules... «¡Y en cuanto a estas zorras...!» Agnesse y Flaviarosa se habían replegado hasta la pared. «¡Esa mosquita muerta que enseña inglés a mi sobrino! ¡La acusaré de vender al extranjero los secretos de Estado, y la condenarán a manceba del general leproso!» El cónsul se deslizó por la zona de sombra y abrió una puerta. Iniciaron las parejas el retorno, lord y lady, conde y condesa, princesa (acaso) y vizconde. «¡Y tú, la enmascarada! Antes de retirarme, te habré quitado ese antifaz!» Entonces, Flaviarosa, avanzó con manos como garfios, amenazantes. «¡Nada más que acercarte, y te patearé en el suelo y mostraré a todo el mundo esos dientes de perra que tienes en la entrepierna!» El alarido, entonces, de la Vieja, fue de los que se originan en los profundos, como los terremotos: una A muy alargada seguida de jotas penetrantes y terminada en ululantes US. Se oyó, en el silencio que sobrevino, el rodar del primer coche que se alejaba, al que siguió un pitido, y de las órdenes de marcha dadas por el almirante, repetidas por el contramaestre. «Abre a popa!» «¡Abre a popa!» «¡Larga!» «¡Larga!» «¡Avante!» «¡Avante!» Las diosas del jardín se habían quedado sin parejas, y las arañas manchaban los impolutos mármoles. Agnesse pidió al hermoso Nicolás, algo marchito en aquel momento, que la llevase inmediatamente al Arrabal, a la casa de un griego cuyo nombre no recordaba bien, Atanasios o Anastasios, en cualquier caso amigo del capitán Triantagilu, y Nicolás, al despedirse del cónsul, le susurró: «Ahora Ascanio me mandará ahorcar, seguramente»; pero el cónsul le palmoteó la espalda y le respondió que su casa estaba protegida por el fuero diplomático, y que lo esperaba en ella. Rodaban todos los coches, se alejaba el batre por encima de la luna. «¿Mando llamar su coche?», preguntó, a Flaviarosa, el cónsul. Ella, entonces, se quitó lentamente el antifaz y lo dejó caer. Míster Algernon Smith le hizo una reverencia y la besó en la boca. Estaban en la sombra, y se metieron aún más en ella, hasta perderse.

Lució la última llama en nuestra chimenea: hermosamente azul, pero sin fuerzas; se apagó y soltó un humillo. Quedaban brasas veladas por las cenizas. Me volví y te miré, Ariadna: te habías dormido. ¡Ya me chocaba a mí que las arañas no te hubieran obligado a chillar como a las otras!

Epílogo de la carta y final de las interpolaciones

1. — Hoy pasé el tiempo haciendo la maleta y el bulto de los libros. También llené una caja bien acondicionada con los varios cacharros que vinieron conmigo, y el equipaje quedó listo hacia las doce y poco. Fuera, nevaba, y en la sala de estar, frente a nuestros sillones, lucía, última vez acaso, el fuego; no sé si llamarlo ahora telón de nuestro teatrillo, aunque lo nombre así con ánimo distinto, con ya desanimado ánimo. Lo de la nieve, ya sabes, no empezó hoy, sino el día mismo de *Thanksgiving*, cuando tú te marchabas, toda contenta, Jesús, qué prisa tenías y cómo con tanta prisa lo retrasabas todo y tenías que hacerlo otra vez: que si las cosas del bolso, que si el paquete misterioso que le llevabas a Claire, que si la última visita al espejo y el último retoque: por cierto que aquel día, no te lo dije entonces, no me gustó lo que llevabas puesto, aquellos colorines americanos. Te hubiera convencido de que una tez tan morena como la tuya, una tez mediterránea, no pide precisamente esos azules y rosas que hacen felices a las señoras de por aquí. ¡Las veces que nos habremos reído, recuérdalo, de la doctora Rice y de sus trajes de fiesta! Pero callé, y me alegré un poquito pensando que semejante combinación de falda, suéter y *foulard* (por fortuna el abrigo era oscuro) no pasaba de ser un homenaje a la memoria y a la presencia inmortal de la madre de Claire, que habrá vestido también de esa manera. ¡Oh, me dejaría cortar la mano a que la madre de Claire, el domingo de Pascua, se ponía los mismos colores y se encasquetaba un sombrero rematado de lilas, o quizá de violetas, para asistir a los oficios en la iglesita normanda de su pueblo! Yo no sé si pensar que semejante sacrificio de tu sencillez habrá sido consciente o involuntario, pero no hay duda de que influyó tu deseo de gustar, ¿verdad? A Claire, por supuesto, nunca a mí.

Pues ya estaban las maletas hechas, y los paquetes, cuando

alguien silbó fuerte desde la orilla del lago, fuerte y muy repetido: uno de esos silbidos largos, inconfundibles, de apremio y dése usted prisa, de modo que salí a ver qué era, y vi en el embarcadero una pareja de jóvenes con coche, un chico y una chica, que me gritaron, silabeando, que eran los nuevos inquilinos de la cabaña, y que si hacía el favor de pasarles la barca. Tuve que hacerlo. Se presentaron no recuerdo con qué nombres. Ella, una de esas muchachas preciosas al exterior como las naranjas de California; él, un poco impetuoso. Saltaron de la barca. Sin esperarme, mientras yo la amarraba, se metieron por todos los rincones y después de haber curioseado, me preguntaron si me marchaba ya. «Mi alquiler se extingue a las doce de la noche, y son las tres de la tarde.» Entonces él me confesó, o quizá solamente me informó, mientras ella arreglaba los visillos de tu cuarto y alteraba la posición de los muebles, que habían proyectado pasar una tarde íntima de amor y porro, y que si no me marchaba aún, que al menos les dejase ocupar una de las habitaciones. Le respondí que no. Intentaba gastar el resto de las horas en el remate de este cuaderno, y no podría hacerlo con el rumor lejano de una orgía modesta. Al caballero no le pareció bien. «Estaremos aquí a las doce en punto.» «Y yo me marcharé cuando falte un minuto.» Fue puntual: al atracar mi barca cargada al embarcadero, allí esperaban los dos, manchados de la nieve los gorritos de estambre; ella, muy colorada. Ni me saludaron, ni yo, por supuesto, les deseé felicidad. Saqué del barquichuelo el equipaje; ellos se embarcaron y se fueron. Quizá haya oído reír. La noche les pertenecía a su modo; al mío, también me pertenecía a mí. (De que te cuente esto ahora, anticipadamente, puedes deducir que, durante aquellas horas, no escribí ni una sola palabra en estas páginas. Vinieron a estorbarme aquellos dos; aun habiéndome dejado solo las horas de la tarde, su paso y sus palabras habían desbaratado mi intimidad, la habían sustituido por horas de desconcierto. Me había golpeado, sobre todo, la vulgaridad de la pareja: como que él llegó a decirme en voz no demasiado baja. «Es que queríamos joder, mi chica y yo».)

Ahora estoy en mi habitación antigua, en la casa de Claire, en la que tú estuviste tantas veces, en la que has hablado tanto, y llorado. Como voy a marchar pronto, ya la contemplo con nostalgia anticipada, ya vivo con la tristeza del que le ha dicho adiós. Me interrumpo, levanto la cabeza, queda en el aire la mano con la pluma, y dejo que la mirada transite por lugares y cosas, tu asiento junto al mío y el rincón en que te refugiabas cuando venías silenciosa y un poco enfurruñada: acomodada en el suelo, con los brazos cruzados sujetabas las piernas debajo de las rodillas, y estabas a lo mejor una hora con los ojos cerrados, pero tu pensamiento se espejeaba en el rostro, a ratos sonriente, a ratos apenado. Si yo no fuera un intelectual, podría entregarme al sentimiento sin reflexión y sin crítica; al serlo, se me recuerda que a esto que estoy sintiendo se le llama fetichismo, la adoración de los objetos que otro usó, la devoción por los lugares en que vivió, ¡casi la mitad del amor! Es como si uno inmediatamente quedase descalificado, ¿verdad? Fetichismo. ¡Qué mal suena! Pero es sólo la palabra: el sentimiento es dulce y apaciguador, y, además, penetrante. Estás en estas cosas y en estos sitios y no puedo permanecer indiferente, aunque lo piense, aunque luego reflexione. Fetichismo o no, ¿qué nos importa?

Y celoso, celoso ya de un fantasma, de un recuerdo, de una ocasión, de un error. Aquel día de *Thanksgiving,* después de que te fuiste, quise permanecer indiferente, como si hubieras ido a dar tus cursos un día de esos en que yo no tengo clase, en que sabía entretener la espera con el trabajo o simplemente explorando la Isla. Acaso fuese que comenzó a nevar, la nieve nuevecita, inesperada y sin embargo lógica, y yo me quedé algún tiempo a la ventana, viendo cómo caía y esperando que ya ese día, el primero, vinieran los cervatos de cornamenta mínima en busca de hojas tiernas, olvidados por el invierno. Sin embargo, semejante esperanza, y otras que le sucedieron, no pasó de subterfugio para ahuyentar temores insistentes, imágenes recurrentes, que me traían hasta mi soledad el salón de Claire y me hacían casi presente y testigo. Lo veía, lo oía todo. Era cada vez distinto, pero con el único final de que Claire te llevaba en brazos delante del retrato de su madre como delante del ídolo, y te alzaba como una ofrenda desnuda. Y a mí me parecía oír que decía, en aquel su buen inglés: «Con ella he triunfado de ti», pero también «A ti la sacrifico».

Creo que fue hacia la media tarde cuando se me acordaron la otra Isla y sus historias pendientes; pero en seguida desalojó el recuerdo, lo confinó a las habituales nieblas, la convicción de que no las necesitabas ya (como tampoco yo), de que habías tomado de ellas y de mí cuanto habías menester. Le contaste a Claire la escena en la quinta del cónsul, de la que salió inventado Napoleón, y Claire, primero sonrió y dijo algo como esto: «¡Mira qué amable! Aunque, claro, esa ocurrencia carece de valor científico y casi de interés. Cosas como ésa también yo las había imaginado; pero las descarté por insuficientes. ¿No comprendes, Ariadna, que sólo una escena a lo Shakespeare puede suplir con gracia a eso que aún ignoramos? Es evidente que la invención de nuestro amigo dista mucho de ser shakespeariana». ¡Y eso que no le habías contado la intervención final de las Hermanas Sagradas, porque estabas dormida cuando llegaron! Lo hubiera considerado, seguramente, poco respetuoso. (Pero esto que te acabo de contarte no sé si es cierto; forma parte de mis suposiciones. ¡Y pensar que no sabré jamás lo que te dijo de verdad Claire, ni si se dignó decir algo! A lo mejor, al empezar tú el relato, hizo un gesto de asco delicado y sugirió que dejaras la cuestión para más tarde.)

Sin embargo, y sólo como refugio personal o como escapatoria, pensé en el cuento, busqué en las llamas su continuación, y no por encontrarlo indispensable, el subterfugio ígneo, sino por fidelidad a lo que había sido rito y ceremonia. Y lo primero que se me presentó fue la sombra de la Vieja, plantada delante de Ascanio, en el enorme despacho de la Señoría, lleno de recuadros y fantasmas solemnes: le pedía a su sobrino nada menos que un decreto o bando en que se proclamase que La Muerta sería sepultada con honores de gran comodoro, y que la llevarían a la catedral en un armón de artillería, con la carrera cubierta por marineros armados y veintiún cañonazos de ordenanza. «¡Pero, estás loca! Si no tenemos marineros. ¿Cómo van a cubrir la carrera y mucho menos armados? Además, sería escandaloso para las cancillerías, un escándalo sobre todo en los despachos del imperio, tan cuidadoso siempre del protocolo, tan exigente; y los ingleses, no digamos. Existen unas leyes que rigen los ceremoniales, y tu hermana no es una princesa de sangre, lo que hubiera podido justificar el armón y los honores. Tendrás que resignarte a un entierro privado.» La Vieja estuvo a punto de rasgar las vestiduras. «¡Un entierro privado! ¡Mi hermana un entierro privado! ¡Ella, que fue más que princesa y más que reina, más que emperatriz y que papisa, por haber sido todas esas cosas juntas! ¿En qué piensas, Ascanio? ¿Es que has perdido el sentido de la decencia familiar?» Pero Ascanio se limitó a rogarle que no le diera la lata, porque estaba muy ocupado; que inventase otra clase de entierro, todo lo suntuoso que se le apeteciera, incluso con cohetes y bengalas si lo creía mejor, pero que no rozase en absoluto la vida oficial. Aquella mañana, Ascanio estaba de mal humor, estaba de un humor de perros, porque La Vieja, antes de pedirle honores de princesa reinante para La Muerta, le había relatado la presentida orgía en la quinta del cónsul, y había denunciado a Agnesse como oficiante en la ceremonia de la pelota viva. «¡Te aseguro que habían estado desnudas! ¡Mi olfato reconoce a la legua la carne de mujer! ¡Desnudas, las muy zorras! ¡Y una había que no le vi la cara, pero tendrías que preguntar a tu esposa dónde estuvo esta noche!» Y lo curioso era que a Ascanio no le había inquietado gran cosa lo hecho por su mujer aquella noche, ni dónde ni con quién había estado: pero saber a Agnesse presente en la cena del cónsul le había partido en dos mitades el corazón, de arriba abajo precisamente, y le había metido en el cerebro algo así como una nube oscura que le impedía entender, pero que desataba su furia. No obstante, en medio de la congoja, se preguntaba y no encontraba respuestas: ¿Qué relaciones tenía Agnesse con el cónsul? ¿Formaba parte de su harén acaso?, ¿O no era más que una agente del Foreing Office introducida en su despacho para espiarlo? Cuando se fue La Vieja, rezongando, Ascanio entró en el despacho vacío de Agnesse, y la ausencia evidente le sacudió el alma, y fue seguramente en aquel instante cuando se complicó con los astros y con los meteoros el dolor que sentía, hasta mudarlo en un dolor cósmico, de modo que las punzadas sentidas en mitad del corazón repercutían sin duda alguna en Casiopea y alteraban la dirección del viento. Al mismo tiempo, sus suspiros, al igual que sus órdenes, resonaban bajo la bóveda pintada por los mejores maestros del XVIII: «¡Que vaya inmediatamente un coche a casa de la viuda Fulcanelli y traiga a la señorita!». El coche regresó de vacío, con el recado de que la señorita no había vuelto a casa aquella noche. «¡Que traigan a la viuda Fulcanelli!» Cuando Marietta estuvo delante de él, medrosa pero digna, se limitó a contarle que, un poco antes de amanecer, ya rayaban las rosas en el oriente, había llegado un carruaje ante la puerta, y que un hombre al que no conocía le había traído una nota de Agnesse, de puño y letra, con la súplica de que entregase al dador sus cosas metidas en el baúl, sin olvidar papel ni horquilla. Y eso era todo. «¡Sin más explicaciones, señor ministro, y no porque yo no las pidiera! El hombre aquel era mudo.» «¿Tú sabes, Marietta, que puedo hacer que te torturen hasta que confieses lo que sabes?» «¡Puedes enviarme al potro, donde seguramente moriré, pero no me sacarán una palabra más porque no la hay!» A Ascanio le pareció que Marietta no mentía, y la despidió diciéndole que, de momento, habían terminado, y que ya hablarían más tarde, y a continuación llamó a los jefes de las distintas policías, la del Estado, la secreta y la suya personal, y les encomendó que buscasen a Agnesse casa por casa, sin excluir, por supuesto, la del cónsul de Inglaterra, respetable señor y amigo, al que desde luego pedía disculpas por las molestias; y todo esto lo hacía Ascanio dando voces, viniendo, yendo, y quedándose quieto, con muestras harto evidentes y fácilmente interpretables de haber perdido la mesura y quizá también la calma, con lo que se desconcertó el personal de la Señoría, qué le sucederá, qué le habrá sucedido, y la noticia del alboroto le llegó a Flaviarosa cuando, bastante tarde, apareció en su despacho, con huellas en los ojos de haber dormido poco, pero tranquila y segura como una reina algo viciosa. El primer gulipa a mano le refirió que Su Excelencia andaba a aquellas horas levantado de tono, que no hacía más que gritar, y que ninguna oficina funcionaba, porque a las órdenes sucedían las contraórdenes, y a los síes los noes. Flaviarosa despachó unos asuntos sin importancia, le puso unas letras a míster Algernon Smith pidiéndole disculpas por las molestias que la policía iba seguramente a causarle, si es que ella no llegaba a tiempo para evitarlo, y con calma se dirigió al gran salón de su marido, donde Ascanio, después del paroxismo y del clamor al cielo, había caído en una especie de melancolía silenciosa y a veces gimoteante. Vio a Flaviarosa, y no se meneó hasta que ella le dijo: «No busques más a esa muchacha, porque ha huido». Entonces, dio un salto Ascanio y agarró a su mujer con fuerza por los hombros. «¿Quién le ayudó a escapar? ¿fuiste tú?» «No, no fui yo porque no tuve ocasión, pero, de haberla tenido, lo hubiera hecho. Mi policía me informó de su marcha esta madrugada, en un patache griego, sin que se sepa el rumbo. Llevó con ella lo suyo.» Ascanio cayó de golpe en la poltrona y empezó a lamentarse: «¡Agnesse, Agnesse, se me ha escapado mi amor, me ha dejado sin vida!» y más cosas así, incoherentes, hasta que Flaviarosa, con voz bastante conmovida, le explicó que él tenía la culpa, que Agnesse había huido de puro miedo, después de que las brujas la habían descubierto en la quinta del cónsul. «Y tú, ¿cómo lo sabes?» «¡Lo sabe toda la ciudad y no se habla de otra cosa!» «Pero, ¿y qué tenía ella que hacer en la quinta del cónsul?» «¡Divertirse, nada más que divertirse! Bueno y también dormir con alguien, supongo. No se te ocurrió jamás que una muchacha joven necesita de algunas expansiones. La gente tiene su corazón.» Ascanio, entonces, se levantó y confesó a su esposa, con la voz temblona y los ojos en lo más alto del techo: «Yo la amaba, ¿comprendes? La amaba con el alma, la amaba como nunca te amé, la amaba más que a mi vida y más que a todo lo que hay en el mundo». «Sí, pero se te olvidó acostarte con ella.» «¡Ella y yo somos casados, Flaviarosa! ¡Y mi conciencia no me permitía...!» «La conciencia de Agnesse no coincidió con la tuya, ésa es la explicación.» «Yo la hubiera adorado en silencio hasta el fin de mi vida. Le hubiera dado poder, dinero.» Flaviarosa se encogió de hombros. «Agnesse prefería un poco de felicidad». «¿Es el placer a lo que te refieres?» «Naturalmente, a ese placer hasta ahora indispensable para ser dichoso.» «De saberlo, también se lo hubiera dado.» Al todopoderoso Aldobrandini le acometió en aquel mismo momento algo así como un hipo. Volvió a sentarse y escondió la cabeza entre las manos. Por el temblor comprendió Flaviarosa que lloraba. Le acarició el cabello y le dijo: «Ya no tiene remedio. Si quieres algo de mí, estaré en mi despacho».

Al llegar a este instante de la escena, una humareda de tronco que ardía mal, ocultó el salón de la Señoría donde Ascanio escondía su debilidad, y cuando el humo se disipó, lo que vi fue la procesión de las Tres Sillas de Manos, la del medio vacía y con crespones negros, que salían de casa y que, pasado el palacio, torcían por una calleja estrecha y se metían por los sombríos vericuetos de la antigua judería. Llegaron a una casa con un gran patio en el que se veían estatuas grandes y pequeñas, ya de diosas paganas, ya de santas cristianas, en mármol blanco y en madera. No había nadie a la vista, pero la Vieja, sin descender de la silla, silbó metiéndose los dedos en la boca, silbó como si fuera el comandante de un navío, y a aquella orden alguien obedeció, porque primero vino un hombre que parecía criado y lo era, y después otro hombre que también parecía criado y que no lo era, y a este último encargó la Vieja la mascarilla de la Muerta, la delantera de una cara en escayola, con colores en el rostro y en los labios, aquéllos más de manzana, éstos de sangre, como habían sido en vida de porcelana, y así las cejas, y asado las pestañas, y de este azul profundo los ojos entreabiertos. El escultor la había escuchado en silencio, y cuando hubo concluido la Vieja su descripción de la cara apetecida, el escultor le advirtió que muy bien, que lo haría en seguida, pero que no encontraba nada apropiados aquellos colorines para la máscara de alguien a quien iban a enterrar, pues si se la contemplaba con ellos, la tomarían por viva, y nadie sentiría compasión y menos aún indignación; pero que si la pintaba con la palidez de la muerte, otra cosa sería, conmovedora, dramática y patética. La Vieja le preguntó a su hermana de qué le parecía, y antes de que la Tonta pudiera dar su opinión, agradeció al escultor su advertencia y le otorgó carta blanca verbal para que le preparase un rostro lo más convincente posible, sin importarle la estética por la que el escultor se inclinase, y que lo quería para pronto, puesto que aquella misma tarde proyectaba abrir la capilla ardiente, para lo cual requería aquel rostro, sin el que el resto de la cara, con tantas arañas dentro, hacía feo. El escultor aseguró que tardaría pocas horas, porque con el calor se secarían muy pronto la escayola y la pintura, y que contase con él para la caída del sol. «¡Ay, si es así, te pagaremos en oro! Una moneda por lo menos, o quizá dos, ya se verá.» Después, Las Tres Sillas de Manos se marcharon. La Tonta, muy contenta de que su hermana volviera a tener cara.

2. — Si vuelves unas páginas atrás, puedes hallar, al final de un capítulo, la imagen, quizá sólo mención, o, no sé bien, una alusión, en la que anuncio tu regreso: resultó aquella anticipación que hice de tu futuro, aquel atrevimiento contra el Destino del que intenté sacar seguridades y obtuve únicamente perplejidad, que es lo que hace la profecía, aumentar la inquietud, acierte o no. Esa tarde de *Thanksgiving,* aquel anochecer más bien, mientras en mi cabeza daba vueltas lo que podía estar siendo y lo que estaba pasando, se me roló el viento del temor, ya lo sabes, eso del sentimiento es tan veleidoso como el tiempo que hace, y hallé un poco de sosiego, una esquinita de esperanza, en el recuerdo de lo que antes había averiguado, aquella escena inventada enteramente por mi deseo, al final de la cual fracasaba tu amor, impotente contra la evidente limitación, aunque invencible, de Claire. Me entretuve, cansado; os contemplé, en un dúo culminante de melodrama, con la nieve cadente como fondo, imágenes fugaces ape-

nas columbradas, y me quedaron, de aquella fantasía, en el recuerdo, tus manos involuntariamente implorantes, y el mirar desdeñoso del semimacho demasiado inteligente. Lo encontraba tan lógico, aquel desenlace soñado, que lo acepté sin indignarme, como se acepta el resultado fatal de una ecuación. Pero, entiéndelo bien, no pienses, no creas nunca que alcancé semejante seguridad después de un razonamiento más o menos implacable, sino sólo dejando que las imágenes, antes entristecedoras, vivieran solas, como si fueran ellas mismas Claire y tú. Cómo tú y Claire vivían, y yo, mero testigo. Pero, entiéndelo bien, antes y después iban guiadas por algún sentimiento mío, empujadas por él hacia el final apetecido y tranquilizador: y no hay que asombrarse: después del sufrimiento, mi corazón apetecía el descanso.

De modo que me quedé sorprendido, primero, cuando apareciste ante la puerta sin avisar con el claxon desde la orilla, cuando golpeaste fuera y dijiste: «Soy yo, ábreme»; y, después, cuando al abrir, vi tu rostro inexpresivo, quieto, que me miraba como a un muerto, y oí tu voz que decía: «No me preguntes nada, déjame» y me apartaste con suavidad decidida, y marchaste a tu cuarto. Cerraste la puerta, no el pasador (al menos no lo oí), y te dejaste caer en la cama (su ruido pude escucharlo). Yo, de pie, arrimado a alguna parte, la puerta acaso, o la pared, no sabía qué hacer ante este modo de tu llegada, que yo no había previsto, que no estaba preparado para recibir. Y, después de todo, lo pienso ahora, lo veo claro, ¿qué soy yo para ti? Uno al que has encontrado, lejos él de su raíz, tú de la tuya, puro presente ambos, más o menos; alguien que tiene puesta la vida en el recuerdo sin compartir y en la lejanía, y del que, al encontrarlo, al meterlo en tu vida, te llega una apariencia que te roza, que incide acaso en la tuya, pero que no puede alcanzar, así, sencillamente, esa brasa candente, aunque quizá velada por la ceniza, en que reside y se resume lo que eres. Gente como nosotros, así, emigrantes casualmente reunidos, pueden ir a la cama una noche de orgía o de tedio, acaso también de soledad; pueden, como nosotros, charlar incansablemente y contarse algunas cosas, verdaderas o simplemente soñadas. Las que tú me contaste, por ejemplo; pero, ¿qué puedo reconstruir de ti, si no son relámpagos remotos que se escaparon en alguna conversación? Lo mismo que tú de mí. Sí, lo comprendo: para que te sentases a mi lado, para que llorases junto a mí, para que el relato de lo acontecido entre Claire y tú te dejase tranquila y recobrada, hubiera sido necesario saber mucho más el uno del otro, saberlo todo, ser para el otro sin secretos —o bien esa amistad más bien imaginaria, más bien idealizada, yo no sé si existe fuera de las novelas, una amistad así, que te hubiera llevado a contarme, sin previa explicación, como lo natural, como lo necesario, ese episodio de tu historia. ¡Y pienso ahora, muchos días después, cuando empiezo a sosegarme, que si lo de Claire no hubiera fracasado, que si te hubieras quedado con él, seríais del mismo modo casi dos desconocidos que cohabitan e incluso creen amarse, pero se ignoran y seguirán ignorándose! Peor aún: Claire representó contigo, durante más de dos años, un papel tras el que disimulaba yo no sé qué, acaso tú tampoco, fuera de su sabida deficiencia. Intentaba ligarte para siempre a una mentira artística, a una máscara hermosa, a un personaje literariamente irreprochable. Pero, ¿no llevaría a fatigarte que te dijera siempre «¡Te quiero!» con versos de su abuelo o de cualquier otro poeta? Voy pensando que su incapacidad es algo más que amorosa; que no puede tampoco decir sus sentimientos con sus palabras propias porque no siente: ya es mucho que te diga lo que piensa.

Todo esto, Ariadna, ahora se me ocurre. Aquella noche no podía pensar. Te sabía tan cerca, dolorida, desventurada, y no hacía más que preguntarme por qué, si yo era tu remedio, no lo buscabas. Fíjate bien, Ariadna: esperaba algo similar a esto: abrir tú la puerta, quedar en ella a contraluz, estampa de la desolación desmelenada; llamarme por mi nombre y pedirme que entre. Y una vez juntos, no decirnos palabra (todo queda supuesto); pero el modo de llorar que tienes en mi hombro me anuncia que al fin has comprendido. Después de aquella noche, elucubré que hubiera debido suceder justamente lo contrario: abrir yo tu puerta, quedar en ella (y no a contraluz, porque el salón estaba a oscuras) y decirte que no llorases más. Una solución y otra, no sé cuál de ellas más desatinada, partían del supuesto, de mi convicción inquebrantable, pero muy pronto quebrantada, de que te habías equivocado enamorándote de Claire, y de que al comprender tu error te volverías a mí, o, más exactamente, vendrías, después de haber comprendido, así, de golpe, como una revelación o un estallido, mi amor inmenso, etc. Ya ves el tiempo que ha pasado: pues admito que no me hayas amado jamás y que no hayas podido amarme, y que si una vez estuvimos a punto de besarnos, fue únicamente el efecto de ciertas circunstancias que no comprometían tu corazón. Hubiera sido un error el habernos besado aquella noche, el habernos dejado arrastrar... Lo impidieron, ¿recuerdas? las Hermanas Siniestras.

Pasé la noche ante tu puerta, de pie o sentado. Jamás la hubiera abierto, porque supe siempre respetar la voluntad ajena, y eso fue lo que me tuvo quieto y silencioso. Yo no sé si, hacia la madrugada, hubo un momento en que quedé traspuesto. Oí ruido en tu cuarto, volví a esperar, adiviné que preparabas tu maleta y me escondí. Saliste, después, sin hacer ruido: te vi, desde mi ventana a oscuras, ir al embarcadero, entrar en el esquife y bogar hasta la otra orilla. También oí el motor de tu coche, que tardó en encenderse, frío como estaba de aquella noche de nieve. Y me quedé sentado, con el mirar perdido en los árboles blancos, en la profundidad oscura de los árboles. En aquel momento supe que nuestra historia había terminado.

Los relatos de amor, Ariadna, deberían contarlos sólo las mujeres, porque en su corazón está siempre la clave, y en el nuestro la pasión que no entiende e imagina. ¡Lo que tú podrías escribir, leído este cuaderno, y cómo quedaría en claro lo que ahora no lo es! Añadirías nada más que un par de páginas escuetas, pero explícitas, de las que se podría inferir que la única razón de que no me hayas amado es que no me has amado, eso tan simple que yo complico con las galaxias remotas y con el desconocible secreto de la vida. El mundo recupera el orden alterado cuando el amor del varón halla correspondencia; ante el no, el mundo se desconcierta, todo queda fuera de lugar, y una incomprensión general acompaña al sentimiento decepcionado. Tendemos (debes saberlo, tú, que leíste bastante poesía) a involucrar el universo y a los dioses en el fracaso sentimental, a dar dimensiones cósmicas a lo que no va más allá de las paredes de una alcoba (recuerda lo que decía alguna vez sir Ronald Sidney). Admito que esta carencia del sentido de la proporción, que este desplazamiento de la realidad hacia los mundos inventados, haya engendrado excelente poesía; pero, ¿no convendría tener en cuenta el otro punto de vista, ese que reduce la pasión a sus límites y lo expresa con palabras sencillas y suficientes? Acabo de mentar un par de páginas. ¿No bastaría una frase breve para que lo nuestro quedase perfectamente explicado por lo que a ti respecta?: «¿Por qué lo iba a querer, si no me gusta?».

No recuerdo haberte dicho (y si no lo hago hoy, no lo haré nunca. Aunque, ¿es de verdad indispensable que lo haga alguna vez?); no recuerdo haberte dicho que, con frecuencia, en nuestras charlas demasiado intelectuales, a ver quién chafa a quién, en que hasta la elementalidad de un culo femenino más o menos columbrado la sometíamos a uno de esos procesos tan elevados en que la física se muda en poesía, y ésta en palabras, le tengo asegurado a Claire, como verdad tomada de la experiencia y no mera excogitación, que un varón sólo a través del cuerpo de una mujer puede alcanzar el meollo de lo real. No se lo echaba a la cara, así, como el que arroja un insulto, sino al hablar, por ejemplo, de ese famoso escritor del que sabemos por las murmuraciones, del que podemos colegir por lo que encubre su prosa, que no cató fembra en la vida, ni al modo recto, ni de ninguna de las oblicuas maneras, y que no ha aspirado, el pobre, ese perfume ácido de una muchacha en sazón. Y para chafar a Claire, para que no tuviera réplica que darme, solía traer en mi pro algunos versos de su tatarabuelo, que ése sí que alcanzó lo real hasta saciarse, y por todas las vías. Pues ahora mismo, en este instante de inesperada clarividencia en lo que al amor respecta, empiezo a dudar de mis antiguas convicciones, de las más hondas, y a pensar que con estas metafísicas solemos enmascarar cierto incurable romanticismo, nosotros, los nada románticos por exceso de seso, y que lo que se conoce a través del cuerpo armado no es más que el cuerpo mismo, y nunca en lo que es o lo que tiene, sino en meras insuficientes aproximaciones, pues anda cada cual tan metido en lo suyo que no percibe lo que palpita debajo. Lo cual se me ha ocurrido, así, de pronto, y sin pensar si es cierto o no, como el que acepta que le desgajen de un solo golpe todas las ramas de un árbol: así quedó desnudo de adherencias mi sentimiento hacia ti, necesidad de comunicación y compañía, nada más: lo que uno puede alcanzar del otro cuando no pide peras al olmo, lo que va a ser difícil que alcance de otro árbol. Pero es tarea de dos, ésta de comunicarse y acompañarse, y yo estoy solo. Aunque no lo tome por la tremenda (cuando se pasa de los cuarenta, las ocurrencias de suicidio suelen considerarse muy fríamente), no ignoro que detrás de ese trabajo febril al que pienso integrarme, pero al que acaso no me entregue; detrás de esos honores y de esos triunfos profesionales que intentaré conseguir, pero que acaso no consiga y que tal vez no busque, la soledad y el tedio conquisten cada día parcelitas del alma, como células el cáncer sigiloso. Me voy a entretener con otras chicas, acaso llegue a gustarme alguna de ésas que ponen todas sus ansias en ser amantes del profesor. No niego la posibilidad de haberme equivocado, y acaso haya imaginado en ti lo que no había. ¡Oh, la imaginación influye mucho en el amor! Pero, así o de otra manera, no llegaré a encontrar lo que ya creí tener.

Y se acabó. Podría seguir escribiéndote, mera repetición con variantes. Dejémoslo.

Y por si un día quieres reconstruir el sueño que inventé para ti o que te ayudé a soñar, la patraña con que quise sacarte de ti misma y arrebatarte a quien te poseía, voy a contarte el final. Me gustaría hacerte previamente una advertencia, o, mejor, ponerte en la pista de un secreto que ante todo te atañe. ¿Cómo no te diste cuenta de que la historia comete anacronismos? Porque la condesa de Lieven encontró a Metternich no recuerdo ahora si en Carlsbad o en Aquisgrán, se conocieron en Carlsbad y se acostaron en Aquisgrán, o al revés, pero, en todo caso, hacia la época de los grandes Congresos, quiero decir, doce o catorce años más tarde del tiempo en que mi historia transcurre; y también, en un momento dado, se dice que la Tonta traía puesto el traje de amortajar a La Traviata, cuando esa dama de las camelias coloradas vivió al menos medio siglo después. No lo hemos discutido, ya no tendremos ocasión de hacerlo, pero debe de ser la consecuencia de mi punto de partida, es a saber, que la historia es simultánea y todo anda revuelto, y se contagia todo y se carece de la seguridad que daba la historia sucesiva, tan ordenada en años, décadas y siglos. De no ser así, ¿qué más da la presencia de Dorotea en La Gorgona o que la Vieja tenga más de dos mil años? El año, el tiempo, el pasado, son mera convención: recurre a los espejos de Agnesse.

Pero si ahora te acomodas junto a mí por vez postrera, y no a mirar espejos, sino a las llamas prendidas del fuego, verás de nuevo nuestra Isla Gorgona, ahora en su conjunto, irregular y nítida, en mitad de la mar rutilante. Algunas velas, una fragata lejana, esa escuna que va a entrar en la ría. La verdad es que nada de eso nos importa, en el supuesto (aleatorio) de que nos importe algo. Pero, por si acaso, te invito a fisgar un poco en el palacio de Las Tres Gracias, a quienes alguien llama también Las Tres Doncellas, cuya fachada luce gala de luto. No me preguntes por el día en que estamos, porque lo ignoro. Desde luego no es el siguiente al pistoletazo de Nelson. Ha pasado algún tiempo, el requerido por el sinfín de detalles y de condiciones que la Vieja ha exigido para enterrar a su hermana. Hubo que traer, ya verás para qué, mendigos de Calabria y violinistas de Nápoles. Hubo que enviar a Florencia un equipo especializado en robo con fractura para sacar de un palacio cuyo nombre no consta cierto traje de damasco usado en el día de su boda por una funesta princesa. Hubo que traer maderas olorosas del Oriente para la confección del ataúd. Hubo que... Finalmente, se organizó el velorio a gusto de la Vieja con la aprobación expresa de la Tonta, que llegó a opinar: «Nuestra hermana está muy guapa, y da gusto morir así. Quiero que la quites a ella y me pongas en su sitio», y porque la Vieja le dijo que no, y que dejara de desear sandeces, pasó tres días llorando.

El catafalco que ves no son más que cajones disimulados, como todos los catafalcos; pero el terciopelo negro, bordado y blasonado, que lo cubre, ya figuró en el funeral del papa Alejandro VI, quedó en herencia a la Vieja por servicios prestados, con unas dosis de ponzoña de añadidura. Se había frisado un poco, el terciopelo, con los siglos, por la parte de las dobleces, pero, a fuerza de cepillo, quedó bastante bien, y, además, como decía la Vieja, y con razón, su mismo deterioro acreditaba su remota prosapia. Los candelabros eran un poco más recientes, de bronce pesado, con amorcillos trepando por rosales y vides y enviándose besos de descarado misticismo, obras atribuidas al Bernini en un momento de ebriedad. Cuanto a la alfombra, había venido de Persia un par de siglos antes. Pero eso carece de relieve en el conjunto; no resalta, como en seguida se advierte. Lo que atrae, lo que ha solicitado tu atención desde el momento de entrar en el salón tan triste y tan lujoso, fue el rostro de la Muerta (Talía, no lo olvides). Por lo pronto, el escultor se había esmerado, había puesto en la máscara suficiente talento. Como no le habían dado retrato que copiar, ni siquiera una idea, él había hojeado antiguos grabados y dibujos, y había acabado por elegir la bellísima cara de una doncella pintada seguramente por el Guardi con ocasión de un deceso, a la que había añadido por su cuenta unas arrugas apenas perceptibles en las esquinas de los ojos y de los labios, sólo por haber oído alguna vez que la Muerta, igual que sus hermanas, contaba siglos. La puso blanca, claro, pero de una blancura opalescente, casi cristal, y para el rojo de los labios imaginó la palidez de una guindilla (en esto, desde luego, no fue demasiado original, pero tampoco se le pueden pedir filigranas a un modesto escultor isleño). Añadió unas sombras muy leves, y el consabido violeta a las ojeras. Cuando a la Vieja le llegó aquella máscara, al momento no reconoció en ella a su hermana muerta, pero como el rostro de porcelana quebrada por el inglés tampoco representaba con toda exactitud la verdadera cara de la Muerta (de quien algunos aseguran que no existió jamás, y que fue una convención tácitamente aceptada a lo largo de los siglos, como se aceptó después la de Napoleón), dijo que bien, que se le parecía mucho, y sin dilaciones ella misma la instaló en el lugar adecuado, completó con ella la figura, vestida del ropón florentino (un primor de damasco rosado), yacente en el ataúd. No faltaba más que encender los blandones y mandó que lo hicieran. Y ya empezaba a entrar la gente que hacía cola a la puerta del palacio para los pésames y las visitas a la difunta, cuando se le ocurrió a la Vieja una novedad con la que completar, diríase perfeccionar, la leyenda de su hermana inexistente, y fue escribir en un largo y retorcido pergamino, con grandes letras de fuego, estas palabras:

TALÍA MURIÓ VIRGEN

Y las puso ella misma a la cabecera del armatoste, casi tapando el Crucifijo: Entonces se enorgulleció de su obra y pensó sin atreverse a reconocerlo que, en el fondo, valía la pena que hubieran matado a la Muerta, pues así tenía un pretexto para organizar aquel magnífico espectáculo y poner en circulación aquella especie de la virginidad mantenida a través de tantas encarnaciones, que de ser cierto o, al menos, de ser creído, daría al acontecimiento en su conjunto un tono de solemnidad trascendente que (sobre todo si se lo proponía Ascanio) bien pudiera acabar con la beatificación de Talía como punto de arranque: pues, ¿no era una víctima de la intransigencia protestante? Y lo que después pudiera suceder no se atrevía a imaginarlo, pero su mero presentimiento la escalofriaba de gozo. Todo esto sucedía un par de semanas antes de ese momento elegido por nuestra curiosidad. El velorio había durado tanto porque los encargos hechos a la Península no los daban cumplidos, fuera porque en Nápoles hubiera pocos violines, fuera porque en Calabria los mendigos temieran que se intentase engañarlos y venderlos como esclavos a algún pachá de Oriente. Por fin lograron reunir ochenta. De violinistas, veinticinco, y costó caro: llevaban ya cuatro días ensayando el *Misserere* de Butarelli, que, por voluntad de la Vieja, habían de tocar durante el sepelio, siendo cantado por los niños de coro de la catedral latina (que ensayaban también). De este Butarelli, La Vieja hizo saber a las visitas que había amado a la Muerta en su mocedad (en la del mozo, pues la Muerta no había sido joven jamás), y que había compuesto una ópera en su honor, pero que, al sobrevenir alguna de sus muertes, quizá la cuarta o la quinta, el desesperado amante había utilizado los materiales sonoros de la ópera para componer una Elegía, que se cantó en la plaza con asistencia de príncipes y otros melómanos, y aquel tremendo *Misserere,* timbales a las puertas del infierno, para usar en los entierros previsibles de la Muerta.

La apertura del velorio tuvo una solemnidad de llantos muy loada por la asistencia: el de la Vieja era intenso y silencioso; el de la Tonta, aparatoso y chillón como de plañidera profesional. La Vieja, a veces, quedaba muda y transida, y después de un pedazo así, en que parecía que el alma le hubiese emigrado tras de la de su hermana, hipaba de repente y dejaba rodar las lágrimas calientes. Los chillidos de la Tonta subían y bajaban, y en alguna ocasión fueron tan fuertes que la Vieja dijo a un ujier cercano: «Decirle a esa tonta que se calle, que no la aguanto más», pero esto es seguramente una calumnia. Acaso lo sea también la especie de que, detrás de las orejas de la Muerta, vigilaban unos ojos petrificados en azabache como de dos arañas tremendas.

El sepelio se organizó a la caída de la tarde, y empezó a caminar cuando ya se ponía el sol, con la interrupción obligada de escuchar las trompetas vespertinas y contemplar allá arriba la figura envarada del General, padre leproso de la patria, merced a cuyo cuidado la gente de La Gorgona podía enterrarse como le viniera en gana. ¡Pues no faltaba más! Arrancó la primera la cruz alzada con los ciriales consabidos, llevados por tres monagos de buena talla, sobrepelliz blanco y sotana negra, y detrás, cuarenta a cada lado de la calle y un gran espacio en medio, los ochenta mendigos con los hachones lucientes en las manos, ni uno cojo, ni uno manco, ni uno solo corcovado, mendigos como flores, lo mejor del mercado de mendigos, y las ochenta llamitas temblorosas y levemente rojizas, como un párpado múltiple en el crepúsculo creciente, y así marchaban, lentos y hermosos en su miseria: quizás fuesen también mendigos milenarios, trimilenarios, los ciudadanos libres que habían votado la cicuta para Sócrates y se veían ahora en aquella calamidad, libres aún, pero pobres. ¡Pues menuda Historia podía hacerse a cuenta de ellos, sólo con preguntarles uno a uno! Pero acaso llegase a fatigarte, a ti, Ariadna, que eres de la profesión. De modo que voy a detenerme unos instantes en decirte lo que son Las Cuatro Torres. Eso no lo has visto en tu tierra, menos aun aquí, en USA, donde el melodrama funerario prefiere otros materiales. Las Cuatro Torres son esas cuatro varas llevadas por cuatro porteadores, muy pesadas, como que se requieren para poder cargarlas esas cuatro correas que pendiendo del cuello reposan en las barrigas, y allí, en un agujero *ad hoc,* se enganchan los árboles o mástiles, quiero decir las varas, hacia cuya mitad, y hasta arriba, salen en orden de simetría esas tulipas moradas que ves, todas de vidrio afamado, hasta cuarenta en cada torre, cada tulipa con su vela y todas las velas encendidas, fíjate tú, tantas llamas moradas, tanto temblor de oraciones en lo alto, como breves castillos de luz que se movieran. Van situadas en las esquinas del féretro, un poco apartadas de él, naturalmente, para no tropezar, y alumbran si no a la Muerta (a la que llevan destapada, asómbrate, destapada para que todo el mundo le diga adiós a la belleza lánguida de su escayola), al menos a su nombre y su recuerdo, según la costumbre seguida sabe Dios dónde con las mozas que mueren con el virgo en la entrepierna. Destapada, te dije, y las manitas en cruz, y el cabello sin lazo y arrastrando, así como lo oyes, arrastrando, porque esos que la conducen, lacayos con libreas de luto y plata, peluca blanca, en vez de cargarla en hombros, la llevan de la mano, como ves, en unas parihuelas transversales en que reposa el féretro, y así la Muerta queda a la altura necesaria para que un palmo de su cabello arrastre y barra humildemente el pavimento. ¡Da escalofríos verlo...! ¿Verdad? Un cabello tan lindo, tan leonado, de ondas tan generosas, obra maestra de sabe Dios qué peluquera...! ¡Él solo hubiera hecho feliz a un amante, de haber existido alguna vez la Muerta y haberse dejado amar! ¿Dices que Butarelli? ¡A saber si no es una invención de la Vieja, a saber si escribió alguna vez el *Missere-re*, a saber...! Todo lo cual contradice a lo que llevo dicho. De acuerdo, pero no olvides que esas contradicciones jamás dejarán de serlo a causa de la extravagante y diría extraviada sensibilidad de los investigadores, que nunca se fijan más que en cuestiones secundarias.

Pues en seguida venía el clero: tres curas revestidos, y hasta cuarenta más, en dos filas de veinte, de blanco y negro, y eran los que cantaban, cuando el coro y los violines enmudecían, una canción litúrgica que la gente traduce con su habitual maldad en los términos siguientes:

Por la calle de Muertos arriba,
se va ganando la vida.
Treinta piastras entre tres
tocan a diez,
y si fueran cuarenta
saldría mejor la cuenta.

Te moriste, te jodiste,
yo también me moriré,
per in secula seculorum,
amén.

A estos latines los acompañaba la voz acatarrada de un fagot, que tocaba un sujeto gordo con un lobanillo reluciente debajo de la oreja izquierda, un lobanillo muy visible, un sujeto que a veces escupía con bastante descaro algo más de lo exigido por el oficio.

Los violinistas seguían en pelotón cerrado, después de los niños de coro, también en grupo, y lo que tocaban y cantaban, ese *Misserere* que nadie conocía más que la Vieja: una música profunda y triste, más apta para contrabajos que para violines, pero tocada por violines, al fin y al cabo, y se parecía bastante a lo que años después fue la *Marcha Fúnebre,* de Chopin (quien a lo mejor, se inspiró en el tal Butarelli, o a lo mejor lo plagió, ¡vaya usted a saber!). ¡Pon-pon-porón-pon-porón-

porón-porón! Era verdaderamente chocante, después de los gorigoris salidos de voces arrastradas y carraspeantes, escuchar la aparición solemne y levantada del *Misserere*: por los violines, por los *castrati*, por las aves en vuelo, por las olas marinas, por los vientos, por todos los ruidos que venían del muelle, de poleas, de vergas, de obenques, y por todos los sones de la tierra sonora. Era estremecedor, la gente se estremecía, y Michaela le dijo a Guillermina que corriese al balcón a escuchar aquel entierro tan bonito. Desde luego resultaba fascinante, y fascinaban a los espectadores, en el ámbito cada vez más nocturno, cada vez más oscuro, el temblor de la cera quemada, el perfume del incienso que se expendía en el aire como una invasión de gloria, humo va, humo viene, y el ritmo marcado por la banda de tambores que tocaban a cajas destempladas cuando el clero, cuando el arte descansaban. Y, por último, las tres sillas de manos, esta vez de laca negra incrustada de marfil, ocupando la calle:

A T E

la del medio vacía y de luto. Y, después...

Lo que venía después pudo verse porque Ascanio Aldobrandini, gobernante en cierto modo ilustrado, o, por lo menos, partidario de mejoras ciudadanas, había dotado de enormes, de broncíneas farolas, alimentadas a costa del erario público, la antigua avenida del Temple, hoy ya del General, de modo que se pasaba por la calle de noche como si fuera el alba, o casi. Así fue dado ver lo que venía después, la larga, la interminable procesión de los artrópodos, de uno en fondo, a partir del palanquín de la Muerta y como si de él cayesen: de mayor a menor, hasta las ínfimas arañas casi invisibles, ésas que se introducen en la piel debajo de las uñas de los pies, y matan. Las habían traído de los cuatro confines, africanas peludas, tropicales de América escamosas, de la Insulindia largas, de los bosques indostánicos esféricas; unas arañas amarillas criadas en el techo del mundo, del que solían colgar, en el alto Tibet, a costa del Dhalai Lama y para su diversión; y otras, bigotudas y con una especie de coleta que se crían libremente en las pululantes aguas del Yan tsé-Kiang y dicen que se alimentan de niños vivos, pero que discriminan entre los chinos y los de otra ralea: arañas colaboracionistas de imperios raciales. Vinieron las del Polo Norte, que de puro congeladas parecen de vidrio blanco, y las de la tundra, entre moradas y verdes, achatadas y de patas larguísimas. Y estaban las volantes de Tomboctú, que iban a saltos porque no aguantan en tierra mucho tiempo, y ese extraño animal del Yucatán, estilizado y tantas veces pintado y esculpido durante las civilizaciones sucesivas del maíz, del centeno y de la torta enchilada, que no se sabe muy bien si es araña o serpiente, pero que al participar de ambas naturalezas, lo mismo concurre a las reuniones de los reptiles que a las de los artrópodos. Estaban todas las arañas posibles, ya no recuerdo más nombres, y no hacen falta más. Y la gente, al principio, tuvo miedo, pero, al verlas con tal orden y tan simétrico respeto, obedientes al incienso y al tambor, quedaron poco a poco más tranquilas, y aun hubo quien se atrevió a observarlas de cerca, miradas de insectólogo curioso. Lo importante del caso fue que, de *motu proprio,* al entrar el cortejo en la catedral, quedaron las arañas fuera, en su lugar descanso, hasta que sopló un viento inesperado, un viento como si fuera justiciero o vengador, en el momento mismo en que el coro cantaba aquello de

et in peccatu concepit me mater mea[1]

y se las llevó a todas con su fuerza imparable, hasta ese lugar remoto e ignorado en que van a parar los vientos, así los impetuosos como los delicados, y donde se amontonan las cosas que arrebatan: un verdadero rastro, es aquel rincón del mundo, por lo que es dado imaginar. Y me pondría, Ariadna, a contarle lo que allí hay, en cosas, en personas y en ensueños, y cómo es, si no fuera por respeto a las leyes de la epistologra-

1. Existe una leve coincidencia, quizá sólo aparente, entre este momento de la narración, y otro del *Misserere* de Bécquer. Pues no es coincidencia, sino imitación deliberada, y si se quiere, plagio. Y, para que conste, expido la presente aclaración, en tal lugar del globo, a tantos de tantos, etc. Puedo añadir que lo hice porque me convenía, y que si lo declaro no es más que para enterar a los que no han leído a Bécquer.

fía, que aconsejan no desviarse por los posibles afluentes. Pero, ya ves: bastó esta digresión mínima, esta distracción inapreciable, para que el espectáculo del sepelio se desvaneciese y no quedase de él más que el reguero de cera al borde de la calle. Pero fue un inusitado entierro, ¿verdad?, un verdadero primor: el que la Muerta merecía, por supuesto. Aún escucho en el recuerdo a los clérigos, a los cantores, a los violinistas, al viento y a las aves, que habían enmudecido.

3. — No te marches aún. Deja que te retenga un poco más, y que te hable. ¿No ves que todavía lucen las llamas, y lucirán? Por el hecho de que se haya suspendido la visión del entierro así, de repente, solo porque el viento haya soplado, no vayas a pensar que también yo he dejado de inventar. Lo que sucede, después de un breve lapso de silencio cerebral, no sabes cómo se queda de oscuro, de profundo, más bien de vacío, es que han mutado las imágenes igual que cuando cambia el escenario en el teatro, y tras el primer acto viene el segundo, con un paisaje distinto. No puedo asegurarte si lo que ahora vamos a ver sucedió exactamente pasado el entierro o antes, pero me inclino a creer que haya sobrevenido, aquella cólera de Ascanio, quizás después de haberle dejado solo con Flaviarosa, en aquella mañana, ¿recuerdas?, en que sintió compasión por él y le acarició el cabello: era que Agnesse había desaparecido. Ascanio se levantó lentamente, alzó los brazos, cerró los puños y envió al espacio inmenso de los cielos una espantosa blasfemia que hizo temblar el eje de la esfera y provocó cataclismos en cadena en lugares remotos. Me resisto, ya ves, a repetirla, ni siquiera como fidelidad a la Historia, por miedo de que nos suceda algo. Lanzó con voz tonante una blasfemia, y la gente que oía sin quererlo se echó a temblar, porque Ascanio no había blasfemado nunca, y lo que es más grave, no había dado pie jamás a que pensase nadie que acabaría un día por hacerlo, en vista de lo cual los cogió a todos de susto, a quienes escuchaban y al mismo aire. «¡Ha blasfemado!», dijeron los

hombres a los hombres y las piedras a las piedras, y cuando llegó la noticia a Flaviarosa, quedó como de un paralís y dijo algo así como esto, o lo pensó: «¡Nunca creí que la quisiera tanto!». Nosotros tampoco lo hubiéramos creído, Ariadna, por falta de antecedentes. Las noticias al respecto fueron escasas, no por mi culpa. Llegamos a saber que sí, que la amaba, pero ignorando la manera y el grado de intensidad, sobre todo de intensidad, y el trabajo que le costaba no llevarla a la cama. Y ahora resulta que la quería tanto, que el dolor le llevó a blasfemar, lo último que se podía esperar de él, protesta contra la voluntad del cielo, y es de suponer que la blasfemia había que interpretarla además como indicio de que Ascanio dimitía de todo, lo primero del miedo a los infiernos; que lo arrojaba todo por la borda y que se quedaba solo con esta soledad del amor sin esperanza. «¡Que me traigan en seguida al obispo! —clamó después—. ¡Que me lo traigan maniatado, si es menester!», y algún esbirro en pareja salió corriendo en busca del obispo, sin otra precaución que llevar también un coche: porque haría muy feo, pese a todo, que el obispo viniera maniatado por la calle.

Y mientras el obispo llega, Ariadna, que aún tardará un poco, porque el palacio queda pasada la catedral, aquella casa tan linda que parece pensada por Bramante, mira hacia el otro lado de la mar, contempla ese patache que acaba de arribar al puerto de Palermo y que atraca al muelle tranquilamente, sencilla la maniobra. No tendrás dificultad en reconocer a Agnesse en esa muchacha que se sienta en la bancada de popa, cerquita del timón; si insistimos en observarla, veremos cómo el patrón del barco se acerca y la saluda; cómo ella le da las gracias con expresiones para el capitán Triantafilu; cómo trasladan al muelle el equipaje de Agnesse, y cómo ella misma recorre sin ayuda la pasarela y queda en el muelle, contemplada por los marineros del patache, por los ociosos, por algún pescador, y por ese caballero inglés, maduro ya, que la descubre de lejos, que la examina, que se aproxima cuando ella se ha sentado en su baúl, y que interpreta como inmensamente desolado, como dubitativo y sobre todo desalentador, su gesto y su ademán. «No soy un desconocido, *signorina*. Me llamo sir Ronald Sidney.» Y ella de un salto le mira con estupefacción, con súbita alegría con imparable llanto; parece sin embargo que en tales lágrimas fuera a realizar la metáfora tópica que las convierte en gemas, aunque no perlas, sino más bien diamantes, por las chispas de luz del arcoiris que el sol les arrancaba. Se echó en sus brazos y respondió: «¡Es milagroso, señor, es increíble!» y recitó en inglés el primer verso de la melodía tercera, el que le vino a las mientes. Y sir Ronald, impecable, la recibió en su pecho, besó su frente (quizás como exploración), y respondió a un verso con otro verso, aquel de la melodía VII que dice, más o menos: «¿Qué viento fue el que movió tu nave hacia mi corazón? ¿Qué buscas a mi lado?». A Agnesse le pareció, entonces, que la mejor respuesta era besarle en la boca. De modo que con esto atamos un cabo más, y finiquito. El resto de la historia de Agnesse y de sir Ronald es lo que se conoce, más o menos; corregida en el detalle de que no fue sir Ronald quien se sentó en el baúl, corregida en algún detalle más, hay varios eruditos empeñados en despojar el idilio de las mentiras y adherencias acumuladas por Agnesse en su correspondencia: no creía la verdad suficiente y procuró completarla. Aunque con esto no acuso a Agnesse: cuando se sepa toda la verdad del encuentro y de todo lo demás, una vez cotejada con la mentira, ésta será probablemente más importante y, sobre todo, más verosímil.

Pues ahí tienes ya al obispo, y sin maniatar, porque no opuso resistencia a la orden del ministro. Se limitó a que le acompañase su secretario y familiar, ese clérigo espigado y de verdosa tez como las aceitunas napolitanas, al que alguna vez hemos entrevisto, ése que parece una espingarda y tiene el mirar tenebroso. ¿Sabes que es la mismísima persona a quien yo había prometido en Nueva York una visita, el conde Cagliostro, José Bálsamo, Gran Maestre Universal de Rosa-Cruz y por tanto poseedor del secreto de la inmortalidad, o, por lo menos, de la vida longa, pues subsiste? Lo habíamos olvidado, como tantas cosas más. ¡Ay, Agnesse, no se debe escribir una carta de amor cuando se tiene que inventar una novela! Ahora no queda tiempo para contarte las razones por las que está disfrazado de cura y en función de familiar del obispo de La Gorgona, pero puedo al menos aclararte que todo se relaciona con el tesoro del Temple, que nadie sabe si está debajo del castillo, o en las mazmorras de un convento, o en una gruta excavada en las rocas del mar.

Los habían dejado en la antesala, cerca del ventanal, y ellos, silenciosos, contemplaban la ría y sus afanes, la descarga del bergantín que había llegado, la carga de la goleta que iba a zarpar. El obispo señaló las velas de un brik-barca que enfilaba la bocana, y el familiar le respondió que eran hermosas. El Obispo comentó: «A lo mejor, parte para las Indias Occidentales». «Ahora todo el mundo quiere marchar a las Indias Occidentales. Dicen que allí se es libre.» El obispo suspiró, el familiar siguió con la mirada las velas. Abrieron una puerta detrás: ellos no se movieron. Una voz advirtió que Su Excelencia esperaba, y ellos entraron en el despacho de Ascanio, el obispo delante, el familiar pisándole los talones, reverencia va, reverencia viene, los sombreros en la mano, las capas recogidas. Y sonrisas desde lejos. Ascanio quedaba al fondo, detrás de la mesa enorme, de los papeles, del Crucifijo de marfil: de pie, tranquilo ya, como quien se ha desahogado haciendo barbaridades, si bien las suyas no hubieran alcanzado las de Aquiles en cólera, ni las de Orlando en furia, sino que todo se le había ido en palabras, aunque, ¡caray! Los eclesiásticos se aproximaron con pasitos, con modales de eclesiásticos, y volvieron a saludar ya más cerca, con reverencias asimismo eclesiásticas, e iban a sentarse a la manera eclesiástica, pero como el ministro no mandó que lo hicieran, se sintieron de pronto desairados, sobre todo el obispo, con el cuerpo doblado ya y el gran culo episcopal encima del asiento; pero no llegaron a romper la compostura eclesiástica. El familiar resolvió la situación rogando a Su Ilustrísima que se sentase, y el ministro no se atrevió a prohibirlo, pero quedó de pie, de manera que el familiar no tuvo más remedio que imitarle. Sin embargo, quien quedaba en la posición peor fue el obispo: lo comprendió al sentirse interrogado, interpelado, desde arriba, desde la posición más fuerte, por la voz, por la mirada, por el ademán de Ascanio. «Señor obispo, hace ya tiempo que se envió a Roma un propio con una carta.» «Roma, señor ministro, es cauta en las respuestas, y por supuesto, demorada. En Roma no se acostumbra a improvisar.» «Señor obispo, Roma actuará como eterna que es, pero la vida de los hombres acaba pronto, y necesitan de soluciones rápidas.» «Las respuestas de Roma, señor ministro, sientan doctrina, Su Excelencia no lo ignora. Tienen que redactarlas escrupulosamente fundamentadas.» «Y en buen latín, ya lo sé; en el mejor latín posible, para que no haya dudas. Pero, señor obispo, por esperar la respuesta de Roma perdí a la mujer que amaba.» «Señor ministro, ante cuestiones de doctrina, Roma no puede tener en cuenta los casos particulares más que como lo que son. En su nombre, sin embargo, deploro pérdida tal, y recomiendo a Su Excelencia resignación cristiana.» «Señor obispo, usted, lo mismo que yo, ha contemplado a los hermosos dioses antiguos, a los llamados falsos, esos que no existieron nunca, tan vivos como nosotros mismos. A partir de aquel día, yo no sé si usted dejó de creer en la Iglesia, pero puedo asegurarle que todos cuantos los vieron han perdido la fe, si no fueron los griegos, si acaso, que esos hallaron a tiempo el modo de creer en los viejos y al mismo tiempo en el nuevo, pero la hallaron también para seguir pecando sin miedo a condenarse.» «Reconozco, señor ministro, que la situación es confusa, y lamento no disponer aún de medios para aclararla. Pero un día dirá Roma la última palabra...» «Cuando ya todos hayan muerto, ¿verdad?» El obispo ocultó modestamente la sonrisa: «Muy posible, señor ministro. La fecha de la muerte es un misterio insondable». «Salvo en el caso de los condenados, que de ésos se conoce la hora en punto.» «¡Pero Dios se apiadará de ellos, como de todos nosotros!» Ascanio le respondió a esto último con un mohín de la boca que lo mismo quería declarar conformidad que indiferencia. «Pues yo, señor obispo, no sé qué pensará hacer la gente de este pueblo, ni me importa, porque pronto dejaré de meterme en eso, pero sé lo que voy a hacer yo. Por lo pronto, entraré en el convento de las Clarisas y violaré a unas cuantas novicias de cuya hermosura se hace lenguas la gente: con absoluta tranquilidad de conciencia, porque no es pecado. Los dioses lo autorizan con su ejemplo». El obispo representó con bastante habilidad la escena del espanto. «¿Será capaz, señor ministro, de ultrajar de ese modo a las novias del Señor?» «Señor obispo, hemos visto a Poseidón y Anfitrite amarse impunemente encima de las aguas...» «Podían ser demonios, señor ministro. ¡Las tretas del Maligno son imprevisibles y absolutamente originales! Me atrevo a pensar que la respuesta de Roma, cuando llegue...» «No la puedo esperar, señor obispo. El hambre de mi revancha no admite tregua. Fui casto por temor al infierno y perdí la ocasión de ser feliz. Ahora pienso cobrarme, al menos, en placer. No necesito decir que expulsaré de la Isla a los clérigos, a los frailes y, con el mayor respeto, a Su Ilustrísima. Y que enviaré un embajador a la República Francesa.» El obispo pegó un salto en el asiento, absolutamente sincero, y el terror se le pintó en el gesto. «¡Señor ministro, no hará eso! ¡A la República Francesa, no! Señor ministro, ¿se da cuenta de lo que pesan esas palabras de Libertad, Igualdad y Fraternidad? En ese mundo de ateos ni usted ni yo tendremos sitio.» «Yo sí, señor obispo. Convocaró un Parlamento, haremos una Constitución...» «¡El acabóse, señor ministro, el acabóse!» El obispo miraba compungido un poco más arriba del Crucifijo que tanto miedo había puesto en el alma de Agnesse, tiempo atrás, el día de su llegada; miraba hacia un punto neutro en el que acaso estuviera el remedio de la catástrofe. Y sobrevino un silencio suspirado tras del cual se esperaban, de una parte o de otra, palabras levantadas, definitivas, tajantes. Pero el que tajó fue el brazo escuálido, fue la mano larga y oscura de Cagliostro. Interpuso, brazo y mano, entre las Dos Espadas y dijo: «Me parece, señor obispo, señor ministro, que el punto de partida es un error. Si se me permitiera decir unas palabras, acaso lograríamos ver claro y llegar a un acuerdo». Ascanio le sonrió: «Mi decisión está tomada, pero para que no se diga...». Cagliostro le hizo una breve reverencia. «No esperaba otra cosa de la cortesía proverbial de Su Excelencia, de la que se hacen lenguas hasta los condenados a muerte. Pues bien, quiero ser breve y claro. Acaso el señor obispo, acaso el señor ministro, no hayan jamás oído hablar de Messmer.» El ministro y el obispo se miraron. «No. No oí jamás ese nombre.» «Ni yo tampoco.» «¡Desventajas de no viajar, excelentísimos señores! El doctor Messmer ha demostrado a satisfacción de la Academia Francesa, hace ya lustros, cuando en París vivían reyes y reinas, la existencia de ciertos fluidos naturales capaces de provocar en las personas estados que llamaremos de sugestión, pero también de hipnotismo, que es la palabra apropiada: Hacer ver lo que no existe, por ejemplo, y que el sujeto lo crea.» «¿Va usted a decirnos que he visto a Anfitrite y a Poseidón porque estábamos sugestionados?» «A eso aspiro, Excelencia, pero no con palabras. El efecto de esos fluidos puede operar sobre personas aisladas, pero también sobre colectividades, y hacerles ver...» Esta vez fue el obispo quien interrumpió con lujo de aspavientos: «¡Pero es una herejía, padre! Si lo admitimos, ¿quién va a creer en milagros? Todo el mundo dirá que son casos de sugestión colectiva». «Todavía no sabemos lo que dirá la gente, ni siquiera lo que dirá la Iglesia cuando llegue el caso. Me limito a proponer a Su Excelencia que nos conceda una tregua... digamos de un par de días. Pudiera suceder que una nueva situación inexplicable sobreviniera; tengo, al menos, mis motivos fundados para esperarlo, a causa de ciertas señas en los vuelos de las aves y en los cercos de la luna... En fin, como la cosa es urgente, no da tiempo a entrar en grandes explicaciones, que, de ser necesarias, se darán después. Pero suplico a Su Excelencia que aplace por unos días, dos o tres, el asalto al convento y la violación de las novicias, en la que, de todos modos, tardaría algún tiempo. Si después de lo que suceda no se queda satisfecho, el propio señor obispo le franqueará las puertas del cenobio.» El obispo miró al familiar con sorpresa y algo de incomprensión. «Sí, Ilustrísima, me tomo la libertad de hacer esa promesa, que es también compromiso, en la seguridad de que las puertas de Santa Clara permanecerán cerradas a la lujuria, como lo están ahora.» «¿Tanta fe tiene usted en sí mismo?», le preguntó el ministro; y esperó la respuesta con la misma ansiedad que el eclesiástico. «En mí, ninguna. Soy un pobre diablo que apenas sabe más que el catecismo. Pero en la ciencia y en quienes la poseen...» El señor obispo se estremeció y, al mirar a los ojos de Ascanio, advirtió algo que podía interpretarse como una coincidencia. «¿En la ciencia? ¿No huele eso a azufre?» «Si es ésa la última palabra de la autoridad eclesiástica, entonces, señores, podemos ir paseando ya hasta el convento de Santa Clara. El señor ministro podrá escoger tranquilamente sus víctimas.» El obispo cruzó las manos e inclinó la cabeza. «¡Confío en el Señor, confío en el Señor!» Una pareja de palomas había venido volando hasta el alféizar del ventanal. Eran grises y buchonas. El macho buscaba el pico de la hembra, la hembra lo dejaba buscar. Caía el sol vertical del mediodía y el aire sofocaba. Ascanio Aldobrandini ofreció a los clérigos unas copas de vino frío. Ellos las aceptaron.

4. — Aparecieron las fragatas francesas hacia las diez y media de la mañana, un martes de calor, con calima y regular visibilidad; pero como a los centinelas y vigías de las cofas los habían escogido entre la gente de más agudo mirar, y se ayudaban, como parece obvio, de catalejos, fueron muy pronto descubiertas. Los barcos eran cuatro, y traían rumbo NNO-SSO, como quien dice enfilada la Isla. Los partes sucesivos las fueron describiendo como de alto porte, bien armadas, abanderadas con la tricolor, y la última de ellas (navegaban en columna), con flámula de almirante, aunque, siendo como eran de la república, ¡qué almirante sería! Los modelos no eran de los modernos: barcos de Nantes, del tiempo de *El collar de la Reina,* semejantes a él. No hubieran resistido, desde luego, un encuentro con los que estaban en gradas; pero los que estaban en gradas estaban en gradas y no se podía contar con ellos. Lo primero que se le ocurrió a la gente fue que toda vez que la escuadra inglesa había zarpado para el Oriente en seguimiento del general Napoleón, que andaba haciendo de Alejandro por aquellas lejanías, las fragatas vendrían a apoderarse de los bar-

cos en gradas a punto de entregar a los ingleses, lo cual sería al mismo tiempo que una operación naval brillante, un buen refuerzo para la escuadra republicana y un quebranto para la *Home Fleet*. Esto se pensaba en el muelle, se pensaba en alta voz, lo pensaba todo dios, y bastaba como explicación en tanto que las fragatas navegaban con su elegancia habitual, un poco oronda y un tanto anticuada, pero, ¡caray!, elegancia al cabo, aunque de peluquín. Y se pensaba también, aunque en voz no tan alta, en el salón de juntas de la Señoría, rococó sobre gótico, reunidos ya los Doce ante lo Inesperado y lo Inevitable, ante lo que para ellos pudiera ser el final de la Historia, acabóse y catástrofe a un tiempo. El viejo Della Croce, al que habían traído al consejo en carro de ruedas por considerar que su clarividente inteligencia no estaría de más en la reunión, llegó a decir que encontraba inexplicable aquel descuido de Inglaterra, que le iba a costar un aliado y unos barcos imprescindibles, y que la única pérdida del aliado podía compensarse, mas no la de los barcos. «Tiene que haber una salida.» «¿Una salida? Lo único que resolvería la situación serían cuatro navíos de tres puentes, o, al menos, otras cuatro fragatas, y el valor de sus dotaciones.» Ascanio comentó que aquello eran ganas de fantasear, y que él se limitaba a confiar en el general Galvano, salvador de la patria en todas las ocasiones, y, ¿por qué no en aquélla? Los demás le escucharon estupefactos, si no fue Flaviarosa, que empezó a temer algo, o a sospecharlo. Pero no sabía qué.

Las fragatas se habían acercado. Se veían ya, desde cualquier azotea, y no digamos torre o campanario, los cañones apuntar desde las panzas oscuras de los costados, y, con anteojos, la chusma caminar por cubierta, los oficiales de derrota en sus puestos, y unas gentes de gran copete que discutían en el castillo de popa de la nao capitana. Se pudo también ver la maniobra de arriar el velamen y dejar sólo el trapo indispensable para mantenerse al pairo (corría una brisa tenue). De la fragata mayor desatracó un bote que arbolaba bandera de parlamento. Un marinero, en la proa, pedía permiso para entrar en el puerto. Se deliberó rápidamente, en el Consejo, y hubo cierta conformidad en que se le permitiese atracar. La gente dejó de tener miedo todo el tiempo que tardó el bote en llegar hasta el muelle. Saltó a tierra un oficial, muy bien trajeado y con faja tricolor. Solicitó el estatuto de los mensajeros. Le fue concedido, y unos funcionarios le acompañaron hasta la Señoría. Le recibió el Consejo, con mesura y afectando indiferencia. El oficial, que habló en francés, se portó correctamente (como que parecía un señorito), y dijo que su almirante, en nombre de la República y, sobre todo, del general Bonaparte, recién nombrado primer cónsul, indicaba a la Señoría la conveniencia de permitir que el personal especializado que traían a bordo (en el caso de que el de la Isla no quisiera prestarse al trabajo) botase los navíos ingleses y se les autorizase luego a llevarlos a remolque con una mínima tripulación que también venía a bordo. Flaviarosa, la única que hablaba francés de aquella gente del Consejo, después de haber deliberado, le preguntó al oficial si no sabían que el Gobierno de La Gorgona no era beligerante, que aquellos barcos eran la prenda de un negocio, y que si se los dejaban arrebatar, Inglaterra no pagaría una piastra por ellos, lo cual sería la ruina de la Isla; a lo que respondió el oficial, muy galante, con lujo de sonrisas y de reverencias dedicadas indudablemente a la belleza de Flaviarosa, aquella mañana despampanante, que comprendía tales razones, pero que la República Francesa se hallaba en guerra, y aquel atraco a fragata armada era, sin duda, un ardid pero de los legítimos, de los autorizados por las leyes antiguas; que, por supuesto, se le había ocurrido al general Bonaparte, a cuya mención se cuadró y saludó militarmente; y que lo más que podía hacer la República era comprometerse a pagarlos en el momento en que sus finanzas mejorasen. «Luego, si nos negamos, ¿debemos esperar que los navíos nos sean arrebatados por la fuerza?» «Nuestro plan, madame, consiste en destruir, primero y como aviso, las defensas del puerto, y si después de aniquiladas la ciudad no se rinde, bombardear la ciudad.» «¿Usted sabe, teniente, que esta Isla fue tradicionalmente inexpugnable?» «Eso tengo entendido, madame, pero parece que ha dejado de serlo. Yo mismo me comprometería a apoderarme de ella con una sola fragata.» «¿En tan poco estima nuestro valor?» «¡Oh, madame, de ningún modo! Estimo en lo que vale el valor de los gorgoneses, pero también la eficacia de sus anticuadas fortalezas.» Flaviarosa iba traduciendo a los vejestorios del Consejo las palabras del oficial. Ascanio dijo: «¡Pídele un plazo!», y Flaviarosa lo hizo. El oficial le respondió que el tiempo requerido para volver al barco y traer la respuesta del almirante. «¡Sólo una hora!» «¡Quizá algo menos!»

Se había agolpado la gente delante de la Señoría, y abrieron calle para que el oficial pasase, siempre escoltado de un par de funcionarios. «¡Nos van a asar vivos!», gritaba un cobarde; y otro decía: «¡Como cuando entraron los turcos en el seiscientos nueve! ¡Se llevaron para sus harenes a todos los jóvenes, muchachos y muchachas, que quedaron con vida!». «Los franceses no tienen harenes.» «Pero sí ejércitos en guerra, que necesitan soldados y putas de acompañamiento.» «Los tiempos han cambiado... Se deja que disparen el primer cañonazo, para quedar con color, y en seguida, bandera blanca.» «Pero, ¿y si caes a la primera?» Pero este caso de cobardía fue más bien aislado, y lo que cundió en la Isla, agitada sobre todo por el clero, que veía en los franceses el demonio, fue el espíritu de resistencia. Hubo unanimidad en la vocación de sacrificio, y hasta las monjas de Santa Clara (debidamente autorizadas, eso sí) salieron del monasterio y se apuntaron para aprender a tirar.

Lo que entonces aconteció fue una cosa curiosa, nunca suficientemente explicada acaso porque sea inexplicable, y pocas veces creída porque es inverosímil, además de increíble, pero de eso no se infiere que no haya sucedido. Protagonistas y testigos jamás fueron demasiado explícitos al respecto, y la documentación pertinente es escasa y ambigua, por no decir escasamente inteligible. No es cosa, claro, de traer aquí los textos, entre otras razones porque en su mayor parte se han perdido, pero no estaría de más, sin embargo, acudir como en otra ocasión, a los inaccesibles, a los secretísimos archivos del Foreing Office. El sentido práctico de los ingleses les aconsejó siempre escribir las cosas claras, salvo algunos poetas, y los informes diplomáticos lo son sin excepción, aunque vayan cifrados. El del cónsul, míster Algernon Smith, está fechado pocos días después: si la cosa fue un martes, el viernes que le sigue. Consta de un larguísimo preámbulo marcadamente teórico y, a ratos, teológico, en el que medita acerca de lo maravilloso y de lo milagroso, conceptos, según él, equiparables e incluso equivalentes, si bien el uno afecta a lo pagano y el otro a lo cristiano; o, dicho de otra manera, a lo laico y a lo sacro, más o menos. Y se pregunta si lo que va a contar, por haber acaecido dentro de la era cristiana y en territorio acotado por la obediencia de Roma, debe llamarlo propiamente milagro, aun a sabiendas de que el uso de tal concepto resultará por lo menos incómodo, y quizá *shocking,* a los señores obispos de la Cámara Alta. «Reconozco no obstante que lo de "maravilla" resulta insuficiente —escribe míster Smith—; me inclinaría, en todo caso, por el "milagro profano", con la intención de que semejante coyunda de significaciones exprese que se mantiene lo de milagroso, pero excluyendo cuanto de religioso puede haber en un milagro.» Personalmente me inclino a creer que míster Smith acertó con las palabras y con la explicación. Lo que después del preámbulo y de otros largos razonamientos contó, se reduce a pocas líneas, las suficientes: «Me encontraba en mi cuarto de trabajo. Se me había apagado la pipa. Me levanté para pedir que me trajeran fuego, y, al hacerlo, me di cuenta de que *aquella estancia no era mi cuarto de trabajo habitual, en la casa de la Calle de los Cretenses en que acostumbro a vivir, sino la cabina de un oficial de barco, y yo mismo había cambiado, mi traje al menos, pues estaba vestido de teniente de navío de la marina británica.* Mi primer sentimieno fue de desasosiego, ya que la equivalencia en la Marina del grado de comandante que alcancé con el ejército de su Graciosa Majestad es el de capitán de corbeta; pero pronto la conciencia entera de lo que de verdad acontecía me aconsejó dejar para más tarde aquella pequeñez. Abrí lo que creía una ventana y me hallé encima de la mar, asomado al costado de un buque con las olas a escasas yardas de mi barbilla. Salí, y me saludaron marineros de uniforme. Me tropecé con un contramaestre: "Venía a buscarle de parte del comandante". Le seguí. El comandante en cuestión no era otro que Ascanio Aldobrandini, primer ministro y tirano de la Isla. No llevaba uniforme. Estaba en la cámara del barco, rodeado de cachivaches náuticos entre los que se movía con entera naturalidad. Otros oficiales esperaban sus órdenes. Las que dio se referían a la batalla inminente. Hice algunas preguntas, y pude saber que el barco a bordo del cual me hallaba, era la misma Gorgona, trasmudada en navío de tres puentes, con todos sus habitantes de dotación. Nos hallábamos a pocas millas de una escuadra francesa con la que el encuentro bélico era inevitable. El al parecer comandante Aldobrandini, que nunca me había dado muestras de simpatía, me saludó con gran amabilidad y me mandó sentar. Lo hice después de cuadrarme».

A míster Algernon Smith, la metamorfosis le había sorprendido, le había extrañado y no acertaba a explicársela; pero para los ciudadanos de La Gorgona en general, y para los griegos en particular, aquella conversión súbita de la Isla era la cosa más natural del mundo, lo que las circunstancias exigían, lo que no podía ser de otra manera, y el cambio de la población en dotación no era más que un aspecto particular, la consecuencia de una operación de cambio de más envergadura, aunque lógica, necesaria, y, sobre todo, esperable. ¿No llevaban diciendo los poetas desde Homero, que La Gorgona era un bajel navegando unas veces bajo la luna clara y otras al pairo del rosado crepúsculo? ¿No se tenían todos sus habitantes vivos, no se habían tenido todos los muertos, por marinos en tierra de una navegación interminable y con bastantes sospechas de calma chicha, a juzgar por lo poco que se movía el barco? Pues, ¿qué tenía de raro que, de una vez, quién sabe si para siempre, se realizase la elemental metáfora y fuera la Isla de *verdad* un buque, el de guerra que requería la situación? *¡Pues ahí estaba la respuesta!* Los viejos dioses protectores de la Isla, o váyase a saber quién, habían operado la metamorfosis oportunamente: de la Isla, de sus gentes. Y todos habían pasado de un estado a otro con naturalidad, como quien pasa el puente de todos los días sobre el río que le vio nacer. Yo era tendero y ahora soy contramaestre de cargo. ¿Y yo, que era monja de Santa Clara? ¡Ay, tú, hermanita, o madrecita, o lo que seas, te quitas en seguida las tocas, te pones el gorro frigio, y bajas al tercer puente con toda la comunidad, donde un condestable os enseñará las piezas que debéis atender, y la manera! Las monjas bajan corriendo al tercer puente, escuchan las instrucciones, se arriman a la culata del cañón respectivo, y sin sorpresa dejan que unos pajes enciendan las mechas que sus manos aguantan. El cabo de cañón es feroz y de grandes bigotes, y dice a la monja que ya hablaremos después de la batalla. Cada cabo de cañón a cada monja. «Y cuando veas enfrente el costado del buque enemigo, y a la chusma asomada a las poternas, pónles la higa y llámales hijos de puta.»

El comandante le dijo a míster Smith que el enemigo estaba cerca y que iban a celebrar el último Consejo antes de la batalla. Había desplegado encima de la mesa una carta, y señaló las respectivas posiciones: «Ahí, ellos. Aquí, nosotros. Acaban de traerme un parte en el que dicen que el enemigo se sitúa en fila. Son cuatro contra uno. Cualquiera que sea nuestro rumbo, el enemigo maniobrará para rodearnos y estorbarnos los movimientos, pero eso les obliga a usar únicamente los cañones de una banda, en tanto que nosotros podremos disparar a babor y a estribor. Nuestro tiempo de carga es menor que el que tarda cada barco en virar y presentarnos el otro costado, hasta tal punto que está en nuestras manos y en nuesra puntería impedírselo. Tengo entera confianza en nuestros artilleros, especialmente en las monjas de Santa Clara, que sirven ellas solas el tercer puente por la banda de estribor. ¿Tiene algo que objetar nuestro oficial invitado, míster Algernon Smith?». Y al mismo tiempo ofrecía al mencionado, con una franca sonrisa de corte enteramente vaticano, un polvo de rapé. «Pues mire Su Excelencia, señor ministro, lo que pienso a la vista de la situación: por lo pronto, yo no soy estratega, ni táctico, en materia naval, pero lo que se me ocurre es que la capacidad de fuego de un navío de tres puentes, aun de esos tan perfectos que construyen ustedes para nosotros, no alcanza a la de cuatro fragatas juntas; pero si a causa de una maniobra bien llevada las fragatas rodean al navío, éste se puede considerar derrotado, por mucho que las fragatas tarden en virar, a estribor las de babor, a babor las de estribor. De modo que si se trata de rendir, al final, el navío, por razones que a mí no se me alcanzan; si se trata de llevar a cabo un simulacro de batalla y no una batalla verdadera, pienso que lo mejor será que nadie dispare un solo tiro, y así se ahorrarán víctimas.» Aldobrandini quedó un momento en silencio, y después dijo: «Es asombrosa la coincidencia de ese punto de vista que acaba de mostrar el señor cónsul, con el mío propio: como que parecen pensados por el mismo cerebro. Pero sucede, míster Smith, que nuestros caletres respectivos pertenecen al montón y funcionan con la lógica corriente, siempre por debajo de los cerebros geniales, que tienen otra visión de la realidad y se valen de otra lógica. Quiero decirles, señores, que el general Galvano della Porta navega con nosotros abordo de este barco, en uno de cuyos lugares secretos esconde su gloriosa podredumbre. De él recibo las órdenes, a él obedezco». El cónsul de Inglaterra hizo un gesto, o de disgusto, o de incompleto entendimiento, y respondió: «Me gustaría, señor ministro, que no diera a mis palabras más alcance del que tienen, pero me permito recordarle que el general Della Porta es un genio de la estrategia militar, no de la naval, que se sepa, y según tengo entendido, yo, que serví en el ejército de Su Majestad Británica y que alcancé en él el grado de comandante, no es lo mismo el planteamiento de una batalla en la tierra que encima de las olas. Por lo pronto, en tierra se apunta mejor». «Ése fue, míster Smith, mi propio punto de vista, y no puedo estar seguro de que el general haya reído al escuchármelo, pues no creo que tenga labios para reír, pero algo así como el ruido de una matraca se oyó. Y me dijo que me limitase a hacerle caso y que recibiría instrucciones sucesivas. Hasta ahora, señores, la orden es navegar en línea contra la escuadra enemiga, y partir por la mitad la fila. Ya se me dirá el momento en que debo disparar.» Todo el mundo sintió que desde un lugar ignorado, pero cercano, los ojos del general Galvano, aún no comidos del mal, les contemplaban, y a ese lugar ignoto hicieron una señal de asentimiento. El ministro les mandó retirarse y cada cual a su puesto. míster Smith fue el último. Le preguntó a Ascanio si sabía nadar. «Pues mire, no, no sé nadar. Nunca creí que pudiera hacerme falta.» «Pues yo nado muy bien, señor ministro. Recuérdelo.» Salió a cubierta, míster Smith. Una brisa ligera empujaba el navío, cuyo velamen se desplegaba airoso en aquella soledad del mar, culminante la tarde, la luz como inmóvil y cuajada, algo cernida por una niebla sutil. Se asomó a la amurada y escupió a barlovento: el aire le devolvió la saliva. Míster Smith, una vez limpio, sonrió.

Por lo pronto, aquel navío potente llevaba escrito el nombre de *La Gorgona* en varios sitios del casco; pero, además, la bandera no dejaba lugar a dudas. Era un barco bonito, caray, daba gusto mirarlo: de tamaño mayor que los corrientes, como copiado a escala superior, y el módulo de las proporciones más correspondía a gigantes que a hombres, quizá a gigantes por la estatura moral tan sólo, lo cual no dejaba sin embargo de causar incomodidades, sobre todo al subir y bajar las escaleras; pero la gente lo recorría con entusiasmo tal que no se daba cuenta de aquellas dificultades. Los mástiles eran finos y cimbreantes, y el color de las velas tiraba un poco a rosado, aunque acaso se debiera el color a algún efecto óptico, pues no se sabe que un velamen rosado se haya usado jamás, al menos en navíos de guerra. Estaban las maderas con el barniz reciente, relucían los bronces, y la campana del puente parecía sonar por vez primera, aunque no así la trompeta, algo cascada como pudo oírse en seguida, cuando tocó a babor y estribor de guardia. Hubo carreras, saltos y algún que otro encontronazo, pero en menos que canta un gallo quedó todo el mundo en su puesto. Otra vez ¡tararí!, y los tambores: como un eco se oyó en seguida, a bordo de las fragatas francesas, un toque similar. El choque era inminente. Desde el puente de mando, la bocina llevó hasta los rincones del barco, hasta las lejanías de las bodegas y de los sollados, la voz de Aldobrandini: «Ciudadanos de La Gorgona, el general Della Porta espera que cada uno cumpla con su deber». Le respondió un ¡Hurra! proferido por varios miles de gorjas. «Ciudadanos de La Gorgona, no os importe morir; hombre o mujer, tocan a seis por puesto.» La abadesa de las monjitas de Santa Clara advirtió que, en reserva y de pie, esperaban las madres de San Bernardo, con su abadesa al frente, y no le hizo ninguna gracia que a sus posibles muertas les fuesen a sustituir aquellas cursis. «Ciudadanos de La Gorgona, que todo el mundo obedezca, y la victoria será nuestra.» Después, Aldobrandini ordenó que enviasen al almirante enemigo el siguiente mensaje: «*Tirez les premiers, messieurs les français*». E hizo un saludo con el sombrero de copa (cuando debiera haberlo hecho con la espada, como mandan el honor y la costumbre. Mas, ¡oh!, Aldobrandini carecía del derecho a llevar espada, por lo cual durante toda su vida, había advertido que le faltaba algo del lado izquierdo). Desde un punto lejano, pero visible, un almirante le devolvió el saludo. Pero no se escuchó la voz de mando, ni un solo cañonazo atronó la mar tranquila. *La Gorgona* hendía las aguas azules, partía en dos las ondas menudas y juguetonas: apuntaba aquella proa afilada al espacio libre entre el *Redoutable* y el *Republique*. Las banderas francesas transmitían mensajes urgentes, órdenes inapelables. Las dos fragatas centrales mantuvieron la posición y el rumbo; las de las alas maniobraron hasta situarse detrás, en columna de a dos. «¡Han caído en la trampa!», dicen que murmuró Ascanio, lo dice quien podía oírle, y también que dio la orden de que trepasen los gavieros a las vergas, aunque armados, pero poco visibles, y de que ocupasen las amuras los infantes de marina, los fusiles cargados, pero sin asomar los tricornios. Las primeras fragatas llegaban a la altura de *La Gorgona*: de pie los artilleros, las mechas encendidas, esperaban en los puentes la orden de fuego, y, mientras la orden llegaba, empezaron a insultar: las monjas mentaban a los franceses toda su parentela, aunque siguiendo el orden de un árbol genealógico, y los franceses reían de aquellas artilleras que armaban tanto ruido, y les enviaban recados soeces, algunos reducidos a gestos y ademanes. Pero, sin duda, la lengua italiana es más rica que la francesa en palabrotas e insultos, de modo que las monjitas apabullaron, en esto, al enemigo. Pronto las dos fragatas delanteras rebasaron el navío, y fue en este momento cuando Ascanio dio la orden de arriar el velamen y de virar en redondo, hasta lograr que el barco permaneciese en el mismo lugar con la proa al revés, como en rumbo cambiado. La gente quedó estupefacta, estaba muda de asombro y decepción, y el enemigo mostraba también su sorpresa, al menos así lo daban a entender los abundantes catalejos apuntados a *La Gorgona* y a su puente de mando. El almirante francés ordenó aproximarse. Pronto los cuatro buques de la Revolución rodearon el navío del Orden, por el NO, por el NE, por el SE y por el SO. Lentamente se aproximaban con ese ruidito del agua que hacen los barcos cuando se dejan llevar por la marea. Llegaron a rozarse los cascos, a besarse los vientres panzudos. Ascanio, entonces, mandó con voz potente: «¡Fuego!»: a babor y a estribor, a la artillería y a la infantería, y con las actitudes que conocemos, que podrás recordar (aquella tarde lejana, en el castillo, junto a los maniquíes), curvó el torso, arrojó el sombrero al aire y gritó: «¡Al abordaje!».

«¡Al a-bor-da-je!»

Que sonó como un trueno, prolongado, arrastrado, de contornos rotos, de desflecados ecos; un trueno que conmovió a la gente que cubría las vergas, que les hizo aullar ferozmente y saltar al convés enemigo, a las jarcias, a las cofas, a la mastelería, y desde allí disparar, romper, tajar, herir, matar. Empezaba a declinar la tarde; la llenó poco a poco, en oleada creciente, el rumor espantoso de la pelea; el humo empezó a ensuciar la transparencia del aire: ardían velas mayores, cuchillos y papahigos; estallaban obenques y saltaban costados en astillas. Antorchas encendidas (¿de dónde habían salido?) cruzaban el espacio como estrellas y extendían el incendio aquí y allá. Se quebró un palo de mesana y cayó al mar, arrastrando a la gente y al fuego que lo quemaba. A una bandera la había perforado una bala; otra, rasgada, penduraba del asta. Y un castillo de popa, francés, mandaba al cielo las llamas en que se consumían los símbolos republicanos. ¡Ay, las bellas fragatas, las elegantes, las poderosas! ¡Ay, la valerosa marinería, gente de Brest, del Havre, de Saint Malo, viejos piratas, hermanos de la costa ahora al servicio de la Igualdad, de la Libertad y de la Fraternidad! Mucho gritaban, pero más algarabía armaban las monjitas ebrias de pólvora; armadas, algunas de ellas, de machetes sin dueño, saltaban también a las cubiertas enemigas y rajaban, herían, mataban, etc. «¡Muera la República Francesa!», gritaban enardecidas, y también «¡Viva el Papa de Roma!». Y todo el mundo ponía la voz en el cielo, o, por lo menos, un poco más arriba de las perillas: los asaltantes, de júbilo; los asaltados, de dolor. El almirante francés yacía en la cubierta, derribado. A un comandante la faltaba una pierna; a otro un brazo. Pedazos de oficiales aquí y allá, bicornios y casacas vacíos, y no digamos *culottes* de los *sin*. No había quien mandase, en el campo francés: todo iba manga por hombro, cada vez más, igualados por fin en la derrota el ciudadano comandante y el ciudadano serviola, de modo que los tratos de rendición los tuvo que firmar un contramaestre debidamente autorizado, se supone, por el gobierno de la República. Si el júbilo calló, cansado, no así el dolor. Las monjas dejaron de gritar y empezaron a curar a los heridos: para no manchar los hábitos, remangaban las faldas, y dejaban al aire calzones de grueso lino, ásperos al tacto. Las lanchas recogían del mar enrojecido a muertos y a mutilados; botes y esquifes, a los que no sabían nadar y no se habían ahogado aún. Un fraile con los hábitos ardiendo saltó de un barco a otro, de un mesana a un mayor, ¡zas!, por el aire, como una mariposa con todo el sol en las alas; penetró por una escotilla abierta, y un momento después la santabárbara estallaba y los hábitos del fraile volaban hasta allá arriba. «¡Qué imbécil, el fraile ese! ¡Nos ha dejado sin un barco, sólo por el gusto de volar!» Pero esto seguramente no era lo cierto, y, a lo mejor, la pólvora había estallado antes de que pudiese llegar a ella el fraile. Eso ya no podrá saberse nunca, pero sí fue cierto que se vieron los hábitos como un meteoro raudo que alumbrase la tarde ya cadente. En realidad, no es costumbre que los frailes vuelen, menos así, ni aun en caso de guerra, y siempre habrá quien lo encuentre mal, poco ejemplar: personas de ésas disconformes con todo, incapaces de comprender los casos particulares, de perdonar a un fraile que de pronto experimente nostalgias de una guerra en la que no estuvo nunca, y, lo que es más arriesgado, de ascender por un cielo que no surcó jamás. Lo de los hábitos ardiendo fue seguramente un imprevisto, pero, como sucede con algunas obras de arte, lo que no estaba en el plan es lo que resulta bien: porque la Historia registra casos de gente quemada, por ejemplo en la hoguera, o en otras circunstancias de fuego, casual o preparado, pero eso de volar ardiendo estaba reservado sólo a los bólidos y a otra clase de fenómenos celestes, y este fraile debe de ser el primero que se recuerda de fraile volátil e incandescente, que eso era, o parecía: de ahí su relevancia y ejemplaridad, como que en la plaza mayor de La Gorgona puede verse aún hoy, si bien bastante gastada, una lápida que conmemora el suceso. A pesar de lo cual, la cuestión esta del fraile no está del todo dilucidada, y todavía en La Gorgona hay partidarios del sí y partidarios del no, y como en otras partes en derechas y en izquierdas, allí se dividen ahora por su opinión sobre el vuelo del fraile, y se vota según. A mí, no es que me guste meterme en cosas que no me atañen, pero, ¿no tenía el fraile edad suficiente para saber lo que hacía y responsabilizarse de sus actos? ¿Y para qué juzgarlos, cuando está escrito «No juzguéis si no queréis ser juzgados»? Que es lo que yo digo, aunque no sea original...

El tiempo que perdí en esta digresión fue suficiente para que el campo de batalla (es un decir, lo del campo; es una extensión semántica francamente viciosa) hubiera cambiado mucho. Por lo pronto la fragata cuya santabárbara había estallado, ardía por todas partes, una pira flotante de muertos achicharrados, y las llamas más altas lamían la parte inferior del cielo, allí precisamente donde el azul oscurece cuando llega el crepúsculo. Se interpretaba, este fuego, como hoguera de honor. Las otras tres fragatas no ardían tanto, ni tan deprisa, ni tan trágicamente, pero ardían, y entre las cuatro componían sin duda la corona de fuego del vencedor: el Pueblo entero de La Gorgona, no se vaya a pensar que solo el General; el Pueblo entero. Se estaba bien, en el centro geométrico de aquellas luminarias, se estaba calentito y satisfecho, pero no era cuestión de mantenerse allí hasta que los fuegos se apagasen, de modo que Ascanio, en nombre de Della Porta invisible, pero no tanto, ordenó retirada, y que las tres fragatas, que aún se mantenían a flote, se situaran en la estela y navegasen por sus medios. Al paso de *La Gorgona* por aquel callejón ígneo, la salpicaron centellas, y hubo que apagar rápidamente fuegos locales, en lo que se distinguieron por su dedicación y eficacia las putas del barrio alto, ahora en la cubierta de proa, que, hasta entonces, se habían mantenido inactivas y expectantes, aunque sin protestar, pues habían comprendido que una batalla naval no era la ocasión adecuada para prestar sus servicios, y más en aquel trance, no muy bien entendido, en el que se habían hallado porque sí, y en el que todo dios estaba desplazado de su oficio, los pañeros servían la cubierta, las velas los de efectos navales, y los corredores de comercio hacían de cabos de mar. En vista de lo cual no quisieron privar de su colaboración a aquella jornada gloriosa, aunque fuese en un servicio cálido. Al fin y al cabo, ¿no tenían ellas a su cargo el apagar otros fuegos? El navío, casi intacto, puso rumbo a la Isla (¿La Isla? ¿Dónde estaba la Isla? ¿No era como poner rumbo a sí mismo?). Y navegó, con un ligero balanceo, diez grados nada más, causado por la marejadilla, hacia el norte ya oscuro. Allá, y detrás a lo lejos, quedaba la más ardiente de las fragatas vencidas, y la vieron en el horizonte con todo su fuego a bordo, con todo el esplendor de su fuego solemne. Las otras que seguían pudiera parecer que alumbraban la ruta con llamas cada vez más altas y rojas. Estalló una, de pronto: la que iba en medio, y quedó encima de la mar como una bola de chispas: la gente de *La Gorgona* se acodaba a la borda para no perder la visión de aquel paisaje de fuego, de aquel cielo incendiado y rápidamente negro, y no faltó quien rezase por los franceses muertos, ¡aquellos herejes! Cuando se hundió la tercera, llevaban varias millas recorridas y, teóricamente se hallaban ya cerca del punto de partida, o al menos, eso calculaban, porque carecían, para situarse, de puntos de referencia, y nadie sabía hacerlo por las estrellas. «A lo mejor, pensaban los más inteligentes, lo que ahora pretende Ascanio es cambiar la Isla de lugar, para que, si vuelven los franceses, no la encuentren.» Fue, el de la última fragata, un lento agonizar de luz, sin estampido, con una cabellera de regueros azules por el cielo, bengalas o algo así, y un desparramarse después de leños encendidos que cubrieron la mar en figura alargada, duradera, como los estertores de un tísico; y cuando ya, por último, ordenó el mando que fondeasen las anclas, y que se arriasen las velas, todavía a lo lejos el resplandor pudo alumbrar la faena desde la curva del horizonte. No hubo, que se haya registrado en crónicas o en recuerdos, victoria con más relumbres. «¡Y ahora, indicó el mando a través del megáfono, cada cual que se prepare el petate y se vaya a su casa!» Les entró a todos la fiebre del ajetreo: iban, venían, subían, bajaban, con bultos, sin bultos, vestidos, desnudos: los altos, los bajos, los hombres, las hembras... Se empujaban los conocidos y hacían tertulias en rincones o al pie de alguna escalera, que hay que ver la batalla, que qué valor el de todos, que qué astucia la del General, y acabaron hablando cada cual de lo suyo, de lo que había hecho, de lo que había visto, y, además, de lo que ya se les iba ocurriendo para perfeccionar el relato con añadidos artísticos, como el que dijo que el sol se había parado para que peleasen con luz suficiente, lo cual parangonaba aquella ignota contienda con lo más ilustre de la historia universal, etc. Lo curioso era que nadie se disponía a desembarcar ni había al pie del portalón botes que esperasen a la dotación franca de ría; sino que estaban como en su casa, como en su calle, como en su tienda, el pie en la tierra firme y cada cual apoyado en la interminable columna de sus muertos. Se iba mientras tanto cambiando el significante en el significado, relucían tímidamente las calles, se encendían los faroles públicos, y pasaba algún coche rezagado hacia el punto, en la plaza o en el muelle. Y el olor de la mar lo desplazaba el aroma de las rosas, de los geranios, de los nardos plantados en macetas. Tampoco se percibía el balanceo del casco, y la *signora* Annunziata, mujer seria si las hubo en la Isla, que se había mareado a bordo, hasta el punto de no poder participar en la batalla, ya empezaba a sentirse mejor: imperceptible, lento y quizá de pronto súbito, con el tránsito del renacuajo a la rana, aunque sin estación intermedia, sino sólo como quien se despereza. Eso sí: el barco se desperezaba lentamente, y salía la rana. Lo último en trasmudarse fue el castillo de popa, que se mantuvo algún tiempo como tal, encendidos los grandes fanales, y todo el mundo pudo asistir a la metamorfosis en el castillo sólito en que el General moraba: arquitectura medieval con cimientos pelásgicos. La gente lamentaba que fuese tarde, que en aquellas alturas se careciese de luz, que el General no pudiera salir a su terraza a recibir el aplauso del pueblo al que había llevado al triunfo. «¡Mañana, seguramente mañana!» Y, de repente, sin saberse quién había empezado, unos cuchichearon con otros, unas con otras, les entró como un hormiguillo, hasta mañana, hasta mañana, pero no se acostaron, porque hubo luz en las ventanas durante toda la noche, una noche tranquila en la que nadie escribió en las paredes letreros infamantes ni nadie buscó rincones para cobijo del amor clandestino. Los policías, ociosos, se refugiaron en tabernas que aún estaban abiertas. Las Dos Hermanas Restantes, cogidas de la mano, volaron y volaron, y, al cabo, concluyeron que la noche estaba aburrida, que si aquello seguía así habría que protestar, y se fueron a dormir, insensibles al júbilo y molestas del ajetreo: ellas no habían navegado ni luchado, ni cantado la victoria; ellas habían volado en círculos durante todo el tiempo de ausencia de la Isla, y quién sabe si habían servido de señal semiceleste, o, por lo menos, aérea, para que los pilotos hallasen la verdadera ubicación. Algo febril aconteció en el secreto de los hogares —no de todos, sino de aquellos en que moraban mujeres y muchachas hábiles en el uso de la aguja. A veces, una salía en medio de la madrugada, llamaba a una puerta, pedía algo, regresaba corriendo. Y venga a coser, a coser; venga a bordar, a bordar. Hacia la hora en que el sol sale (y aquella madrugada unas ráfagas de niebla, quizá restos de humo, habían deslucido el alba), se fueron apagando las ventanas, pero empezaron a salir de las casas los varones, éste habla con aquél, aquél con aquel otro, todos con todos, se forman grupos, se nombran comisiones y, por fin, a eso de las nueve dadas, un grupo de seis capitostes del comercio y la banca acude al domicilio del señor Della Croce, y solicita audiencia. Les da tiempo, la espera, de fisgar cuadros, tapices y vitrinas, de imaginar costos y calcular valores, de admirar la riqueza, la calidad y el gusto. Vino el viejo paralítico y se callaron todos, pero sólo un momento. De lo que se trató, nada se sabe, pero de allí salieron apresurados emisarios a casa de los miembros del Gran Consejo, con un papel de convocatoria urgente. Hacia las diez y media van llegando a la Señoría, en calesas, en sillas de manos, a pie, los numerosos miembros de los Cien. Y se reúnen. Ascanio, un poco soñoliento, un poco sorprendido, preside. «Pero, ¿es que sucede algo, señores? ¿Es que hay nuevo riesgo de guerra?» Cuando se han acomodado, y todos en silencio, uno que se levanta, cualquiera de ellos, y lee una propuesta de que, para asombro de los siglos, se escriba en pergaminos el detalle de aquella batalla como un diario de a bordo (requisito del que alguien se había olvidado en la jornada del día anterior), con la firma de todos los tripulantes, especificada su condición en la vida civil y el puesto en el que había servido; pero no sólo esto, sino, además y muy principalmente, como corona del acontecimiento, que se nombre, al General, Gran Comodoro, y que se le envíe con toda solemnidad el uniforme de gran gala que aquella noche han cosido y bordado, y lo hubieran hecho con los hilos de su sangre, las mujeres de la Isla. Ascanio exulta, pero tiembla. «El General... ya lo saben ustedes... el General no podrá recibirles... No se presenta a nadie...» «Pues los comisionados llegarán hasta el puente levadizo y será Su Excelencia, señor Primer Ministro, quien lo entregue en persona, pues usted sabe el cómo y el dónde... Y le pedimos que suplique al General que, una vez haya vestido el uniforme, que salga a la terraza según su hábito. Entonces sonarán los cañonazos, y entonces le aclamará el pueblo, el pueblo entero.» «Iré a hablar al General, iré en seguida. Y, ustedes, no se muevan.» Sale Ascanio de la sala. La calesa le lleva, con ritmo rápido de cascos, calles arriba. Penetra en el castillo. El coche espera. El cochero fuma un par de cigarrillos. Escucha, cuando se agota el último, los pasos que resuenan bajo las grandes bóvedas, por los anchos escalones. Y Ascanio sale. Y Ascanio sube al coche. «No me atrevería, señor ministro, a preguntarle...» «Sí, Pietro. El General acepta; el General, que está casi muriendo...» «¿Y no podrá salir, entonces?» «Aunque se muera, Pietro, es incapaz de defraudar al pueblo.» El Consejo de los Cien le escucha y, después aplaude. Se expande la noticia, la gente se viste de fiesta. La hora estipulada es la del mediodía. El traje de comodoro, oro y rojo sobre azul, bicornio de blancas plumas, lo llevarán diez doncellas, todas vestidas de blanco, en una procesión de flores y alegría que cerrará Ascanio ¡siempre modesto! aunque elegante, de frac negro y de calzones y medias grises, con caña de Ceilán puñada de oro; con algo de cansancio en las mejillas, con algo de nonchalancia en el movimiento, no es extraño, el peso de la batalla recayó sobre él, las órdenes llegaban misteriosas, pero él las gritaba en el puente de mando, y eran su voz y su gesto, era su brazo imponente los que ordenaban, mandaban, dirigían: tenía la piel oscura, el perfil aquilino de los grandes dominadores de hombres y de pueblos, se parecía a César Borgia. ¿Quién como él hubiera gritado «¡Al abordaje!»?; ¿quién, sino él, hubiera ensayado el grito, la actitud, aquel crisparse de manos como clavarse los garfios en la borda enemiga? Había habido ocasiones durante la batalla, en que la gente, al mirarle, le creyera el mismo General, tan bien lo sustituía, si no fuese por vestir de paisano. Ahora, la gente se alinea en las aceras hasta la entrada misma del castillo. Hay músicas que suenan, músicas lentas de ceremonia. Ascanio se apoya a veces en el bastón, quizá la cuesta le fatigue, quizás no haya dormido. ¡Lástima que cojee, acaso hoy más que nunca! Sólo él desluce la procesión, tan perfecta, pero tampoco hay que exagerar: la desluce, pero no demasiado, e incluso, según cómo se mire, la cojera da cierta gracia y diríamos que humaniza al conjunto, que se excede en lo solemne. A la puerta del castillo se detiene el cortejo, resuenan los claros clarines, y el ministro recibe, tembloroso, el uniforme, de las manos portadoras, y con él entra: las grandes puertas se le cierran detrás, y su estrépito de gigantescos platillos relucientes cubre la trompetería: la gente, entonces, se junta en la plaza, se desparrama por todos los lugares desde los que puede contemplarse la terraza del castillo. Los que tienen reloj, cuentan el tiempo y aprovechan la casual coyuntura, quién se lo iba a decir, para lucirlo y explicar su origen, su precio, sus exactas virtudes. Está en la calle la ciudad; incluso, en el Arrabal, están los griegos en la calle, con sus popes y su obispo, porque también a ellos el General los llevó a la victoria, y no son pocos los que recuerdan el ido tiempo de las grandes batallas... Y están, por supuesto, las monjas, de este color y de esta regla y de la otra, si bien en los jardines recogidos de los claustros, y entretienen la espera cantando las viejas alabanzas que se cantaban a los comodoros triunfantes, el día de la Gran Flauta...

Fue puntual el cañonazo meridiano: bummmmmmmm. Le respondieron las campanas: de San Procopio, de San Hilario, de San Pantaleón, de la catedral latina, de la catedral helénica, de Santa Clara, de San Bernardo, de San Luis Gonzaga, del Carmen, de San Julián: tilín, tilán, tilón, sobre todo tilón, con tal estruendo que las salvas de ordenanza quedaban oscurecidas, los 21 cañonazos de la gloria. E iban ya por el tercero cuando se levantó un clamor estentóreo, un clamor de gargantas unánimes que saludaban la aparición, allá en lo alto, del General: no envarado como solía aparecer; no inflexible y fiel al camino reiterado, sino dinámico de brazos y de torso, al este y al oeste: no un brazo, sino ambos, las manos levantadas como si fueran a coger a todo el pueblo en el regazo. E iba de un extremo a otro del parapeto, para que le vieran bien los de un lado y los del otro, para que le contemplaran y recibieran de sus movimientos señales de gratitud y de amor; y se quitaba el bicornio, e incluso saludaba con él en la mano, un moverse de plumas blancas como palomas menudas y bulliciosas; o quizá fuera mejor decir de mariposas, por lo del tamaño. ¡Bum, bum, bum! Iban ya por los quince, y las baterías de las fortalezas repetían las salvas, como ecos: con la ventaja, sobre la del arsenal, que se podían ver los fogonazos y se podían contar los segundos que tardaba en llegar el estampido: lo mismo que los niños con los relámpagos. Habían sacado de no sé dónde el cajón de los cohetes, y con ellos el pueblo enviaba también sus ruidos, poderosos artificios de gran estallo, burrummmmm, ésas sí que eran como truenos, burrummmmm, y no veintiuna, sino todas cuantas hubiera, que el pueblo no andaba con aquellas limitaciones del protocolo. Burrumburrumburrummmmm. Habían callado los cañones y seguían las bombas de palenque: Burrumburrumburrummmmm, y los niños corrían las calles para coger las cañas abandonadas al azar de la caída (un grupo de tres encontró una cuya carga no había estallado: lo hizo cuando los niños le ponían las manos encima. Se los llevó por delante con más estrépito local que todos los otros juntos, pues estalló en una calleja estrecha donde era mayor el eco).

«¡Qué feliz será hoy tu marido!», le dijo el viejo Della Croce a su hija, y Flaviarosa le respondió: «Sí, ya lo creo: hoy será mi marido enteramente feliz». «¿Y tú, hija mía, también lo eres?» «Sí, lo soy a mi modo», y guiñó un ojo al cónsul de Inglaterra, que estaba cerca y les había escuchado. Míster Algernon Smith le dijo: «Tengo que redactar un informe difícil que me llevará toda la tarde». «Yo no iré hasta que haya anochecido.» «¿Y del bello Nicolás, qué hago?» «Supongo que después de semejante apoteosis, a nadie le quedarán deseos de venganza.» «¿Y de justicia, tampoco?» «¿Justicia? ¿Sabe usted lo que es?» Allá arriba, sin embargo, alguien pensaba que se le hacía justicia, por fin; que el mundo estaba bien hecho y que, después de todo, no hay mal que por bien no venga. Llegaban a la terraza, distintamente, los vítores prolongados, interminables, ya no se sabía qué, sólo ruido, o, si se quiere, rumor: como habían llegado las salvas y la cohetería. El sol tenía ya consumido un buen espacio hacia la tarde. Los sacristanes aflojaban, cansados, y enmudecían las campanas: San Lotardo después de San Pancracio, Santa Inés después de Santa Catalina. En un silencio que sobrevino sin que nadie lo ordenase, se pudo oír la música de caracolas que ascendía del Arrabal: como si los rumores del mar que cada una lleva dentro los hubieran desatado y sacado al aire... ¡Caray, qué ruidosa es la gloria!

Es muy probable que, después de aquel tiempo de gozo, El de Allá Arriba se sintiera cansado. ¡Al fin, era un leproso, y los oros del uniforme, los rojos suntuosos, ocultaban la podre! Envió a la gente el último saludo, hizo una reverencia a la ciudad y al mundo, y se retiró cojeando un poco. El aliento del cielo alborotaba entonces su cabello encima de las sienes y hacía murmurar, remotos, los temblones cañaverales: en la otra orilla del mar, se entiende, en el África quemada.

La Romana, 17 de julio, 1979
Salamanca
La Romana, 24 de julio, 1980